기업과 문화의 충격

이어령 전집
21

기업과 문화의 충격

한국문화론 컬렉션 1
에세이_바람개비 이론을 통한 기업문화론

이어령 지음

21세기북스

추천사

상상력과 흥의 근원에 관한 깊은 탐구

박보균 | 문화체육관광부 장관

이어령 초대 문화부 장관이 작고하신 지 1년이 지났습니다. 그러나 그의 언어는 여전히 우리 곁에 남아 새로운 것을 볼 수 있는 창조적 통찰과 지혜를 주고 있습니다. 이 스물네 권의 전집은 그가 평생을 걸쳐 집대성한 언어의 힘을 보여줍니다. 특히 '한국문화론' 컬렉션에는 지금 전 세계가 갈채를 보내는 K컬처의 바탕인 한국인의 핏속에 흐르는 상상력과 흥의 근원에 관한 깊은 탐구가 담겨 있습니다.

선생은 우리 시대를 대표하는 지성이자 언어의 승부사셨습니다. 그는 "국가 간 경쟁에서 군사력, 정치력 그리고 문화력 중에서 언어의 힘, 언력言力이 중요한 시대"라며 문화의 힘, 언어의 힘을 강조했습니다. 제가 기자 시절 리더십의 언어를 주목하고 추적하는 데도 선생의 말씀이 주효하게 작용했습니다. 문체부 장관 지명을 받고 처음 떠올린 것도 이어령 선생의 말씀이었습니다. 그 개념을 발전시키고 제 방식의 언어로 다듬어 새 정부의 문화정책 방향을 '문화매력국가'로 설정했습니다. 문화의 힘은 경제력이나 군사력같이 상대방을 압도하고 누르는 것이 아닙니다. 문화는 스며들고 상대방의 마음을 잡고 훔치는 것입니다. 그래야 문화의 힘이 오래갑니다. 선생께서 말씀하신 "매력으로 스며들어야만 상대방의 마음을 잡을 수 있다"라는 말에서도 힌트를 얻었습니다. 그 가치를 윤석열 정부의 문화정책에 주입해 펼쳐나가고 있습니다.

선생께서는 뛰어난 문인이자 논객이었고, 교육자, 행정가였습니다. 선생은 인식과 사고思考의 기성질서를 대담한 파격으로 재구성했습니다. 그는 "현실에서 눈뜨고 꾸는 꿈은 오직 문학적 상상력, 미지를 향한 호기심"뿐이었다고 말했습니다. 그는 마지막까지 왕성한 호기심으로 지知를 탐구하고 실천하는 삶을 사셨으며 진정한 학문적 통섭을 이룬 지식인이었습니다. 인문학 전반을 아우르는 방대한 지적 스펙트럼과 탁월한 필력은 그가 남긴 160여 권의 저작물로 남아 있습니다. 이 전집은 비교적 초기작인 1960~1980년대 글들을 많이 품고 있습니다. 선생께서 젊은 시절 걸어오신 왕성한 탐구와 언어의 발자취를 따라가다 보면 지적 풍요와 함께 삶에 대한 진지한 고찰을 마주할 것입니다. 이 전집이 독자들, 특히 대한민국 젊은 세대에게 문화 전반을 아우르는 교과서이자 삶의 지표가 되어줄 것으로 확신합니다.

추천사

100년 한국을 깨운 '이어령학'의 대전大全

이근배 | 시인, 대한민국예술원 회원

여기 빛의 붓 한 자루의 대역사大役事가 있습니다. 저 나라 잃고 말과 글도 빼앗기던 항일기抗日期 한복판에서 하늘이 내린 붓을 쥐고 태어난 한국의 아들이 있습니다. 어려서부터 책 읽기와 글쓰기로 한국은 어떤 나라이며 한국인은 누구인가에 대한 깊고 먼 천착穿鑿을 하였습니다. 「우상의 파괴」로 한국 문단 미망迷妄의 껍데기를 깨고 『흙 속에 저 바람 속에』로 이어령의 붓 길은 옛날과 오늘, 동양과 서양을 넘나들며 한국을 넘어 인류를 향한 거침없는 지성의 새 문법을 만들기 시작했습니다.

서울올림픽의 마당을 가로지르던 굴렁쇠는 아직도 세계인의 눈 속에 분단 한국의 자유, 평화의 글자로 새겨지고 있으며 디지로그, 지성에서 영성으로, 생명 자본주의…… 등은 세계의 지성들에 앞장서 한국의 미래, 인류의 미래를 위한 문명의 먹거리를 경작해냈습니다.

빛의 붓 한 자루가 수확한 '이어령학'을 집대성한 이 대전大全은 오늘과 내일을 사는 모든 이들이 한번은 기어코 넘어야 할 높은 산이며 건너야 할 깊은 강입니다. 옷깃을 여미며 추천의 글을 올립니다.

추천사

시대의 언어를 창조한 위대한 상상력

'이어령 전집' 발간에 부쳐

권영민 | 문학평론가, 서울대학교 명예교수

이어령 선생은 언제나 시대를 앞서가는 예지의 힘을 모두에게 보여주었다. 선생은 한국전쟁이 끝난 뒤 불모의 문단에 서서 이념적 잣대에 휘둘리던 문학을 위해 저항의 정신을 내세웠다. 어떤 경우에라도 문학의 언어는 자유가 되어야 한다는 신념으로 문단의 고정된 가치와 우상을 파괴하는 일에도 주저함 없이 앞장섰다.

선생은 한국의 역사와 한국인의 삶의 현장을 섬세하게 살피고 그 속에서 슬기로움과 아름다움을 찾아내어 문화의 이름으로 그 가치를 빛내는 일을 선도했다. '디지로그'와 '생명자본주의' 같은 새로운 말을 만들어 다가오는 시대의 변화를 내다보는 통찰력을 보여준 것도 선생이었다. 선생은 문화의 개념과 가치의 중요성을 일깨우고 그 새로운 방향을 제시하면서 삶의 현실을 따스하게 보살펴야 하는 지성의 역할을 가르쳤다.

이어령 선생이 자랑해온 우리 언어와 창조의 힘, 우리 문화와 자유의 가치 그리고 우리 모두의 상생과 생명의 의미는 이제 한국문화사의 빛나는 기록이 되었다. 새롭게 엮어낸 '이어령 전집'은 시대의 언어를 창조한 위대한 상상력의 보고다.

일러두기

- '이어령 전집'은 문학사상사에서 2002년부터 2006년 사이에 출간한 '이어령 라이브러리' 시리즈를 정본으로 삼았다.
- 『시 다시 읽기』는 문학사상사에서 1995년에 출간한 단행본을 정본으로 삼았다.
- 『공간의 기호학』은 민음사에서 2000년에 출간한 단행본을 정본으로 삼았다.
- 『문화 코드』는 문학사상사에서 2006년에 출간한 단행본을 정본으로 삼았다.
- '이어령 라이브러리' 및 단행본에서 한자로 표기했던 것은 가능한 한 한글로 옮겨 적었다.
- '이어령 라이브러리'에서 오자로 표기했던 것은 바로잡았고, 옛 말투는 현대 문법에 맞지 않더라도 가능한 한 그대로 살렸다.
- 원어 병기는 첨자로 달았다.
- 인물의 영문 풀네임은 가독성을 위해 되도록 생략했고, 의미가 통하지 않을 경우 선별적으로 달았다.
- 인용문은 크기만 줄이고 서체는 그대로 두었다.
- 전집을 통틀어 괄호와 따옴표의 사용은 아래와 같다.

  『 』: 장편소설, 단행본, 단편소설이지만 같은 제목의 단편소설집이 출간된 경우

  「 」: 단편소설, 단행본에 포함된 장, 논문

  《 》: 신문, 잡지 등의 매체명

  〈 〉: 신문 기사, 잡지 기사, 영화, 연극, 그림, 음악, 기타 글, 작품 등

  ' ': 시리즈명, 강조
- 표제지 일러스트는 소설가 김승옥이 그린 이어령 캐리커처.

차례

저자의 말

문화의 바람개비 이론

이 책은 1992년에 처음 출간한 『그래도 바람개비는 돈다』를 개제改題한 것이다. 그리고 그 내용들은 초대 문화부 장관 재임 시에 문화 정책을 발표하거나 문화 행사에서 연설한 내용들을 간추린 것들이다. 몇 번 고사하다가 끝내 초대 문화부 장관을 맡게 되었을 때 나는 TV를 통해서 취임사이자 퇴임사를 겸한 "목수 선언"을 했다. 광야에 네 기둥을 세워 '문화의 집'을 만드는 목수가 되겠다고 했으며, 목수의 운명은 자신이 정성을 다해 지은 집에서 살지 못하는 그 아이러니에 있다고 말한 것이다. 문화의 네 기둥으로는 예술종합학교를 설립하고, 국어연구원을 만들고, 도서관을 교육부에서 문화부로 이관시키고, 법을 고치고 정비하여 누구나 손쉽게 개인 미술관과 박물관을 세울 수 있는 문화 인프라의 시민 참여를 유도하는 일이었다.

약속대로 네 개의 기둥을 모두 세운 뒤 당시 정원식 총리에 간청하여 그 자리를 떠나게 되었다. 목수 선언과 생각대로 그 일을 모두 마칠 수 있었던 것은 다름 아닌 이 책에 쓰인 바람개비 이론 덕분이었다. 바람을 일으켜야 바람개비는 돈다. 바람이 일지 않을 때는 스스로 들고 뛰면 된다. 앞으로 문화가 정치, 경제, 사회를 끌고 나가는 문화 바람의 시대가 당도한다는 것을 그렇게 비유했던 것이다.

순수 문화만이 아니라 문화의 바람개비 이론은 바로 한국의 기업 문화의 쇄신을 목표로 한 것이었다. 이 책의 제목을 '그래도 바람개비는 돈다'에서 '기업과 문화의 충격'으로 바꾼 것도 그러한 이유 때문이다. 문화부가 정책을 통해 기업 문화라는 말을 처음 퍼뜨리고 현대를 비롯 대기업에 문화실을 설치하게 하는 계기를 마련했다. 기업에 효시상嚆矢賞 등을 제정하여 시상하게 된 것도 모두가 그런 정책의 하나로 이루어진 것이다.

나는 지금도 이 책의 연장선에서 기업의 CEO를 대상으로 강연을 많이 하고 있다. 문화를 기업이나 사회로 확충하는 데 있어 내 삶에 커다란 전환점을 가져다주었다는 점에서 아주 소중한 책이라고 할 것이다.

2003년 8월

이어령

I

숨어 있는 수염

기업이란 무엇인가

나는 기업 문화에 대해서 강연을 할 때마다 우리의 옛날이야기 하나를 소개하곤 합니다. 관운장처럼 긴 수염을 기른 할아버지를 보고 어린아이 하나가 이렇게 물었다는 거지요. "할아버지는 수염이 그렇게 기신데 주무실 때에는 그것을 이불 속에 넣고 주무세요, 빼놓고 주무세요?" 할아버지가 막상 대답하려고 하니까 그동안 어떻게 하고 잤는지 영 생각이 나지 않는 겁니다. 그래서 하는 수 없이 오늘 밤 자보고 내일 가르쳐주마고 약속을 합니다. 그날 밤 잠자리에 든 할아버지는 이불 속에 수염을 넣고 자니까 답답한 게 꼭 빼놓고 잔 것 같고, 빼놓고 자니 이번에는 허전해서 꼭 넣어놓고 잔 것 같아서 밤새도록 수염을 넣었다 빼냈다 하며 잠 한숨 못 잤다는 것입니다. 물론 이 할아버지는 끝내 자기 수염을 어떻게 하고 잤는지를 알아낼 수 없었던 것이지요.

옛날이야기의 할아버지만이 아닙니다. 사람들은 누구나 다 이 할아버지처럼 무엇인가를 무의식 속에서 반복하며 살아가고 있습니다. 그러다 보면 자기가 하는 일인데도 자신도 모르는 사이에 기계적으로 돌아갑니다.

더구나 기업인들은 바쁘기 때문에 더욱 그렇습니다. 기업인을 비즈니스맨이라고도 부르고 있는데 그것은 바로 바쁘다는 뜻인 영어의 비지busy에서 나온 말이 아닙니까. 문자 그대로 직역하면 기업인이란 곧 '바쁜 사람'이지요. 그래서 그동안 우리나라의 기업 이미지는 스물네 시간도 모자라 스물다섯 시간 뛰는 저 불도저처럼 밀어붙이는 것으로 상징되어 왔습니다. "바쁜 꿀벌은 슬픔을 모른다"는 속담이 있지만 바쁜 기업인은 자기를 돌아볼 생각도 할 수 없었지요. 거의 맹목적으로 앞을 보고 뛰는 기업이었던 것입니다.

그러나 한자로 기업企業이라고 써놓고 보면 그렇지가 않습니다. 기업이라고 할 때 한자의 企 자는 사람 인人 밑에 멈출 지止 자를 받쳐 쓴 글자입니다. 사람이 자기 갈 길을 찾기 위해서 발뒤꿈치를 들어 멀리 앞을 내다보고 있는 것으로, 앞일을 생각하고 꾀한다는 뜻을 나타내고 있습니다. 이렇게 한자 뜻대로 하면 기업인이란 그저 바쁘게만 뛰어다니는 사람이 아니라 수시로 멈춰 서서 자기의 갈 길을 선택하고 판단하는 사람, 남보다 많이 생각하는 사람인 것입니다.

사실 1960년대만 해도 그랬지요. 우리나라만이 아니라 전 세계의 기업인들은 앞만 보고 바쁘게 달렸어요. 이윤 추구라는 외

길을 향해 100미터 선수들처럼 숨 가쁜 달리기 경주를 한 것입니다. 그때 기업에서 가장 많이 유행한 말이 바로 '관리management' 라는 말이었어요. 경영은 곧 관리와 동의어로 사용되었지요. 인사 관리, 시장 관리, 물품 관리, 고객 관리—매니지먼트라는 말이 기업인의 여의봉이요 여의주였습니다. 우리나라의 기업인들도 열심히 뛰었습니다. 선진국의 기업인들이 포장도로를 달리는 사람들이라고 한다면, 한국의 기업인들은 장애물이 많은 비포장도로의 먼짓길을 달렸다고 할 수가 있지요. 그런데도 그들보다 훨씬 빨리 달려서 세계를 놀라게 했습니다.

그러나 제1차 오일 쇼크를 경험한 1970년대 이후부터 기업들은 관리만 잘해서는 살아남지 못한다는 것을 깨달았습니다. 회사를 아무리 잘 관리해도 외부의 변화나 급작스러운 변수가 생길 때는 기업이 침몰하고 마는 일이 많아졌기 때문입니다.

오일 쇼크 때의 작은 예 하나를 듭시다. 일본에서, 그 불황에 대비하기 위해 반도체 회사마다 시설 투자나 생산량을 늘리는 것을 주저하고 있을 때 유독 일본전기NEC, Nippon Electric Corporation만은 거꾸로 공장과 생산량을 늘려나갔습니다. 왜냐하면 석유 값이 오르면 자연히 에너지 절약을 위한 절전형 전자 제어 기기의 수요가 늘 것이라는 판단을 내렸기 때문이지요. 이것이 적중해서 일본전기는 다른 경쟁자들을 물리치고 월등한 성장을 하게 된 것입니다. 관리가 아니라 전략 면에서 시대의 파도를 넘은 것입니다.

시대가 급변하고 기업 환경의 지각변동이 일어나게 되자 이젠 관리란 말보다는 '전략strategy'이라는 말이 더 많이 쓰이기 시작했습니다.

그런데 이것도 21세기의 문턱에 다가서면서부터 이른바 후기 산업사회니 정보화 사회니 하는 바람이 일기 시작하자 낡은 말이 되고 그 대신 한 단계 차원 높은 '문화'라는 말이 등장하게 됩니다. 몇 년 전만 해도 낯설게 들리던 기업 문화corporate culture라는 말이 1990년대를 기점으로 해서 유행하기 시작한 것이지요. 심지어는 세계에서 제일 먼저 컬러텔레비전을 개발한 RCA 같은 미국의 상징적 전자 업체가 망하여 프랑스의 톰슨에 넘어가게 되자 사람들은 그 이유를 문화에서 찾으려고 했습니다. 왜냐하면 RCA 사는 창업 당시는 기술 제일주의 정책을 썼으나 다음 대의 사장에 와서는 꿩 잡는 게 매라는 식의 영업 실적주의를 택하여 이익만을 추구하려고 들었기 때문입니다. 그러다가 경영이 어려워지자 다시 기술주의로 돌아가려고 했습니다. 이렇게 일관성이 없는 정책 표류는 RCA가 기업 문화를 갖지 못했기 때문이라는 것이지요.

이러한 관점은 이미 몇백 년 전 몽고가 세계를 제패하는 막강한 군사력을 가지고서도 결국 자멸하고 만 것을 문화적 요인으로 풀이하려고 한 것과 맥을 같이하고 있는 것이지요. RCA의 사원들은 마치 몽고 병사들처럼 왜 일을 해야 하는지, 그 목표가 무엇인지, 그들이 흘린 피땀의 결과가 무엇인지를 알지 못했던 겁니다. 회사의 기업 목표가 없을 때는 그 기업의 구성원들은 동질성과 방향 감각을 잃은 채 표류하게 되는 것입니다.

그와는 대조적으로 IBM이 일본 기업의 도전 속에서도 끄떡없이 그 정상을 지키고 있는 것은 RCA와는 달리 뚜렷한 기업 이념 그리고 구성원들의 행동 양식이나 사고의 규범 같은 것이 존재하고 있기 때문이라는 겁니다. 사실 그렇지요. IBM 사원들은 점심을 혼자 먹는 일이 없다는 거지요. 반드시 고객이나 비즈니스를 위해 누군가와 어울려 식사를 한다는 겁니다. IBM의 로고와 같은 CI나 사옥 하나만을 보더라도 알 수가 있지요. IBM(International Business Machines Corporation)이라는 회사명은 균형이 잡히지 않는 세 알파벳 문자로 구성되어 있습니다. I자는 가늘어서 거의 폭이 없는데 가운데 글자인 B는 옆으로 곡선이 퍼져서 폭이 꽤 넓습니다. 그리고 마지막 M자는 어떻습니까. 양 기둥 사이에 딱 벌어진 어깨를 이루고 있는 V자 모양의 사선이 걸쳐져 있습니다. 그래서 M자는 가장 획의 폭이 넓은 글자입니다. 한마디로 말해서 시각적으로 조화를 이루지 못하고 뿔뿔이 흩어져 있는 글자들입니다. 그런데 어떻습니까. 실제로 IBM의 로고를 보면 전연 그런 생각이 들지 않습니다. 불균형을 이룬 글자를 시각적으로 잘 조화를 이루도록 디자인을 한 것이지요. 즉 그 세 문자가 빈칸 모양의 옆줄로 이어져 있기 때문입니다. 홀쭉한 것은 홀쭉한 대로, 퍼진 것은 퍼진 대로 있으면서도 서로를 연결해주고 있는 공백의 옆줄로 그 글자들은 하나의 일체감을 띠게 됩니다. 한 패턴의 도형을 자아내고 있다는 말입니다. 그리고 그 공백의 횡선들은 연결성만이 아니라, 딱딱하게 막힌 선들에 공기가 통할 수 있는 숨통을 주어 역동감을 자아내기도 합니다. 우리의 눈에 익은 이 IBM의 로고야말로 그 기업의 이념과 이미지를 한눈에 나타내주는 상징적 문화라 할 것입니다.

사옥을 보더라도 그렇습니다. 뉴욕 맨해튼에 있는 IBM 빌딩은 아래층이 퍼블릭 스페이스로서 아트리움의 문화 공간으로 이용되고 있습니다. 그 지하에는 아트 갤러리가 있습니다. 실제 예산 편성을 보더라도 일본 IBM의 경우 언제나 경상 이익의 1퍼센트 정도를 문화 지원 활동을 위해 마련해놓고 있습니다.

이러한 IBM도 새로운 시대에 맞는 기업 문화를 창출하지 못하고 있기 때문에 후발 기업인 애플 등에 밀리고 있는 형편입니다. 애플사는 매킨토시로 우리에게도 잘 알려져 있는 것처럼 PC의 돌풍을 몰고 와 세계의 관심을 모았지요. 그때 사람들은 이 애플의 성공을 "MBA에 의한 정밀한 경영 분석의 결과도 아니요, 철저한 마케팅 리서치의 결과도 아니다. 애플의 성공은 단순한 경영적 타산과 그 합리성만을 추구해온 결과만도 아니다. 그것은 경영자라고 하기보다는 예술가라고 말해야 옳을 만큼의 열광적인 정열의 창조적 인간 정신이 가져다준 산물이다"라고 평했지요. 남이 생각하지 못한 참신한 아이디어, 그것을 실천에 옮길 수 있는 과감한 결단, 한마음으로 뭉쳐 새 상품을 완성시키는 그 놀라운 팀워크—이와 같은 애플의 기적은 인간 정신에 바탕을 둔, 즉 강한 기업 문화에 바탕을 둔 그 힘에서 오는 것이라는 분석이지요. 결단력·창조력·단결력은 과학기술과 자본만으로는 안 되는 일들입니다. 그것은 인간의 마음으로부터 샘솟는 물줄기인 것입니다. 그렇기 때문에 기업 문화의 종지부는 수익성이 아니라 환희의 감탄부호인 성취감achievement이라고 말하는 사람도 있습니다.

차고에서 컴퓨터를 조립하는 것으로부터 시작한 애플 같은 작은 회사가 IBM 같은 거대 기업과 경쟁을 한다는 것은 꼭 골리앗과 다윗의 싸움처럼 보입니다. 경영의 3대 자원이라는 인력[人], 자금[金], 물자[物] 모두가 상대가 되지 않습니다. 그런데도 이 골리앗에 돌팔매를 던지는 그 힘은 어디에서 생기는 것일까. 골리앗과 다윗의 싸움에서도 그랬듯이 어떤 신념과 열정 그리고 아이디어와 같은 정신의 힘, 즉 기가 살아 있었기 때문입니다. 나도 해낼 수 있다는 꿈과 그 성취감—그것을 옛날 그리스 사람들은 티모스thymos라고 불렀지요. 우리말로 하자면 기개니 기백이니 하는 기氣 자가 붙은 말이 여기에 속한다고 할 것입니다. 소크라테스는 인간의 영혼을 세 가지로 나누었는데 첫째가 욕망이지요. 배고프면 먹으려고 하고 갈증이 나면 물을 마시려고 합니다. 인간은 이런 욕망이 있기 때문에 살아 움직인다는 거지요.

온갖 고된 일을 감수하면서 먹기 위해 안간힘을 씁니다. "목구멍이 포도청"이라고 할 때의 그 '목구멍'이 그같이 욕망을 상징하는 인체 기관이라고 볼 수 있지요.

둘째는 이성입니다. 아무리 갈증이 나도 더러운 구정물은 마시지 않습니다. 그것을 마시면 당장 갈증을 면할 수는 있지만 인체에 해롭다는 사실을 잘 알고 있기 때문입니다. 이렇게 맑은 물과 구정물을 분별할 줄 아는 힘, 그리고 욕망이 있어도 그것을 억누르고 참고 결단하는 힘, 즉 이성을 담당한 인체의 기관은 머리입니다. 목구멍이 명령해도 머리를 흔드는 경우가 많이 있습니다. 그런데 욕망과 이성만 가지고는 인간이라고 할 수 없습니다. 사람은 욕망과 이성보다도 더 큰 힘에 이끌려 행동하는 수가 많기 때문입니다. 만약 갈증이 났다고 합시다. 그런데 누가 그 물을 깨어진 바가지에 담아 짐승처럼 꿇어 엎드려 핥아 먹으라고 한다면 어떻게 하겠습니까. 자존심이나 명예감을 갖고 있는 사람이라면 결코 짐승처럼 엎드리려 하지 않을 것입니다. 그 바가지를 발로 차버릴 것입니다. 그러한 행동은 욕망이나 이성으로는 설명되지 않습니다. 남보다 더 나아지려는 마음, 남이 나를 알아주기를 원하는 마음, 쉽게 말해서 우리가 남에게 무시당했을 때 참지 못하는 그런 마음은 모두 기개에서 생기는 것입니다. 위신과 긍지를 느끼며 살아가는 그 기개는 인체로 말하자면 가슴에 속해 있는 부분이라고 할 것입니다.

'목구멍'에서 생긴 것이 경제라고 한다면 '머리'에서 생긴 것은 과학기술입니다. 그렇다면 '가슴'에서 생긴 것은 무엇인가? 그것을 우리는 바로 문화라고 부릅니다.

소련의 붕괴를 예언하고 인간 역사의 종말을 논해 세계 지식인들의 관심을 끌었던 프랜시스 후쿠야마Yoshihiro Francis Fukuyama 교수는 최근 「역사의 종말The End of History」이라는 글 가운데서 다음과 같이 이야기하고 있습니다. 그는 역사를 전진시키는 에너지를 논하는 자리에서 '깃발'과 '메달'을 위해서 목숨을 내걸었던 역사의 시원을 인간의 기개로서 설명하고 있습니다.

"헤겔이라 해도 인간이 동물적인 측면이나 한정된 성질을 가지고 있는 것을 부정하지는 않을 것이다. 사람은 먹고 그리고 잠자지 않으면 안 된다. 그러면서도 인간은 정면으로 자신 속에 있는 자연 본능에 맞서는 행위를 할 수 있는 그 힘도 분명히 지니고 있다. …… 순수한 위신을 얻기 위해 싸움터로 나가 목숨을 거는 것이 헤겔파의 역사 해석에 중요한 역할을 하고 있는 이유도 여기에 있다. 생명을 거는 것으로 인간은 자기 보존이라는 가장 강력한 기본적인 본능에 거스르는 행동을 할 수 있음을 입증하고 있는 것이다. 고지에프가 말하는 것처럼, 인간이 지니고 있는 인간적 욕망은 자기 보존을 구하는 자신의 동물적 욕망을 넘어서지 않으면 안 된다. 그래서 역사가 시작되는 시원적인 싸움이 때때로 위신을 지키기 위해서, 자기 존재를 알리기 위한 메달이나 깃발 같은 하찮은 것들을 얻기 위해서 벌어져 왔다는 그 사실의 중요성도 여기에서 비롯되는 것이다(「역사의 종말」 중에서).”

정말 그렇습니다. 일본에는 많은 한국 교민들이 있는데 한 세기 가까이 지난 오늘에도 여전히 한국 성과 한국 국적을 포기하지 않고 살아가는 사람들이 대부분입니다. 잘살려는 욕망과 보다 편하게 살아가려는 이성만 가지고 살아간다면 그분들은 벌써 일본 이름으로 바꿔 귀화를 하고 말았을 것입니다. 그런데도 왜 온갖 고초를 무릅쓰고 여전히 한국인임을 버리지 않고 살아가려고 할까요. 귀화만 하면 차별 대우도 받지 않고 사회복지의 불이익도 받지 않게 됩니다. 그것은 한국인의 피—한국인으로서의 기개를 잃지 않으려고 하기 때문입니다. 말하자면 한국의 문화와 그 긍지 속에서 살아가기를 희망하고 있기 때문입니다. 설령 귀화를 한 사람들이라고 해도 그 기개가 있으면 법적 지위가 아니라 여전히 그 정신문화의 지위 속에서는 한국인으로서 살아가고 있을는지도 모릅니다.

노예란 바로 그런 기개를 잃은 사람—명예도 위신도 실리를 위해서는 모두 다 내던지고 무릎을 꿇는 사람을 뜻하는 말입니다. 반대로 편안한 잠과 배부른 삶에 얽매이지 않고 따뜻한 가슴으로 살아가려는 사람을 우리는 ‘자유인’이라 부르고 있습니다.

무지개 사단과 CI

기업 문화란 이렇게 한 조직 집단의 내부에 잠재되어 있는 기氣로서 그 기업체의 가슴과 같은 것이라고 말할 수가 있습니다. 직장은 목구멍만을 위해 있는 것도, 머리를 위해서 있는 것만도 아닙니다. 가슴이 있을 때 그 회사는 비로소 인간에게 삶의 보람을 안겨줄 수 있는 생활공간이 되지요. 역사의 원동력을 '남이 나를 알아주는 것' 그리고 그런 보람을 얻기 위해서 목숨을 걸고 싸우는 인간의 기개라고 보았던 헤겔의 말은 한 기업 집단을 움직이는 힘과 그 역사에도 그대로 적용될 것입니다. 기업의 발전은 역사의 발전과 마찬가지로 단순히 경제나 기술만으로는 이룩될 수가 없습니다. 그 구성원 한 사람 한 사람의 마음(기개)이 뭉쳐져 비로소 굴러가는 그 바퀴의 방향이 결정될 것입니다.

그런데 역사를 이끌어간 그 원동력이 된 기개, 즉 '메달이나 깃발 같은 하찮아 보이는 것을 위해서 목숨을 거는 마음'이라고 한 그 깃발이나 메달을 구체적으로 기업에다 놓고 보면 과연 무엇이 되겠습니까.

우선 눈에 띄는 것으로는 요즘 기업 문화에서 가장 초보적인 단계 그리고 가장 많이 보급되어 있는 CI라는 것을 들 수 있을 것입니다. CI는 'Corporate Identity(기업 이미지 통합)'의 약자로서 자기 기업의 존재를 나타내는 심벌마크나 로고 타입 그리고 기업의 이미지를 나타내는 어떤 통일된 색채 같은 것을 뜻하지요. 회사나 상품을 한눈에 알아볼 수 있게 하는 일종의 디자인 전략으로부터 시작된 것입니다. 이미 1950년에 전에 말씀드린 IBM이나 3M, 코카콜라 같은 회사에서 시작된 것이지만 그 원류를 찾아 올라가면 인간의 역사가 시작된 원시시대로까지 거슬러 올라갈 수 있을 것입니다. 옛날 미개인들이 자기 부족의 아이덴티티(동질성)를 위해서 사용한 토테미즘Totemism이 그것이지요. 그들은 자기 부족과 다른 부족을 구별하기 위해서 뱀이나 독수리 그리고 무슨 꽃과 같은 동식물을 징표로 삼아왔지만 단순히 식별의 편의에서 그치지 않고 자기 부족을 지켜주고 이끌어가는 종교적인 힘을 그 안에서 찾으려 한 것이지요.

이 토템이 무엇인가를 알기 쉽게 설명한 구조주의 철학자 레비스트로스C. Lévi-Strauss의 말을 들어보면 토템과 CI의 관계가 결코 무관하지 않다는 것을 알게 될 뿐만 아니라 CI 그 자체의 의미도 확실해질 것이라고 믿습니다. 레비스트로스는 미국의 인류학자였던 린턴Ralph Linton의 경험담을 설명하면서 토템이 현대사회

군대 조직 같은 데 살아서 활동하고 있다는 현상을 극명하게 보여주고 있습니다. 제1차 세계대전 동안 린턴은 제42사단에 배속되어 있었는데 이 사단을 무지개 사단이라고도 불렀다는 겁니다. 텍사스 주나 매사추세츠 주 같은 여러 주에서 파견된 여러 부대로 구성된 사단이었기 때문에 그 색깔이 가지각색이라는 뜻에서 붙여진 명칭이었던 거지요. 물론 연대기나 부대의 표상도 이 무지개를 그려놓았습니다. 이 사단이 프랑스에 도착했을 때는 어느새 누구나가 다 42사단을 무지개 사단이라고 불렀고, 어디에선가 무지개가 서면 자기 부대에 좋은 조짐이라 생각하여 사기가 올랐다는 겁니다. 심지어는 무지개가 돋을 기상 조건이 아닌 경우라도 이 부대가 출동할 때마다 하늘에 무지개가 섰다는 풍문까지 나돌기도 했습니다.

그러자 이번에는 42사단 부근 전선에서 싸우고 있던 77사단도 자유의 여신상을 부대 상징물로 삼게 되었지요. 인접 사단과 자기들을 분명히 구별하기 위해서였지요.

우리는 이 이야기를 다음과 같은 여러 질문을 통해서 매우 유효한 모델로 발전시켜갈 수 있을 것입니다. 첫째 왜 42사단이라는 공식 명칭이 있는데 무지개 사단이라는 별명을 붙였는가 하는 것입니다. 42사단이라는 것은 단순한 식별 번호로서 마치 죄수가 교도소에서 이름이 아니라 수인 번호로 불리는 것과 같습니다. 그러니까 그것을 뒤집어 생각해보십시오. 멀쩡한 이름을 갖고 있는 사람들이 번호로 불리는 것은 인격이나 개성을 빼앗는 것입니다. 숫자는 단순히 식별을 위한 것 이상의 의미를 부여하지 않습니다. 죄수가 된다는 것은 살아 있는 한 사람의 존재를 상실한다는 것을 의미합니다. 42사단을 무지개로 부르는 것은 그와는 정반대로서 숫자로 불리던 것에 새로운 인격과 개성을 부여하는 것이라고 볼 수 있습니다. 이름을 숫자로 부른다는 것을 한 인간의 문화 박탈이라고 한다면 숫자로 불리던 것을 숫자 아닌 말로 바꿔 부르는 것은 비문화적인 것에 문화를 부여하는 것이라고 할 것입니다. 어떤 이미지와 의미를 부여한다는 것—이 이름 짓기, 이미지 만들기는 문화의 가장 중요하면서도 기초적인 일에 속하는 것입니다.

42사단을 무지개 사단이라고 부를 때 부대원들은 거기에서 각자의 모습과 마음을 읽을 수가 있고 자기 이름처럼 자기의 일체감을 찾아낼 수가 있게 됩니다. 무지개는 42라는 숫자와는 다른 이미지 그리고 의미의 특성을 갖고 있기 때문이지요. 반드시 숫자가 아니라도 사람들은 어떤 계기가 생길 때 새 이름을 짓거나 별명을 붙이거나 혹은 애인들 사이에서는 그들 사이에서만 통하는 애칭을 만들어 부르는 일이 많습니다.

실제로 〈늑대와 춤을Dances with wolves〉이라는 영화에서도 보았듯이 인디언들은 한 사람이 한 이름만을 가지고 있는 것이 아니라 여러 가지 이름을 가지고 있고, 새 사람을 만나면 새 사람의 이름을 만들어 붙임으로써 새로운 관계를 맺기도 합니다.

새로운 이름은 새로운 존재의 탄생인 것입니다.

둘째로 왜 하필 무지개란 이름을 붙였는가라는 질문입니다. 위의 이야기에서도 암시되어 있지만 42사단의 특징은 각 주에서 모인 혼성 부대라는 것입니다. 같은 고향에서 온 사람들로 구성된 사단이라면 이미 지역이라는 아이덴티티가 있습니다. 그러므로 그 조직에는 어떤 개성이나 이미지 그리고 특성 같은 이른바 문화 같은 것이 생기기 쉽습니다. 하지만 42사단은 군대라는 것 말고는 아무런 아이덴티티를 가질 수가 없지요. 이 아이덴티티가 없다는 것을 거꾸로 아이덴티티로 삼은 것이 바로 무지개라는 말입니다. 무지개의 특성은 한 색깔이 아니라 여러 색깔, 모든 색깔로 구성되어 있다는 것입니다. 미국 전역에서 모인 혼성 부대를 색채로 나타낸다면 바로 무지개처럼 여러 색깔이 될 것입니다. 혼성 부대라고 하면 솔직히 어중이떠중이라든가 잡동사니라든가 오합지졸 같은 부정적 이미지가 크지요. 그러나 그것을 무지개에 비유할 때는 오히려 긍정적으로 작용하여 다양성이라든가 조화와 변화라든가 하는 것으로 기울게 됩니다.

여기에 대한 재미난 중국 고사가 있습니다. 홍수가 난 강물로 큰 뱀이 떠내려가는 것을 보고 아이가 그만 용인 줄 알고 "용이다!"라고 외쳤다는 것입니다. 그랬더니 그 큰 구렁이는 용이 되어 하늘로 날아 올라갔다는 것입니다. 뱀을 용이라고 부르면 용이 된다, 용도 뱀이라고 부르면 뱀이 된다, 이름 붙일 탓이다, 이름은 사물의 완성을 의미한다. 그러므로 셰익스피어가 장미는 장미라고 부르지 않아도 아름답다고 한 말은 역으로 장미는 장미라고 부를 때 더욱 아름답다라고 고쳐져야 한다는 것이 CI 이론이 될 것입니다.

이미지만이 아닙니다. 미국 군대이니만큼 그들은 이미 기독교라는 성경 문화의 아이덴티티를 갖고 있습니다. 무지개는 노아의 홍수 뒤에 신이 인간에게 약속한 평화와 행복의 이미지로 비둘기와 함께 널리 쓰이고 있는 자연물입니다. 이런 경우 무지개는 VI(Visual Identity) 차원의 디자인 전략으로서의 CI를 넘어서 기업 문화의 본질에 더욱 가까운 기업 이념, 기업 커뮤니케이션의 기능을 갖고 있다고 할 것입니다.

그러니까 무지개는 전쟁의 파괴나 공포 그리고 살육과 혼돈을 질서와 아름다움 그리고 평화의 약속으로 그 개념을 바꿔놓게 됩니다. 무지개는 바로 42사단의 전쟁 이념이라고 해도 좋을 것입니다. 이렇게 무지개의 시각적인 디자인으로 혼성이라는 부대 이미지를 다양성으로 바꿔놓은 것처럼, 무지개라는 상징적인 의미는 전쟁의 부정적인 이미지를 평화의 긍정적인 개념으로 바꿔놓을 수 있었던 것입니다. 부대원은 물론 바깥 사람에게도 무지개는 군대 문화의 이념을 달리해놓을 수 있습니다(해골을 그려놓은 해적선이나 군기 같은 것과 비교해보면 금방 알 수 있을 것입니다).

셋째로 왜 날씨와 관계 없이 무지개 부대가 출동하면 무지개가 돋았다는 일종의 신화가 만들어졌는가, 그리고 그런 신화는 바람직한 것인가 하는 질문입니다. 무지개는 42사단의 단순한 식별소로서 작용하는 것이 아니라 부대의 특성 이미지, 즉 이념의 동질성을 형성하는 것이라고 했습니다. 여기까지는 사실적인 기능으로서 합리적인 분석과 그 효능을 설명할 수가 있습니다. 그러나 모든 조직 문화가 그렇듯이 거기에는 이성만으로 설명될 수 없는 비합리적인 힘이 작용하게 됩니다. 미신이나 종교 같은 상징이 현실로 해석되는 경향입니다.

여러분들은 로렐라이Lorelei의 전설을 기억하고 있을 것입니다. 그리고 로렐라이의 아름다운 노래를 불렀던 기억도 있을 것입니다. 그러나 실제로 독일의 로렐라이에 가보면 낭떠러지에 아무것도 없는 평범한 바위가 하나 있을 뿐입니다. 그런데도 몇백만이라고 하는 관광객들의 발길이 끊이질 않습니다. 소설 독자처럼 허구를 소비하는 셈입니다. 무지개 부대원들은 이 허구를 믿고 허구 속에서 삽니다. 그것이 사기를 높여 어려운 전투에서도 절망하지 않고 기적을 믿으며 싸울 수가 있지요. 인간은 빵만으로 살아가는 존재가 아니듯이 과학과 이성만으로 행동하는 것이 아닙니다. 신념을 가시화하는 허구적 세계가 때로는 과학이 할 수 없는 기적을 낳기도 합니다.

무지개 부대가 출동하면 무지개가 돋고 그러면 반드시 싸움에서 이긴다는 허구는 로렐라이처럼 문화적 자원이 될 수가 있습니다. 거짓말인 줄 알면서 믿는 허구의 진실—이것은 문명의 보편주의와는 다른 비합리성을 띤 문화의 특성이기도 한 것입니다.

생각해보십시오. 짐승 가운데 가장 인간에게 영향을 많이 준 것은 실제로 존재하는 호랑이보다도 환상 속에서 살아온 용이 아닙니까. 용은 실제로 존재하지 않지만 실재하는 짐승 이상으로 많은 힘을 발휘했습니다.

CI의 그리고 기업 문화의 마지막 단계는 한 기업의 용, 이를테면 허구의 진실이라는 신화를 창조하는 것이라고 할 것입니다.

마지막으로 왜 무지개 사단만이 아니라 다른 부대도 그와 같은 별명을 붙이게 되었는가 하는 점입니다. 의미는 구조주의자들의 말대로 단독적으로 독립해 있는 것이 아니라 상대적인 차이에서 생겨나는 것이라고 할 수가 있습니다. 같은 옷을 입은 사람을 보면 그 옷을 두 번 다시 입지 않으려는 여성이 있는데 이것은 허영이 아니라 기호론적인 진실입니다.

「알리바바와 40인의 도둑Ali Baba and the 40 Thieves」이라는 옛날이야기를 보면 도둑이 알리바바의 집을 알아내고 그 집에 표시를 해놓습니다. 그 집의 현명한 하녀는 아침에 일어나 자기 집에 이상한 표시가 있는 것을 보고 다른 집에다가도 돌아가면서 같은 표시를 해놓습니다. 그렇게 되면 그 표시는 무효가 되는 것입니다. 의미는 차이화인 것이고 의미를 강화하는 방법은 그 차이를 강화하는 것입니다. 이 강화가 바로 이항 대립이라는 체계입니다.

바로 옆 부대에서 보면 자기네도 그런 상징물을 만들지 않으면 자기네의 아이덴티티가 위태로워집니다. 그러므로 무지개와 다른 상징물을 만들려고 합니다. 이렇게 해서 무지개는 단독이 아니라 자유의 여신상과의 비교 차이를 통해서 그 의미가 한층 더 뚜렷해지고 그런 차이화의 체계가 그 부대의 아이덴티티를 구조화합니다.

결국 CI가 로고 타입이나 도형만이 아니라 컬러나 음향까지도 차이화하려고 하는 것은 그런 의미의 강화와 체계화입니다. 상징물의 창조 역시 경쟁 원리를 갖고 있다는 것입니다. 무지개 부대의 전쟁 이념이 평화라면 자유의 여신상을 상징물로 삼은 그 부대는 자유일 것입니다. 극단적으로 말해 무지개 부대는 평화를 얻기 위해 목숨을 걸고 싸우는 것이고, 자유의 여신상 부대는 자유를 실현하기 위해 피를 흘린다고 생각할 수가 있습니다. 같은 나라요, 같은 군대라 할지라도 전쟁의 목적과 이념을 세분화할 수가 있듯이 기업들도 마찬가지일 것입니다. 각기 다른 개성과 세분화된 지향성을 갖고 기업 활동을 하고 있는 것이지요.

그래서 같은 전자 제조 업체라 해도 일본전기는 자기 사명 말고도 언제나 'C&C'라는 회사 이념을 로고처럼 사용하고 있지요. 그것은 컴퓨터와 커뮤니케이션의 약자로서 일본전기가 추구하고 있는 미래 사회의 이상을 나타낸 말입니다. 컴퓨터와 커뮤니케이션이 서로 합쳐졌을 때 비로소 정보화 사회가 가능해진다는 것입니다. 통신 기능이 서로 하나가 될 때 생겨나는 새로운 사회를 일본전기의 이상으로 삼고 있다는 이야기입니다.

여기에 비해서 같은 전자 회사로 이름난 도시바[東芝]사는 E&E라는 이념을 만들어냈습니다. 에너지와 일렉트로닉스라는 뜻의 약자입니다. 컴퓨터라는 말은 일렉트로닉스라는 좀 더 일반화된 전자 문명을 나타내는 말로, 그리고 커뮤니케이션은 에너지라는 문명의 원동력으로 각기 대체되어 있습니다. 그래서 '무지개'와 '자유의 여신상'처럼 C&C와 E&E의 기호는 두 전자 회사의 차이를 극명하게 보여주고 있습니다. 짤막한 단어의 개념과 그 약자인 C와 E의 대응으로 각자의 특성을 증폭시키고 있는 것입니다.

우리는 무지개 부대의 의미가 갖고 있는 네 가지 층위를 통해서 기업의 CI와 기업 문화를 그대로 적용시킬 수가 있습니다. 첫 단계가 CI의 디자인 전략이고, 두 번째 단계가 CC—기업의 커뮤니케이션, 세 번째 단계가 기업 이념을 통한 마인드 아이덴티티, 그리고 네 번째 단계가 기업 문화에서 기업 시민으로 나아가는 사회화의 신화 창조의 단계입니다.

그러면 이제 이 네 단계를 따라서 구체적으로 기업 문화가 어떻게 전개되고 있는지 그리고 그 프로그램으로는 어떤 것들이 있는지를 풀어보도록 합시다.

이름 속에 담긴 문화

우선 기업 문화의 첫 단계인 이름 짓기부터 생각해봅시다.

성서를 읽다 보면 하나님이 세상을 창조하고 아담에게 이름을 지으라고 합니다. 그리고 아담이 이름을 짓자 하나님은 자기가 지은 것을 보고 매우 흡족해합니다. 하나님은 우주를 만들고 아담은 거기에 이름을 붙였지요. 아담이라는 말 자체가 이름 짓는 자라는 거예요.

기업 문화의 가장 기초 단계는 이름 짓는 행위를 통해서 나타납니다. 아이가 태어날 때 이름부터 짓듯이 어느 기업도 창업을 하면 우선 이름을 짓는 것에서 시작합니다. 그리고 웬만한 경우에는 그 이름 속에 창업 이념이나 개성 같은 것이 드러나게 마련이지요. 개인의 이름을 보면 돌림자가 있고 그 이름을 통해서 그 집안의 가풍이나 전통을 읽을 수 있는 것과 마찬가집니다.

같은 한자로 짓는 이름인데도 일본 사람은 우리나라의 경우와는 아주 다른 이름을 짓습니다. 용勇이니 무武니 웅雄과 같은 글자를 많이 쓰지요. 역시 사무라이 문화를 반영한 것입니다. 그런데 우리의 경우에는 선善이나 덕德이니 혹은 인仁 같은 도덕적인 의미를 갖고 있는 글자를 선호합니다. 선비 문화의 탓이지요. 이렇게 이름 짓는다는 것은 문화의 차이를 나타내는 것이요, 이러한 차이는 개인이나 집단의 아이덴티티를 만들어내는 것이라 할 것입니다.

개인 이름만이 아니라 기업체 이름을 보아도 우리와 일본은 매우 다릅니다. 물론 존슨앤드존슨처럼 개인의 이름을 회사명으로 많이 쓰고 있거나 IBM, RCA같이 이니셜만을 따서 쓰는 서양의 사명社名들과는 비길 수도 없을 정도로 그 차이가 큽니다. 해외에도 널리 알려진 우리나라의 3대 재벌 기업들의 이름을 영자로 표기해보십시오. 예외 없이 표기된 문자도 얼른 시각적으로 들어오지 않을 뿐만 아니라 발음하기가 대단히 까다롭다는 것을 알 수가 있습니다. 현대는 HYUNDAI로서 미국 사람들은 으레 현다이라고 부릅니다. SAMSUNG도 DAEWOO도 예외가 아닙니다. 발음이 쉽게 된다고 해도 한국어나 한자를 모르는 외국인들에게 선명하고 좋은 인상을 주는 음성 효과를 기대하기는 힘듭니다.

간단히 말해서 우리 기업이 창업을 하고 그 사명을 지을 때 국내 사람들만 생각했지 외국 사람들의 생각은 고려하지 않았다는 말이 됩니다. 결국 이름 속에 이미 마켓의 한계가 있다는 것을 알 수가 있습니다. 만약 오늘날처럼 우리 자동차가 뉴욕이나 로스앤젤레스의 도시를 질주하고 전자 제품이 미국 안방 깊숙이 들어가게 될 것을 알았더라면 좀 더 영자 표기가 쉽고 외국인의 기호에도 맞는 이름으로 지어졌을 것이라고 생각됩니다. 회사의 이름은 곧 그 회사의 일차적인 행동 양식이나 의식의 틀을 보여주는 기업 문화의 첫 발자국이라고 할 수가 있습니다.

여기에 비해서 '소니'는 세계 어디에서도 쉽게 그리고 똑같이 발음됩니다. SONY는 창업 당시 그 이름을 지을 때 국제성, 간결성, 친근성이라는 자기 문화를 반영시켰던 것입니다. 그래서 세계 어느 나라, 어느 종족이라 해도 쉽게 발음될 수 있는 음소를 선택하려고 했지요. S와 N은 자음 가운데 기본이 되는 것으로 어떤 말을 쓰는 사람이든 그 발음에 차이가 없습니다. 가령 H음과 같은 것은 프랑스의 경우 ㅎ이 아니라 ㅇ으로 발음되고, T음의 경우에는 ㅌ이 아니라 ㄸ이 됩니다. T 발음은 영국과 미국 발음에도 차이가 많습니다.

모음의 경우도 마찬가집니다. O와 Y의 두 개로 구성되어 있는데 모두 심플합니다. 그 의미 역시 소니라 하면 미국 사람들이 아이들을 부를 때 쓰는 애칭 'SONNY'와 같기 때문에 우리나라 말로 하자면 꼬마나 귀염둥이와 같은 뜻이 됩니다(사실 처음에는 NN이 두 개였는데 단순화하기 위해서 N 하나를 뺐다는 거지요). 그렇기 때문에 소형 트랜지스터 라디오를 처음 개발·판매한 소니답게 그 이름에도 커다란 전자 제품을 콤팩트하게 만들어내는 이른바 '축소지향'의 문화를 은연중에 내포하고 있는 것입니다.

소니는 이러한 회사명 때문에 미국을 비롯해 전 세계에서 친숙한 것이 되었고, 무역 마찰이 심해진 후에도 별로 표적이 되지 않았다는 겁니다. 미국 어린이들은 소니가 일본 제품이라는 것을 거의 모르고 있으며 안다 하더라도 그 강렬한 개성과 국제 지향적 문화 때문에 메이드 인 재팬이 아니라 메이드 인 소니로서 거부감이 없다는 겁니다. 물론 이름 하나 때문에 그런 것이 아니라 이름 속에 담긴 그리고 이름에 적합한 문화를 끝없이 창출해낸 탓입니다.

대우나 삼성 그리고 현대와 같은 이름 속에 푸짐하고 거대한 것을 좋아하는 우리 문화의 특성이 나타나 있다면, 소니는 작고 아기자기한 일본적인 일상생활의 감각을 지니고 있다고 할 것입니다. 소니만이 아니라 일본의 기업명들은, 특히 전후의 것들은 대개가 더 서구 지향적인 것들이 많습니다. 영어로 되었거나 외국풍의 이름을 단 것들이 많다는 이야기입니다.

음향기기 메이커로 유명한 파이오니어Pioneer의 경우 일본 회사이면서도 완전히 영어로 사명을 붙였습니다. 개척자라는 뜻이 아닙니까. 선두 기업들을 제치고 세계에서 최초로 레이저 디스크를 상품으로 개척한 파이오니어 정신 그리고 외국, 특히 영미 문화권을 자기 시장으로 뚫고 나가려는 개척 정신 등이 사명에 그대로 드러나 있지요. 이름만이 아니라 회사의 성격 자체가 파이오니어에 필요한 경영 철학을 갖고 있습니다. 즉 후발 기업에 속하는 파이오니어는 사방에서 기술자나 경영자들을 스카우트해 왔기 때문에 46퍼센트가 타사에서 온 외인부대 같은 성격을 지니고 있는 것입니다. 그러므로 파이오니어의 기업 문화는 일본의 다른 보수적인 회사들과는 달리 개방적인 특색을 갖게 됩니다. 이른바 텃세라는 게 없다는 거지요. 폐쇄성으로 유명한 일본 회사에서는 도중에 다른 회사에서 들어온 사원들은 찬밥을 먹게 마련이고 따돌림을 받는 일이 많습니다. 그러나 파이오니어는 외부에서 들어온 사람들이라 해서 차별하거나 소외시키는 법이 없습니다. 최고 경영자 자신이 포용력을 가지고 각별히 감싸줍니다. 이 개방성과 포용력이 파이오니어의 사내 기업 문화의 특성이라고 할 수 있을 것입니다. 그렇기 때문에 사외에서 들어온 사람들은 회사에 더욱 고마움을 느끼고 회사에 충성을 다한다는 겁니다.

기업의 이름은 곧 그 기업의 얼굴이며 그 자체가 광고 효과를 지니고 있습니다. 우스운 이야기를 하나 하지요. 어느 지방 도시에 양복점이 개업을 했습니다. 이 나라에서 최고의 양복점이라는 뜻에서 국일國一 양복점이라고 이름을 붙였지요. 그러자 두 번째 양복점을 내는 주인은 나라보다 큰 세계라는 이름을 붙여서 세일世一 양복점이라고 했다는 겁니다. 세 번째 양복점을 낸 사람은 좋은 말을 모두 빼앗겼기 때문에 이번에는 우주에서 제일 큰 양복점이라는 뜻에서 우일宇一 양복점이라고 했지요. 결국 마지막에 양복점을 낼 주인은 우주보다 더 큰 것은 없기 때문에 고민을 하게 되지요. 그러다가 그는 결국 나라에서, 세계에서, 우주에서 제일가는 양복점이 모두 이 시내에 있기 때문에 이 시에서 제일가는 것이면 그 어느 것도 능가하게 될 것이 아닌가 해서 무릎을 치고 단 이름이 시일市一 양복점이었다는 것입니다.

이 우스개 이야기는 이름 짓기에 나타난 제일주의, 거대주의의 통념을 비꼰 것이라고 할 수가 있습니다. 일반적으로 회사명이나 상품명을 이런 식으로 달던 때가 분명히 있었지요. 하지만 그런 것은 오히려 구시대 권위주의의 낡은 문화에 속한다는 것을 잘 알고 있을 것입니다.

몇 해 전 이야기입니다만 일본 어느 지방의 작은 은행이 대담하게 종래의 권위주의적 은행의 명명법을 부수고 도마도 은행이라고 개명을 한 것입니다. 제일권업이니 후지富士니 하는 한자 투의 어마어마한 이름을 단 것과는 달리 다방이나 식품점 이름 같은 아주 일상적인 작은 이름을 단 것이지요. 도마도라고 하면 이름이 쉽고 귀엽지요. 그런 은행이라면 장바구니를 든 채 또는 돼지 저금통을 깨뜨리고 마을 구멍가게에 가듯 얼마든지 들어갈 수 있을 법한 이미지를 주지 않습니까. 과연 이 도마도 은행은 일본 전국에 화제가 되었을 뿐만 아니라 고객들이 늘어서 만년 적자를 면할 수 있게 되었다는 겁니다. 물론 도마도로 은행 이름을 바꾸려고 했을 때 주주들과 많은 중역들의 반대가 있었을 것은 쉽게 짐작이 갑니다. 그러나 결국 신사고, 신문화가 먹혀 결국 도마도 은행이 탄생했다는 것은 단순히 이름만을 바꾼 것이 아니라 이 은행의 구성원들 그리고 의사 결정을 하는 사람들의 전체 문화가 달라졌음을 의미하는 것이기도 합니다.

우리나라에서도 처음으로 은행 이름을 순수한 우리나라 말로, 아주 쉽고 일상적인 말로 붙인 보람은행이 있습니다. 보람은행이라고 하면 사내 사람들은 보람을 갖고 일터에서 일하고, 사외 고객들은 저축 예금을 통해서 보람 있는 생활을 찾는 모습을 그리게 됩니다. 은행 이름에서만이 아니라 모르면 몰라도 이 회사의 기업 문화는 문자 그대로 보람 문화의 창조에 두었을 것입니다. 듣건대 CI 운동에서도 그 회사 컬러가 보라색이라고 들었습니다. 보람과 보라색은 서로 어울릴 뿐만 아니라 그 색깔 자체도 순수 토박이말을 쓴 그 은행 분위기와 잘 어울리지 않습니까.

거의 같이 창업한 하나은행도 마찬가집니다. 10년 전만 해도 은행 이름을 탈한자식 토박이말로 한다는 것은 상상도 할 수가 없었습니다. 그만큼 우리 문화가 달라지고 있음을 보여주고 있는 예입니다. 권위주의나 관념에 얽매여 있던 기성 문화가 점차 사라지고 이제 우리 기업에도 참신하고 생생한 생활 연장 감각이 대두하고 있기 때문입니다. 젊은이들이나 보통 주부들은 아마도 나라 '국' 자나 첫째 '일' 자가 붙은 은행보다 이런 소박한 한글투 이름이 붙은 은행을 더 편안한 마음으로 찾아갈 것이고, 또 그

은행의 서비스는 적은 돈을 맡기려고 간 사람들에게도 친절하게 대해줄 것 같은 인상이 듭니다.

물론 이름은 단순한 회사의 이미지만이 아니라 인감도장처럼 책임이라는 막중한 사회적 기능을 지니고 있다는 사실을 잊어서는 안 될 것입니다. 이름은 자기 얼굴이요 인격이요 전 존재를 겉으로 드러내는 상징성이 있기 때문에 익명성과는 반대의 구실을 하게 됩니다.

세종 때 이야기입니다만 분청사기가 전국으로 확산되면서 도공들이 조잡한 도기들을 만드는 바람에 잘 깨지는 그릇들이 범람하기 시작했다는 것입니다. 그래서 조정에서는 그것을 막기 위해서 그릇 밑에 그것을 만든 사람의 이름을, 즉 장명匠名을 넣도록 명령을 내렸습니다. 그랬더니 조잡해지기만 하던 그릇들이 일변하여 태토와 무늬도 짜임새 있게 되었다고 합니다. 현존하는 분청사기 가운데 1410년대의 것과 장명을 넣도록 한 1420년대 이후의 것을 비교해보면 확연히 그 질이 다른 것을 알 수 있다는 것입니다.

사기그릇 하나 만드는 데도 장명을 넣고 안 넣고가 이렇게 차이가 있는데 하물며 오늘날과 같은 산업사회에서는 그 상표가 지니고 있는 가치와 사회적 책임은 이루 다 말로 표현할 수 없을 것입니다.

시각 혁명

그러나 이 같은 이름 짓기 하나만으로 기업 문화를 창출해내기는 힘듭니다. 이름은 한 번 지으면 그만이고 또 자꾸 써가는 동안에 개념화하여 신선함이나 특성을 상실해갑니다. 또 이름은 너무 단순해서 그 이념이나 사풍을 다 담을 수도 없습니다. 그래서 사명을 더욱 시각화하거나 그 개성을 강조하는 디자인 혁명이 필요하게 됩니다. 이른바 CI 붐이 일어나게 되는 것이지요. 더구나 현대는 시각의 시대라고 말해집니다. 눈에 띄어야 하고 오래 인상에 남아야 합니다. 그래서 같은 사명이라고 해도 글씨체나 그 모양에 따라서 부드럽게도 보이고 딱딱하게도 보입니다. 참신한 인상을 주기도 하고 진부하게 느껴지기도 합니다. 여기에서 로고타입이라는 것이 고안되고, 글씨체만 보아도 그 회사를 연상하는 차이화를 쉽게 느끼게 합니다.

왜 있지 않습니까. 그 사람의 개성이 필적에 나타나는 것 말입니다. 연애 편지는 그 내용보다도 사랑하는 사람의 필적에서 더 많은 메시지와 정감을 느끼게 되는 것과 마찬가지지요.

그러나 우리는 이 로고 타입에 잘 맞지 않는 문화라고 할 수 있습니다. 영어에는 여러 가지 활자체typeface가 있습니다. 흔히 컴퓨터에서 쓰는 문자 종류만 해도 볼드, 고딕, 이탤릭체 등 외에도 로만, 모던 등 헤아릴 수 없이 많은 종류가 있습니다. 또 필기체와 인쇄체 그리고 대문자와 소문자라는 것이 있어서 특수한 체가 아니더라도 한 글자를 네 가지로 달리 쓸 수가 있지요.

일본어도 그렇습니다. 일본 문자는 가타가나와 히라가나가 있는데 가타가나는 주로 외래어를 표기할 때 많이 사용하므로 서구적인 현대적 색채가 강하고, 히라가나는 전통적인 이미지를 주며 자형대로 부드러운 느낌을 줍니다. 그래서 다양한 로고가 만들어집니다.

하지만 한글은 아직 서체가 개발되지 않아 문자로 회사의 개성이나 그 분위기를 나타내기가 아주 힘듭니다. 겨우 명조체와 고딕 정도입니다. 우리가 다양한 서체를 가지고 있지 않기 때문에 사실은 이 CI 운동이 더 활발하게 전개되어야 한다는 역설이 성립될 수가 있습니다. 남보다 몇 배나 더 생각하고 몇 배나 더 창의성을 발휘하지 않고서는 남과 다른 기업 이미지를 창출하지 못하기 때문이지요.

내가 문화부 장관을 지낼 때 직접 경험한 이야기를 하지요. 여러분들이 아시다시피 문화부가 처음 생겼을 때 초대 장관을 맡게 되었기 때문에 무엇보다 고심한 것은 첫인상을 국민들에게 어떻게 심는가 하는 것이었습니다. 그런데 관청이라고 하면 금세 딱딱한 관료주의가 연상되지 않습니까. 문화야말로 마음이 우러나야 하는 것이기 때문에 문화부에서 관료주의 냄새가 난다면 어떤 일을 해도 그것은 불행한 결과를 낳게 될 것입니다. 그래서 제일 먼저 한 것이 탈관료주의를 선언하고 일반 기업에서 하는 것처럼 CI 운동을 벌였던 것이지요. 한마디로 관청 냄새를 없애기 위해서 문화부에서 쓰는 현수막이나 선전탑, 포스터, 브로슈어 같은 데 일반이 잘 안 쓰는 안상수체를 도입한 것입니다. 이 낯선 로고타입 때문에 관청 냄새를 씻은 것은 물론 사람들 눈에도 잘 띕니다. 그리고 컴퓨터 글씨 같은 느낌이 듦으로 새로운 현대 감각이 나지요. 이 비주얼 아이덴티티(VI), 즉 시각적 통일 때문에 안상수체만 보면 "아! 문화부"라고 금방 사람들이 알아차립니다. 이 때문에 일반 정부 행사와 문화부 행사를 얼른 구별하게 되고 따라서 시민들의 참여도도 높아졌지요. 문턱이 높은 관청인데도 쉽게 접근할 수가 있게 됩니다. 행사를 많이 벌인 것이 아닌데도 이 로고 타입 덕분에 문화부가 이벤트를 많이 하는 것처럼 인식되어 나를 이벤트 장관이라고 부르는 사람들도 있었지요. 말하자면 각 디자인의 전략을 통해서 개선하고 차이화하는 데 얼마간의 성공을 거둔 것이라고 할 수 있습니다.

제가 관청이라는 부정적 이미지를 어떻게 이미지 전략으로 바꿔놓았는가 하는 이야기를 할 때 이미 CI 운동은 기업 커뮤니케이션의 CC 단계로 옮겨 가고 있다는 것을 눈치챈 분이 있었을 것으로 압니다. 단순한 차이화와 시각적 통일만이 아니라 이미지는 정보 차원으로 높아져야 하는 제3의 단계로 올라가야 한다는 이야기입니다. 관청을 하나의 기업으로 옮겨봅시다. 기업의 직종에 따라서 어느 분야나 부정적 이미지와 긍정적 이미지를 갖고 있지요. 그렇기 때문에 이제는 상품만 팔아서는 그리고 자사의 제품만을 내세워서는 소비자의 마음을 끌 수 없는 시대가 온 것입니다. 말하자면 상품과 함께 그 상품의 정보성을 함께 주어야 하는 것입니다.

추상적인 말보다 구체적인 사례가 더 이해하기 쉽겠지요. 내가 일본에 가서 축소지향이 화제에 오르자 관심을 갖고 맨 먼저 세미나 연사로 초대된 곳이 산토리라는 양주 회사였지요. 산토리 하면 문화에 관심을 가진 기업으로, 가장 강한 기업 문화를 갖고 있는 것으로 정평이 나 있어요. 그런데 왜 산토리는 기업 문화에 힘을 쓰고 있는 것일까. 그 이유를 좀 생각해봅시다.

첫째, 술이라는 것이 무엇입니까. 술이라 하면 우선 이태백을 연상합니다. 낭만적인 시심과 창조적인 상상력입니다. 도취하는 것이 술이듯이 물질적 편리와 이익이 아니라 마음의 즐거움을 추구하는 것이 바로 문화입니다. 술처럼 문화예술에 가까운 상품도 없을 것입니다. 사실 나는 술을 잘 마시지 못합니다만 가끔 주석에서 어떻게 문학을 하는 사람이 술을 마시지 못하느냐고 비웃음을 사기도 합니다. 시인은 잉크가 아니라 술로 시를 쓰는 것이라고 믿고 있는 사람들도 있습니다.

그러나 술에는 긍정적인 요소만 있는 것이 아니라 파괴적인 요소도 있습니다. 반사회적인 성격이 강한 상품이어서 한때 미국 같은 청교도들이 세운 나라에서는 금주법 같은 것이 생기기도 한 것입니다. 그러므로 술을 파는 기업은 이 같은 부정적 이미지를 개선하지 않고서는 사회성을 획득하기 힘듭니다.

맹자는 무엇을 만드는 장인이라 해도 사람을 죽이는 창보다는 생명을 보호하는 방패를 만드는 직업이 더 좋다고 말한 적이 있습니다. 그렇기에 술과 함께 술의 문화에 대한 정보를 함께 팔아야만 합니다. 말하자면 문명 속에 알코올만이 아니라 문화성과 사회성을 담아야 합니다. 산토리가 문화를 중시한 것이 여기에 있습니다.

산토리에서 펼치고 있는 기업 문화의 역점 사업들은 원래 사시에 속하는 이익 삼분주의의 원칙에 의해 이루어진 것들이지요. 즉 이익의 3분의 1을 국민들에게, 사회에게 돌려주자는 것입니다. 생각해보십시오. 왜 이런 사시를 만들었겠습니까. 술을 마시는 것이, 산토리의 양주를 마시는 것이 사회에 해를 끼치는 것이 아니라는 사회적 인식을 심어주기 위해서일 것입니다. 그렇다고 가가호호에 이익금을 분배해줄 수는 없습니다. 그런 일이 가능하다 해도 실제로 돌아가는 것은 몇 푼밖에 되지 않을 것입니다. 그러고 보면 작은 것으로도 온 국민이 누릴 수 있는 것은 문화예술밖에는 없습니다. 감동적인 노래를 만들어주면 온 국민이 부를 수가 있고, 아름다운 그림 하나를 걸어놓으면 두고두고 모든 국민이 감상할 수가 있습니다. 그렇게 해서 사회가 부드러워지고 아름다워지면 공기를 맑게 하는 것처럼 온 국민이 그 신선하고 건강한 문화의 바람을 쏘일 수 있게 되는 것이지요.

무엇보다도 자기 기업의 이미지는 그 업종을 차별화하는 데서부터 시작하는 것이지요. 술은 감동입니다. 밥만으로는 살 수 없습니다. 비경제 가치의 추구가 술이요 문화의 특색이라면, 문화와 술을 통일시킴으로써 기업 상품의 이미지를 긍정적으로 만들 수가 있습니다. 결국 산토리가 문화 행사를 많이 하는 것이나 술을 파는 것이나 한 차원 높여서 보면 같다는 이야기가 됩니다.

클래식 음악 전용 홀인 산토리 홀을 만들었을 때 사람들은 의아해했습니다. 도대체 양주 메이커와 음악 홀이 무슨 관계가 있는가라는 생각이 들었기 때문이지요. 그러나 그런 질문을 받은 산토리 측의 대답은 아주 간단했습니다.

"음악이란 귀로 마시는 술이 아니겠는가."

사실 이 산토리 홀의 내부 장식을 보면 샹들리에의 모양이 맥주 거품과 같은 형태를 하고 있습니다. 음악 홀만이 아니라 산토리는 술로 번 돈으로 각종 문화 행사와 문화 기관 시설을 하고 있으며 문화 재단을 만들어 기여하고 있지요.

그런가 하면 와코루라는 회사는 인간의 몸을 기업 문화의 핵으로 삼고 있습니다.

와코루라는 일본 기업은 창업 당시에는 여자들의 브로치나 핸드백을 파는 양품 잡화였다고 합니다. 그러다가 브래지어의 판매에 성공을 거두자 여성 속옷 전문 메이커로 변신하게 됩니다. 거기에서 다시 보디 패션body fashion에 기업의 뿌리를 두고 다음에는 '신체 산업'을 선언하기에 이릅니다. 즉 와코루의 기업 문화는 신체 문화의 창조가 되는 겁니다. 인간의 몸이란 무엇인가, 눈에 보이지 않는 마음을 눈에 나타나는 몸과 어떻게 조화하는가, 그 아름다움은 무엇인가. 이런 질문에 해답을 추구해나가는 것이 이 와코루의 상품 개발이며 판매이지요. 그러니까 와코루는 복식 문화 재단 같은 비영리 연구 기관을 만들게 된 것입니다.

이렇게 술은 술의 문화 아래, 옷을 파는 기업은 인체의 문화를 만들어나가는 데서 그 기업의 목표와 긍지를 찾는 것입니다.

이것은 소비자 일반 시민들에게 자기 기업의 이미지를 높이기 위한 커뮤니케이션이라고 볼 수 있지만 사실은 그보다도 사내 커뮤니케이션, 곧 왜 우리는 이 기업에서 일해야 하며 무엇 때문에 우리는 이 기업을 발전시키려고 하는가 하는 사원들의 의식 통일과 자긍심을 심어주는 일입니다. 단순한 상품의 차이화가 아니라 기업 전체의 차이화를 통해서 소비자와 기업 조직을 활성화하는 힘입니다. 무엇을 생각하는 기업이며 무엇을 전하려고 하는 기업인지를 대내외로 뚜렷하게 알리려는 것이지요.

기업 문화는 결국 이러한 기업 커뮤니케이션의 단계로 나아가면서 비로소 제 형태를 갖기 시작하는 것입니다. 브랜드와 로고타입과 같은 경제 레벨에서 사회 문화 레벨로 그 이미지가 높아지는 것입니다.

그러면 어떻게 이름 짓기의 단계에서 이미지 만들기로, 그리고 다시 기업 커뮤니케이션의 높이로 발전되어가는지를 INAX사를 표본으로 하여 검증해봅시다.

변기와 욕실 용기 전문 메이커인 INAX는 원래 그 사명이 이나세이도[伊奈製陶]였지요. 사명을 바꾼다는 것은 종래 기업의 이미지 체인지를 뜻하는 것이지요. 우선 '이나'라는 사명은 기업주의 성을 딴 것으로 일본의 토착성이 강하고 전통성이 짙다고 할 것입니다. 그러나 변소와 욕실은 재래식과 양식이 확연히 구별되어 있어서 라이프 스타일 가운데 가장 차이가 나는 부문입니다.

한자 사명을 영어의 알파벳으로 고쳤다는 것은 재래식 라이프 스타일과는 다른 현대성을 강조한 것이라고 볼 수가 있습니다. 종래의 변기나 욕탕이 갖는 것과 다른 이미지와 그 문화를 창조하고자 하는 의지의 산물이라고 볼 수 있습니다. 뿐만 아니라 伊奈를 INA로 영자 표기한 것만이 아니라 그 끝에 X자를 붙였다는 사실이 시선을 끕니다. X는 만국 공통으로 쓰이는 수학 부호로 미지수를 나타내는 것이 아닙니까. 지금까지 없었던 것을 만들어내고 새로운 변화와 미지의 것에 도전하는 정신인 X 전략을 이 기업의 문화로 내세운 것입니다.

이 같은 사명을 구체적인 커뮤니케이션 전략으로 내세운 것이 INAX의 전시관입니다. 변기라고 하면 그리고 변소라고 하면 더럽고 후진 곳에 있는 것으로 구석지거나 어두운 공간을 연상하기 쉽습니다. 그러나 INAX는 종래의 이러한 고정관념을 깨고 초근대적 빌딩의 집합체인 아크힐스(アークヒルズ, ark hills. 도쿄도 미나토구 아카사카 잇초메와 롯폰기 잇초메에 걸쳐 위치한 복합 시설) 일각의 모리 빌딩 최상층에 INAX 변소와 욕실에 관한 정보의 발신기지 XSITE를 만들었던 것입니다.

생각해보십시오. 인텔리전트 빌딩 꼭대기에 변기를 놓는다는 것은 종래의 시각에서 보면 파격적인 것이 아닐 수가 없습니다. 빌딩에서도 반대했을 것은 물론입니다. 냄새나는 것, 더러운 것, 이런 부정적 의미는 변기에 따라다니는 판박이 이미지입니다. 그렇기 때문에 X 전략을 내세우는 INAX에서는 그 같은 기성관념을 깨뜨리고 미지의 새로운 이미지를 창조하기 위해서 정반대의 공간, 즉 최하위의 공간 속에 있는 것을 최상층에 올려놓았던 것입니다. 응접실과 서재와 마찬가지로 밝고 호사스러운 공간으로 뜯어고치고 변기와 욕실 디자인도 그에 알맞게 혁신을 시켰지요.

아르키메데스Archimedes는 목욕탕에서 부력을 발견하고 유레카 유레카eureka라고 외치지 않았습니까. 그리고 변소간은 사고의 장소로서 응용된 적이 얼마나 많습니까. 린위탕(林語堂)의 말대로 인간이 창조적인 생각을 해낸 것은 부동자세가 아니라 변소간에서 쭈그리고 앉아 있을 때였을 것이라는 말처럼 말입니다. 즉 남들이 기피하는 공간을 거꾸로 사고와 휴식의 최상의 사치스러운 문화 공간으로 만든다는 것이 INAX의 철학이요 문화였던 것입니다.

통념을 뒤집는 발상과 문화, 그렇게 해서 새로운 공간을 창조한 그것이 INAX가 만들어내려는 새로운 변소와 욕실의 생활공간입니다. 그들은 그것을 제3의 공간이라고 부릅니다. 그리고 제3의 공간이라는 변소나 욕실에서 읽기 쉽도록 길쭉하게 만든 잡지를 발간하고 있습니다. 심지어 토이레 파크toilet Park라는 멋있는 조형 공간도 디자인해 선보이고 있습니다.

신비한 여인의 미소로 세계의 모든 사람으로부터 흠모와 사랑을 받고 있는 레오나르도 다 빈치Leonardo da Vinci의 〈모나리자Mona Lisa〉에 수염을 그려 남자로 만들어내고 변기에다 '샘Fontaine'이라는 이름을 붙여 미술관에 전시해놓은 뒤샹Marcel Duchamp의 발상법을 기업이 이용하고 있는 것입니다. 이쯤 되면 기업과 예술의 경계는 애매해집니다. 건축이 예술이 되고 상품이 작품이 되는 시대 INAX의 전시관은 상품 진열 전시관이 아니라 바로 아트 갤러리 같은 역할을 합니다. 변기와 욕실을 문화 공간·예술 공간으로 창조한 미학이 바로 그들의 기업 활동이 되는 것입니다. 그 전시관을 XSITE라고 한 것도 시적입니다. 음만 따서 읽으면 엑사이트라는 영어로 들립니다. 문자를 뜯어 읽으면 X, 미지의 X를 사이트(찾는다)한다는 뜻이 됩니다. 동시에 미지의 경치라는 뜻도 내포되어 있습니다. 이중 삼중의 뜻을 내포하고 있는 이른바 폴리세믹Polysemic(다기호 체계)을 이용한 시적인 수사입니다. 기능 중심의 산업사회의 욕실이나 변소가 정보화 사회에서는 생각하고 즐기는 정보 공간, 놀이 공간으로 바뀌게 됩니다. 기능에서 정보로 바뀌어가는 문명의 흐름을 생활공간에 끌어들이기 위해서는 그런 문화의 혁신이 있을 때 비로소 가능해지는 것입니다.

이런 시각에서 보면 INAX의 상품은 변기나 욕조가 아니라 바로 X라는 미지의 인간 의식 그 자체라고 할 것입니다. 새로운 의식, 미지를 향한 흥분과 감동, 이런 것들이야말로 INAX의 상품 목록이 되는 것들이지요. 실제로 INAX의 쇼룸인 XSITE에서는 상품 전시만이 아니라 꽃꽂이로부터 각종 전위적인 조형전이 열리고 있습니다. 인간이 생활하는 아름답고 즐거운 미래의 공간, 그 제3의 공간을 창출해내는 것이 그들의 신상품이고 그 신상품의 환경을 만들어내는 것이 그들의 기업 문화가 되는 것입니다.

회사명을 단순히 영자로 표기하여 개명한 것만이 아니라 그 이미지의 변화가 커뮤니케이션으로, 그리고 그 커뮤니케이션은 새로운 공간을 창조하는 기업 문화의 전개로 발전 연계되면서 한 기업의 개성과 창조성을 만들어내고 있는 것입니다.

그러니까 상품 자체에 문화적 의미를 주는 것이 중요하다는 이야기입니다. 처음 빅터JVC가 막대한 개발비를 투입하여 홈 비디오를 개발했을 때 그 적자를 메우기 위해 유능한 영업부장 하나를 발탁하여 대단한 실적을 올린 적이 있었다고 합니다. 아직 값도 비싸고 부피도 커서 잘 팔리지 않던 비디오 디스크가 갑작스레 수십 배로 판매고가 늘어난 것이지요.

회사 중역이 영업부장을 불러 어떻게 해서 그렇게 단시일 내에 실적을 올렸는가를 묻게 됩니다. 그때 그 영업부장은 자랑스럽게 말했지요. "우리 제품은 아직 가정에 보급할 단계가 아닙니다. 그래서 젊은 남녀가 사랑을 하기 위해 투숙하는 유흥지의 러브 호텔을 찾아 집중적으로 공략한 것이지요. 음란 비디오를 틀면 손님들이 많이 찾아올 것이므로 호텔 측에서는 웬만큼 가격이 비싸도 대환영들입니다. 이렇게 전국의 러브 호텔을 우리 제품으로 점령한 것이지요."

이 영업부장은 상여금을 탄 것이 아니라 그날로 해고를 당하고 말았다는 것이지요. 한마디로 상품 이미지를, 그 문화성을 더럽혔다는 겁니다. 앞으로 가정으로 파고들어가야 할 비디오 디스크에 퇴폐 이미지가 붙게 되면 지금까지 공들인 탑이 무너진다는 생각 때문이었지요. 당장의 이익보다도 미래의 시장을 위해 상품

이미지 관리에 더 신경을 써야 한다는 실례를 남기게 된 것입니다.

빅터가 결국 비디오의 왕국을 차지하게 된 것은 그 상품을 러브 호텔의 포르노에서 건강한 가정 문화에 맞추었기 때문입니다. 즉 직장 생활을 하느라고 중계를 보지 못하는 샐러리맨 야구팬들을 주요 고객으로 삼고 비디오 제품을 개발해갔던 것입니다. 그래서 비디오 녹화 시간도 처음부터 야구 중계에 맞추어 두 시간대로 개발했던 것입니다. 빅터가 소니의 베타맥스(일본 소니사가 1975년에 개발한 VTR 방식)를 이기게 된 이유도 여기에 있지요.

기업의 문화성과 사회성

이상 말씀드린 CI라는 것은 뜻 그대로 한 기업체를 구성하고 있는 구성원들에게 일체감과 귀속감을 주거나 혹은 고객들에게도 기업의 인지도를 높이고 유대를 만들어나가는 전략이었던 것입니다. 이를테면 아이덴티티라는 점에 주안점을 두고 이루어지는 일이라고 할 것입니다. 그러나 그것만 가지고는 하나의 문화라고 부를 수가 없습니다. 기업의 울타리와 경제적 가치만이 아니라 울타리 너머의 것들, 즉 비경제적 가치의 영역에까지 그 일체감을 두어야만 비로소 기업 문화라는 말을 쓸 수가 있을 것입니다. 왜냐하면 깡패들의 집단이나 마약 밀매 업자들의 조직도 실상 어떤 기업의 조직이나 구성원보다도 단단한 아이덴티티를 지니고 있으며 끈끈한 유대를 갖고 있습니다.

그러므로 이미지나 마인드를 통일하는 기업 문화의 CI 운동은 기업 시민이나 기업 문화라고 하는 좀 더 넓고 추상적인 단계로까지 발전하지 않으면 안 되지요. CI 운동이 단순한 광고 전략과

혼동되고 말 수 있으니까요.

문화를 생산성이나 마케팅 그리고 소비자 관리에 이용하는 것이 아니라 기업이 문화 그 자체가 되는 경우를 의미합니다. CI 운동이 사원들의 파워 업, 모럴 업을 위한 응원가의 역할만 하는 것이어서는 안 됩니다. 기업에 종사하고 있는 사람들이 생산 도구가 아니라 한 사람 한 사람이 사람답게 사는 보람을 그 기업 내에서 구할 수 있어야 합니다.

문화가 기업의 수단이 아니라 목적이 되는 경우일 것입니다. 구체적으로 말하자면 기업 이념이나 기업의 목표상 구축 같은 것으로, 기업의 사회성과 문화성을 획득하려는 상징 사업들이 여기에 속한다고 할 것입니다. 앞에서 예를 든 무지개 사단의 경우라면 무지개와 자유의 여신상이 단순한 부대 마크가 아니라 평화니 자유니 하는 이념으로 확산된 경우라고 할 것입니다.

이 단계에 이른 기업 문화로서 손꼽히고 있는 회사가 미국의 경우에는 존슨앤드존슨Johnson&Johnson이나 유나이티드테크놀로지스United Technologies의 예를 들 수가 있고, 일본의 경우는 시세이도資生堂의 메세나 운동 등을 들 수 있을 것입니다.

세계 최대의 종합 건강 관련 기업체인 존슨앤드존슨 주식회사에는 50년 전부터 내려오는 '나의 신조'라는 사시가 있습니다. 3년에 한 번씩 세계 각지에서 근무하는 간부들이 한자리에 모여 며칠 동안 이 기업 이념에 대해 토론을 한다는 거지요. 만약 시대나 사회 실정에 맞지 않은 것이 있으면 수정하게 된다는 겁니다.

이 강연의 첫머리에서 이야기한 숨어 있는 수염에 대해서 스스로 질문을 던지고 그 숨겨진 수염을 의식 속에 떠올리는 행위라고 할 것입니다. 기계적으로 반복 형식화하는 것이 아니라 끝없이 반성하고 고쳐가는 의식 개혁입니다.

존슨앤드존슨이 사시로 삼은 그 기업 문화의 근간은 책임입니다. 즉 네 가지 책임을 그 회사의 신조로 삼고 실천하고 있는 거지요. 첫 번째 책임은 자기 제품이나 서비스를 받고 있는 의사, 간호사, 환자 그리고 그 부모를 비롯한 모든 소비자들이라고 되어 있고, 거기에는 주문에 대한 신속성이나 상품에 대한 적정한 가격 등 구체적인 항목이 적시되어 있습니다. 두 번째 책임은 사원들에 대한 것으로 사원들의 존엄과 가치를 인정하는 것에서부터 시작하여 작업 환경의 청결과 공정한 인사에 이르기까지 사원의 생활에 대한 기업의 책임을 적어놓고 있습니다. 세 번째는 지역사회에 관한 것입니다. "우리가 생활하고 일하고 있는 지역사회, 나아가서는 전 세계의 공동사회에 대해 책임을 져야 한다는 것입니다." 좋은 시민으로서 유익한 사회사업이나 복지에 공헌하고 적절한 조세를 부담하지 않으면 안 된다는 겁니다. 뿐만 아니라 건강 증진, 교육 개선과 같이 사회 발전에 공헌하는 사업에 적극 참여해야 한다는 것을 강조하고 있습니다.

마지막 책임은 회사의 주주들에 대한 것으로 건전한 이익 추구, 연구 개발, 참신한 기획 설비 투자와 끝없는 개선, 어려울 때를 위한 비축 등의 사업 원리를 적고 있습니다.

존슨앤드존슨이 오늘날 세계적인 헬스 케어Healthcare 산업의 주도적 자리를 지키고 있는 것은, 그리고 세계 각국에 진출하고 있으면서도 마찰을 일으키지 않고 성공을 거두는 것을 보면 우리의 신조와 같은, 특히 세 번째의 사회적 책임을 지는 기업으로서의 튼튼한 문화를 구축했기 때문이라고 할 것입니다.

기업이 사회에 대한 책임을 진다는 것은 단순히 제품을 만들고 파는 기업 활동에서 끝나는 것이 아니라 그와 직접 관련이 없어도 사회에 공헌하는 사업에 참여하는 것을 의미합니다. 기업이 기업 광고를 통해서 사회문제에 대하여 자기들의 의견이나 제안을 펴고 사회 문화 발전을 위해 직접 짐을 지는 일을 합니다.

기업 광고로 유명해진 유나이티드테크놀로지스는 1979년부터 매월 한 달에 한 번 《월 스트리트 저널Wall Street Journal》지에 경영자로서의 의견 주장 등을 게재하고 있습니다. 그 내용은 가치관 교육, 윤리, 사고방식, 문화 활동 등 미국 사회 전반에 대한 것으로, 그 대상도 중학생부터 근로자·변호사·의사·정치가 등 각종 전문인에 이르기까지 광범위합니다. 그 메시지가 어떤 것인지를 하나만 소개해보지요.

이기는 것과 지는 것은 종이 한 장

1976년 올림픽 남자 100미터 육상 경기에서
결승까지 남은 사람은
여덟 명.
금메달을 딴 사람과
여덟 번째 꼴찌를 한 사람과의 차는
겨우 2분 1초였다.
지금 미국에서는
500만의 사람들이 판매 활동을 하고 있다.
상상해보라.
지난해 만약 그 사람들이 한 사람 한 사람
한 개씩만 더 팔았더라도
미국의 GNP는 어떻게 되었을까.
스포츠도 비즈니스도
정치도 사랑도
승리만이 전부는 아니다.
하지만 지는 것보다는 이기는 것이
훨씬 나은 것이다.
뛰어라, 호랑이들이여(go get 'em, tiger!).

이것은 1985년 10월 《월 스트리트 저널》에 기업 광고로 게재된 것으로 1만 5000통 가까운 독후감이 들어왔고 6만 7000통의 카피를 요구해왔다고 합니다. 이런 기업 광고는 자기네 제품 선전과는 아무런 관련이 없는 것으로, 코네티컷 주에 있는 이 작은 무명 회사는 미국을 대표하는 기업의 하나로 성장하고 전 업계에 인식을 얻게 되었습니다. 목숨을 버리려고 하는 사람은 도리어 목숨을 얻는다는 역설처럼 이익을 초월하여 사회에 공헌하려고 하면 도리어 이익을 얻게 된다는 산 예이지요.

우리나라에서도 쌍룡 같은 기업에서는 이미 이런 기업 광고를 시도하고 있고, 일본에서는 기업 광고는 아니지만 시세이도가 광고를 통해서 예술 의식과 생활의 미적 감각을 높이는 데 두드러진 활동을 보여주고 있습니다. 그들이 내세우고 있는 광고의 표어 가운데는 "감동은 아름답다"라는 것이 있습니다. 물질적인 쾌락이 아니라 정신의 아름다움, 마음의 풍요 같은 것이 산업사회의 메마르고 살벌한 생활에 한 줄기 신선한 바람을 일으키고 있는 것이지요.

사회성과 문화성이 강조되면 앞서 말한 대로 단순한 기업 이미지나 상품 이미지의 판매 전략으로서 문화가 이용되고 소비되는 것이 아니라 기업 환경을 건전하게 하고 지역사회의 번영을 가져옴으로써 기업과 소비자가 공존 공생하는 공동 운명체로의 유대를 맺게 됩니다. 그래서 그 기업의 로고나 상품은 그 나라, 더 나아가 인류의 문화사 속에 녹아들어가고, 한 사회의 역사 그 자체로 남게 되는 것입니다.

기업은 경제적 가치 이상의 것으로 되어버립니다. 화가 지망생이기도 했던 시세이도의 2대 사장 후쿠하라 신조[福原信三]가 1915년에 직접 만들었다는 동백꽃 모양의 상표는 아름다워지고자 하는 일본 여성 문화의 문패가 되어버렸지요. 그렇기 때문에 1985년에는 미국 뉴욕 주의 주립 패션 공과 대학교Fashion Institute of Technology에서 시세이도 광고 미술전을 개최하고, 1986년에는 파리 광고 미술관이 그 규모를 크게 하여 62일간 1만 5000명에 가까운 관객들을 동원하기도 했습니다. 일본 문화의 생활 감각과 미적 특성의 변천 과정이 한 기업의 광고 전시를 통해서 극명하게 형상화된 겁니다.

코카콜라가 펩시콜라에게 시장을 점차 빼앗겨 역전되는 위기를 맞이했던 적이 있었지요. 그때 코카콜라는 시대의 변천을 실감하고 종래의 콜라 맛을 바꿔 새로운 세대에 맞도록 신제품을 내놓았지요.

그러자 미국 시민들의 엄청난 저항에 부딪치게 됩니다. 코카콜라의 맛은 우리 할아버지와 할머니가 마시고 그 손자들이 마시고 있는 미국의 역사요 그 문화라는 것이었지요. 그것을 함부로 기업이 바꿀 수 없다는 주장들이었지요. 심지어 코카콜라의 맛을 옛날로 되돌리자는 캠페인까지 벌어지게 된 것입니다. 코카콜라는 하는 수 없이 옛날 콜라를 부활하여 '코카콜라 클래식'이라는 상표로 다시 시장에 내놓았습니다. 그랬더니 그때까지 시장 점유

율에 뒤지고 있던 펩시를 완전히 누르게 되었고, 코카콜라를 재인식하는 소비자들이 늘어 옛날의 영광을 되찾는 기적 같은 일이 벌어지게 된 것입니다. 코카콜라로서는 전연 예상치 못한 결과를 낳게 된 것입니다. 코카콜라의 맛 속에는 경제적 가치 이상의 것이 들어 있었다는 것을 기업 자체가 잘 몰랐던 것입니다. 그리고 코카콜라의 맛은 어느 기업의 음료수가 아니라 이미 미국의 생활문화 그 자체를 상징하는 맛이 되어버린 것입니다.

기업이 문화 예술에 공헌하려고 하는 것을 메세나 운동, 사회복지와 그 발전에 기여하려는 것을 필랜스러피(Philanthropy, 박애)라고 합니다. 전자는 로마 때의 돈 많은 재상으로 문화예술인의 후원자patron였던 마이케나스(Gaius Maecenas)의 이름을 프랑스 발음으로 옮긴 것입니다. 한마디로 돈 많은 기업인들의 문화 예술에 대한 지원을 뜻한 말입니다. 후자는 사람을 사랑한다는 그리스어의 'philanthoropia'에서 비롯된 말입니다. 이웃에 대한 사랑과 형제애와 같은 마음에서 우러나온 민간 단체의 공익 활동을 일컫는 말이라고 생각하면 되겠습니다.

메세나와 필랜스러피는 엄격한 의미에서 기업 문화와는 구별되는 것이지만, 손등과 손바닥처럼 서로 떼어낼 수 없는 연동성을 가지고 있거나 자연스럽게 그 귀착지로서 융합되는 것이라고 할 수가 있습니다.

가령 프랑스의 한 담배 공장에서 값비싼 미술품을 사들여 공장 작업실에 전시해놓은 일이 있습니다. 공원들은, 우리는 공장이 아니라 미술관에서 일을 한다고 생각하고 긍지와 감동을 받으며 일을 하게 되었습니다. 그래서 그 뒤 생산성이 옛날보다 훨씬 높아진 것은 말할 것도 없지요. 화가들의 그림을 사주었다는 것은 메세나 운동으로 볼 수 있지만 그것을 작업장에 걸어놓은 것은 전형적인 기업 문화 사내 커뮤니케이션의 하나로 볼 수가 있습니다. 예술 지원이면서 동시에 생산성을 높이는 파워 업, 이미지 업의 효과를 거둔 것입니다.

미국의 모든 문화 활동의 지원은 이 같은 메세나 운동에 의해서 이루어진다고 해도 과언이 아닐 것입니다. 공공 활동을 위한 민간인의 기부금 총액은 연간 100억 달러 정도가 됩니다만 이 중 50퍼센트인 약 47억 달러가 예술 분야에 지원되고 있다는 것입니다. 프랑스에서는 지금까지 기업이 문화에 지원한 금액이 약 6~7억 프랑, 한국 돈으로 1000억쯤 됩니다만 현재 기업의 메세나 활동을 추진하기 위해서 메세나를 우대하는 특별 세법을 개정하고 있기 때문에 앞으로는 더 활발해질 것입니다.

우리는 실제로 메세나와 필랜스러피가 어떤 기업들에 의해 어떤 프로그램으로 전개되어 왔는지 구체적인 사례를 알아볼 필요가 있습니다. 영국의 바클레이즈 은행Barclays Bank plc.의 경우는 연극이나 발레와 같이 예술성이 높고 흥행에는 어려운 분야에 지원을 하고 있습니다. 가령 런던 시티 발레단의 설립 10주년 기념 작품 〈백조의 호수Swan Lake〉의 제작비를 부담하고, 영국 내 40여 군데의 공연을 지원한다거나 전국에서 모이는 젊은이들의 연극 콩쿠르를 개최하여 여비와 체재비를 부담하는 것들이 그것입니다. 재미난 것은 그냥 전적으로 돕는 것이 아니라 흥행에 적자를 보면 적자를 본 것만큼 전액을 보조해주고 플러스 마이너스 제로인 경우에는 지원금이 없습니다. 만약 흑자를 낸 경우에는 극단이 갖도록 하는 것입니다.

미국의 체이스맨해튼 은행Chase Manhattan Bank corp.은 자기 계열의 크레디트 카드를 갖고 있는 사람이면 어느 기간 동안 구겐하임 미술관Guggenheim Museum의 입관료를 무료로 해주는 운동을 벌였습니다. 물론 그렇게 해서 입장한 관객들의 입장료는 은행 측에서 수십만 달러를 지불하여 자연 청산되도록 되어 있습니다. 이것은 고객 서비스이며 동시에 박물관을 돕는 일입니다. 동시에 미국 시민들에게 좋은 문화를 심는 사회 공헌을 겸한 캠페인인 것입니다. 이러한 운동으로 구겐하임의 입관자 수는 28퍼센트가 늘고 450명의 신규 회원을 얻게 되었다는 것이지요. 그러니까 체이스맨해튼의 캠페인은 자기네 카드를 가진 사람만이 아니라 일반 시민들에게도 문화적 생활이라는 신화를 만들어준 셈이지요.

미국의 노하우와 한국의 노홧

지금까지 우리는 기업 문화의 발전 단계와 그 사례들을 통해서 기업 문화란 대체 무엇이며 왜 지금 기업 문화를 생각해야 하는지를 살펴보았습니다. 그러나 그것을 한마디로 요약하라고 한다면 우리는 최종적인 해답을 세 가지 키워드로 말할 수가 있을 것입니다. 미국 사람들이 기업을 발전시킨 것은 노하우know-how라는 말이었습니다. 쉽게 말해서 방법론이지요. 마음보다는 실제 일하는 요령이나 방법입니다. 이 노하우를 개량하고 터득하고 가르치는 것이 바로 산업사회를 꽃피운 마법의 주문이었지요.

그런데 일본 사람들은 노하우만 가지고서는 기업을 일으킬 수 없다는 것을 알았습니다. 이른바 일본식 경영은 노하우를 노화이know-why로 바꾸는 것이었지요. '어떻게'라는 기계적인 기술이나 방법보다는 일하는 사람들이 왜 그렇게 해야 되는가를 알아야 마음속에서 우러나 일을 하게 된다는 것입니다. 자발성과 일하고자 하는 의욕을 주기 위해서는 하우를 화이로 바꿔놓는 경영을 해야 된다는 것입니다.

노하우만을 강조한 미국의 기업들은 일하는 사람들을 로봇처럼 만들어 일할 의욕을 주지 못했다는 것이 그들의 의견이었던 것입니다. 일본 사람들은 '하다라쿠(일하다)'라는 한자를 독자적으로 만들어낸 사람들입니다. 즉 움직일 동動 자에 사람 인人 자를 붙여서 『강희자전康熙字典』에서도 구경할 수 없는 이른바 화자和字를 만들어낸 것입니다. 노하우만을 강조하다 보면 인간은 기계처럼 워킹이 아니라 무빙[動]하게 되지만 노화이로 경영을 하면 그 움직임에 사람이라는 마음이 붙어서 무빙이 워킹이 된다는 생각이지요. 무빙을 워킹으로, 노하우를 노화이로. 이것이 일본인의 경영 방식에 새 길을 열어준 화살표라고 알면 됩니다.

그러나 일본인들의 노화이는 지금 노하우와 마찬가지로 산업주의의 황혼밖에는 되지 않습니다. 일본의 경영이 얼마나 맹목적이며 얼마나 문화성이 약한지는 최근 일본인들 스스로의 반성을 통해서도 직접 들을 수가 있습니다.

아이들이 부르는 다음과 같은 동요가 어른들 사이에서 크게 히트한 것을 보면 아무리 애써보았자 송사리는 송사리밖에 되지 않는다는 회의가 짙게 깔려 있는 것이지요.

송사리 오뉘 시냇물 속
이다음에 크면 무엇이 되나

이다음에 크면 잉어가 되지.

이다음에 크면 고래가 되지.

오몰 오몰 오몰 오몰

오몰 오몰 오몰 오몰

하지만 이다음에 커진다 해도

송사리는 송사리 오몰 오몰 오몰

이러한 회의는 일본식 경영을 믿고 따르던 사람들 사이에서도 점차 고개를 들고 일어나고 있지요. 다음과 같은 말을 한번 들어 봅시다.

지금 일본인들은 일본식 경영을 자랑하고, 미국이나 유럽의 개발도상국에 일본을 본받고 배우라고 말합니다. 그러나 그런 이야기를 정말 마음속으로 믿고 있는 사람들은 이 넓은 천지에 거의 없을 것입니다. 사람들은 이렇게 말합니다. "당신들 일본 사람들은 일본식 경영이 가장 좋은 것이라고 말하고 있는데 과연 그 결과로 일본 사람들은 어떤 생활문화를 만들어 얼마만큼 행복하게 살고 있는지" 말해달라는 질문입니다. 그럴 때 일본 사람들은 무어라 대답해야 할 것입니까.

가령 인도나 말레이시아 그리고 싱가포르 사람들은 "우리는 처음 영국인들에게 배웠다. 그때 영국 사람들은 영국을 본받으면

낮에는 홍차를 마시고 오후에는 브랜디를 마시고 쉬는 날에는 경마를 즐기고 크리켓 연습을 하며 생을 즐길 수가 있다고 가르쳤다. 우리는 정말 그런 것을 동경해왔다. 옥스퍼드나 케임브리지에 유학을 하는 것이 꿈이었다. 정말 영국적 라이프 스타일이라는 것이 우리들에게도 좋은 것으로 생각되었다. 그런데 미국 사람들이 와서 자동차를 타고 돌아다니며 핫도그를 길에서 먹고 재즈를 즐기며 즐겁게 지내자고 했다. 과연 그것도 좋았다. 우리도 다 자동차를 갖고 싶었고, 미국 영화는 재미가 있다. 그렇게 살 수 있다면 우리도 한번 열심히 일해볼 만하다는 생각이 들었다" 라고 말합니다.

그러다가 일본 사람들이 와서 "열심히 일을 해라, 그러면 모든 게 좋아진다"라고 했습니다. 그래서 일본 사람들은 그렇게 뼈 빠지게 일을 해서 어떤 생활을 하고 있는가, 라고 물으면 2LDK(거실과 식당을 겸한 부엌을 나타내는 일본 조어)의 좁은 아파트에서 살고 만원 전차로 두 시간 걸려서 통근을 하고 집안 식구와 흩어져 사는 단신부임 생활이라고 말할 수밖에 없습니다. 무엇 때문에, 무엇을 위해서 그렇게 애써온 것인지 알 수 없다는 것입니다.

세계 최강의 경제 대국이라고 하면서도 그들이 누리는 생활의 풍요란 결국 피아노 위에 텔레비전을 올려놓고 텔레비전 위에는 VTR을 올려놓고 다시 그 위에는 콤팩트 디스크와 테이프 리코더를 올려놓고 지내는 것이라고 비웃음을 사고 있는 것입니다. 무엇 때문에 그렇게 살아야 하느냐. 이 답을 주지 못하는 한 일본의 경영 철학은 보편적 가치를 얻을 수가 없는 것이지요. 보편성을 잃은 근면이나 절약은 일종의 자학적·편집광적인 정신병리학적 현상이라고 볼 수밖에 없는 것이지요. 좋게 미친 사람들이라고나 할까요.

지금 기업에도 패러다임 시프트가 일어나고 있습니다. 노하우나 노화이로 대응하기 어려운 시대가 오고 있는 것이지요. 그런 것들은 모두 일 자체, 노동 자체의 패러다임 속에서만 유효한 처방입니다. 오늘날 사람들은, 그중에서도 특히 앞으로 기업에서 일하게 될 많은 젊은이들은 그보다 더 근본적인 물음을 던져옵니다. '어떻게'든 '왜'든 그것들이 대체 무엇을 위해 있는 것이냐 하는 근본적인 물음인 것입니다. 즉 노홧know-what이지요. 기업이나 경제는 모두가 다 수단입니다. 인간이 한밤중에 눈을 뜨고 어둠을 바라다보기만 해도, 조금만 감기에 걸려 눕기만 해도 그 수단의 언어들은 모두 바람 소리처럼 공허하게 들립니다. 무엇 때문에 우리는 그것을 만들고 돈을 벌고 일하는가? 그 '무엇'을 알지 못하고서는 정말 신나고 값진 노동을 할 수 없습니다. 그러므로 그 '무엇'에 답하는 경영이 바로 기업 문화라고 할 것입니다. 물론 이 노홧이라는 말은 내 자신이 만들어낸 말입니다만 영국의 레셈R. Lessem이 지적한 네 가지 키워드—기업 경영의 변화된 과제로 들고 있는 새로운 문제들을 놓고 보면 노홧이란 무엇이며 기업 문화가 제3의 경영으로 불리는 이유가 무엇인지 분명하게 손에 쥘 수 있을 것이라고 믿습니다.

첫째는 인간human—현대의 경영은 인간을 기점으로 해서 돌아가게 되었다는 것입니다. 거듭 말하지만 관리란 소를 물가로 끌고 오는 힘에 지나지 않습니다. 소가 물을 마시는 것은 소의 마음에 속하는 것으로 남이 어떻게 할 수가 없는 문제입니다. 사람의 마음을 잘 읽고 그것을 풀어주는 기술 없이는 공장도 시장도 돌아갈 수가 없습니다. 이제 직장은 기능 집단에서 서로 마음과 마음이 어우러지는 교감 집단으로서 더 중요한 의미를 갖게 된 것이지요.

옛날에는 기계가 고장나서 공장 굴뚝에서 연기가 오르지 않았지만 요즘에는 사람의 마음이 고장나서 공장이 움직이지 않는 수가 더 많아졌습니다. 말하자면 노사 관계가 원만치 않아서 공장이 돌아가지 않는 것입니다. 기계를 모르고서는 산업사회를 살아갈 수가 없었지만 앞으로 오는 정보화 시대는 인간이 무엇인지, 그 마음이 어떤 것인지를 모르고서는 생존하기 힘든 때라 할 것입니다.

둘째는 기본basic—기업의 존재를 그 기본으로 돌아가 다시 파악해보려는 커다란 조류가 생겨나고 있다는 거지요. 기업이란 무엇인가, 경영이란 무엇이며 경쟁이란 무엇인가, 그리고 노동이란, 조직이란 대체 무엇인가—하는 물음표의 새로운 복식 장부가 펼쳐진 것이지요. 앞에서 말한 대로 숨겨진 수염처럼 잊혀져 있던 자기 실체에 대한 질문에 대해서 답변을 요구받고 있는 이런 시대의 슬로건은 "덮어놓고 일하라, 뛰어라"가 아닙니다. "근본으로 돌아가 생각하라(back to basics)"이지요.

셋째는 의미meaning—경영자가 의미의 경작자로서의 역할을 해야 하는 시대입니다. 우리나라 말로 하자면 보람, 마음, 신바람이 되는 것이라고 할 것입니다. 제품 개발에만 창의성을 쏟던 시대는 갔지요. 제품이나 그것을 만드는 사람에게도 문화적 부가가치, 즉 의미의 부가가치를 붙여야 합니다. 더 알기 쉽게 말하자면 제품의 가격price 경쟁 시대에서 이제 제품의 가치worth 경쟁 시대로 그 방향이 돌아서고 있는 것입니다.

경제학자인 슘페터Joseph Schumpeter는 이렇게 말했지요. "경제 발전이란 여왕이 신는 비단 양말을 나중에는 공장 여직공들이 신게 되는 것"이라고 말입니다. 그러나 이 말은 이렇게 각색되어야 하는 것입니다. "경제 발전이란 여배우가 입는 패션 의상을 공장 여직공들이 입게 만드는 것"이라고 말입니다. 옛날에는 일부의 특정 그룹에만 통용되던 패션이 이제는 광범위한 대중의 상품 속에 그대로 밀어닥칩니다. 그냥 양말, 그냥 옷, 그냥 구두여서는 안 됩니다. 실용성이 아니라 개성과 다양성이 짙은 문화적 상품이 되지 않으면 상품으로 통용되지가 않습니다. 넥타이에는 마치 그림처럼 디자이너의 사인이 들어 있고 그 사인의 가치는 실크보다 더 윗자리에서 대접을 받고 있습니다. 건축은 토목술이 아니라 예술이 되고 자동차는 운반물이 아니라 달리는 전시품이 되고 있지요.

넷째는 신화myth—신화와 의식ritual입니다. 옛날 사람들은 제사를 지내고 굿을 하고 하늘과 땅과 인간이 하나가 되어 살아가는 환상적인 옛날이야기에 귀를 기울이면서 삶의 공동체를 만들어냈습니다. 오늘날 기업이 주최하는 여러 가지 이벤트들은 기업의 아이덴티티에서 한 걸음 나아가 지역 시민들의 아이덴티티를 만들어주는 일종의 신화 창조 행위라고 할 것입니다. 옛날에는 가족이나 동네 사람들이나 친구들이 서로 모이고 함께 지내는 풍습들이 있었지요. 개인은 생일날이나 마을 잔치와 같은 것을 통해서 함께 살아가는 의미와 고독에서 벗어나 떨리는 삶의 공감 같은 것을 나누며 살아왔지요. 그러나 산업주의 사회에서 가족은 뿔뿔이 흩어져 빈 까치둥지처럼 되고 마을 역시 낯선 사람과 제각기 다른 일을 하면서 스쳐 지나가는 이방인들의 천막처럼 되어 버렸지요.

그래서 문화적인 이벤트를 통해 현대인들은 타인과 만나고 여럿이서 공감을 나누며 삶의 아이덴티티를 누리게 되는 것입니다.

이러한 문화 프로그램과 문화 이벤트를 통해서 기업의 의지와 목표를 추구하고 있는 것이 바로 레셈이 기업 경영 과제의 네 번째 키워드로 손꼽는 신화의 힘이 되는 것이지요.

이벤트만이 아닙니다. 한 기업이 만들어내는 상품에도 신화성이 있어야 되는 시대입니다. 즉 '답다'라는 신화를 만들어내는 것이지요. 한 상품이나 그것을 만들어낸 기업의 개성이라고 하는 것은 말로는 표현하기 어려워도 시각이나 청각 혹은 그 모양을 통해서 쉽게 '답다'는 인상을 만들어내게 됩니다. 어쩐지 그 회사 제품 같은 냄새가 난다는 인상은 브랜드 지향의 어떤 신화성을 만들어내지요. 그것을 구매하거나 소유한 사람들은 상품이나 물질이 아니라 어떤 분위기와 가치를 공유하게 되는 신화성을 구하는 것이지요.

그러한 신화를 가진 기업은 아무리 불경기가 닥쳐도 그리고 사회가 변동되어도 흔들리지 않습니다. 애플 하면 퍼스널 컴퓨터의 신화를 갖고 있지 않습니까? 그렇기 때문에 IBM 같은 거대한 컴퓨터 회사도 매상고가 줄고 기업이 흔들리고 있는데 애플사는 여전히 실적이 오르고 있습니다.

애플사는 "한 사람이 한 대씩 퍼스널 컴퓨터를 갖게 되는 세상, 보통 사람이 누구라도 쉽게 그리고 평등하게 사회에 참가할 수 있도록 하는 것"을 기업 목표로 삼고 있습니다. 그러니까 제품을 파는 회사라기보다 한 사람이 한 대씩 퍼스널 컴퓨터를 가지게 되는 날의 미국 사회, 그 미래의 비전을 실현하기 위한 꿈의 제작소인 셈이지요.

한 사람 한 사람을 컴퓨터를 통해서 사회와 연결해주는 그 미디어 인터페이스를 높이는 것, 실제로 이러한 꿈을 비즈니스로 삼고 있기 때문에 애플 컴퓨터는 학생 할인제를 비롯 각종 교육 분야의 활동에 심혈을 기울이고 있는 것입니다. 그리고 신체 장애자를 위한 볼런티어 운동도 펼치고 있지요. 전 미국의 교육 현장에 애플 2나 매킨토시 컴퓨터를 무상 제공하고 교육용 소프트웨어를 개발한 것이 1만 개를 넘어선 것은 이익 추구를 뛰어넘은 컴퓨터 보급의 살아 있는 증거입니다.

레셈이 말하고 있는 기업의 새 과제로 등장한 인간, 의미, 기본, 신화를 한마디로 뭉쳐놓으면 내가 말하려는 바로 그 노홧이 될 것입니다.

더 욕심을 부려서 결론을 말하자면 미국인은 노하우를, 일본 사람은 노화이를 그리고 한국인은 노홧을 만들었다고 말하게 될 날이 올 것입니다.

II
일본 기업 왜 앞서고 있나

듣기 문화와 말하기 문화

저는 그동안 많은 강연을 해왔습니다. 그러나 오늘은 보통 때와는 다른 마음으로 이 강연장에 나왔습니다. 개인적으로 볼 때는 장관직을 물러난 뒤 첫 번째로 갖는 강연이고, 일본의 역사에서 배운다는 주제로 볼 때는 미야자와[宮澤喜一] 새 총리가 방금 이 경주를 다녀가고 난 뒤라는 점입니다.

그러나 무엇보다도 오늘 이 강연장에서 제 마음에 일고 있는 작은 파동이 있다면 그것은 과연 여러분들 같은 한국의 대표적인 기업인들이 앞으로 다가올 세기에서 일본 기업을 이길 수 있는가 하는 물음에 대해서 말해야 하기 때문입니다.

포드에 이로운 것은 곧 미국에도 이롭다라는 말이 있습니다만 이 S그룹은 하나의 사기업이라기보다 내일에 있을 이 나라의 문제, 더 나아가서는 문명과 역사의 앞날을 점치는 운명적인 집단이라고 해야 옳을 것입니다.

더구나 냉전이 끝난 탈이데올로기의 시대는 더욱더 기업 간의 경쟁이 그 나라의 외교나 문화 그리고 정치의 성격을 좌우하게 될 것입니다.

그런데 한국의 기업과 일본의 기업을 비교하고 그 경쟁력을 점치는 데 있어 우리는 별로 먼 데서 그 모델을 찾아보지 않아도 될 것입니다. 어렸을 때 우리가 보았던 아동극에서도 행복의 파랑새는 자기 집 처마 밑에 있지 않았습니까. 말하자면 그 해답은 바로 이 강연장에서부터 찾아낼 수도 있다는 것입니다.

지금까지 나는 한국만이 아니라 일본 기업체에서도 많은 강연을 했고 그때마다 강연장의 분위기나 그 결과가 서로 다르다는 것을 직접 몸으로 느꼈지요. 연사로서의 경험입니다만 대개 강연을 끝내고 난 뒤 화장실이나 복도 같은 데서 우연히 청중의 반응을 엿듣게 될 경우가 많습니다. 그런데 같은 기업인들 앞에서 같은 주제로 이야기를 했는데도 한국인의 반응과 일본인의 그 태도는 전연 다릅니다. 일본 청중은 거의가 다 "나루호도なるほど"라고 감탄들을 합니다. 나루호도라는 말은 자기가 미처 몰랐던 것을 깨닫게 되었을 때 "그렇구나!"라든가 "그럴듯하다"와 같은 뜻을 내포하고 있는 일종의 감탄사지요. 정말 강연을 잘해서가 아닙니다. 열 마디에서 단 한 마디라도 쓸 만한 것이 있으면 일본인들은 그것을 건져 자기 것으로 만들려고 하는 본능 같은 호기심을 품고 있습니다.

그런데 한국의 경우는 이와는 아주 다릅니다. 들을 때는 웃기도 하고 고개를 끄덕이기도 해서 '이 강연 성공했는가 보다'라고 생각하고 있었는데 막상 뒤에서 하는 소리는 영 딴판인 것입니다. "아무개 강연 왔다면서. 그래 뭐래?"라고 누가 물으면 "아, 그것 별것 아녀", "별 볼 일 없어"라고 평하는 수가 보통이지요. 우린 여간해서 남을 인정하거나 칭찬해주려 하지 않습니다. 무엇을 보고 호기심을 느끼거나 감탄을 하는 일보다는 비판에 능한 편입니다. 나루호도라고 하면 오히려 유치한 사람, 머리가 좀 모자라는 사람 취급을 당합니다. 그래서 웬만한 건 다 별 볼 일 없는 것이 되어야 합니다. 대학생들 사이에도 '대낮'이라는 은어가 있었지요. "그 남학생 대낮이다"라고 하면 곧 "그 남학생 별 볼 일 없다"는 말로 통하는 것이지요. 별 볼 일 없다는 '별'과 하늘의 별은 음이 서로 같기 때문에 '대낮'에는 별이 안 보이니 결국 별 볼 일이 없다는 말이 되는 것입니다.

어째서 같은 것을 두고서도 일본 사람들은 "나루호도"라고 하고 우리는 "별 볼 일 없다"고 하는가. 대체 "나루호도"라는 말을 잘 쓰는 일본인과 "별 볼 일 없다"는 말을 유행어로 만든 한국인의 차이는 무엇이며 기업을 하는 데는 과연 어떤 결과를 가져올 것인가. 이렇게 아주 쉬운 것부터 그리고 아주 가까운 것부터 차근차근 물음표를 던져보아야 할 것입니다.

나루호도라는 말은 일본의 선문화禪文化까지 연결시킬 수도 있을 것 같습니다. 남이 말할 때 일본 사람들은 나루호도, 나루호도라고 고개를 끄덕입니다.

남의 말을 열심히 듣고 그걸 잘 소화하는 경우를 두고 일본 사람들은 "기키조즈ききじょうず"라고 부릅니다. 우리말 그대로 옮기면 "듣기 잘하기" 정도의 말이 되겠지요. 일본 문화는 말을 하는 쪽보다는 듣는 쪽으로 더 많이 발달한 게 아닌가 싶습니다. 듣기 문화의 대표적인 양식이 바로 일본의 선문답 같은 것이라 할 수 있습니다. 마음을 비우고 선사의 물음을 조용히 듣고 그 침묵과 명상 속에서 깨달음을 얻어내는 방법이지요. 그것을 그들은 사토리さとり라고 부릅니다. 그걸 또 불가의 말로는 줘탁이라고도 합니다.

병아리가 알에서 깨어날 때 어미 닭이 부리로 알을 조금 쪼아줍니다. 그러면 안에서 병아리가 힘을 주어 그 껍질을 깨고 밖으로 나올 수가 있게 됩니다. 남의 말을 듣고 딱딱한 사고의 껍질을 깨면서 터져나오는 소리, 그 알 깨지는 소리가 바로 나루호도인 셈입니다. 일본 사람들은 독자적으로 생각하기보다는 그것이 배움의 형태이든—그렇지요, 정말 그들은 말끝마다 벤쿄(勉強, 공부)라는 말을 많이 합니다. 상점에서 물건을 깎을 때도 벤쿄시마쇼(べんきょうしましょう, 공부합시다)라고 말하는 묘한 민족입니다—혹은 모방의 형태이든 밖에서 쪼아주는 부리를 필요로 하는 사람들입니다.

옛날 일본의 다이묘[領主]들은 중대한 일을 결정하기 전에 아시가루[足輕]같이 제일 비천한 사람들을 불러 그들의 의견을 들었다는 일화를 남기고 있습니다. 이것이 현대의 기업으로 오면 좀 수상한 영어이긴 합니다만 이른바 일본 기업 특유의 그 '바텀 업(bottomup, 아래에서 위로 올라오는)' 시스템이라는 것이 됩니다. 단순한 말로 하자면 의사 결정 과정에서 상의 하달이 아니라 하의 상달의 역체계를 밟고 있다는 겁니다.

실제로 이를 뒷받침하는 신화 같은 실화 하나가 있습니다. 일본전기의 구마모도[熊本] 반도체 공장은 다른 공장보다 불량률이 높아 고민을 하고 있었다는 거지요. 소장 이하 전 사원들이 모여 여러 궁리를 하고 노력을 하는데도 좀처럼 불량률이 줄어들지를 않습니다. 그러던 어느 날 교대제 근무를 하던 여공 하나가 회사 출근길에 화물차가 지나가는 바람에 건널목에 서 있었다는 것입니다. 그날따라 유난히 긴 화물 차량이었던지 좀 오래 기다리게 되자 평소에 느끼지 못했던 열차의 진동이 몸에 와 닿는 것에 신경을 쓰게 된 것입니다. 그러고는 혹시 이 진동이 민감한 반도체 작업에 영향을 준 것이 아닌가 하는 생각을 해본 것이지요. 이 말을 들은 조장은 열차가 지나는 시간에 작업을 멈추고 주의 깊게 살펴보았지만 아무 진동도 느낄 수가 없었습니다.

그런데도 조장은 이 공원의 말을 묵살하지 않고 공장장에게 보고를 했고 공장장은 곧 나루호도라고 생각하며 열차 선로와 공장 사이에 구렁을 파서 물을 대 진동 흡수장치를 만들어보았지요.

아니나 다를까 불량률은 그날로 뚝 떨어져 일시에 어느 공장보다 높은 생산성을 기록하게 됩니다.

만약 그때 그 조장이 그녀의 말을 별게 아니라고 묵살해버렸더라면, 그리고 공장장이 "너희들이 뭘 안다고 그러느냐. 내가 공장장 노릇을 하루이틀 한 줄 아느냐. 그래 너만 못해서 여태껏 가만히 있었는 줄 아느냐"는 투로 자기 권위나 경력을 내세웠더라면 구마모도 공장의 반도체는 여전히 많은 불량률에서 벗어날 수 없었을 것이고 회사는 막대한 손실을 보았을 것입니다. 열여덟밖에 안 된 소녀의 말에 귀를 기울였던 그 나루호도 한마디가 수십억 원의 이익은 물론 공원들에게 용기와 보람을 주었던 것이지요. 그 여공은 자기가 한낱 이 회사의 교대제 공원으로서 월급이나 몇 푼 벌려고 나온 단순 노동자가 아니라는 긍지를 가슴 뿌듯이 느꼈을 것입니다. 이 소녀의 행복감은 곧 회사의 행복이요 자산이 아니겠습니까.

특수한 예만이 아닙니다. 사소한 것에서 큰 것을 깨닫는 이 사토리의 세계가 기업은 물론 일상생활에까지 하나의 문화로 뿌리를 내린 것이 바로 일본의 우치아와세打ち合せ란 말입니다. 혼자 연설하는 설득형이 아니라 말 그대로 일본 비즈니스맨들은 여럿이서 장구 치고 북 치며 장단을 맞추듯이 미리 손발과 호흡을 맞추는 예비 작업을 반드시 합니다. 이 사실도 일본에서 강연을 통해 직접 체험한 것입니다만 강연을 의뢰하면 반드시 담당자가 찾

아와서 이 '우치아와세'라는 것을 합니다. 전화나 문서로 이미 다 알고 있는 것을 다시 반복하고 확인하는 만남입니다. 정말 귀찮았지요. 그러나 한국에 돌아와서는 이런 귀찮은 일을 겪지 않고서도 강연을 하게 되었는데 웬일인지 별로 반갑지 않은 이유는 무엇일까요. 어느 때는 강연 당일에도 아무 연락이 없어서 계획이 변경된 줄 알고 이쪽에서 전화를 걸어 확인하는 경우도 있습니다.

그러니까 나루호도라는 말을 뒤집어보면 자기 혼자 힘만으로는 안 된다, 모든 생각은 밖에서 누군가가 도와줄 때 가능해진다, 더 정확하게 말하자면 생각은 부싯돌처럼 나의 마음과 남의 말이 서로 부딪칠 때 비로소 태어나게 된다는 뜻이 됩니다. 여기에서 우리는 일본인이 좋아하는 화和의 사상과 그 특이한 일본적 집단주의의 뿌리 한 가닥을 찾을 수 있습니다.

그런데 우리는 듣기 잘하기가 아니라 말 잘하기의 문화적인 전통이 강합니다. "말 못 해 죽은 귀신 없다"는 속담이 있지 않습니까. 어전 앞이나 정적들 앞에서 말을 잘 못 해 자기 주장을 제대로 못했다가는 사약 사발이 내리거나 귀양살이를 해야 했던 것이 사대부의 운명이었지요.

일상생활 속에서도 남의 말을 듣기보다는 자기 주장을 남에게 가르치거나 설득하는 걸 더 좋아합니다. 공연히 '생기는 것'도 없는데 커피까지 사줘 가면서 남에게 충고를 하거나 뭘 가르쳐주려고 애쓰는 일이 한국인의 행동 양식 중 하나이기도 합니다. 우리는 그렇게 해야 자기 존재를 확인하게 되고 어떤 성취감 같은 것도 맛봅니다.

자기가 하고 싶어도 남의 모방이나 의견에 동조하는 것같이 보이면 일부러 하지 않는 오기도 있습니다. 그것이 "하던 짓도 멍석을 펴놓으면 안 한다"는 속담이지요. 그러니까 말하기형의 문화는 집단주의보다는 개인주의적인 문화에 더 어울리고 배우기보다는 가르치는 쪽에 더 보람을 느끼는 경향을 띱니다. 그리고 상황보다는 원리를 더 따지는 이데올로기 지향적이라고 할 수가 있지요. 어려운 말로 듣기 문화는 반원리주의antifundamentalism고 말하기 문화는 로고스 중심주의라는 것입니다.

일본에서 들은 이야기입니다만 한국 기업들은 애써 비싼 돈을 들여 기술자를 초청해놓고는 별로 배우려 들지 않는 이상한 현상이 있다는 겁니다. 한국 기술자들은 귀를 기울여 겸허하게 배우기보다는 나도 그 정도는 안다거나, 순수하게 받아들이기보다 무엇인가 반대 의견을 내놓아 기술을 가르치려고 온 사람의 기를 꺾어놓으려 한다는 거지요. 확인할 수는 없지만 "별거 아녀"의 풍습으로 능히 미루어 짐작할 수가 있습니다.

그러나 듣기 문화가 옳고 말하기 문화가 그른 것인가 속단은 하기 힘듭니다. 외국 비즈니스맨들이나 학자들 할 것 없이 일본에 있다가 한국에 오면 숨통이 트인다고 합니다. 일반적으로 동양인들의 문화가 내성적이긴 하나 그래도 한국인은 일본인들보다 자기네 문화, 이른바 로고스 중심주의적인 서구 문화와 비슷하다고 느끼고 있기 때문입니다. 말하자면 개인주의적 성향과 자기 뜻을 확실히 주장하는 것이 듣기보다 말하기 문화라는 점에서 공통점을 갖고 있기 때문일 것입니다.

남을 별거 아니라고 생각한다는 것은 자기의 자아가 강하다는 것이고 독창성이 짙다는 것을 의미합니다. 일본인들은 무엇을 보고 하는 것은 잘하는데 독자적으로 하는 것은 약하다고들 합니다. 사실입니다. 한자 문화권 안에서 한국과 일본은 독자적인 자기 문자를 만들어 쓴 민족입니다. 그런데 우리가 만든 한글과 일본인들이 만든 가나를 놓고 보면 그 성격이 아주 판이합니다.

우리는 일본보다 한자의 영향을 더 많이 받아왔고 더 익숙한 생활을 하였는데도 한자와는 전연 닮지도 않은 독창적인 글자를 만들어냈습니다. 그야말로 그 막강한 한자를 놓고서도 별거 아니라고 생각했기 때문에 그 유니크한 한글 체계를 만들어낼 수가 있었던 겁니다. 하지만 일본의 가나는 그렇지가 않았지요. 완전히 한자를 응용하고 변형해서 만든 글자였지요. 고유한 글자를 만들었다기보다는 따왔다고 하는 편이 옳을 것입니다.

한글로 한번 '가' 자를 써보십시오. 어디 한자에 그같이 생긴 '가'란 글자가 있습니까. 그런데 일본의 가타가나에서 가란 글자 'カ'를 써보면 금세 그 글자가 한자의 '加'에서 입 구 자를 떼어낸 모양이라는 걸 누구나 알게 될 겁니다. 즉 加란 한자에서 가타가나의 ヵ 자가 나온 것이지요. 무에서 유가 아니라 유에서 유를 만들어내는 것이 듣기 문화의 한계입니다. 듣기 문화는 개발이나 활용하는 것에는 능하나 독창성에는 약합니다. 일본 사람들은 한자를 너무 별거라고 생각한 나머지 그 틀에서 벗어날 수가 없었던 거지요. 그 막강한 한자의 영향력 밑에서 살아오고도 한국인은 한자를 별거 아니라고 생각했기 때문에 그와 다른 고유한 문자 체계인 한글을 만들 수 있었던 것입니다. 그러나 무엇을 보든 나루호도라고 감탄을 잘하는 일본인들은 한자를 너무 별거라고 여겼기 때문에 그 틀에서 벗어날 수가 없었던 것입니다.

일본 문화가 우리와 달리 듣기형에 속하는 수용 문화가 된 것은 무엇보다 그 지정학적인 위치 때문이라고 볼 수 있지요. 나는 가끔 일본 기자나 학자들로부터 일본과 한국의 문화적 차이에 대해서 질문을 받을 때 이렇게 답하곤 합니다. "한·일의 모든 문화적 차이는 일본보다 한국이 하나가 모자란 데 있다." 그러면 그들은 그 하나가 대체 뭐냐고 궁금해합니다. 나는 바다라고 대답하지요. 일본은 섬나라이기 때문에 바다가 사방에 있는데 한국은 반도라 세 방향에만 있다. 즉 하나가 모자란다는 말이지요.

역사에는 가설이란 게 없다고 하지만 일본이 만약 육지에 면해 있었더라면 어떻게 되었겠는가. 나루호도라고만 외치고 있었다가는 중국의 대륙 문화에 완전히 동화되어 형적도 없었을는지 모릅니다. 바다가, 그것도 한국에서 200킬로미터쯤 현해탄을 끼고 있었기에 오늘의 일본적인 문화 특성이 형성될 수 있었던 겁니다.

조금 말이 다른 데로 샙니다만 바다라는 것은 문화를 만들어내는 데 결정적인 요인이 됩니다. 또 만약입니다만 일본이란 섬이 200킬로미터보다 더 멀리 떨어져 있었더라면 한국과 중국의 문화에서 고립하여 완전히 폴리네시아처럼 되었을 것입니다. 그리고 200킬로미터보다 더 가까운 곳에 있었더라면 이번에는 유럽 대륙과 좁은 도버해협을 사이에 둔 영국처럼 끝없이 대륙 문화의 영향 아래 살아야 했을 것입니다. 멀지도 가깝지도 않은 바다가 있어서 일본인들의 나루호도 문화가 가능했던 것입니다. 필요할 때는 문을 열고 필요하지 않을 때는 대문을 닫아걸 수 있는 빗장이 있었다는 것입니다. 신기한 것만, 나루호도라고 생각한 것만 걸러서 자기 것으로 발효시킬 수 있는 시간과 장소를 확보할 수 있었던 것이 일본이었다면, 뿌리를 좀 내리려 하면 다시 대륙의 바람이 몰아쳐 새 모래를 뿌려놓는 것이 한국이었습니다.

한국인의 '별거' 아니라는 뚝심과 자존의 문화가 없었더라면 벌써 대륙 문화의 한 물방울로 흡수되고 말았겠지요. 중국의 화이華夷 문화는 무력을 앞세운 서양의 패권주의와는 달라서 중앙과 변방의 차이를 문명과 야만으로 구분했기 때문에 중화사상의 문명을 따르고 인정하기만 하면 오랑캐로서 정벌되는 일을 면할 수가 있었던 거지요. 경제·군사의 예속보다 문화의 예속이었던 거지요.

그래서 중국 중원을 차지한 나라 이름들은 수隋·당唐·한漢·명明·청淸 등 모두가 한자로 외자인 반면 그 주변국들은 우리의 고구려 ·백제·신라처럼 또는 조선처럼 두 자 이름으로 썼던 것입니다. 만약 외자 이름을 썼다면 그것은 아시아적 질서인 화이적 세계관의 질서에 도전하는 것이 되는 거지요. 그런데 일본만은 왜라는 외자 명칭으로 불렸습니다. 그들이 그만큼 중국을 중심으로 한 세계 질서의 영향권 밖에서 살아왔다는 방증이기도 합니다. 변방 중의 변방국이었다는 말이지요.

일본은 이 오랑캐적 요소, 변방적 요소를 가지고 있으면서도 화이 질서의 외압을 받지 않은 채 살아갈 수 있었고 그러면서도 동시에 대륙의 문명을 한국을 통해 여과해서 받아들였습니다. 한국의 체로 쳐서 나온 가는 가루만 받아먹은 셈입니다.

일본인들이 태평양 전쟁에서 패할 때까지 단 한 번도 외국 군대가 일본 땅을 밟지 않았습니다. 그 행운도 역시 우리보다 하나가 더 많은 바다 덕분이라고 해야 할 겁니다. 가령 아시아의 여러 나라와는 달리 몽고의 공세에서도 유독 일본만이 살아남을 수 있었던 것은 현해탄의 거친 물결과 폭풍 때문이었지요. 강화도로 피하여 수십 년 동안 몽고와 항쟁을 계속할 수 있었던 우리 역사를 보면 알 것입니다. 육지에서 빤히 넘겨다보이는 강화섬에서도 그랬는데 그렇게 넓은 바다로 둘러쳐진 일본이야 말할 것이 있겠습니까. 결국 바다 하나가 더 많았기 때문에 우리에게는 없었던 문화와 역사의 지속성을 지닐 수가 있었던 거지요. 고대 문화, 특히 백제 문화가 그렇습니다만 우리 문화가 우리 땅에는 남아 있지 않은데 거꾸로 그것을 받아 간 일본에는 원형 그대로 남아 있는 것이 한둘이 아닌 것을 보아도 알 수 있습니다.

일본 기술은 시루떡

결국 여기에서 문화의 지속성과 단절성이라는 커다란 차이가 생겨납니다. 가령 우리가 일본의 교토京都에 가서 놀라는 것은 단순히 옛 전통이 살아서 숨쉬고 있다는 사실만이 아닙니다. 마치 시루떡처럼 각기 다른 시대가 하나의 켜를 이루며 한 덩어리로 가지런히 쌓여 있는 진귀한 모습을 도처에서 볼 수가 있습니다. 미시마 유키오三島由紀夫의 소설로도 이름난 교토의 그 유명한 킨카쿠지[金閣寺]만 해도 그렇습니다. 1397년에 세워진 건물이지만 아래층의 헤이안 시대 양식과 2층의 가마쿠라 시대 양식, 3층의 선원 양식이 오랜 세월 한 건축물에 공존하고 있습니다. 그런데도 기형적인 건물이 아니라 서로 절묘한 조화를 이루며 가장 아름다운 건물로 손꼽히고 있습니다.

가시적인 건축 양식만이 그런 것은 아닙니다. 일본의 가업 전승은 아주 유명합니다. 일본 사람들은 조상에 대한 제사를 우리처럼 지내지 않습니다. 바로 윗대가 아니면 옛 조상이 누구인지

조차 관심이 없습니다. 그러나 핏줄은 잇지 않아도 가업은 대대로 이어가는 것이 일본인들입니다. 그래서 보통의 경우 성씨는 멋대로 고쳐서 형제끼리 서로 다른 성을 가지고 있는 사람이 많지만 가업이나 기술에 대한 것은 그렇지가 않습니다. 임란 때 조선에서 끌려간 도공 심수관은 성명은 한국식이지만 그 전승은 완전히 일본식으로 몇 대를 가도 똑같은 심수관입니다. 할아버지도 아버지도 자기도 심수관입니다. 기술과 함께 성명을 물려받는 습명襲名제를 따른 것이지요. 일본 씨름에서 심판을 보는 사람이 있는데 이것도 세습제로서 그 이름은 100년 전이나 100년 후나 똑같은 기무라 쇼자부로[木村庄三郎]인 것입니다.

우리는 반대로 씨받이를 해서라도 가문의 혈통을 이어가려고 했지만 가업은 오히려 버리는 것이 발전이라고 생각하는 경우가 많습니다. 그 유명했던 조고약이나 이명래고약 같은 것은 이젠 우리 주변에서 찾아볼 수 없게 되었습니다. 고약을 만들던 집이 현대의 제약 회사로 계승 발전되어가는 일은 거의 그 예가 없습니다.

그러나 일본에 가면 식민지 시절 어릴 때 먹던 그 모리나가(森永) 우유가 옛날 상표 그 모습대로 상점에 늘어서 있습니다. 미쓰이(三井)나 미쓰비시(三菱)의 일본 대재벌 그룹은 이미 에도 시대 때 창업한 회사들입니다. 일본의 기업은 울창한 숲이라기보다 오히려 바위의 이끼 같은 존재이지요.

옛것을 허물지 않고 그 위에 그대로 새것을 쌓아 올라가는 시루떡 같은 문화는 일본의 최대 강점으로서 오늘날에는 전통 산업 위에서 첨단 산업을 꽃피워가고 있습니다. 고목나무에 꽃피우기지요.

지금 첨단 기술 분야에서 신소재 개발이 한창인데 그중에서도 뉴세라믹스 같은 것은 앞으로 수조억 원의 시장을 바라보는 황금알 낳는 거위지요. 우리가 자랑하는 고려자기와 조선백자 같은 것이 다 세라믹 문화가 아닙니까. 그런데 우리는 훌륭한 도자기 문화를 갖고 있으면서도 광주 등지에서 일본인 상대의 관광 도예 상품으로 겨우 그 명맥을 유지하는 형편입니다. 그러나 이 세라믹 문화가 첨단 기술과 손을 잡게 되면 도예품에서 공산품으로 그 모습을 바꾸게 되는 것입니다. 보통 도자기는 2000도에서 구워내지만 뉴세라믹스는 그 온도가 4000도입니다. 그러므로 이것으로 자동차 엔진을 만들면 쇠로 만든 것보다 차가 가벼워질 뿐만 아니라 어떤 고온에도 견디기 때문에 물을 넣고 다니지 않아도 엔진이 달아오르는 일이 없습니다. 더구나 땅에 묻힌 쇠는 매장량이 한정되어 있기 때문에 앞으로는 흙을 파다 쇠를 만드는 이 뉴세라믹스 분야가 신소재의 구세주가 되는 것입니다.

그런데 보십시오. 뉴세라믹스 기술은 미국에서 태어난 것으로 주로 우주 비행의 필요에서 생긴 것입니다. 스페이스 셔틀처럼 우주선이 대기권으로 들어올 때 그 엄청난 마찰로 보통 쇠나 다른 소재들은 불덩어리가 되어 녹아버리고 맙니다. 별똥처럼 말입니다. 그러므로 이런 고열을 견디기 위해서는 새로운 물질이 필요한데 바로 그것이 뉴세라믹스입니다. 스페이스 셔틀에 붙인 타일이 바로 그것이었지요. 이렇게 미국의 첨단 기술 분야는 무엇이든 첨단 산업 분야, 이를테면 항공 우주 산업 분야 같은 데서 개발되고 있습니다.

그러나 일본에서 이 뉴세라믹스를 개발하고 있는 산업은 첨단 산업이 아니라 전통 산업이라고 할 수 있는 도자기 회사 교세라[京セラ]가 그 모체가 되고 있습니다. 일본인들은 임란 때 한국에서 훔쳐 간 도자기 기술을 그들의 독특한 차 문화와 연결시켜 찻잔을 만들어 사업화하는 데 성공하였고 이번에는 미국의 항공 우주 기술에서 생겨난 뉴세라믹스 기술을 도입하여 자동차 엔진 등 산업용 소재를 개발함으로써 오히려 미국을 앞지르고 있는 것입니다.

바이오테크놀로지 같은 첨단 산업도 마찬가지입니다. 서양에서는 벤처 산업으로 중소기업에서 이 첨단 기술 분야만을 개발하여 새 상품을 만들어내려고 하지만 일본에서는 거꾸로 전통 생활 분야에 뿌리를 내리고 있는 재벌 회사에서 이 새 기술 분야 제품을 만들어내고 있는 것입니다. 기코망kikkoman이라고 하면 여러분들도 다 아실 것입니다. 우리나라의 샘표간장 같은 회사이지요. 간장이야말로 한국인이나 일본인에게는 할아버지의 그 할아버지 때부터 먹어왔던 전통 식품이 아닙니까. 그러니까 아무리 근대화되었어도 제대로 간장 맛을 내려면 옛날 할머니들이 하던 것처럼 메주를 쒀서 만들 수밖에 없는 것이고 그러자니 별수 없이 메주가 뜰 때까지 6개월을 기다려야 하는 것입니다. 효모라는 생체가 하는 일이라서 기계를 다루는 산업 기술만으로는 어쩔 수가 없는 것이지요.

따라서 문제는 간장 공장의 이 발효 기간을 어떻게 단축시키는가에 달려 있는데 그 방법은 유전자를 다시 배열해놓는 기술인 바이오리액터bioreactor의 생명공학을 이용하는 수밖에 없습니다. 기코망은 이 첨단 기술을 이용해서 지금은 일주일이면 메주를 발효시킬 수가 있게 된 것입니다.

첨단 기술이 미래의 상상이라는 꿈하늘에 떠 있는 것이 아니라 바로 몇천 년의 전통 생활과 연결된 안방 공간에 근거를 두고 자라고 있는 것입니다. 그러므로 낫토 같은 발효식을 많이 먹는 일본은 서양보다 훨씬 유리한 고지 위에서 바이오 기술의 선두를 달릴 수 있게 된 것입니다.

첨단 분야와 전통문화를 연계해서 그들 특유의 상품을 개발하고 있는 것처럼, 기업인의 사고나 행동 양식에 있어서도 이렇게 옛것과 새것은 갈등이 아니라 지속과 조화를 이루며 공존하고 있습니다. 정신 면에서도 그렇다는 겁니다. 일본의 대기업 초현대식 빌딩 옥상 같은 데를 올라가 보면 시골길에서나 볼 수 있는 사당 같은 것을 볼 수가 있습니다. 그 회사를 지켜주는 신을 모셔둔 곳이지요. 말하자면 일본에는 지금도 어딜 가나 신사가 있는데 자세히 보면 신사마다 그 모시는 신이 다르고 직업에 따라 신의 영역도 분업화되어 있습니다. 이나리 진자[稻荷神社]는 농사짓는 사람들의 신입니다. 그래서 이 신사는 밭 한가운데나 논밭이 보이는 언덕 위에 세워져 있었던 것이지요. 그런데 도시화가 되면서 농사짓는 사람보다 장사하는 사람이 많아지자 이나리 신은 어느새 상업신으로 변신하고 맙니다. 현대에 와서는 벼농사가 아니라 돈을 많이 벌게 해주는 개운신開運神으로서 그 역할을 바꿔 시류에 적응, 살아남게 된 것입니다.

초전도체를 이용하여 부상열차까지 만들어내는 일본인들인데도 교통안전을 원하는 사람이나 교통업에 종사하는 사람은 나리타[成田]의 부동존不動尊을 모시며 그 부적을 달고 다닙니다. 그것도 구두닦이 이상으로 관할 구역을 엄격히 세분하여 같은 교통이라도 육상 교통은 나리타 신사가 맡고, 해상 교통은 수천궁水天宮을 모신 신사로 되어 있습니다. 옛날에는 항공 교통이 없었는데도 어느새 손을 썼는지 육지의 교통신인 나리타가 수상 교통보다 한발 앞서서 항공 운수업을 자기편으로 끌어들였습니다. 그래서 지금 일본항공이나 전일공全日空 등 모든 비행기는 나리타 신사를 받들고 있는 것이지요.

교통과 마찬가지로 직업에 따라서도 신사는 분업화되어 있습니다. 양조업을 하는 사람들은 마쓰오[松尾] 신사를 섬기고 있기 때문에 이 신사에만 술을 바칩니다. 그래서 마쓰오 신사는 산토리를 비롯하여 쟁쟁한 일본 주조업자들이 바친 각종 술병으로 장식해, 술집을 방불케 합니다. 장사만이 아니라 학문이나 공부하는 학생들도 참배하면 머리가 좋아지고 공부를 잘하게 된다는 덴진[天神]을 찾아다닙니다. 지식까지도 말입니다.

한국의 귀신들은 전깃불과 공장의 쇳소리에 쫓겨나고 혹은 서양 신에게 자리를 빼앗겨서 이제는 고사떡도 변변히 얻어먹지 못하는 신세가 되었습니다만 일본 귀신들은 때로는 맹렬히 일하는 비즈니스맨들의 응원대가 되고, 때로는 직업의 동질감을 한데 모아주는 번영회장 구실을 하면서 대도시의 네온사인 불빛 아래서도 건재하고 있는 것입니다.

일본은 새것은 새것대로 무차별로 들여오면서도 다 해진 짚신짝도 버리는 법이 없습니다. 온갖 자잘한 잡신들만이 아니라 심지어는 생선가시까지도 내버리지 않고 가마보코(어묵)로 만들어 먹는 민족인 것입니다.

우리는 "고려공사 3일高麗公事三日"이라는 속담이 암시하듯이, 그리고 청기와 장수라는 말이 있는 것처럼 무엇을 지속적으로 대를 물려가며 계승 발전시키는 전통을 갖지 못했습니다. 뒤에서 다시 말하게 될 것이지만 한 사람 한 사람을 놓고 뜯어보면 일본 사람보다 우리는 월등 우수한 개성과 능력을 갖고 있습니다. 그런데 한 사람이 집단이 되고 10년이 100년이 되면 그들보다 우리가 뒤지는 일이 많은 것 같습니다.

서울 올림픽의 릴레이 경기에서 미국팀은 단연 금메달 후보로서 기대를 모았습니다. 개인들의 보유 기록을 합산해볼 때 어느 팀도 미국을 능가하지 못했기 때문이죠. 그런데도 결과는 어떠했습니까. 그들은 금메달을 놓쳤습니다. 배턴 터치에서 실격을 당했던 탓이지요. 아무리 개개인이 잘 뛰어도 역사란 끝이 없는 릴레이 경기와 같은 것이어서 배턴을 잘못 받으면 번영의 금메달을 손에 넣을 수가 없는 것입니다.

앞에서도 잠깐 언급을 했습니다만 일본은 결코 머리가 좋은 민족이라고는 할 수가 없습니다. 아닙니다. 도리어 자기가 부족하다는 것을 알기 때문에 남의 힘을 빌리려 듭니다. 혼자 하는 일보다 여럿이서 힘을 합치려고 합니다. 남에게 말하기보다는 남의 말을 들으려고 하였습니다. 남을 가르치려고 하기보다는 배우려고 하였습니다. 그래서 일본 사람들은 무에서 유를 만들어내는 독창성은 없어도 유에서 유를 만들어내는 힘, 개량하고 응용하는 개발력은 대단히 평가받는 민족이 된 것이라고 할 수가 있습니다.

이왕 나온 김에 도자기 이야기를 좀 더 계속하기로 합시다. 우리나라의 학자들은 우리의 조선백자가 얼마나 아름답고 그 기술이 뛰어난지에 대해서는 말을 많이들 합니다. 그렇습니다. 틀린

말이 아니지요. 그리고 일본 사람들은 임란 뒤에야 우리 도공들의 힘으로, 그러니까 1616년 뒤에야 겨우 도자기를 만들어내게 되었다고 합니다. 그렇습니다. 이것도 옳은 말입니다. 그러나 문제는 대개 여기에서 이야기를 끝내는 데 있는 것입니다. 사실은 여기에서부터 이야기가 시작되어야 했습니다. 우리 기술을 받아다가 그들은 그것을 어떻게 개발하고 어디에 썼는지에 대해서는 별로 알려고 하지도 않고 말하려고도 하지 않습니다.

도자기 기술이 일본으로 들어오고 불과 십수 년 만에 그들은 분업식 조업으로 대량생산 체제를 갖추고 막대한 양의 도자기를 만들어냅니다. 그러고는 이마리[伊萬里] 항구를 거점으로 그것을 국토 전역에 그리고 도자기의 종주국인 중국과 먼 유럽에까지 수출을 하게 됩니다. 그러고는 백자만으로는 상품성이 적다는 것을 알고 좀 더 대중의 기호에 맞는 빨간색 도자기를 개발합니다. 거기에 다양한 무늬도 고안하여 포르투갈 등을 통해서 유럽의 귀족 살롱을 공략합니다. 그래서 지금 규슈 지역에 있는 나베시마[鍋島]에서는 전 농작물의 소출액보다 도자기로 벌어들이는 수익이 더 컸다는 것입니다.

조총만 해도 그렇습니다. 그들이 총을 만들기 시작한 것은 서구에 비해 한참 뒤인 1543년입니다. 다네가시마[種子島]라는 섬으로 중국 상선 한 척이 표착하게 되는데 거기에서 일본인들은 처음으로 포르투갈 사람이 갖고 있는 총을 보고 나루호도라고 외친 것이지요. 그래서 은괴를 1000냥이나 주고 그들이 갖고 있던 두 자루 총을 사들입니다. 그러고는 칼을 만들던 대장장이에게 그와 똑같은 모양의 총을 만들도록 시킵니다. 그래서 이 다네가시마의 총으로 무장한 오다 노부나가[織田信長]의 3000조총 부대가 급기야는 일본 최강으로 알려진 다케다[武田信玄]의 신화적인 정예부대를 완파해버린 나가시노[長條] 전투의 신화를 만들어내게 된 것입니다.

그 이후에 조총은 개발과 대량생산을 하게 되어 도쿠가와[德川家康] 뒤인 세키가하라[関が原] 싸움에는 양군 8만 정의 조총이 동원됩니다. 추산을 해보면 10만 자루가 넘었을 것이라고 하는데 그 숫자는 그들에게 바로 총을 건네준 유럽 전역의 총을 합친 것보다도 웃도는 것이라고 합니다. 양만이 아니라 질에 있어서도 미국 사학자 페린Noel Perrin이 쓴 글을 보면 유럽 것을 능가했다고 합니다. 일본도를 만들던 야금술을 이용한 것으로 성능도 장식술도 그 재질에서도 모두 우수했다고 증언하고 있습니다. 임란 때 일본군에 고전한 이유를 이 조총 하나만 두고 생각해보아도 알 것입니다.

옛날이야기가 아닙니다. 오늘도 똑같은 일이 벌어지고 있는 것입니다. 미국에서 그리고 유럽에서 버리다시피 한 기술을 가져다가 신상품을 개발하여 수출을 하는 그 패턴은 도자기나 조총 개발과 그 패턴이 똑같습니다. 녹음기, 홈 비디오, 각종 액정을 이용한 전자 제품 등이 모두 그렇습니다. 즉 발명은 미국이나 유럽 사람들이 해놓고 그것을 개발하여 상품화하고 수출을 하는 것은 일본입니다.

가장 알기 쉬운 예를 들자면 홈 비디오가 있습니다.

원래 영상을 녹화해두어야 할 필요성을 절감한 것은 일본이 아니라 미국입니다. 워낙 큰 대륙의 나라라 동부와 서부의 시차는 세 시간이나 됩니다. 그러나 전파에는 시차가 없기 때문에 그대로 방영하면 시간대 방송의 내용이 맞을 리가 없는 거지요. 여기에서는 일단 지역마다 전파를 받아두었다가 시차를 두어 방송을 내야만 됩니다. 아나운서는 굿모닝이라고 하는데 한쪽에서는 아직 한밤일 경우가 생깁니다. 그래서 미국에서 녹화 기계가 발명되었던 거죠. 하지만 방송국 같은 특수한 곳에서나 필요로 하는 것이어서 그리고 그 부피가 집채처럼 큰 것이어서 발명을 해놓았지만 시장성이 없어 사장된 기술로 버려두었던 것입니다. 그것을 일본 사람들이 가져다가 전문 기술 제품을 일반 가정용 제품으로 바꾸어 안방 극장용 홈 비디오를 만들어 세계 시장의 9할을 점하는 인기 상품이 되게 한 것입니다. 이렇게 "낳은 것은 미국, 길러서 키운 것은 일본"이라는 공식으로 일본은 경제 대국, 기술 대국이 된 것입니다. 소형 테이프 리코더 역시 생부는 독일, 양부모는 일본입니다.

전문적인 것을 대중화하는 기술은 군의 특수한 전쟁 무기를 일상적인 안방 상품으로 개발하는 경우에서도 발휘됩니다. 베트남 전 때 음향탐지기를 이용해서 게릴라의 습격을 예방한 사운드 센서의 신기술이 일본으로 건너와서 자던 아이가 깨서 울면 그 소리를 탐지하여 요람을 흔들어주는 자동 장치로 개발된 것이 그 대표적인 예라고 할 수 있지요. 그리고 형상기억합금 같은 첨단 기술이 미국에서는 전투기의 파이프 조인트 접착으로 사용되고 있지만 일본에서는 안경의 접착 방법으로 활용되고 있습니다.

미국과 일본의 기술개발의 특성을 일본인들은 야구에 비유해 이렇게 자평을 하고 있지요. "미국의 기술개발이 홈런형이라 한다면 일본은 싱글 히트와 도루로 가점을 하는 형"이라고 말입니다. 이 말을 직설적 표현으로 옮기자면 미국 기업은 전무후무한 독창적인 기술 한 방으로 실적을 끝내는 '인벤션'에 강하다면 일본은 그들의 속담 "아마다레 이시오 우가스(낙숫물이 돌을 뚫는다)"처럼 잔기술을 조금씩 쌓아가면서 그것을 새로운 분야에 응용하고 가꾸고 다듬어나가는 '이노베이션'에 능하다는 겁니다.

또한 독창적인 기술은 대개가 개인의 머리에서 나오는 것이지만 개발은 여럿이 힘을 모아서 이룩하는 팀워크의 산물이라고 할 수 있습니다. 그렇기 때문에 미국의 신제품 광고에는 그것을 창안한 개인의 이름이 스타처럼 내걸리는 일이 많지만 일본에서는 절대로 개인을 내세워 영웅화하는 일이 없다는 겁니다. 왜냐하면 한 사람을 내세우면 팀워크가 깨질 뿐만 아니라 일본의 오카게사

마라는 전통적인 행동 양식에도 위배되기 때문이라는 겁니다. 일본 사람들은 개인이 공부를 잘해 대학에 들어가도 주위 사람들에게 오카게사마(おかげさま, 덕분에 되었다는 인사말)라고 절을 합니다. 반대로 운동 경기 같은 데서 제 잘못으로 졌는데도 남을 향해서 스미마센(すみません, 미안하다)이라고 사죄를 하는 것도 똑같은 발상입니다.

모리타[盛田昭夫] 회장이 신상품 개발에 대하여 기자회견을 갖는 자리에서 미국 기자 한 사람이 그 상품을 만든 사람이 누구인가라고 질문을 했지요. 그때 그는 "당신은 일본에서 산 지 10여 년이 넘었는데도 아직 그런 질문을 하는가"라고 반문했다는 것입니다. 설사 개인이 발명했다 하더라도 그것을 공적으로 인정하지 않는 것이 일본의 불문율이고, 언제나 개인이 소속되어 있는 집단의 것으로 알고 있지요. 개인주의 대 집단주의의 특성은 기술개발이나 기업의 매너에도 여실히 반영되어 있다고 할 것입니다. 발명(인벤션)은 개인주의 문화에서, 그리고 개발(이노베이션)은 집단주의 문화에서 그 힘을 발휘한다는 법칙을 미국과 일본에서처럼 그렇게 극명하게 보여주는 예도 없을 것입니다.

성냥 한 개비의 번영

섬이라는 이유만으로 일본 문화와 기업이 지속성을 갖고 있었던 것은 물론 아닙니다. 일본 사회는 선비 문화가 아니라 무사들이 지배했던 사회였기 때문에 옳으냐 그르냐 하는 모럴moral이 아니라 힘이 있느냐 없느냐 하는 메리트 크라시meritcracy가 발달하게 된 사회 제도에도 그 원인이 있습니다. 우리와는 경쟁 원리가 달랐다는 것이지요. 어렸을 때 생각이 나지 않습니까. 우리는 남과 달리기를 하다가 뒤로 처지면 앞에 가는 놈은 도둑놈이라고 합니다. 뒤로 처진 사람은 패자가 아니라 오히려 도둑을 잡으러 가는 순사가 되는 것이지요. 대체로 모럴 폴리틱스(moral politics, 덕치주의)를 표방하는 사회에서는 능력보다는 혈연이나 학식, 인격 같은 것을 내세우지만 파워 폴리틱스의 사회에서는 "꿩 잡는 게 매"라는 실적 위주로 그 신분의 순위가 결정됩니다.

일본은 과거제도라는 것이 없는 사회이기 때문에 자식을 다섯 낳아 모두 과거에 급제시키는 것을 결혼하는 여인의 최대의 꿈으로 생각했던 오자등과五子登科의 풍습이 없었던 것이지요. 무가 사회武家社會의 법전과도 같은 「조에이 시키모쿠[貞永式目]」 제7조를 보아도 "공적 실적이 지위로 전환한다"라고 명기되어 있습니다. "훈공의 상에 있어서 유서가 아니라 궁사宮仕의 공로에 대해서 한다"는 뜻이지요. 그렇기 때문에 도요토미 히데요시[豊臣秀吉]와 같은 미천한 사람, 처음에는 나무 밑에서 주워 왔다 하여 기노시타[木下]라는 성으로 불렸다고 하는 그 사람이 일본 최고의 실력자인 관백(関白, 일본에서 왕을 내세워 실질적인 정권을 잡았던 막부의 우두머리)의 지위에 오를 수 있었던 것입니다.

상속권을 보더라도 황실을 제외하고는 모두가 공적과 능력 순위로서 가업을 잇는데 아들이 시원찮으면 종업원 중에서 가장 유능한 사람을 골라 딸과 결혼시켜 데릴사위로 삼는 제도가 있었던 것입니다. 오사카 상인들 가운데는 3대를 계속 사위가 가업의 대를 이어가는 일이 많다는 것입니다. 아들은 선택할 수 없지만 사위는 마음대로 고를 수가 있기 때문에, 말하자면 피보다 실력을 더 믿었기 때문에 그 가업은 몇 대를 내려와도 망하지 않고 지속될 수가 있었던 겁니다. 우리는 3대 가는 부자가 없다는 말이 있는데 자식이 무능해도 혈연으로 대를 물려가는 상속 제도 아래에서는 집안 곳간 열쇠를 넘겨주지 않을 수 없었던 것이지요.

에도 시대 다이묘(大名, 헤이안 시대 등장하여 19세기 말까지 각 지방의 영토를 다스리고 권력을 행사하던 유력자)의 경우 번조藩祖인 전국 무장들의 혈연이 그대로 계속된 경우는 거의 없습니다. 양자에서 양자로 이어져 내려옵니다. 뿐만 아니라 에도 때 명군 소리를 들은 다이묘들은 거의가 다 양자로 들인 사람들입니다. 에도의 지배자였던 도쿠가와도 15대나 계속되긴 했지만 명군이라고 일컬어진 도쿠가와 요시무네[德川吉宗] 역시도 바로 양자였지요. 일본에서 적자보다도 양자 제도가 발달했다는 것은 결국 실력주의에 의한 상속 제도를 뜻하는 것이라 할 수가 있습니다.

현재도 그렇습니다. 우리나라의 기업에는 혈연주의가 남아서 오너의 아들이나 친척이 회사 중역 자리를 차지하고 있는 일이 많지만 일본 회사를 움직이는 경영진들은 꿩 잡는 매들이 대부분입니다. 가령 히타치(日立)사를 보면 29명의 중역 가운데 19명이 실무를 거쳐 올라온 기술자들입니다. 창업자 자신이 자동차 수리 공장에서부터 회사를 일으켜 5마력짜리 모터를 개발한 기술자 출신이기도 합니다.

일본의 이 같은 실력을 토대로 한 경쟁 원리는 두말할 것 없이 무사들이 칼싸움으로 승부를 정하는 무가 사회의 특성이라고 할 것입니다. "이기면 관군"이라는 속담이나 "분하면 출세"하라는 원색적인 격언들은 모두가 경쟁에서 살아남는 무자비한 투쟁과 노력을 길러냈다고 해도 과언이 아닐 것입니다. 상식으로 통용되는 일본의 상투어 가운데는 이 같은 경쟁 원리를 나타낸 말들이 많습니다. 앗사리(あっさり, 군말 없이 깨끗하게 승복하는 태도), 가부도 누쿠

(투구를 벗는다), 마잇타(졌다) 등 이기는 것도 중요하지만 어떻게 지는가 하는 패자의 교훈을 매우 중시하는 사회입니다. 그래서 "데키나가라모 앗파레데앗다(적이지만 훌륭하다)"라는 상투구도 있지요.

일본이 거의 맹목적인 경쟁 사회라는 것은 니혼이치(日本一, 일본에서 첫째)라는 강박관념 속에서 살아가는 그 전통을 보면 잘 알 수가 있습니다. 옛날 우리 통신사들이 남긴 글 가운데는 "일본 사람들은 무엇이든 첫째가 되면 그게 나무를 타는 것이라 해도 평생을 존경받고 먹고산다"고 되어 있습니다. 이겨야 한다는 맹목적인 경쟁심은 사무라이들이 도장을 찾아다니며 실력을 겨루는 데서부터 쌀알에 누가 더 많은 글씨를 써넣는가의 경주에 이르기까지 헤아릴 수 없이 많습니다. 지금도 어느 지방 현에선가는 무엇이든 좋으니 마을마다 하나씩 일본에서 제일가는 물건을 만들어 내자는 니혼이치 운동을 벌이고 있습니다.

사실 그 명성이 높은 일본의 QC 운동(Quality Control, 품질관리 운동)은 품질 향상이라는 수단이라기보다 각 팀이 벌이는 경쟁의 재미, 이겨야 한다는 맹목적인 심리적 보상과 도전의 긴장감을 즐기는 데 목적을 두고 있지요. 그러니까 QC는 단순한 품질이나 기술 문제가 아니라 마음에 토대를 둔 하나의 게임이나 문화로서 일을 삶의 수단에서 목적으로 바꿔놓는 운동이라고 할 수 있습니다. 남보다 더 잘해냈다는 성취감과 보람 자체에 가치를 둔 운동이기 때문에 그처럼 성공을 거둘 수가 있었던 것입니다. 회사 이익을 위한 수단이라면 아무리 애사심이 강해도 어디 그렇게 뛸 생각이 나겠습니까. 단순히 물질적 보상이라면 불과 100달러 미만의 상금을 놓고 밤들을 새워가며 QC 발표 준비를 하겠습니까. 생산성을 일종의 게임으로 생각하고 있기 때문에, 일하는 것을 재미있게 생각하고 있기 때문에, 일본인 특유의 경쟁 문화의 전통을 잘 살렸기 때문에 근로자들은 피곤한 줄 모르고 맹렬하게 뛸 수 있었던 것이지요.

이것을 뒷받침할 수 있는 현상으로 일본에서 화제가 되었던 텔레비전 CF의 예를 들 수가 있습니다. 산쿄[三共]에서 리게인이라는 드링크 영양제를 만들어 "당신은 스물네 시간 뛸 수 있습니까"라는 씩씩한 군가조의 CM송과 함께 맹렬 사원으로 분장한 배우를 등장시켜 광고를 내보냈는데 이것이 대히트를 치게 됩니다. 초년도만 해도 40억 원, 다음 해에는 거의 배인 70억 원 그리고 1990년도에는 138억 원이라는 경이적인 판매고를 기록하게 되었던 것이지요.

스물네 시간 일할 수 있느냐는 황당무계한 말이 그렇게까지 히트를 치리라고는 생각지도 못했다는 것이 광고 제작자의 솔직한 고백입니다. 애초에 만들 때는 단순히 맹렬 비즈니스맨을 풍자한 패러디로 웃기자는 것이었지요. 그런데 그 반응은 오히려 쇠퇴할 줄 모르는 헤이세이[平成] 경기의 응원가로 받아들여졌다는 겁니다.

그러나 스물네 시간 일을 할 수 있느냐는 것이 무역 마찰을 일으키고 일벌레라는 눈총을 사고 있는 때에 좋지 않다는 평도 있어 최근 이 광고를 바꿔버렸지요. 그래서 일터에서 행복한 가정생활로 그 광고 이미지를 바꾸어보았지만 매상고만 떨어뜨리고 반년 만에 도중 하차하고 맙니다.

노예도 쉬는데 스물네 시간 잠자지 않고 뛸 수 있느냐는 광고가 히트를 치는 나라! 상상이 갑니까. 그러나 그 광고의 재미는 단순히 일을 하는 맹렬 비즈니스맨의 이미지라기보다 당신은 스물네 시간 일을 할 수 있는 체력을 가지고 있는가라는 경쟁심과 그 불가능에 대한 도전력을 도발시켰기 때문입니다. 남성의 사무라이 기질을 자극한 승부욕이었지요.

일본 사람을 워커홀릭이라고 하지만 그것은 병이 아니라 니혼이치, 세카이 다이이치(世界第一)를 지향하는 경쟁심의 산물이라고 하는 편이 적절할 것입니다. 300여 개로 나누어진 항과 항의 치열한 경쟁과 그 긴장감을 근면의 철학으로 유도한 것입니다.

같은 불교인데도 일본 불교는 다릅니다. 그들은 "농부가 농사짓는 것이 바로 보살행이다"라는 교리를 만들어냈습니다. 본고장은 물론 중국에도 한국에도 없는 독자적인 교리지요. 불공을 드리지 않더라도 열심히 농사를 지으면 그것이 바로 극락으로 가는 길이라는 것이며 남에게 보시하는 것이라고 말입니다.

그리고 그 같은 경쟁심과 근면의 철학을 현대 기업 전략으로 체계화한 것이 노화이의 기업 문화입니다. 미국의 산업을 부흥시킨 키워드는 노하우란 말이었습니다. 전통 영어에는 물론 유럽의 여러 나라 말에도 없는 단어지요. 즉 미국은 일하는 사람에게 일을 하는 합리적 방법과 능률적인 기술을 터득시켜 생산을 올리는 노하우로 구대륙과의 경쟁에서 이기게 된 것입니다. 대량생산체제, 컨베이어벨트 같은 생산 라인의 혁신, 이른바 포드 신화는 모두 이 노하우에서 비롯된 것이지요.

그런데 마쓰시타 같은 일본 기업은 노하우에서 한 걸음 더 나아가 노화이를 개발했던 것입니다. 방법만 가르쳐주면 종업원들은 그냥 기계적으로 따라할 뿐입니다. 그러나 왜 그렇게 해야 되는지 화이why를 알고 일하면 수동적으로 일하던 사람도 일에 재미를 붙이게 됩니다. 그렇게 되면 생산성도 자연히 높아지게 마련이지요. 마르크스 같은 사람은 근대 산업주의의 약점으로 노동자가 자신의 노동으로부터 소외되어 있는 현상을 들고 있습니다. 자기가 하는 일에 마음을 쏟을 수가 없는 것이지요. 그래서 미국 노동자들의 어느 설문조사를 보면 돈을 덜 받더라도 컨베이어벨트에서 일하기보다는 청소하는 일이 더 낫다고 답한 사람이 많습니다. 청소부는 적어도 자기가 자기 마음대로 일하는 과정을 선택하고 결정할 수 있습니다. 말하자면 왼쪽에서 오른쪽으로 치워 가거나 오른쪽에서 왼쪽으로 정돈해 가거나 그것은 자기 마음에 달려 있습니다.

그러나 미리 프로그래밍된 공정을 로봇처럼 움직여야 하는 컨베이어벨트 위에서는 마음 같은 것은 문제가 되지 않습니다. 하우는 있는데 화이는 없는 노동입니다.

오늘의 일본 기업이 그들 특유의 듣기 문화를 발휘하여 성공을 거둔 또 하나의 예로서 우리는 일본의 정보성을 들 수 있을 것입니다. 듣기 문화에서 탄생한 영웅은 변론가가 아니라 정보를 잘 얻어 오는 닌자들이었지요. 닌자라고 하면 닌텐도라는 일본 기업에서 만들어낸 컴퓨터 게임 덕분에 이제는 전 세계 어린이들에게 후지산보다도 명물이 되었지요. 가마쿠라 때부터라고 하는데 일본에는 남의 정보를 염탐해다가 파는 것을 업으로 삼고 있는 닌자라는 특수 집단들이 있었던 것입니다. 높은 담을 뛰어넘어 성안에 잠입한다거나 혹은 연막 같은 특수 무기를 사용하여 자기 정체를 감추거나 거미발이라는 독특한 장비를 달고 물 위를 걸어 다닌다거나 그런 초인적인 기술로 상대편 깊숙이 숨어들어 정보를 캐냅니다. 이런 전문 집단들은 일본의 사무라이보다 더 특이한 존재들입니다. 그래서 아이들은 007보다도 재미있게 이 닌자 게임을 하고 만화도 즐기곤 합니다.

그러나 닌자를 이용해서 돈을 버는 것은 비단 닌텐도만이 아닙니다. 전자 게임의 프로그램 속에서가 아니라 일본 기업들은 진짜로 세계 곳곳에 현대판 닌자를 보내 라이벌 회사의 정보를 교묘하게 빼내다가 산업 기술과 상품 개발에 이용해왔기 때문입니다.

폴락이라는 미국 기자가 쓴 리포트를 보면 일본의 해외 주재원들은 모두가 닌자들이라는 겁니다. 그 나라의 특허를 조사하고 시장조사를 해 자기 나라에서 이용할 수 있는 기술을 구하기 위해 세계를 돌아다닌다는 겁니다. 미국의 거대 기업 AT&T(American Telephone & Telegraph Co.) 일본 사무소장은 모르고 있는데 라이벌 회사인 일본의 NTT(Nippon Telegraph and Telephone Corperation)사는 역원이 언제 일본 방문을 하는지를 알고 있다는 겁니다. 물론 여행사는 항공 회사 등을 통해서 정보를 입수하고 있기 때문이지요.

조금 전에도 뉴세라믹스의 첨단 기술에 대해서 말한 바 있지만 미국 클리블랜드 웨스턴대학 세라믹 연구실에서는 세라믹 신형 디젤 엔진을 개발하는 프로젝트를 세우고 있었는데 이 정보를 알고 맨 먼저 뛰어온 사람이 누구인 줄 아세요. 그것은 미국 기업이 아니라 멀리 바다 건너의 일본 기업이었다는 것입니다. 일본 기업인들은 모두가 상대방이 무심코 흘리는 말 몇 마디나 하찮은 현상 속에서 귀중한 정보를 캐내는 닌자 집단이라고 보면 틀림없습니다. 듣기 문화형의 특성이지요. 내가 직접 경험한 것으로 일본 기업인 하나가 세미나에서 이런 말을 했어요. 자기가 한국에 와서 본 것은 공장이 아니었다, 머물고 있는 호텔 로비에 공중전화가 몇 대나 고장나 있었는가 하는 것이었지요. 자기가 일주일 동안 체류 중 눈여겨본 고장난 전화 대수만도 10여 대가 되었다는 것입니다. 그러고는 이렇게 결론을 내리는 거였어요.

"한국의 전자 산업의 수준은 아직 멀었다. 기술만이 아니라 경영도, 일하는 사람도 아직 일본을 따라오기에는 엉성하다"는 거였어요. 그때 나는 꼭 임란 전에 한국을 방문한 일본 사람들이 자기네 창 길이와 한국 창 길이를 염탐해 가고 궁중 연회에서는 후추를 뿌려 서로 가져가려고 아우성치는 사람들을 보고 나라의 기강을 점쳤던 일을 머리에 떠올렸지요.

호텔은 잠자는 곳이 아니라 바로 그들에게는 정보원이기도 했던 것입니다. 미국의 경영 관리 능력과 종업원들의 수준을 알아내기 위해서 일본 비즈니스맨들은 호텔 레스토랑에 들어가도 음식 맛을 보는 혀보다 귀를 더 민감하게 움직인다는 겁니다. 접시 깨지는 소리가 들려오나 듣기 위해서지요. 식당에서 일하는 종업원들이 자주 갈려 신출내기가 많을 경우 접시 다루는 솜씨가 서툴러 자주 접시를 깨뜨리게 된다는 겁니다. 그래서 유명 호텔인데도 이 접시 깨지는 소리가 들려오는 것을 보고 미국의 비즈니스가 얼마나 나빠졌는가를 직감으로 알게 되는 것입니다.

정보에 대한 일본인의 고감도 체질이 어떤 것인지 일본인이 개화기 때 성냥을 개발한 이야기를 들어보면 잘 알 수 있을 겁니다. 메이지 초기 기요미즈[清水誠]라는 프랑스 유학생이 성냥 하나 제대로 만들지 못하고 수입을 해오는 딱한 실정을 보고 그 기술을 배워보려고 했습니다. 그러나 유럽에서도 성냥은 스웨덴의 독점 상품으로 그 노하우를 숨겨두고 있어 정보를 얻기가 매우 힘들었던 거지요. 기요미즈는 성냥 공장만 보여달라면 의심을 살 것이기 때문에 각 산업의 공장을 견학하고 싶다고 스웨덴 정부를 속여 신임장을 얻어냅니다. 맥주 공장, 비누 공장 등 사이에 성냥 공장을 끼워넣어 위장을 했던 것이지요. 이렇게 성냥 공장에 잠입했지만 공장 안에서는 필기는 물론 한곳에 멈춰 서서도 안 된다는 조건이 붙어 있었습니다. 그런데도 기요미즈는 공장을 한 바퀴 훑어보고 난 그 정보만을 가지고 귀국하자마자 도쿄 미타에 공장을 차려 성냥 제조에 성공을 합니다.

처음 일본인들은 수입품에만 눈을 돌리고 일제 성냥을 거들떠보지도 않았다는 겁니다. 더구나 더러운 개 뼈와 말 뼈다귀를 원료로 만든 것이라는 소문이 퍼져 부정탄 불이라고 하여 쓰기를 꺼렸던 것입니다. 그래서 그는 성냥을 니시혼간지[西本願寺] 같은 큰 절에 납품한 다음 본산 납품용이니 신불 등화용이니 하며 판촉전을 벌입니다. 성스러운 부처님 앞에서 켜는 불인데 어찌 일반 가정에서 부정한 불이라고 쓰지 않겠습니까. 그래서 3년 뒤에는 스웨덴제와 똑같은(상표도 비슷한 것을 붙여서) 성냥을 만들어 유럽에 역수출을 하게 됩니다. 메이지 7년의 일입니다만 오늘날에도 반도체를 비롯해 각종 신제품을 이런 패턴으로 정보를 얻어 역수출을 하고 있습니다.

일본의 번영을 말할 때 으레 사람들은 일본의 집단주의, 단결력, 조직력 등에 대해서 말합니다. 그러나 일본의 단결력이나 조직의 밑뿌리가 무엇인지를 알아내는 것이 더 중요한 일입니다. 일본에선 벌써 1천 년 전 쇼토쿠 다이시[聖德太子]가 화和의 사상을 나라의 이념으로 내세우고 있습니다. 한자의 화는 곡식을 뜻하는 벼 화禾 변에 입 구口 자를 합쳐놓은 것으로서 곡식을 고루 나누어 먹어야 화평하다는 뜻을 지니고 있습니다. 이 화는 단순히 공평하고 평등한 인간관계에서 오는 화목만이 아니라 대립과 갈등을 조화로 이끄는 균형 감각을 의미하는 것이기도 합니다.

이 세상은 우산 장수와 나막신 장수의 이야기처럼 입장이 서로 어긋나 있는 경우가 많습니다. 가르치는 사람과 배우는 사람, 연기하는 사람과 구경하는 사람, 음식을 만드는 사람과 먹는 사람, 이렇게 입장이 다른 사람들이 서로 자기 입장만을 내세우는 대립이 아니라 같은 자리에 앉아서 서로 상대방의 마음을 헤아리는 삶의 방식, 그것이 곧 '화'입니다.

그것을 가장 잘 나타내고 있는 것이 일본의 다도茶道입니다. 차를 대접하는 주인과 차를 마시는 손님이 사조 반의 좁은 다실 속에 들어가 주객일체의 화의 공간을 만들어내고 있습니다. 그것을 그들은 잇사 곤류[一座建立]라고 부르고 있습니다. 그러한 공간은 다실만이 아니라 일본 사회의 도처에서 목격할 수가 있습니다. 그 주객일체의 화의 공간이 극장엘 가면 관객석으로까지 무대가 파고들어온 가부키의 하나미치[花道]라는 것이 되고, 음식을 먹는 장소로 오면 부엌에서 쓰는 도마를 직접 손님 앞에 내놓고 생선을 요리하는 칼질 솜씨를 보여주는 유쇼쿠[有職] 요리가 되기도 합니다.

이 화의 공간이 기업에 오면 소비자와 생산자가 원수지간처럼 고발 센터를 만들어 서로 싸우는 것이 아니라 애프터서비스나 고객 입장에 서서 자체 품질 조사를 하는 QC 운동과 불량품 제로 운동으로 나타납니다. 마쓰시타 같은 경영자는 대기업의 회장이면서도 직접 소매점을 돌아다닙니다. 의사가 환자의 열을 매번 재는 것처럼 생산자는 소비자의 체온을 매일 재는 체온기를 갖고 다녀야 한다는 지론인 것입니다.

직장에서도 이 화의 공간은 현저하게 나타나 있습니다. 그것이 그 유명한 일본 기업의 로테이션제입니다. 생산직과 관리직 그리고 사무직의 담벽을 허물고 서로 화의 공간 속에서 역할 바꿈을 하는 것입니다. 심지어 사람과 기계 사이에도 이 잇사 곤류의 화의 공간을 마련하고 있습니다. 기계인 로봇에 자기가 좋아하는 배우나 탤런트 이름을 붙여놓고 아침에 함께 맨손체조를 하기도 합니다. 어제오늘 시작된 것이 아닙니다. 여자들은 바늘을 쓰다가 부러지면 바늘 무덤을 만들어 공양을 해주었고 남자들은 붓이 다 닳아 못 쓰게 되면 붓 무덤을 만들어—그것을 후데쓰카라고 부릅니다—공양을 했던 것입니다.

결국 이 화의 문화는 인간의 마음을 존중하는 것이라고 풀이할 수 있습니다. 그렇기 때문에 미국의 GM 같은 자동차 공장 생산 라인의 시스템과 일본 도요타의 그것은 같은 컨베이어 시스템이면서도 현저한 차이가 있다고 합니다. 도요타의 생산 라인은 〈모던 타임스〉에 나오는 채플린의 비극처럼 인간을 로봇으로 만드는 합리적 능률성만 배려한 것이 아니라 거기에서 일하는 사람의 마음을 고려한 설계로 되어 있다는 것입니다. 거기에서 그 유명한 링크제라는 것도 나왔고 불량품이 발견되면 공장 전체를 정지시킬 수 있는 비상 끈도 고안된 것입니다.

합리성과 기능성만을 강조할 때 산업사회는 그 벽에 부딪치고 맙니다. 그것을 넘어서는 길은 인간의 마음을 향한 시선인 것입니다. 그래야 생산성도 높아집니다. 미국과 일본의 반도체 경쟁이 일본 쪽으로 기울기 시작한 것은 클린 룸이 등장하고 난 뒤라고 할 수 있습니다. 여러분들이 다 알고 있는 것처럼 반도체의 승부는 먼지를 어떻게 이기는가 하는 데서 결판이 납니다. 1미크론짜리 먼지가 회로 위에 떨어져도 그것은 고속도로에 바위가 떨어지는 것과 같은 일이 벌어지는 것이기 때문입니다.

반도체의 에러를 없애는 효율을 높이기 위해서는 먼지를 제거한 클린 룸을 만들어야 합니다. 그러나 엄청난 돈이 들기 때문에 만들어보지 않고서는 과연 투자한 만큼의 효과를 거둘 수가 있는지 계산할 도리가 없습니다.

이른바 합리적인 것만 따지는 미국식 경영 방법으로는 결과를 산출해낼 수 없는 막연한 클린 룸 프로젝트를 승인할 수가 없습니다. 이것이 바로 미국의, 산업주의의 한계라고 할 수가 있습니다. 그러나 일본의 일본전기는 반도체 후발 기업이면서도 이 클린 룸 기획에 고 사인을 보냈습니다. 왜냐하면 숫자가 아니라 이 기획을 내놓은 인간을 믿고 투자를 했던 것입니다. 물론 그 결과로 고품질의 반도체를 양산할 수 있었고 그것으로 앞서가던 미국과 다른 기업들을 앞지를 수가 있었습니다.

한국과 일본의 가위·바위·보

지금까지 일본의 좋은 점만을 몇 가지 측면에서 살펴보았습니다. 언뜻 들으면 우리 것은 다 나쁘고 일본인이 하는 일은 다 좋다는 말로 듣기 쉽습니다만, 이는 일본 찬양이 아니라 세계가 다 인정하는데 한국인만이 일본을 보고 쪽발이들 별것 아니라고 생각하는 사람들이 많기 때문에 편견 없이 일본 기업의 장점들을 살펴본 것입니다.

그리고 지금까지 이야기한 것을 뒤집어 생각하면 S그룹과 같은 우리의 우수한 기업들은 앞으로 일본과의 경쟁에서 결코 뒤지지 않는다는 결론을 얻을 수도 있을 것입니다. 일본의 기업이 갖고 있는 문화적 배경과 그 장점은 우리 마음먹기에 따라서 얼마든지 우리 것으로 만들 수 있는 가능성이 많기 때문입니다. 일본이 몇백 년의 전통을 자랑하고 있는 유도를 한국인이 배우면 서울 올림픽 때처럼 이길 수가 있습니다. 유도는 남의 힘을 이용하여 남을 이기는 기술입니다. 문자 그대로 강한 것이 아니라 부드러운 것으로 승부를 내는 일본적인 운동입니다. 그러나 우리가 그 기술을 배우면 한국의 씨름이 그 기초에 있기 때문에 유도를 능가하는 새 기술이 나옵니다.

이런 논법으로 가면 한국 씨름에 부드러움과 남의 힘을 빌리는 꾀를 보태는 것처럼, 한국 기업이 일본 기업의 장점을 이루는 문화를 끌어들이면 그들과의 경주에서 한발 앞설 수가 있을 것입니다.

여러분들이 오늘부터라도 자기 판단이나 생각만 가지고 아랫사람들 부릴 생각을 하지 말고 하찮은 것 같은 그들의 의견에 귀를 기울인다면 그리고 자기 마음속에 별것 아니라고 생각한 남의 아이디어들을 소중히 담는 버릇을 몸에 익힌다면, 말하자면 말하기보다 듣기에 더 주력을 한다면 일본 기업이 못하는 것을 우리 기업이 할 수 있을 것입니다.

왜냐하면 듣기 문화에서 우리가 일본과 같아지면 그다음에는 일본이 가지고 있지 않은 말하기 문화의 전통에서는 우리가 그들보다 높은 언덕 위에 올라 있기 때문입니다.

우리의 기업에 만약 바다 하나를 더 보태어 일본과 같은 지속성을 갖게 된다면, 그래서 작은 것이라고 하찮게 생각지 않고 남들이 버린 것을 꾸준히 키워가고 다듬어가는 개발력을 기른다면 우리는 일본보다 훨씬 더 넓은 들판에 이를 것입니다.

기업 환경을 변화시키면 금세 달라질 것이 하나둘이 아닙니다.

지금까지 부정적으로만 생각해온 우리의 전통문화를 첨단 기술 분야나 미래 사회에 접목시키면 엄청난 잠재력을 얻을 수가 있습니다. 마치 황량한 사막 밑에 석유가 매장되어 있는 것처럼 불모처럼 보이는 우리 문화 속에는 미래의 에너지가 감춰져 있습니다.

후기 산업사회에 들어가면 산업사회를 이끌어가던 데카르트적인 서구 합리주의만 가지고는, 이성 일변도의 문화만을 가지고는 몰락하고 맙니다. 1차 혁명이라고 할 수 있는 농업혁명 시대에는 자연을 모델로 한 지식이 지배했고, 2차 산업혁명 시대에는 기계를 모델로 한 지식이 모든 것을 리드해왔지만 3차 혁명, 이른바 정보혁명의 시대에는 인간이 모델이 되는 지식의 시대가 온다고 합니다.

실감나지 않습니까. 불과 몇 년 전만 해도 공장이 논다는 것은 으레 기계가 고장을 일으켰기 때문입니다. 그러나 지금은 어떠합니까. 기계가 아니라 사람이 고장났기 때문에, 즉 노사분규가 일어났기 때문에 공장 굴뚝에 연기가 나지 않는 일이 많지 않습니까. 인간의 마음을 터득하고 교환하는 기술이 없으면 이제 공장을, 종업원을, 소비자를 움직일 수 없는 시대가 온 것입니다. 앞으로 인간의 마음을 헤아리는 지식이 기업의 재산이 된다면 한국의 가능성은 매우 높아집니다. 한국 문화처럼 인간의 마음에 민감하고 그것을 존중한 전통을 갖고 있는 나라도 드물지 않습니까.

농담 삼아 하는 소리입니다만 인간이 급할 때 외치는 소리를 들어보십시오. 미국 사람들은 "헬프 미"라고 합니다. 곧 죽어도 나를 살려달라고 '나'를 내세웁니다. 일본 사람들은 "다스케테구레助けてくれ"—그냥 '살려줘'라고만 말합니다. 누구를 살려달라는 것인지 나라는 것이 빠져 있습니다. 죽을 때도 집단주의 생리를 그냥 가지고 가는 것이죠. 하지만 한국인은 다릅니다. "사람 살려"라고 합니다. 죽는 순간에도 사람이라는 것을 내세웁니다. 개인도 집단도 아닙니다. 너와 나의 동질성을 이루는 우리 인간이라는 한 생명의 공동체에 대한 가치입니다. 이와 같이 사람에 기초를 둔 기업이 생기면 그 기업은 최강의 세계 최대 기업이 될 수 있습니다.

공자는 마구간이 탔다는 소리를 듣고 먼저 묻기를 그래 사람은 다치지 않았느냐라고 했습니다. 그러나 오늘의 문명은 어떠합니까. 그래 말은 무사하냐고 묻는 것이 상식처럼 되었습니다. 이런 기업은 일시적인 번영은 있습니다만 시간이 흐르면 쓰러지고 맙니다. 이제 기업에는 자본·기술·노동 외에 그것을 통괄하는 인간과 마음의 소통이라는 새로운 자원이 있어야만 되는 시대가 온 것입니다.

특히 상황에 따라 임기응변하는 융통성, 환경과 새로운 변화에 부드럽게 대처하는 적응력—이런 것들을 가지고 일본은 산업화 시대의 왕국이었던 미국과 승부를 했습니다. 그리고 그 힘으로 거대한 미국을 제칠 수 있었습니다. 우리는 융통성이나 적응력에 있어서 일본보다 훨씬 앞선 문화를 갖고 있습니다. 후기 산업사회에서의 경주에서는 토끼가 잠을 깨는 새로운 우화가 시작되려고 합니다.

시간이 없어서 한 가지 예만을 들면서 그치려고 합니다. 일본인들이 그 융통성과 부드러움의 유구조柔構造의 상징으로 내세우고 있는 것이 보자기입니다. 그들은 그 증거로 세계에서 보자기가 가장 많이 발달한 곳이 자기네라고 말합니다.

보자기는 네모난 것도 싸고 둥근 것도 쌉니다. 그리고 도둑이 들어올 때는 얼굴에 쓰고 들어와서 나갈 때는 물건을 싸가지고 나갑니다. 이 밖에도 그 용도가 가리고 깔고 덮고 매고…… 무궁무진합니다. 그러나 어떻습니까. 보자기 문화를 놓고 보면 우리가 당연히 일본보다는 선진국입니다. 일본에는 우리 같은 조각보도 없었고 네 귀에 끈을 단 융통성이 몇 배나 더 많은 보자기도 없었지요. 허동화(한국자수박물관장)라는 분이 일본에서 한국 보자기전을 했을 때, 저는 연사로 나가서 강연을 했기 때문에 그들의 놀라움이 어떠했는지를 잘 알고 있습니다.

보자기와 같은 융통성 면에서 일본은 우리에게 한결 미치지 못합니다. 개화기 때 일본의 생사 공장은 프랑스 것을 그대로 모방해 만들었습니다. 도미오카[富岡]의 모범 공장은 어느 정도로 프랑스와 같았는가 하면 기계와 설계만이 아니라 건물의 벽돌, 의자,

테이블까지도, 심지어 공장의 비품인 물컵까지도 프랑스제를 그대로 수입해서 썼다고 합니다. 웃기는 일은 서양 사람 체격에 맞추어 만든 의자이기 때문에 키가 작은 일본 사람들이 앉으면 발이 땅바닥에 닿지 않아 불편했는데도 계속 그 치수를 고치지 않고 그대로 몇십 년 동안 써왔다는 것이지요. 생사 기술과 관계없는 의자인데도 그것을 고쳐서는 안 된다고 믿었기 때문입니다.

임란 때도 그랬지요. 일본에 비해 훨씬 추운 한국인데도 일본 사람들은 발이 훤히 다 나오는 일본식 조리를 신고 싸웠지요. 동상에 걸려 발이 썩어가는데도 조리를 개량할 생각 없이 그대로 신었다는 겁니다.

현재에도 그런 예는 얼마든지 찾아볼 수가 있습니다. 미국 사람들은 논에 농약을 뿌릴 때 미리 포충망으로 병충을 잡아 그 수를 헤아립니다. 그런 다음에 그것을 기준으로 농약의 양을 정해서 뿌립니다. 그러나 일본 사람들은 무조건 농약 뿌리는 날을 정해놓고 그날이 되면 벌레가 많든 적든 상관없이 다량의 살충제를 뿌리는 겁니다.

선진국이요 자유로운 민주주의라고 하면서 실제로는 일본의 학교교육을 보면 우리가 상상할 수도 없는 획일적인 교칙을 만들어 전제주의 나라 이상의 엄격한 획일화 교육을 하고 있습니다. 아직도 교복 자유화가 되어 있지 않은 일본에서는 만약에 복장이나 머리에 조금이라도 멋을 부리면, 이를테면 개성적인 냄새를 풍기게 되면 졸업 사진에서 삭제되거나 휴학이 권고됩니다. 손을 올리는 각도에서 칼라가 나오는 몇 센티까지 정확하게 요구됩니다. 심지어 지바 현에 있는 초등학교에서는 변소 다니는 시간까지 교칙으로 정해져 있어 소변은 30초, 대변은 3분으로 되어 있다는 겁니다. 선생이 스톱워치를 들고 다니며 이 교칙이 지켜지고 있는가를 잰다는 것이지요. 대소변 보는 것까지도 이렇게 개인이라는 것이 허락되지 않는 나라입니다.

그러므로 일본에서는 10대의 전체 사망자 수 가운데 그 반수가 자살에 의한 것이라는 믿기지 않는 통계 숫자를 낳고 있습니다. 사는 보람을 느끼느냐는 질문에 그렇지 않다고 답한 젊은이들이 G7서 최고의 수치를 나타내는 등 부정적인 현상을 보이고 있는 것입니다.

이렇게 꽉 막힌 기계적인 성품과 획일적인 교육 때문에 일단 틀 안에서 움직일 때는 무서운 힘을 발휘하지만 그 틀이 깨지거나 거기에서 벗어나게 될 경우에는 속수무책이 되고 맙니다. 태평양 전쟁 말기 때 현상을 보면 잘 알 수가 있지요. 우리는 오히려 정형에서 벗어날 때 더욱 힘을 발휘하는 일이 많습니다. 그러므로 한국은 모든 것이 기계적으로 이루어지는 산업사회보다는 다양성과 유연성을 필요로 하는 후기 산업시대에 더욱 적합한 문화와 체질을 가지고 있어 일본과의 경쟁에서 유리한 고지를 점하게 됩니다.

아주 간단한 결론을 냅시다. 여러 가지 논증이 필요 없습니다. 한국에서 천대받고 그 기량도 제대로 발휘하지 못한 도공들이 임란 때 일본으로 끌려가서 어떻게 되었습니까. 심수관을 보십시오. 일제 때 징용 간 한국인들이 일본에서 어떠합니까. 일본 사람 이상으로 일본적 경영을 해 일본인을 놀라게 한 MK 택시 회사(한국계 일본인 유봉식이 1960년 설립한 회사로 휠체어를 타는 장애인들을 먼저 태우도록 함으로써 장애인들의 이동권을 존중함)나 흥업은행 같은 사업가를 배출하지 않았습니까. 이것은 무엇을 의미하는 것입니까. 일본과 같은 문화적 조건에서 뛴다면 결코 우리는, 우리 기업은 일본에 뒤지지 않는다는 증거입니다. 그들을 앞선다는 증거입니다. 그것을 우리는 여러분들에게 기대하고 있기 때문에 일본을 똑바로 보고 배우고 경주를 하자는 거지요. 오랫동안 낮잠을 잔 토끼는 눈을 비비고 일어섭니다. 그리고 이제는 거북이처럼 한 걸음 한 걸음 부지런히 뛰어가는 그 노력으로 다시는 낮잠을 자서는 안 됩니다.

III

아침의 사상

한국 문화의 원형과 기업 정신 (I)

사막에서 피는 꽃의 의미

최근 한국의 기업에서도 노하우라는 말을 많이 사용하고 있습니다. 이 말은 본래 영어의 알다know와 어떻게how란 말을 한데 합쳐서 만들어낸 조어로서 미국 기업인들이 즐겨 사용해온 말입니다. 미국인들은 그동안 추상적인 공론보다는 "어떻게 일을 해야 하는가" 하는 구체적이고도 실질적인 기술과 그 방법을 중시하는 이 키워드에 의해서 모든 기업을 발전시켜왔다고 할 수 있습니다. 포드로 상징되는 컨베이어벨트의 일관작업이 바로 그런 노하우의 대표적인 산물이라고 할 수 있습니다.

그동안 이러한 방법주의, 기술주의는 '정신일도하사불성精神一到何事不成'이라는 동양의 정신주의를 압도하고 근대화라는 강철의 꽃을 피웠습니다.

그러나 일본의 기업인들은 노하우에서 한 단계 더 나아가 노화이라는 조어를 만들어냈습니다. 어떻게how만 가지고서는 생산성을 높일 수 없다는 것을 깨닫게 된 것이지요. 노하우만 배운 사람들이 작업 현장에서 기계적으로 움직인다면 로봇과 다를 것이 없습니다. 그렇게 수동적으로 일을 하게 되면 능률도 오르지 않을 뿐만 아니라 일하는 보람도 느낄 수가 없을 것입니다. 그러나 왜 그렇게 해야 좋은지 그 이유를 알고 또 그 기술에 대한 정보를 공유하게 되면, 즉 하우how를 화이why로 바꿔주면 일하는 의욕과 참여도도 그만큼 높아진다는 겁니다.

노화이에 의해서 생산품의 품질과 공정을 개선하여 생산성을 높인 상징적인 기업이 바로 마쓰시타 전기입니다. 일본식 경영이란 알게 모르게 이 노화이의 정신 속에서 나온 것이며 그러한 정신은 QC(quality control, 품질관리) 운동을 통해서 구체화됩니다. 왜라는 물음표를 갖고 일하는 사람들은 이미 단순한 노동자나 기능공이 아닙니다. 때로는 셜록 홈스Sherlock Holmes와 같은 명탐정이 되어 불량품을 낳는 원인을 찾아내기도 하고 때로는 실험실의 학자와 멋진 상상력 속에서 창조의 기쁨을 맛보는 시인이 되어 새로운 기술을 개발해내기도 합니다. 원래 QC 운동은 미국의 산물이지요. 그것이 일본으로 수입되자 노하우의 QC가 노화이의 QC로 그 성질이 바뀌게 된 것입니다. 그래서 일본 QC의 특성은 단순한 품질 개선 운동이 아니라 종업원들이 스스로 재미를 붙이고 일에 참여할 수 있는 정신 개선 운동이라고 하는 것이 옳을지 모릅니다.

노하우의 방법주의와는 달리 일본의 노화이는 이렇게 인간의 마음을 존중하는 동양적인 정신주의가 가미되어 있습니다. 그리고 그런 정신주의가 곧 미국과의 경쟁에서 이기게 된 일본 기업의 한 비결이라는 것도 부정할 수 없습니다.

하지만 일본식 경영도 이제는 한계에 다다르고 말았습니다. 왜냐하면 노화이란 것도 큰 테두리에서 보면 노하우와 마찬가지로 생산수단에 속하는 문제이기 때문입니다. 생산의 목적, 말하자면 무엇을 위해서 우리는 노동을 하고 이 기술을 익히고 이 회사에서 일을 하는가 하는 궁극적인 본질 문제는 하우로도 화이로도 풀 수 없을 것입니다.

노하우를 노화이로 바꿨던 것처럼 이제는 노화이의 단계를 한층 더 높여서 노홧의 새로운 물음표에 답하지 않으면 안 되는 시대가 온 것입니다. 배고파서 그리고 연명하기 위해서 어쩔 수 없이 일을 할 때는 문화와 철학이 끼어들 틈이 없지요. 그러나 조금 여유가 생기면 사람들은 같은 일이라 해도 거기에서 어떤 의미와 보람을 찾으려고 합니다.

일본에서는 열심히 일하던 회사원들이 어느 날 갑자기 종적을 감춰버리는 증발 사건이나 모범 사원이 하루아침에 회사 옥상에서 몸을 던져 자살하는 일이 자주 일어납니다. 노하우나 노화이에 대한 기본은 갖고 있었지만 노홧에 대해서는 백지였기 때문이지요. 종교나 철학이 아니더라도 최소한 그 기업이 가지고 있는 문화가 무엇이며 사회적 가치가 어떤 것인지 그 본질적인 의문을 풀지 않고서는 어떤 일도 신나게 할 수 없을 것입니다. 신바람 나게 하는 기업 그것이 바로 노홧을 가진 기업, 문화를 지닌 기업일 것입니다.

기업이 노홧을 지닐 때 그 기업은 세속의 경건한 사원寺院이 되고 그 제품은 예술품이 되며 그것을 만드는 사람들은 교향악단의 연주자처럼 될 것입니다. 산업시대의 이상적인 기업은 사람들에게 이익과 편리함을 제공하는 것이었지만 후기 산업시대의 기업은 즐거움과 감동을 주는 데 그 특성을 갖게 될 것입니다. 패션 산업만이 아니라 모든 기업이 그런 맥락을 타고 발전해갈 것입니다.

그래서 결론부터 말하자면 노하우가 미국 기업의 시대를 열고 노화이가 일본 기업의 시대를 있게 했다면 이제 신바람 문화의 노홧은 한국 기업에 의해 21세기 후기 산업사회의 새로운 모델을 만들어낼 것입니다. 그러므로 근대화 과정에서 우리가 한때 비능률이라고 버렸던 한국의 문화적 특성을 다시 찾아 새로운 기업의 자원으로 삼아야 할 것입니다.

대륙붕에만 자원이 숨어 있는 것이 아닙니다. 거의 지하에 묻혀버린 것, 우리 문화의 바닥에 깔려 있는 원시 유교며 불교며 그리고 잊혀진 토속신앙에도 시추공을 뚫어야 할 것입니다. 과연 우리 기업은 전통문화의 대륙붕 위에서 미래의 에너지를 찾을 수가 있는가, 이제 나는 여러분들과 함께 그 탐사 작업을 펼치고자 하는 것입니다.

남미의 안데스 산맥에 서식하고 있는 칼란드리아라는 꽃이 있습니다. 이 꽃씨는 10년 동안이나 말라비틀어진 채 사막의 모래 속에 묻혀 있다가도 한번 비가 내리면 일제히 피어나 온통 사막을 아름다운 붉은 꽃으로 덮어버린다는 겁니다.

이와 같이 씨앗 속에 들어 있는 깊숙한 삶, 그리고 바깥 풍토에 따라 숨기도 하고 겉으로 피어나기도 하는 그 잠재력, 우리 기업의 앞날도 꽃씨처럼 심층적이고도 동태적인 문화의 핵 속에 존재하고 있는 것이라고 할 수가 있습니다. 한자의 사람 인人 자는 사람이란 뜻과 함께 과일 속에 들어 있는 씨앗을 의미하기도 합니다. 이 글자 하나만 두고 보아도 한자 문화권에서 살고 있는 사람들은 인간을 하나의 잎이나 가지로 보지 않고 씨앗과도 같은 생명의 근원체로 파악하고 있었다는 것을 알 수 있습니다.

칼란드리아라는 꽃씨와도 같은 힘을 카를 융Carl Jung의 용어로 번역하면 원형archetype이라고 할 수 있겠습니다.

원형이라고 하는 것은 "인간의 마음속에서 보편적으로 찾아볼 수 있는 시공을 초월한 상징 형식이며 자기도 모르게 참여하는 집단적 무의식 속에 들어 있는 것"이라고 정의하고 있습니다. 그리고 그것은 꿈이나 신화, 마술, 제례, 예술과 같은 형식 속에 새겨져 있다는 것입니다. 그러니까 몇 세대에 걸쳐 축적되어온 한 민족의 경험이나 감정 같은 기본적 특징이 마치 씨앗처럼 들어 있다고 생각하면 됩니다.

사람은 백지 상태tabula rasa로 이 세상에 태어나는 것이 아니라 우리의 몸과 마찬가지로 그 마음 역시도 미리 유전된 형식을 타고 나오는 것이며 개인의 행동 속에는 몇천 년 쌓여온 종족의 기억이 계승되어 있다는 주장입니다.

그것을 캠벨Joseph Cambell이라는 교수는 『신의 가면The Masks of God』이라는 책에서 막 깨어난 햇병아리가 머리 위로 날아가는 매의 모형을 보고 금세 숨어버리는 행동으로 설명하고 있습니다. 다른 새 모형에는 아무 반응도 나타내지 않던 햇병아리들이 어떻게 알고 매에 대해서는 그토록 민감한 반응을 보이는 것일까. 캠벨 교수는 신화를 설명하기 위해서 이 같은 동물 실험을 예로 들고 있지만 우리는 기업 세계에도 그 같은 유전된 종적의 기억인 원형적 이미지가 중요한 작용을 하고 있다는 것을 쉽게 유추할 수 있다고 생각합니다.

더구나 문화의 원형은 개인의 것이 아니라 집단적인 것이고 동시에 자기도 모르게 반복되어 나타나는 무의식의 산물이기 때문에 원형 이론을 통해서 보면 한 민족의 심리나 행동을 보편적인 맥락에서 포착할 수가 있습니다. 표층적인 것은 바다의 표면처럼 수시로 변하지만 심층적인 의식은 바닷속에서 불변의 해구를 가지고 있는 것과도 같습니다.

그렇기 때문에 한 민족의 신화나 제례와 같은 상징 형식을 분석해보면 한국인의 기업 문화가 다른 나라와 어떻게 다른 것인지 그리고 어떤 잠재력과 가능성을 지니고 있는지 그 관찰과 예측이 가능해질 것입니다.

하늘, 땅 그리고 사람

실제로 우리나라의 신화를 한번 생각해보기로 합시다. 현존하는 여러 신화 중에서 가장 널리 알려져 있고 오늘에 이르기까지 그 생명력을 잃지 않고 있는 것은 단군신화일 것입니다. 누구나가 다 알고 있듯이 단군신화는 건국신화로서 누가 맨 처음 우리나라를 만들었는가 하는 이야기입니다. 합리주의적이고 현실적인 시각에서 보면 허황되기 짝이 없는 이야기이지요. 그뿐 아니라 무엇을 기획하고 합리적으로 계수를 따지고 열린 구조로 세계와 무역을 하는 기업의 세계에서 본다면 전연 자기네들 세계와는 관계가 없는 환상적인 이야기로밖에는 생각되지 않을 것입니다.

그러나 앞서 언급했듯이 겉으로 드러난 이야기만이 아니라 씨앗처럼 그 이야기의 내면 깊숙이 박힌 상징적 의미를 캐보면 기업 경영 철학이나 물건을 만들어내는 정신이나 그 기술의 세계까지도 그 속에 숨겨져 있다는 사실을 알게 될 것입니다. 이 건국신화를 한 개인의 입장에서 보면 사람이 결혼해서 애를 낳아 한 가족을 이루는 이야기가 될 것이고, 기업인의 입장에서 보면 좋은 파트너를 만나 회사를 창업하는 것과 같은 의미로 받아들일 수가 있습니다. 왕이 나라를 다스리는 것이나 가장이 가정을 꾸려나가는 것이나 그리고 회사의 사장이나 간부들이 기업을 경영하는 것이나 그 크기와 성질은 달라도 그 구조는 조금도 다를 것이 없는 것입니다.

먼저 단군신화에 나오는 인물들의 구성을 봅시다. 단군신화에는 환인, 환웅, 곰(웅녀), 호랑이, 단군이 등장합니다. 이들 중 환웅은 한울님인 환인의 아들입니다. 이 환웅이 인간을 이롭게 하기 위해 하늘에서 땅으로 내려왔다는 겁니다. 그리고 그는 땅에 내려와 태백산에 신시神市를 만듭니다.

그런데 곰과 호랑이는 땅 위에서 사는 짐승으로 인간이 되기 위해 동굴 속으로 들어갑니다. 그리고 인간으로 화한 웅녀와 환웅 사이에서 단군이 태어나게 됩니다.

신화에 나오는 인물들을 그가 속해 있는 공간으로 분류해보면 세 가지로 확연히 구분된다는 사실을 알 수가 있습니다. 하늘에 속해 있는 존재가 환인, 환웅이고 땅에 속해 있는 것은 곰과 호랑이입니다. 그러나 곰은 뒤에 웅녀가 되었고 환웅은 인간 세상을 탐하여 땅에 내려왔으므로 그들은 하늘과 땅의 존재이지만 하늘과 땅의 중간에 있는 사람의 세계로 오게 되는 것입니다. 그리고 그들 사이에서 나온 것이 단군으로서 하늘도 땅도 아닌 그 사이의 존재인 인간 세상 아사달에 인간들의 나라를 만듭니다.

이것을 요약해보면 단군신화란 바로 우리가 올림픽 로고로 썼던 그 삼태극 문양 그대로 붉은빛으로 상징되는 하늘과 파란색으로 표상된 땅 그리고 노란색으로 형상화된 인간의 세 세계가 조화를 이루고 하나로 융합된 세계를 보여주고 있다는 것입니다. 무엇보다도 이 이야기를 통해서 우리는 인간을 하늘과 땅의 결합에서 생겨난 매개자로 파악한 한국인의 인간관과 삼재사상三才思想의 우주관을 읽을 수가 있습니다.

이러한 사상들은 한국만이 아니라 한자 문화권에서 살아온 동아시아 사람들의 문화적 원형이라고 할 수가 있습니다. 한자의 임금 왕王 자는 수평으로 세 획을 그은 다음 종으로 선 하나를 내려그은 글자입니다. 옆으로 그어진 그 세 줄은 다름 아닌 천(하늘)·지(땅)·인(인간)을 나타낸 것이고, 가운데 세로로 내려그은 줄은 따로따로 떨어져 있는 세 가지 특성과 힘을 하나로 엮은 화합의 힘을 나타낸 것이지요. 단군이란 존재가 바로 그렇지 않습니까. 그러니까 왕이란 자신이 특별한 힘을 가진 존재가 아니라 지휘봉을 든 지휘자처럼 천재·지재·인재의 세 가지 힘의 소리를 하나의 아름다운 화음으로 흐르게 하고, 천도·지도·인도의 세 가지 박자를 잘 맞추어 하나의 질서 있는 율동을 만들어내는 자라고 할 수 있을 것입니다.

칼의 힘으로 세상을 다스리는 서양의 영웅신화와는 아주 다릅니다. 사실 서양의 왕 가운데는 절대적인 자기 권력이 자연에까지 미친다고 생각한 사람들이 많았습니다. 바빌론을 향해 진격하던 키루스Cyrus는 배로 건너야 할 긴데스강을 말을 타고 건너려다 강물에 빠지게 되자 크게 꾸짖습니다. "여자라도 무릎을 적시지 않고 건널 수 있을 무력한 강으로 만들어버리겠다"고 말입니다. 뿐만 아니라 자기 뜻대로 되지 않는다 해서 강에 형벌을 내리고 곤장을 친 왕도 있었지요.

세계 곳곳에서 폭력에 의한 지배 체제가 무너지고 사회 전체가 민주화해가는 오늘의 현상을 놓고 볼 때 단군신화나 옛날의 덕치주의를 바탕으로 한 동양의 왕도 정치가 오히려 새로운 지도 이념이 될 수 있다는 것을 짐작할 수 있습니다.

단군은 먼 데 있는 것도 그리고 옛날에 있는 것도 아닙니다. 바로 오늘 우리 마음속에 숨어 있는 지도자관이며 경영철학이지요. 가정을 꾸려나가는 부모, 회사를 경영하는 관리자 그리고 한 집단을 책임지고 있는 사람들이 바로 오늘의 단군인 것입니다. 단군처럼 하늘의 힘과 땅의 힘과 인간의 힘을 잘 조화시킬 줄 아는 밸런서(balancer, 균형을 만들어내는 사람)라야 비로소 앞으로 오는 세기를 살아갈 수 있을 것입니다.

이 세상은 모든 것이 둘로 갈라져 있는 것처럼 보입니다. 밝은 대낮이 있으면 어두운 밤이 있고, 추운 겨울이 있으면 더운 여름이 있습니다. 높은 것이 있으면 낮은 것이 있고, 또 위로 타오르는 뜨거운 불이 있으면 아래로 흐르는 차가운 물이 있습니다. 이러한 두 가지 다른 세계를 대표하고 있는 것이 바로 하늘과 땅이지요. 여러분들도 들어보신 적이 있으실 것입니다. 요즘 프랑스를 비롯하여 현대 산업주의의 붕괴를 바라보면서 후기 구조주의니 포스트모던이니 하는 새로운 시대의 가치와 삶을 모색하는 새로운 이론들이 많이 쏟아져 나오고 있습니다. 그런 학자들 가운데의 한 사람인 가타리F. Guattari와 들뢰즈G. Deleuze는 우리가 살고 있는 이 공간을 '계량 가능한 공간'과 '계량 불능의 공간'으로 나누어 설명하고 있습니다.

지금까지 우리가 눈을 돌렸던 서구 합리주의 역사 그리고 그 산업 문명이란 바로 이 계량 가능한 공간을 정복하고 소유하는 것이었지만 앞으로 오는 세기를 좌우하게 될 공간은 바로 그 계량 불능의 공간이란 겁니다. 지적도에 등록하여 소유할 수 없는 그런 공간 속에서 벌어진다는 겁니다. 분할하고 계측할 수 없는 매끄러운 균질적인 이 공간은 영해다 영공이다 하고 아무리 울타리를 두른다 해도 공해처럼 개방할 수밖에 없는 공간입니다. 비록 오염된다고 해도 땅은 인간의 역사에 따라 형질이 변경되고 그 풍격이 달리 나타나지만 바다와 하늘은 배가 지나가고 비행기가 다녀도 태초의 그 원상으로 돌아갑니다. 역사가 미치지 못하는 영원성을 담고 있는 시원의 공간입니다.

이 매끄러운 공간을 가장 잘 나타내주고 있는 것이 하늘입니다. 허공은 땅처럼 일일이 자로 재고 그 한계를 정확하게 긋고 울타리를 칠 수 없는 공간인 것입니다. 이 같은 무한 공간, 초월적 공간이 단군신화의 환웅으로 상징되어온 그 하늘나라입니다. 이러한 공간의 특성은 땅의 공간과 비교해보면 그 특성이 명백히 드러나게 됩니다. 근대 경제학 개념의 하나인 지대론地代論의 대상이 되는 것은 계량 가능한 공간인 것입니다. 바꿔 말하면 계량 불능의 공간은 지대론의 대상이 될 수 없습니다. 가령 리카도D. Ricardo가 말하듯 경작된 농지나 목장 등은 지대의 대상이 되지만, 공기나 바람, 물·바다, 지하의 광맥 같은 것들은 지대를 받을 수 없는 것들입니다. 그래서 공기세, 바람세 같은 것은 부과할 수가 없지요.

땅의 소유권은 분명하지만 하늘 위에 있는 지공권은 소유의 개념을 적용하기가 힘들고 모호합니다. 하늘에다가는 세금을 물릴 수도 없고 지번을 달 수도 없지요. 아무리 영공권을 주장한다 해도 하늘의 법칙 속에서 존재하는 전파는 어느 하늘이건 경계선 없이 날아다닙니다. 전파는 말하자면 하늘에 속하는 것으로 땅 위의 것과는 달리 눈에 보이지도 또 일정한 속도의 제한을 받지도 않습니다. 일본의 위성방송을 생각해보십시오. 전파는 남의 나라 안방으로 거침없이 들어옵니다. 육지에서 그런 침범이 있었다면 그것은 바로 전쟁으로 직결될 것입니다. 역사·정치·경제와 같은 지상적인 것과 다른 어떤 것, 즉 전파나 빛 같은 것으로 상징되고 있는 것들—사고로 친다면 추상적이고, 시간이나 소유로 본다면 무에 속하는 것—단군신화는 바로 이런 하늘을 지상의 삶 속으로 끌어들이려고 합니다. 지상과 하늘의 대립된 공간을 양극화하지 않고 그 힘을 서로 조화시켜 하늘과 땅의 관계를 새롭게 만들어내려고 하는 것입니다.

환인의 아들 환웅은 하늘에 있으면서도 땅의 세계에 대해서 마음을 둡니다. 그는 하늘나라에 살면서도 인간의 나라로 내려오고 싶어 합니다. 하늘이 하늘로서만 존재하는 것이 아니라 이질적인 땅의 공간과 관계를 맺으려는 힘이 바로 환웅의 존재라고 할 것입니다.

이때의 신은 인간과 관계 없이 절대적 존재로 존재하는 것이 아니라 인간과 관계를 통해서 변모되는 또 하나의 얼굴을 하고 있지요. 환웅은 신이면서도 인간의 세계로 내려온 이른바 대립적인 두 공간을 이어주는 통로로서 현신한 것입니다. 환웅이 지상에 올 때 천부인 세 개를 가지고 내려와 세상을 다스렸다는 대목이 있습니다. 천부인이 과연 무엇인가 하는 실증론적인 의미는 중요하지 않습니다. 그것은 하늘과 땅을 잇는 사다리 같은 존재—높은 것과 낮은 것, 수평과 수직이 만나는 접점에서 발휘되는 그런 힘의 존재라는 현상적 의미를 우리는 쉽게 이해할 수 있습니다.

왜 환웅은 하늘나라에 살면서도 인간 세상으로 내려오고 싶어

했는가 하는 물음은, 곧 왜 곰은 짐승으로 그냥 살지 않고 그토록 인간이 되고 싶어 했는가 하는 물음과 같은 답안지를 마련해놓고 있지요. 지극히 높은 존재가 아래로 내려오고 지극히 낮은 존재가 위로 올라가는 양극 속에 존재하는 한 가지 마음이란 무엇인가. 그것이 한국인의 마음이며 문화의 원형이 아니겠습니까.

인간을 자랑스럽게 생각하지 않고서는 이러한 신화를 만들어내지 못합니다. 문화를 다루는 사람들은 말할 것도 없고 오늘날의 기업인이나 정치가는 끝없이 인간이 되려는 의지를 지니고 살아갑니다. 다만 지탄받는 기업인이 많은 것은 이러한 잠재력을 키우지 못했기 때문이라고 생각합니다.

우리는 가끔 "너도 사람이냐"라는 말을 씁니다. 이때의 사람이라는 뜻은 짐승의 반대말, 즉 곰의 반대 뜻을 지니고 있다고 할 것입니다. 말하자면 너는 사람이 아니라 짐승이다라는 모욕적인 말이 되지요. 그러나 우리가 무엇을 실수하여 힐책을 당할 때, "나도 사람이다"라고 할 때는 신과 다른 뜻을 지닌 반대말이 됩니다. 나는 신이 아니기 때문에 실수를 할 수 있다는 변명이지요.

이렇게 사람이라는 한국말은 낮은 것과 비교되기도 하고 높은 것과 견주어지기도 하는 중간 말인 것입니다. 때로는 짐승의 반대말이 되기도 하고 때로는 신의 반대말이 되기도 한다는 것은 그만큼 한국인의 인간관이 현실적이라는 것입니다. 성인이 되는 것도 아니고 짐승이 되는 것도 아닌 상태, 그냥 사람이 되는 것으로 완성되는 이상과 현실의 만남입니다.

하늘은 너무 허해서 살 수가 없고, 땅은 너무 거칠어서 다리를 뻗을 수가 없습니다. 그렇기에 한국 문화의 원형은 인간계라는 사회성을 강조한 것이라고 할 수 있습니다. 다른 이상향처럼 지상을 떠난 행복이 아닙니다. 기독교에서는 원수를 사랑하라고 가르치지만 한국적 윤리의 감각으로는 '서恕'로서 그냥 용서하라는 것입니다. 사랑까지 하라고 하지 않지요. 마찬가지로 불교에서는 무조건 생물을 죽이지 말라지만 한국적 도의로는 꼭 필요할 때가 아니면 죽이지 말아라殺生有擇, 또는 물고기를 잡되 작은 새끼 고기(치어)는 잡지 말라는 것입니다.

땅, 왜 하필 곰인가

그런데 땅을 대표하는 것이 왜 하필 곰인가. 이러한 물음에 답하기 위해 우리는 지금까지 바라보고 있던 하늘에서 눈을 돌려 그 아래에서 벌어지고 있는 땅의 드라마를 구경하겠습니다. 글자를 배울 때 천자문의 맨 처음에 나오는 것이 바로 천지현황天地玄黃입니다. 모든 지식과 교양은 하늘과 땅의 의미를 분별하는 데서부터 시작되는 것이지요. 앞에서도 말했듯이 모든 의미의 시작은 바로 이 천지현황과 같은 차이, 기호론자들이 즐겨 쓰는 말을 빌리자면 이항 대립의 체제이지요.

하늘이 무한하다면 땅은 유한합니다. 하늘이 분할되어 있지 않은 공간이라면 땅은 모든 것이 분할되어 있는 공간이지요. 골짜기로 갈라져 있고 냇물로 단절되어 있고 산으로 울타리가 쳐져 있습니다.

하늘이 불변의 것이라면 땅은 파거나 쌓거나 그 형상을 바꿀 수가 있습니다. 모든 것은 하늘과 달리 흔적을 남기며 상처를 냅니다. 어제의 땅은 이미 오늘의 땅이 아닙니다.

주인이 바뀌고 그 모습이 달라집니다. 수레만 지나가도 땅은 자국을 남기면서 변화하지요. 단군신화에서는 천지현황의 대립과 구분이 어떻게 되어 있는지 살펴봅시다.

우선 하늘을 대표하고 있는 하늘의 존재로서 환인과 환웅이 설정되어 있었던 것처럼 땅 위에서 살고 있는 짐승은 곰과 호랑이로 대응되어 있습니다. 전통적으로 동양에서는 생물을 종생縱生과 횡생橫生으로 나누고 있습니다. 문자 그대로 종생이란 서 있는 생물, 나무처럼 수직적 구조를 가진 것이며, 횡생은 뱀처럼 배를 땅에 대고 기어다니는 수평적 구조를 가진 생물입니다. 땅의 세계를 상징하는 곰과 호랑이는 틀림없는 횡생이라고 할 수 있습니다. 그러나 사람은 서 있는 종생으로서 신단수의 나무처럼 지상에 있으면서도 하늘을 향해 있지요.

그런데 땅의 삶을 상징하는 횡생도 곰과 호랑이로 다시 나뉠 수가 있습니다.

곰은 횡생이면서도 사람처럼 이따금 두 발로 설 수가 있습니다. 하늘을 향해서 사람처럼 일어섭니다. 곰이 인간이 되고 싶어 하는 마음이 호랑이보다 강했다는 것은 바로 이러한 자세의 문제에서도 설득력을 갖지요.

결국 이야기의 중심은 무엇이겠습니까. 그것은 곰과 호랑이 가운데 어째서 곰만이 인간으로 화하고 호랑이는 실패했는가 하는 점입니다. 역시 실증론자들이 말하는 것처럼 호랑이를 숭배하는 종족과 곰을 숭배하는 종족의 싸움에서 곰족이 승리하여 아사달이라는 나라를 세웠다고 하는 해석은 이 자리처럼 문화 원형을 따지는 데 있어서는 아무 소용도 닿지 않는 이야기입니다. 그것은 지나간 사료로서 현재의 우리와는 아무런 상관이 없기 때문입니다. 호랑이와 곰의 차이성을 규명하면 그리고 그 차이에서 우리가 선택한 상상력의 지향성을 분석해보면 우리의 사고와 한국인의 마음속 깊이 간직하고 있는 그 응어리가 무엇인지 알 수 있을 것입니다.

왜 땅을 상징하는 동물 가운데 호랑이보다 곰을 인간과 결부시켰는가?

그 이유는 바로 곰과 호랑이가 인간이 되고 싶다고 했을 때, 동굴에서 쑥과 마늘을 먹고 백 일 동안 햇빛을 보지 말라고 한 환웅의 말 속에 잘 나타나 있습니다. 동굴이 의미하는 것은 어둠과 감금이며, 쑥과 마늘은 먹기에 역겨운 음식물로서 기아처럼 먹는 욕망의 억제입니다. 무리로부터 홀로 떨어져 고립된 동굴에 갇히는 것, 맛있고 기름진 음식 대신 맵고 쓴 음식을 취하는 것, 빛을 등지고 죽음과 같은 어둠 속에서 칩거하는 것—이 모든 것은 참고 견디는 시련과 고행의 삶을 뜻합니다.

마치 도를 닦는 경우처럼 곰은 보다 높은 단계로 들어가기 위해서 지금까지의 욕망을 억제하고 자기와 싸우는 내면의 투쟁을 벌여야 합니다. 그러면서도 이 시련은 스스로 택한 것이기 때문에 언제라도 그만둘 수 있다는 사실입니다. 곰은 자유의지를 갖고 있습니다. 동굴은 밖으로 열려 있기 때문에 그가 들어온 것처럼 그렇게 나갈 수도 있습니다. 호랑이처럼 말입니다. 호랑이는 곰보다 날쌔고 용맹합니다. 그러나 자기가 자기를 넘어서는 극기의 끈질긴 참을성이나 고통을 견디는 의지에서는 곰을 따르지 못합니다. 북소리에 에워싸이면 발광하여 자기 몸을 갈기갈기 찢는다는 플루타르코스Plutarchos의 말처럼 호랑이는 성급합니다. 스스로 고통을 감내하면서 고난을 견디는 단군신화 속의 곰은 어찌 보면 어리석은 것처럼 보이기도 합니다.

사실 서구 신화의 경우에는 곰보다 호랑이 형에 속하는 영웅들이 많이 등장합니다. 그들은 참을성보다는 힘과 용기 혹은 슬기로써 난관을 극복합니다. 그러나 우리 단군신화의 곰은 어둠을 견디고 쓴 음식을 참는 자기와의 싸움입니다. 호랑이는 타자와의 싸움에는 이기나 자기와의 싸움에서는 패배하고 말았지요. 단군신화 속에 나오는 곰과 호랑이의 승부를 스포츠 종목으로 비유하자면 복싱이나 레슬링 같은 격투기가 아니라 골인점을 향해 혼자서 고통을 참고 견디는 마라톤 경주와도 같다고 할 것입니다. 그렇지요. 격투기라면 호랑이가 사람이 되었겠지요. 그러나 어둠 속에서 새벽을 기다리며 쓴 음식의 고통 속에서 내일의 잔칫상을 바라보는 마라톤 경주에서는 곰이 승리자가 됩니다.

인간이 되려는 동굴 속의 그 싸움은 남과 싸우는 상대적인 힘겨루기가 아니라 내가 나와 싸우는 절대의 경주이며, 발톱이나 이빨을 사용하는 근육의 힘이 아니라 참고 견디는 마음의 의지에서 나오는 힘입니다. 인간이 되고 싶어 하는 그 소망이 얼마나 강하냐에 따라서 그 승부가 납니다. 인간을 향한 소원이 크고 절실하지 않으면 그 고통과 어둠을 견디지 못할 것입니다. 단순한 참을성만이 아닙니다. 땅에 엎드려 주어진 현실의 조건 속에서 안주하는 것이 아니라 거기에서 벗어나 한 치라도 높이 오르려는 상승 지향의 꿈이 있었기에 곰은 견딥니다.

그러니까 곰을 모럴 폴리틱스의 원형이라고 한다면 호랑이는 파워 폴리틱스의 원류라고 할 것입니다. 곰은 덕치주의moral politics의 상징이며 호랑이는 패권주의power politics의 이상으로서 이 두 짐승은 우리 역사와 민족에 많은 영향을 끼쳤지요. 그러나 그중에서도 인간 승부에서 곰이 이겼다고 생각한 것은 패권주의보다는 덕치주의의 문화성을 더 높이 샀다는 증거입니다. 인간 사회를 지배하는 것은 동물적 사회와 같은 이빨과 발톱의 그 물리적인 힘이 아니라, 무력이 아니라 문치교화文治教化하는 정신의 힘, 문화의 힘이라는 것을 보여준 것이지요. 호랑이는 인간이 되고 싶어 하는 그 의지와 욕망이 곰을 따르지 못했기에 도중에 굴을 빠져나오고 맙니다. 변신에의 꿈이 없기 때문입니다.

단군신화에 담긴 한국인의 이상은 바로 그 덕치주의에 있었던 것입니다. 그러나 서구나 같은 동양이라도 일본의 경우에는 무력이라는 물리적인 힘을 이상으로 삼는 이른바 패권주의가 지배해 왔습니다. 바위 동굴에 숨은 태양신을 다시 끌어내 광명을 찾는 일본의 아마테라스오미카미[天照大神]의 신화를 보더라도 그 바위 문을 연 것은 다지카라오노미코토[手力雄命]의 역사였지요. 즉 힘으로 그 바위 문을 연 것입니다.

곰으로 상징되는 이 덕치주의는 무속을 비롯한 각종 종교는 물론이고 정치·사회·문화·문학에 이르기까지 우리의 삶 곳곳에 숨어 있습니다. 곰이 어떻게 해서 인간이 되었는가 하는 것은 곧 한국인은 인간의 가치를 무엇에 두었는가에 대한 대답이기도 한 것입니다.

인간의 가치를 호랑이와 같은 힘에 두지 않고 곰과 같이 극기하는 내면의 힘에 두었다는 것은 인간이 다른 짐승처럼 이 땅의 공간에 살면서도 동시에 하늘을 향해 있는 그 중간 공간에 있음을 암시하는 것입니다.

무력으로 고려 왕조를 정복한 태조 이성계를 찬양하고 있는 「용비어천가」를 보면, 초반부는 그의 무를 자랑하고 있지만 차츰 무에서 용으로, 용에서 지로, 마침내는 지에서 덕을 기리고 끝내는 성왕이 되소서라는 기원으로 끝냅니다. 이것은 곧 호랑이를 상징하는 영웅의 논리보다 곰으로 상징되는 성자의 논리를 중시했던 우리의 사고 체계를 그대로 보여준 것이며, 인간이 지닌 육체의 힘보다 정신의 힘을 더 중시한 살아 있는 예라고 할 것입니다.

이순신 장군의 경우에도 단순한 전략가, 전쟁 영웅이 아니라 지덕을 갖춘 성웅으로 존경받고 있는 것도 마찬가지일 것입니다. 무장까지도 영웅형이 아니라 성자형으로 꾸며지는 것이 한국 문화입니다. 단순한 힘만으로는 존경을 받지 못하는 것이 한국인의 사회입니다. 돈이 아무리 많고 지위가 아무리 높아도 한국에서 덕이 없는 사람은 지탄과 경멸을 받습니다. 자본주의 사회에서는 재벌이 자기가 번 돈 자기가 쓰는 것에 말이 없습니다. 오히려 부러움과 존경을 받지요. 그러나 우리 사회에서는 재벌이 몇백만 원 하는 잉어를 연못에 기르고 호화 주택에서 사치를 하면 사회가 용납하지 않습니다. 덕치주의의 전통이 살아 있기 때문이지요.

그러므로 곰이 웅녀가 되는 그 변신 과정은 한국인이 추구하고 있는 인간관과 그 성장 과정을 그대로 나타내고 있다고 할 것입니다. 땅바닥을 기어다니던 애벌레가 고치를 만들어 어둠 속에 들어가 있다가 날을 채우면 그것을 뚫고 환한 대낮 하늘로 날아오르는 나방이 되듯 곰은 동굴 속의 고치 속에서 벗어나 인간으로 변신합니다. 험난한 자기 시련을 통해 짐승의 탈을 벗고 아름다운 여인으로 거듭나는 드라마입니다. 이 거듭남의 철학은 한국인이 오랫동안 마음속에 지녀온 민간신앙의 대들보였지요. 『박씨부인전』을 기억하십니까. 못난 여자가 미녀로 변신하는 이야기 말입니다. 이렇게 한국인은 인간을 완성형으로 보지 않고 끝없는 진행형으로 보았던 것입니다.

한국인은 인간을 태어난 존재being로서가 아니라 되어가는becoming 존재로 파악한 것입니다. 우리는 결코 사람을 공장에서 찍혀 나온 완제품으로 생각하지 않았기 때문에 좋은 사람을 보면 '된 사람'이라 부르고, 악한 사람을 만나면 '덜된 사람' 혹은 '못된 사람'이라고 말하는 것입니다. 같은 말이라도 나쁜 사람이라는 말보다는 못된 사람이라는 쪽이 한국 문화의 원형에 가깝다고 할 것입니다. 왜냐하면 나쁜 사람이라고 할 때는 결정론적인 시각으로 사람을 평한 것이지만 '못된 사람'이라는 말은 앞으로 착한 사람이 될 수도 있다는 가능성을 내포하고 있기 때문이지요.

이와 같은 인간관은 과학적으로 보아도 옳다는 것을 알 수 있지요. 다른 동물들은 태어날 때 이미 그 뇌가 70퍼센트 성장해 나온다고 합니다. 그러나 사람은 거꾸로 태어날 때는 그 뇌가 30퍼센트밖에는 성장하지 않는다는 겁니다. 자라면서 나머지 70퍼센트가 완성되어간다는 거지요. 그러니까 다른 생물은 거의 태내에서 완성되어 나오는 데 비해 인간은 미완성 상태로 나온다는 말이 됩니다. 사실 짐승 가운데는 태어나자마자 껑충껑충 뛰어다니는 놈이 있지 않아요. 그런데 사람은 1년이 지나도 제대로 몸을 가누지도 걷지도 못하지 않습니까. 인간은 육체적으로도 이렇게 생성해가는 존재라는 점에서 다른 짐승과 다른 특성을 지니고 있습니다.

우리의 대표적 고전소설인 『춘향전』의 주인공 춘향이도 만고 열녀라고 하나 처음부터 열녀가 아니었다는 것은 조금만 그 소설을 자세히 들여다봐도 알 수가 있습니다. 춘향이야말로 '되다'의 철학을 거쳐 열녀로 완성된 인물입니다. 방자의 말대로 광한루에서 빤히 내려다보이는 자리에 그네를 매어놓고 뛰는 춘향의 행동은 규중궐녀가 할 짓이 아닙니다. 요즘 말로 하면 보통 끼가 많은 여자가 아니었지요.

더구나 첫날밤 이도령과 사랑놀이를 하는 언행을 살펴보면 도저히 요조숙녀의 티라고는 찾아볼 길이 없지요. 아무리 퇴기의 딸이라고는 하나 혼전의 처녀가 담 넘어 들어온 남자와 양가의 허락을 받지 않고 일방적으로 부부 선언을 하고 사랑놀이를 합니다. 전통적인 유교 윤리가 아니라 오늘날의 성 풍속으로 보아도 예사로운 로맨스라고 말하기 힘든 짓입니다.

이별 장면에서도 춘향은 자기희생형의 여인의 부덕과는 먼 행동을 합니다. 어느 판본에서는 서울에 간 뒤에도 자기를 버리지 않겠다는 약정서를 받아내기까지 합니다. 그런 춘향이가 이별의 고통과 기다림의 고난을 통해서 그리고 변학도의 폭력을 받으면서 끝없이 자기를 발견하고 완성해가는 것입니다. 즉 춘향은 열녀로 태어난 것이 아니라 열녀가 되어간 여인인 것입니다.

부용당에서 이도령을 기다리고 있는 춘향이나 혹은 옥중에 칼을 쓰고 갇혀 있는 그 춘향은 바로 동굴의 어둠 속에서 쑥과 마늘을 먹고 인간의 아침을 기다리는 곰이라고 할 것입니다. 그렇지요. 부용당의 기나긴 밤과 감옥은 웅녀가 태어난 바로 그 동굴이 아니고 무엇이겠습니까. 곰이 웅녀로 화하여 환웅을 맞이하는 것과 똑같이 그 시련을 참고 이겼기에 춘향은 이도령을 만나 정경부인이 된 것입니다. 단군신화 속의 웅녀는 『춘향전』에서는 춘향으로, 『심청전』에서는 심청으로, 그리고 『흥부전』에서는 흥부로 끝없이 변신하여 등장하고 있다고 말할 수가 있습니다.

서구 사상의 원형이라고 할 수 있는 그리스 신화를 보면 단군신화와 다른 두 가지 특성을 발견할 수 있습니다. 단성생식과 파괴(거세)가 그것입니다. 지혜의 여신 아테네는 제우스의 머리에서 탄생했고, 미의 여신 아프로디테는 거세된 부친의 남성 상징에서 태어났습니다. 양과 음의 조화로운 결합이 아니라 단성생식에 의한 탄생입니다. 또한 "아버지가 자식을 창조하는 것이 아니라 감금하거나(우라노스는 괴물 자식인 티탄족을 무한 지옥에 가둔다) 잡아먹는(우라노스의 자식인 크로노스는 신탁에 의해 아들을 제거한다) 파괴이지요. 자식들은 이러한 아버지를 거세합니다(크로노스는 우라노스의 남성 상징을 제거하며, 제우스는 크로노스를 땅속에 가둔다). 이 같은 하극상은 순리를 따라 생성하는 원리를 거스르는 파괴의 사슬을 만들어냅니다. 이렇게 갈등과 투쟁의 파괴로 이어지는 순환 속에서 무엇인가 창조의 힘을 얻어내는 것이 서구의 혁명 사상이요 대결의 역사관입니다.

그러나 우리의 단군신화가 보여주는 인간 탄생은 그리고 모든 창조는 서로 다른 양성의 대립이 아니라 조화와 융합에 의해서 실현됩니다. 하늘과 땅이 화합을 이루어 그 중간의 공간을 만들어낸 것이 인간 세계이지요.

하늘에서 환웅이 내려오지 않았더라면 그리고 땅에서 사는 짐승이 인간이 되고자 동굴 속에 들어가지 않았더라면 단군은 태어나지 않았을 것이고, 단군이 태어나지 않았더라면 아사달이라는 나라도 생기지 않았을 것입니다.

단군과 아사달의 창조 공간은 하늘과 땅이 어울릴 때만 가능하다는 것은 너무나도 자명한 도식이라고 할 것입니다. 이 말을 뒤집으면 땅과 하늘이 싸우고 환웅과 웅녀가 갈라서면 단군도 아사달도 무너지고 맙니다. 창조와 파괴는 하늘과 땅이 만나느냐 서로 대립하느냐의 그 방향과 운동에 따라 결정됩니다.

하늘과 땅이 만나는 중간 지대가 인간이 살고 있는 공간이라고 했는데 이것을 시간으로 옮기면 어떻게 될까요. 밤과 낮이 어우러지는 생성의 시간 아침이 될 것입니다. 단군이 하늘과 땅의 아들이었듯이 아사달의 그 아침은 어둠과 빛의 아들입니다. 아사달이라는 명칭부터가 아침의 땅이라는 뜻입니다(阿斯達은 앗달로서 앗은 아침의 원형이고 달은 양달 음달 할 때의 그 달로서 장소를 의미합니다. 일본에서는 우리의 옛 음이 남아서 아침을 아사라고 합니다).

그러고 보면 우리나라를 조선이라 부르거나 남들도 '고요한 아침의 나라', '동방의 나라'라고 한 것은 우연이 아닙니다. 밤과 낮 사이에 아침의 빛이 흐릅니다. 밤을 지나야 낮이 오고 그 낮이 기울어야 다시 밤은 옵니다. 빛과 어둠이 서로 싸우지 않고 아침과 저녁의 매개를 통해서 순환을 할 때 하루의 운행과 사계절의 순환이 이루어집니다.

돌고 도는 순환으로 인간 세상을 바라볼 때 거기에는 절대적인 지배자가 존재하지 않는다는 것을 알게 됩니다. 피라미드형에는 최정상이라는 꼭지점이 있지만 둥근 원형에는 어느 것도 정점이라고 말하기 어렵습니다.

중국에서부터 시작되었다는 가위바위보를 두고 생각해보십시오. 가위는 보를 이기고 보는 주먹을 이깁니다. 그런데 그 최정상의 승자인 가위는 최하위인 주먹에게 집니다. 가위바위보는 순환적 관계에 있기 때문에 최강도 최하도 없습니다. 돌고 돌지요. 이러한 순환의 논리나 사상은 우리의 토착적 생활 문화 속에 깊이 뿌리박혀 있습니다. 우리나라 속담에 "쥐구멍에도 볕 들 날이 있다"고 하는 말이나 "음지가 양지 되고 양지가 음지 된다"는 말은 모두가 순환론에서 오는 생성 변환 인생살이를 표현해주고 있습니다.

그러므로 우리의 생성 원리는 환웅적인 것과 웅녀적인 양성의 매개항 속에 있다고 할 것입니다. 생성은 하늘에도 땅에도 없습니다. 두 공간이 만나는 곳, 바로 인간이 살고 있는 곳이 생성 공간입니다. 하늘과 땅 사이에 인간이라는 매개 공간이 있기 때문에 하늘의 양과 땅의 음은 구름이 비가 되고 비가 강물이 되고 강물이 바다가 됩니다. 그 바다는 다시 하늘로 올라가 구름이 되지요. 이런 순환은 하늘과 땅의 관계를 하나로 이어주는 작용을 합니다. 『서유기』의 한 장면처럼 밤과 낮이 서로 싸우지 않고 남녀처럼 상보할 때 아침은 태어납니다. 아사달의 공간과 그 시간이 만들어집니다.

결국 단군신화는 천·지·인 세 세계의 공간 분할과 낮·밤·아침의 시간 분할을 나타내주는 한국인의 사고 체계를 보여주고 있는 이야기이지요. 그리고 세 세계의 조화에서 순환이라는 운동이 생겨나고 있음을 나타내주는 우리 문화의 원형입니다.

신과 동물의 중간 매개항이 단군으로 상징되는 인간 탄생이고 아침은 동굴의 어둠과 대낮의 햇빛이 어우러지는 시간입니다. 이 화합의 공간과 화합의 시간이 서로 만나게 되는 접합점이 바로 아사달이라는 한국입니다. 영토의 공간성과 역사의 시간성을 합친 아사달은 지금 우리가 살고 있는 이 시공 속에서 그대로 숨쉬고 있습니다.

그래서 슬기로운 사람들은 절망에 빠져 있을 때마다 동굴 속에 갇혀 있던 고난의 어둠이 아침이 되고 곰이 아리따운 인간 웅녀로 변신하는 광경을 그려봅니다. 개인이고 민족이고 그렇게 살아왔지요. 그 변신과 조화 속에서 단군이 탯줄을 끊는 그 새벽닭 소리를 듣습니다. 그리고 거친 들판이나 메마른 산 둔덕에 있을 때라도 최초로 아사달 언덕과 강물을 스쳐 지나던 그 바람의 감촉을 온몸으로 느낍니다.

그러면 이 같은 원형이 종교·정치·사회·문화 속에서 어떻게 파도치고 있는지를, 그리고 기업 문화 속에서 어떻게 숨쉬고 있는지를 이야기합시다.

이러한 극적인 만남과 역전의 기적 같은 일은 우리 역사를 자세히 분석해보면 단순한 신화의 세계에서만 이루어지는 것이 아니라는 것을 알 수가 있습니다. 가령 올림픽 하나를 두고 생각해 봅시다. 한국은 냉전의 최전방으로 한국전쟁이 일어났을 때는 세계의 젊은이들이 이 땅에 그 피를 뿌렸고 뼈를 묻었지요. 그러나 반세기도 안 돼서 세계 젊은이들의 무덤과 같던 이 땅 위에서는 젊은이들의 화원이라는 올림픽이 열리지 않았습니까. 그것도 그냥 열린 것이 아닙니다. 그동안 냉전의 차가운 기류로 동서가 반쪽이 되어 제각기 외팔 올림픽을 치렀던 모스크바와 로스앤젤레스와는 달리 서울 올림픽에서는 문자 그대로 손에 손을 맞잡고 이념의 벽을 넘어서 세계의 모든 젊은이들이 어깨동무를 하는 화해의 올림픽을 창조해냈습니다. 인류의 새 시대, 새 아침이 잠실벌에서 열렸던 것이지요.

거창한 역사가 아니라 그때 그 개회식에서 보여준 고놀이 하나를 예로 들어도 이 아사달의 아침이 어떤 것인지를 짐작할 것입니다. 엄청난 두 동·서군이 양패로 갈라져 거대한 고를 앞세우고 맞부딪치는 장면이 벌어집니다. 고놀이를 모르는 서양 사람들은 그 고가 부딪치면 어느 한쪽이 박살이 나거나 괴멸되는 처절한 싸움이 벌어질 것으로 생각하고 숨을 죽이고 있었지요. 그러나 고가 맞닿는 순간 어둠이 깨지고 새벽의 닭 소리와 먼동이 트듯이 그것들은 서로 어울려 하늘로 높이 치솟습니다. 싸움이, 부딪힘이 새로운 결합과 조화를 이루며 한 덩어리가 되지요.

우리는 서울 올림픽에서 그리고 고놀이와 같은 민속놀이에서 아사달의 아침 광경을 봅니다.

춤추듯 노래하듯 일하는 세상

한국의 기층문화를 이루고 있는 무속에는 한국인의 사고방식, 가치관, 우주관만이 아니라 현대 기업의 터전을 이루고 있는 공工의 근원적 특성이 함유되어 있습니다. 『한국무속사상연구』(집문당, 1987. 07)를 쓴 김인회 교수는 그 서문에서 "어쩌면 무당이야말로 진짜 한국인의 교육자였는지도 모른다. 지금도 무당들이 살아 있으니 무당들을 연구하면 그동안 한국 교육에 대해서 설명 못했던 부분들을 알 수 있는 길이 열릴지도 모른다"라고 말하고 있습니다. 무당은 문화의 총체적 기층을 반영하고 있는 존재로서 종교는 물론, 예술·의술·정치·교육 그리고 기업의 원형으로 관찰될 수가 있습니다. 말하자면 예술가로서의 무당, 정치가로서의 무당, 교육자로서의 무당 등 여러 가지 은유적인 상이성을 무속 종교에서 찾아볼 수 있듯이 우리는 기업가, 사업가로서의 무당이라는 것을 상정해볼 수가 있습니다.

이러한 문제를 놓고 좀 더 치밀하게 관찰하려면 우선 한국의 무속과 기업이 어느 점에서 동질성을 갖고 있는지 비교 가능한 지표를 찾아보아야 할 것입니다. 우선 전통문화의 문맥에서 보면 표층과 심층의 이율배반적 괴리에서 그 첫 단서를 찾아볼 수가 있습니다. 표층적으로는 가장 천시했으면서도 어떤 어려움이 있거나 또 복락을 누리고자 할 때 그 힘을 빌리고 의존한 대상이 무당이었습니다. 우리는 이렇게 심층과 표층이 서로 모순되어 있는 것을 상공인에게서도 발견할 수 있습니다. 사농공상의 사민 가운데 신분이 제일 낮은 것은 오늘의 기업인들인 공과 상이었던 것은 잘 알려져온 사실입니다. 유교 문화권에서는 나라를 망치는 다섯 가지 좀 중에 상공인을 넣고 있습니다. 그러나 실제의 의식주를 구하고 해결하는 가장 큰 힘을 가진 자는 상공인이었습니다. 잘 알려진 바대로 예수나 석가모니 같은 성자들이 복음이나 진리를 깨우쳐주기 위해 세상을 돌아다닌 그 길들은 모두가 실크로드처럼 공인들이 만든 물건을 상인들이 팔기 위해 개척해놓은 곳들이었습니다.

그러나 무엇보다도 한자에서 상공 문화를 대표하는 공工 자와 무속을 뜻하는 무巫 자를 분석해보면 상동성을 금세 알아볼 수가 있습니다. '무당', '무속'의 무 자와 '만들다'의 공 자는 같은 글자입니다. 공 자를 풀이한 설명에는, '공교식야 상인 유규구여무동의工巧飾也 像人 有規榘與巫同意(공은 솜씨 있게 장식한다는 뜻이다. 사람이 (사물을 잴 수 있는) 척도가 있음을 형상한 것이며, 부자와 뜻이 같다)'라 하여 무와 공이 동일한 글자임을 지적하고 있습니다. 이렇게 문자를 풀이해보면 무당은 의사의 원형, 교육자의 원형, 정치가의 원형이라고 하는 편이 더욱 타당하다는 것을 알 수가 있습니다. 그뿐 아니라 무와 공은 왕王 자와 같은 것으로 원초적인 원래의 층위에서는 그것들이 가장 귀하고 존경받는 왕과 같은 의미소意味素를 지니고 있었다는 사실을 발견하게 됩니다.

왕, 무, 공의 세 글자가 모두 같은 뿌리에서 나온 글자라는 것은 그것들이 하늘을 뜻하는 위의 일 자와 땅을 뜻하는 지평의 일 자를 서로 연결한 수직의 선을 그 공통소로 지니고 있기 때문입니다.

이미 앞에서 설명한 대로 왕 자는 천·지·인의 세 힘과 그 영역을 뜻하는 세 세계를 결합시키고 그것을 조화롭게 하는 자를 뜻하는 것입니다. 그 삼재사상이 정치적으로 나타난 것이 왕이며 왕도입니다. 그리고 그것이 종교로 나타난 것이 무당(무)이며, 실질적인 의식주를 해결하고 산업으로 구현된 것이 상공(공-기업계의 원형)입니다. 즉 만들 공 자의 위아래 두 평행선은 하늘과 땅이 되는 것이고, 가운데 기둥은 그것을 받치고 연결하고 꿋꿋하게 서 있는 인간의 모습입니다. 그러므로 공 자는 천지인의 조화를 나타내는 것으로, 무엇인가를 만들고 장식하고 아름답게 가꾸는 것을 뜻하게 되었습니다. 즉 사람이 천지간에 서서 옳은 것正을 실천하는 것이 바로 공입니다.

또 공 자의 다른 풀이는 공인들이 만들 때 쓰는 자의 모양을 본뜬 것이라고도 합니다. 횡선은 수평을 재는 자이고 종선은 수직을 보는 것, 즉 바르게 서 있나를 보는 추로서 둘 다 집을 지을 때 수평과 수직을 재보는 도구의 하나입니다. 어느 쪽 자해字解의 뜻으로 풀이하든 천지를 잇거나 수평 수직을 재는 근본의 척도로서 무엇인가를 만들어내는 힘을 의미합니다. 즉 만든다는 것은 자연을 파괴하는 분열이나 대립이 아니라 이질적인 것을 하나로 조화시키고 멀리 떨어져 있는 천지를 화합하는 힘에 둔 것입니다.

여기에 무 자를 놓고 생각해보면 더욱 그 뜻이 확실해질 것입니다. 무 자의 두 사람 인 자는 본래 사람이 아니라 춤추는 무당의 소매를 그린 것이라 풀이되어 있습니다. 옥편을 찾아보면 사람 인 자가 두 개나 있는데도 불구하고 그 글자가 인 부에 있지 않고 공 부에 속해 있는 것을 보아도 알 수 있습니다.

결국 공인은 무당이나 왕처럼 서로 다른 두 세계인 하늘과 땅을 이어주는 매개자로서의 동질성을 지니고 있기 때문에 오늘날 무속의 특성을 분석해보면 기업 정신의 원형을 밝혀보는 지표가 될 것입니다.

김인회 교수는 앞에서 든 책 속에서 한국 민속의 특성으로 일곱 가지를 열거하고 있습니다.

① 종교적 제의 절차에서 신을 대하는 인간들의 자세와 태도가

경건하지도 엄숙하지도 않다.

② 제의를 주재하고 신의 역할을 대행하는 무당이 사회적으로 천대받는 계층이다.

③ 신이 있는 곳으로 인간들이 찾아가는 것이 아니라 인간들이 있는 곳으로 신들이 찾아오도록 한다.

④ 제의 절차에서 많은 경우 신들은 지난날의 조선조 사회에서 통용되던 관리들의 제복을 입고 등장한다.

⑤ 제의 절차의 내용에는 반드시 음악과 춤과 연극적 놀이, 음식물 제공 등이 포함되는데, 이는 주빈으로 초대되는 큰 신들만이 아니라 초대받지 못한 잡신들이나 죽은 사람들의 떠도는 넋들에게까지도 마찬가지로 베풀어진다.

⑥ 굿의 내용에서 신을 부르고 인간의 소원을 고하며 신의 대답을 듣는 절차에 못지않게 중요시되는 것은 굿판에 모인 신들을 되돌려보내는 절차이다.

⑦ 무속에서 등장하는 신들 사이에는 선신이나 악신이나 구분될 만한 성격적 개성이 발견되지 않는다.

이러한 무속의 정신을 한국의 기업 정신에 적용해보면 청교도의 종교에서 미국 자본주의 기업 정신을 도출하려던 것과는 대조적인 변별 특성을 구해볼 수가 있을 것입니다.

첫째, ① ② ③에서 우리는 한국의 무속이 서구와 같은 신 본위의 절대주의와는 다른 현세 중심적 특성을 지니고 있음을 볼 수 가 있습니다. 그리고 그런 태도는 삼재사상을 기반으로 풀이될 수 있을 것입니다. 하늘은 위대한 것이지만 하늘의 힘만으로는 되지 않습니다. 거기서 땅과 사람의 세 힘이 합쳐져야 비로소 온전한 생성과 우주를 이룹니다. 하늘과 인간은 절대적인 그리고 단순한 종속 관계가 아닙니다.

그런 면에서 그 삼원의 세계는 상대성에 의해 변하며 그렇기 때문에 그 변화의 매개체인 인간은 오히려 땅과 하늘을 연결하는 중심적 위치에 놓이게 됩니다. 단군신화에서 본 것처럼 환웅의 신은 인간 세상을 부러워하여 땅으로 하강했고 곰은 인간이 되고 싶어 백 일을 기忌했습니다. 이렇게 인간을 사이에 두고 하늘과 땅이 만나게 되므로 절대적인 유일자는 존재하지 않으며 오히려 이러한 관계에서는 정상에 있는 자보다는 중간에 있는 자가 많은 변화를 주는 역할을 할 수가 있습니다.

그러면서도 이러한 영역들은 서구의 경우처럼 따로따로 단절 분리되어 있거나 혹은 어느 한쪽이 다른 쪽을 예속해버리거나 하는 대결의 논리 위에 서 있지 않습니다. 서로 융합하고, 상생하는 관계입니다. 태극처럼 하늘의 끝에는 땅의 처음이 이어지고 땅의 끝에는 하늘의 시작이 맞물려 돌아가는, 둘이면서도 하나인 이른바 반대의 일치라는 양의성을 띤 존재로 파악됩니다.

이제마李濟馬의 『동의수세보원東醫壽世保元』 서문에 "하늘과 사람과 땅은 오직 하나의 생기의 화기다"라고 한 것처럼 하늘, 땅, 사람을 부분으로 보았을 때는 삼극의 생이고, 합치면 화기로 태극처럼 하나가 됩니다.

그것을 다른 문화권의 사상과 비교해볼 수 있는 아치 J. 밤Archie J. Bahm(미국의 철학자이자 뉴멕시코 대학교 철학 교수였다)의 그림이 있습니다. 이 그림들을 보면 서구 사상은 하나가 전체를 지배하고 통합하는 것이고 힌두는 두 대립항이 서로 경계를 이루고 분리되어 있는 데 비해, 중국을 비롯한 우리의 문화는 서로 다른 두 개로 나뉘어 있으면서도 서로가 꼬리를 물며 하나의 원으로 융합된 태극으로 나타납니다.

동양과 서양의 조물주관을 비교해보면 잘 알 수가 있습니다. 기독교의 유일신은 창세기에 그려진 대로 "있으라 하니 있었다"로서 온 세계가 자신의 뜻과 명령에 의해 일사불란한 하나의 체계로 이루어집니다. 모든 정점에 신이 있고 만물은 창조주인 신의 뜻에 따라 존재합니다. 이것은 마치 시장의 물건들이 그것을 만든 생산자의 목표와 의도를 떠나서는 존재 의미를 가질 수 없는 것과 같습니다. 그 값이나 용도는 물건 자체에 있는 것이 아니라 그것을 애초에 설계하고 만든 생산자의 아이디어 속에서 결정됩니다.

그러나 이규보李奎報의 「조물주에게 묻는다」(동국이상국후집 제1권 문답)에서처럼 한국인이 생각한 조물주는 헤브라이즘의 그것과는 매우 대조적입니다. 오곡과 뽕나무처럼 인간을 이롭게 하는 것들을 만들어놓고 어째서 또 한옆으로는 인간을 해치는 범, 늑대, 모기, 벼룩과 같은 것을 만들어놓았는가라는 모순의 지적에 조물주는 이렇게 답변을 하고 있습니다. "내가 손으로 물건을 만드는 것을 네가 보았느냐. 물건이 제 스스로 나고 제 스스로 변화할 뿐 내가 무엇을 알겠는가. 나를 조물이라고 이름 짓는 것도 또한 나는 알지 못한다."

인간이 우연적 존재, 스스로 자유로운 존재로 그려져 있을 뿐만이 아니라 조물주인 신 역시 무와 다름없이 그려져 있습니다. 이와 똑같은 발상이 박연암朴燕巖의 글에도 나타나는데 조물주는 무슨 의도를 가지고 이 세상을 만든 것이 아니라 마치 그릇에 흙을 빚어 굴리면 스스로 여러 형태의 크기가 멋대로 생기는 것과 같은 무작위적 생성에 의존합니다. 그러므로 굿판에서 만나는 신들은 성스럽고 엄숙하고 인간을 끝없이 왜소하게 하고 죄인으로 만드는 그런 신이 아닙니다. 릴케Raine Maria Rilke가 꿈꾸던 신, 아무 때나 필요할 때 부르면 찾아오고, 손을 내밀면 잡아주는 그런 친숙한 신입니다.

이러한 무속적 특성을 기업의 층위로 옮겨보면 군림하는 기업가나 권위주의적 기업 풍토는 오히려 한국보다는 유일신의 콘셉트를 갖고 있는 서구적인 모델에 속하는 것이라고 할 수 있습니다. 서구의 기업가들은 신처럼 피라미드의 꼭지점 위에 앉으려고 하나 삼재사상, 말하자면 무당과 같은 세계관을 토대로 한 기업가의 위치는 오히려 모든 것의 중간에서 매개자, 조화자의 경계인으로서의 성격을 지니게 됩니다.

그 실례로 농사짓는 자를 천하의 대본으로 삼았던 것을 보아도 알 수가 있습니다. 즉 농사를 짓는 사람은 하늘, 땅, 인간의 삼재를 조화시키고 실현하는 자로서의 특성을 지니고 있습니다. 이규경李圭景(조선 후기 실학자)은 농업을 재물의 근원으로 보고 "천시에 따라 지의를 이용하여 인력을 다하는 것"으로 풀이하였습니다. 천시란 계절이나 기후와 같은 하늘의 힘이고, 지의는 논밭과 같은 땅의 힘입니다. 그리고 기후에 맞추어 씨를 뿌리고 땅을 갈아 밭을 일구는 것은 인간의 힘입니다. 이 중에서 하나만 빠져도 농사는 되지 않습니다. 농산물은 이렇게 하늘, 땅, 인간이 하나로 융합된 결과로써 얻어지는 것입니다.

"만약 하늘은 적당한 시기를 주었는데 그 시기를 따르지 않고, 땅은 얼마든지 밭을 이용하게 해주었는데 그 밭을 묵히고 있으며, 자신이 얼마든지 능력이 있는데 손발을 게을리하면 성인이 다시 탄생한다 하더라도 어떻게 할 도리가 없을 것입니다."(이규경, 『재용변증설財用辨證說』)

푸는 문화 신바람 문화

천시·지의·인력으로 구성된 삼원적 농업 생산관에서 농사를 짓는 사람은 하늘과 땅을 매개하는 매개자로서 무당이 굿을 하는 것과 조금도 다를 것이 없습니다. 아무리 하늘이 전능하고 땅이 풍요해도 그 힘을 이용하여 농산물을 만들어내는 최종의 힘은 그것을 매개하고 완성시키는 인간 스스로의 손에 달려 있습니다. 그러므로 무속에서 인간이 신에게 가는 것이 아니라 신이 인간에게 오는 특성이 있게 됩니다.

매개자로서의 무당은 신의 역할을 대행하고 동시에 인간을 대표합니다. 그러므로 무당은 신과 인간의 경계선에 서서 그 자리를 양쪽에 빌려주는 것입니다. 말하자면 신의 행세를 할 때라도 그 자신이 신의 편에 선 대리인이 될 수가 없습니다. 그러나 기독교에서 사도는 신의 대행자니까 굉장한 권력을 갖습니다.

사민정책에서 가장 천대받던 계층이었기 때문에 도리어 하늘을 끌어내리고 땅을 올려 서로 만나게 하는 경계인의 역할을 감당할 수 있는 것입니다. 한국 기업 정신의 밑뿌리에는 이렇게 조화와 매개로서 귀한 것과 천한 것, 정신적인 것과 물질적인 것, 초월적인 것과 현세적인 것의 양극을 잇는 생산의 법칙성이 있었다고 할 수가 있습니다.

개인주의의 욕망과 경쟁에 생산의 토대를 둔 근대 서구 자본주의의 생산 법칙과 달리 한국의 그것은 이른바 상생의 원리에 뿌리를 둔 것이라고 할 수가 있습니다.

둘째로 인간이 신들이 있는 곳으로 찾아가지 않고 신이 인간들이 있는 곳으로 찾아오는 현세주의적 무속사상은 그대로 현실적인 기업 정신의 바탕이 될 수가 있습니다. 에덴 동산에서 쫓겨난 원죄로서의 서구적 인간관은 항상 신의 세계로 돌아가려는 종말론과 손을 잡게 됩니다. 그러므로 지금, 여기는 항상 종말을 향한 하나의 과정에 지나지 않으며 노동은 원죄의 대가로서 "땀을 흘려 밭 가는 괴로움"의 상징이 됩니다.

에리히 프롬Erich Fromm은 『잊어버린 언어The Forgotten Language』에서 "일이라는 것은 건설적인 것이든 파괴적인 것이든 자연계에 대한 인간의 간섭"이지만 "휴식은 인간과 자연의 평화로운 상태를 의미하는 것"으로 보고 있습니다. 그러므로 안식일은 인간과 자연 사이의 평화를 회복시키는 날을 의미하게 되고, 일은 어떤 종류의 것이든 인간과 자연의 균형을 어지럽히는 것으로 간주됩니다. 안식일을 정화하고 화해시키는 것, 지구를 더럽히는 것을 하루라도 멈추는 것으로 생각해온 종교의식은 곧 서구적인 문명을 낳은 노동관이 어떠한 것인가를 단적으로 방증하는 것이라 할 수가 있습니다. 노동을 원죄와 결부시켰기 때문에 자연히 노예나 기계를 만들지 않으면 안 되었고 그러한 노동 위에 세워진 기업은 자연히 인간소외를 낳지 않을 수 없게 된 것입니다.

그러나 근면, 정성과 같은 한국의 노동관은 하늘과 사람과 땅을 서로 화합하고 조화시키는 수단으로서 오히려 종교로 승화될 수 있는 것입니다. 정성스럽게 일하는 것, 그것이 바로 무속에서 악귀를 쫓고 복을 비는 정화수와 같은 역할을 합니다. 이 정성 문화는 농업을 기반으로 한 것이지만 오늘날 반도체 산업과 같은 일렉트로닉스 분야에서 유효한 특성을 발휘하게 됩니다. 로봇이 일하는 현대의 기계 공장이라 하더라도 일의 주체를 인간에게 두느냐 그렇지 않느냐는 그 생산성이나 노동의 참여도에 굉장한 차이를 낳게 되는 것입니다. 정성 문화는 『홍길동전』에도 나오는 것처럼 "천지지성天地之性 가운데 최귀자最貴者"라는 인간 존중 의식과 노동의 개념이 결합될 때에야 비로소 탄생될 수가 있습니다. 그래서 일 그 자체가 수단이 아니라 삶의 보람이요 목적이 되는 근면의 철학이 생겨나게 되고 불량품이 없는 고생산성, 고효율을 올리면서도 기업은 인간소외의 기계주의에서 벗어나게 됩니다.

비근한 예로 미국에서는 정년이 되면 일에서 놓여나게 되므로 좋아하지만, 동양에서는 연금으로 편안하게 살 수 있는 제도를 마련해주어도 정년이 되어 일할 수 없게 되는 것을 서러워하는 것입니다.

이규경은 『재용변증설』에서 "백성은 먹는 것을 가지고 하늘을 삼는다"라는 말을 하고 있습니다. 경제가 곧 종교요, 물질이 바로 신이라는 생각입니다. 그런 관점에서 보면 가족을 먹는 입으로 보고 식구, 가족 이외의 사람과 사는 것을 반식구라고 말한 한국인의 논리를 짐작할 수가 있습니다. 한국의 급격한 경제성장과 기업 발전의 이면에는 "먹는 것으로 하늘을 삼는다"는 현세적 물질주의적 사상이 뒷받침하고 있었기 때문으로 해석될 수가 있습니다. 그러나 우리가 잊어서는 안 될 것이 그 물질이나 물질 획득의 방법이 언제나 인간을 위해서 있는 것이라는, 즉 신이 인간에게 온다는 그 인간 존중 사상을 원형으로 삼고 있기 때문에 서양의 물질주의와는 다른 양상으로 공업 사회가 전개되어나갈 수 있는 가능성이 있다는 것입니다.

셋째로 한국 무속의 특징을 기업에 적용하면 포용적인 특성을 갖는 데 있습니다. 서구 문명에서는 신과 인간이 대립되어 유신론과 무신론, 혹은 초월주의와 세속주의가 분열되어 택일적인 양상을 보이고 있으나 무속에서는 그렇지가 않습니다. 무속신들의 구체적 영상은 조선조 사회의 관복을 입은 관리의 모습을 하고 나타나기도 합니다. 즉 관료와 같은 기능신입니다. 한 집 안에서도 헛간, 부엌, 측간 등 각각 신들이 맡고 있는 영역이 다르므로 그때그때의 상황에 따라 굿을 드리는 대상이 달라집니다. 그러나 굿에서 음식이나 놀이를 제공할 때 주된 신들만이 아니라 초대받지 못한 잡신들에게도 베풀어진다는 것이 한국 무속의 특징입니다.

미국 기업의 특성은 철저한 분업주의입니다. 그것은 근대 서구 사상의 합목적성과 관계가 있어서, 목적에서 벗어난 기능이나 성격은 전부 배제하는 데서 비롯된 것입니다. 실제로 인간 사회에서도 서양의 파티는 초대받은 사람만이 참석할 수가 있고 초대자는 파티의 성격과 목적에 의해 엄격히 나누어 선정됩니다. 즉 배제의 원리에 의해 파티는 진행됩니다. 그러나 한국의 잔치는 부자나 권력이 있는 사람의 잔치라고 할지라도 동네 전체가 떠들썩하게 참여하고 길 가는 손님이나 거지까지도 참여합니다. 『춘향전』에 보면 사또 원님의 잔치인데 거지가 와서 잔칫상을 받습니다. 이것이 무속에서 잡신까지도 전부 포함하는 포용성입니다.

서양의 기업은 각 부서 간에 섹션이 있고 노조 역시 직능별로 세분화되어 있습니다.

그러므로 미국 기업에는 우리가 상상할 수 없는 이상한 이름을 가진 직종 명이 많습니다. 그리고 직능 역시 복잡하게 분할되어 있습니다. 배우를 예로 들면 머리 만지는 노조와 얼굴 메이크업하는 노조가 각각 달라서 얼굴 하나에 여러 노조가 간여되는 사태가 벌어집니다. 배우는 한 사람이지만 그것을 맡은 조직은 분할되어 배제적 관계에 있게 되어 간단한 일인데도 그 직능을 침범하지 않기 위해 많은 낭비와 갈등이 빚어집니다.

우리의 기업이 포드의 컨베이어벨트와 같은 분업주의에 의한 인간의 로봇화에서 새로운 생산양식을 발견하려면 무속의 경우처럼 잡신까지도 전부 불러들여오는 포용력이 필요합니다. 즉 단능적인 노동 체제에서 다능적인 노동으로 바꾸어가고, 공정 상호간과 직능 간의 두터운 벽을 넘어 서로 소통할 수 있는 융통성을 지니도록 해야 할 것입니다. 그래야 일본의 경우처럼 미국의 철저한 분업주의보다 높은 효율의 생산성을 실현시킬 수가 있을 것입니다.

넷째로 주목할 것은 신을 부르는 것 못지않게 신들을 되돌려보내는 그 환원 작용입니다. 무당은 신과 인간을 한자리에 앉게 하지만 동시에 신을 인간에게서 떼어내어 멀리 보내는 작용도 합니다. 그러므로 무당들이 벌이는 굿판에서는 신을 되돌려보내는 절차가 매우 중요한 의미를 갖습니다. 필요할 때만 신을 부르고 필요하지 않을 때는 신을 되돌려보내는 상황 적응의 유연한 신축성입니다.

보통 종교는 신덕을 볼 때, 덕만 보는 것이 아니라 신들이 한번 불러서 함께 살아가는 것입니다. 신들이 불필요할 때라도 스물네 시간 유지시켜줘야 합니다. 신들을 돌려보내줄 줄 모르는 종교에서는 중세의 서구 생활에서 보듯이 그리고 오늘날 종교에 의해 산업이 발달하지 못하는 이슬람권의 문화들처럼 인간의 일상적 생활이 억압되고 간섭받게 됩니다.

그러나 우리 무속의 특징은 어떤 사람이 병들었다 하면 병든 그 순간에만 신이 필요한 것이지 보통 때는 인간들만의 생활을 합니다. 필요할 때만 부르고 다 사용했으면 본래의 영역으로 보내는 것이지요. 즉 신은 신의 세계에 살고 우리는 우리의 인간 세계에 삽니다. 필요할 때만 서로 소통이 이루어집니다.

다섯째로 무속에서는 신들이 선과 악으로 간단히 구별되지 않습니다. 그 신은 경우에 따라서 혹은 나와의 관계에 따라서 그 성격이 결정됩니다. 즉 유효하냐 유효하지 않느냐, 이로우냐 이롭지 않느냐 하는 극히 이익 중심적 공리적인 신입니다. 자기에게 화를 입히는 신이라 해도 그냥 따라가는 욥의 신과는 다릅니다.

그러므로 필요하면 속일 수도 있고 또 골리거나 야유하며, 통제할 수도 있는 인격신입니다. 도덕이나 이념보다는 상황에 따라 변화하고 관계에 의하여 기능을 달리하는 신이기 때문에 어떤 때는 선할 수도 있고 또 악할 수도 있습니다.

이런 상황성, 유효성의 무속 정신이 기업 정신으로 적용되면 비윤리성이나, 관권과의 결탁 등 많은 부정적인 요인이 될 수도 있습니다. 그렇지만 긍정적으로 발전하면 무엇이고 상황에 적응하여 어려움을 극복하는 유연성을 발휘하게 될 것입니다.

끝으로 지적해야 할 것은 백의 이유보다도 한국의 무속 사상은 그 해원에 특징이 있다는 것입니다. 그리고 그것이야말로 오늘날 우리 기업이 무의식적으로 발휘하고 있는 힘이며, 그 특성이기도 할 것입니다. 쉬운 말로 하면 한을 풀어주고 신바람을 돋우어주는 것이 무당 문화의 핵심적인 요소입니다.

한국 무속의 특징이 가장 잘 나타나 있는 것은 사령제, 즉 죽은 자의 넋을 보내는 의식입니다. 죽은 넋이 삶의 공간에 계속 머물게 되면 재앙이 되기 때문에 망자, 죽은 자로 하여금 삶의 세계에 대해 가지고 있던 모든 집착과 원한을 풀고 유감없이 죽음의 세계로 떠나도록 해야 하는 것입니다. 그러한 생각은 이승과 저승을 분명히 구분해놓으려는 해원 사상에서 비롯된 의식이라고 할 수 있습니다. 산 사람이나 죽은 사람이나 무속의 최고 원리는 그리고 무당이 하는 궁극의 일은 더럽혀진 것을 씻고, 쌓이고 뭉친 것을 푸는 것입니다.

한마디로 한국의 산업화 과정에서 보여준 맹렬한 경제성장의 배경에는 바로 해원 사상이 있다고 봅니다. 한풀이, 가난과 전쟁과 억압에서 벗어나려는 그래서 과거의 땅에서 떠나고자 하는 일종의 거대한 민족의 씻김굿이었다고 할 수가 있습니다. 불행과 눈물과 배고픔의 한을 풀려는 그것이 기업인의 목적이요, 기업에서 일하는 근로자들의 마음이었다고 할 수가 있습니다.

알게 모르게 한국식 경영의 특색은 맺힌 한을 풀어주고 씻어주는 것이라고 할 수 있습니다. 한풀이가 신바람으로 이어질 때 생산성이 나오는 까닭입니다. 풀고 신바람을 돋우는 그 방법을 보면 기업과 무속적 방법이 얼마나 같은 맥을 지니고 있는지를 알 수가 있습니다. 굿판에서 제일 중요한 것은 반드시 있어야 하는 떡, 즉 먹는 음식입니다. 먹는 음식을 차려놓아야 판이 벌어집니다. 그리고 굿판에 모이면 반드시 춤추고 노래 부릅니다. 무巫 자의 사람 인 자 두 개는 무당의 춤추는 옷소매를 의미한다는 것은 이미 앞에서 말한 그대로입니다.

춤추는 것과 먹는 것, 즉 춤추는 것은 정신적인 것, 기분을 돋우는 것이며 먹는 것은 육체적인 것으로 실질적인 것입니다. 기분과 실질적인 양면성의 어느 것 하나가 빠져도 푸는 힘과 신바람은 나지 않습니다. 손바닥과 손등처럼 이 두 가지가 합쳐져야 비로소 신명이 납니다. 떡과 춤, 이 균형을 잘 벌이는 신바람의 경영이 성공하면 시퍼런 작두 위에서 춤을 추는 신들린 무당처럼 초인적인 힘을 발휘할 수 있는 것이 한국의 기업인이며 기업 경영이요 또한 노동자라고 할 수 있습니다. 그러나 신바람이 나지 않고 마음에 맺힌 것이 있으면 평양 감사도 제 하기 싫으면 안 한다는 격으로 어떤 이익이 있어도 움직이지 않습니다. 신바람이란 천지가 합쳐지는 상태에서 솟는 힘입니다. 노사가 정신적으로 물질적으로 화합되고 삼재사상의 경우처럼 이질적인 것들이 상생의 힘을 가지고 하나가 될 때 생겨나는 엑스터시입니다.

그러고 보면 춤추고 신들린 상태의 무당의 그 초자연적인 활력이 한국 기업 정신의 본바탕이라고 할 수가 있습니다.

결론적으로 보면, 무속 정신을 통해서 기업 정신에서 느끼는 것은 신바람과 푸는 것입니다. 풀어야 신바람이 납니다. 이 정신이 무속과 기업인이 일치하는 점입니다.

오늘날 컴퓨터나 최신 과학 기계를 들여놓고 부정 탄다고 돼지 머리 앞에서 고사를 지내는 그 무속이 전통을 이어주는 것은 아닙니다. 굿의 기본 정신인 풀고 신바람을 일으키는 힘을 우리의 기업에 도입했을 때 한국적인 기업 문화가 생겨나는 것입니다. 일본이나 서구와는 다른 기업 정신입니다.

지금까지 말한 무속의 특성과 기업 정신의 상관성을 간추려보면 조화와 합일, 매개의 양의성, 인간 존중주의, 신축성과 융통성, 해원과 신바람 등을 들 수가 있습니다. 성급하게 결론을 먼저 유도하자면 오늘날의 공업 사회가 기능주의나 개인의 물질적 이익 추구만으로 인간이 소외되고 있는데, 만약 춤과 같은 신바람으로 천지를 융합시키는 무巫에 뿌리를 둔 새로운 개념의 공업이 출현한다면 어떻게 되겠습니까. 자연과 문명의 조화 등 많은 문제를 낳고 있는 근대 서구 문명의 그것과는 다른 형태의 그야말로 신나는 기업이 출현할 것이 분명합니다.

절대 분리의 이승과 저승을 매개하는 힘, 한을 풀어주고 신명의 신바람을 불어넣는 힘, 그 무의 근원적인 힘에 바탕을 둔 기업은 막강한 초현실적인 활력 속에서 가장 효율이 많고 생산성이 높은 기적을 보여줄 것입니다.

그러나 무당은 신이 올랐을 때는 모든 사람이 두려워하고 그 앞에서 무릎을 꿇지만 일단 신이 나가면 가장 천한 사람이 되어 사람들로부터 외면을 당합니다. 한국인은 신이 나면 용이 되고 신명을 잃으면 지렁이가 됩니다. 지금 세계에서는 아시아의 용이 지렁이가 되었다고 비웃는 사람들이 많이 생겨나고 있습니다. 그것은 곧 우리가 신바람을 잃었기 때문입니다. 기업만이겠습니까. 서울 올림픽을 훌륭히 치렀을 때 세계 사람들은 모두들 놀랐고 이 지상에 이렇게 훌륭한 민족이 있었다는 것을 모른 자기네들을 부끄럽게 생각하기도 했습니다. 어느 일본 사람은 올림픽을 관람하면서 나에게 이렇게 말한 적도 있습니다. "나는 지금 이렇게 우수한 민족을 식민지로 삼으려 했던 지난날의 일본 사람들이 참으로 어리석게 생각된다. 그러면서도 한편으로는 이렇게 우수한 민족을 어떻게 36년 동안이나 식민 통치를 해왔는지 믿기지 않는다"고.

그런데 올림픽이 끝나고 불과 한두 달도 안 되어서 세계 사람들은 우리의 정치 무질서 그리고 혼란을 보면서 한숨을 쉬었습니다. 도저히 같은 사람들이라고 믿기지 않았기 때문입니다.

이것이 또한 신바람의 약점이기도 합니다. 싸늘한 이성 합리주의가 결여되었을 때 신바람의 힘은 광란으로 변할 수도 있고 일

순간의 광풍으로 변할 수도 있습니다. 지속성, 방향성 그리고 질서 의식을 가질 때 신바람은 참된 창조의 원동력이 되는 것입니다.

무속의 힘에 재갈을 물려 분출하는 힘을 잘 다듬고 길들인 것은 유교라는 또 다른 우리 문화의 원형이 있기 때문이라고 할 것입니다. 무속과 유교는 서로 다른 특질을 가지면서 우리 문화의 두 바퀴 노릇을 해온 것입니다.

이제 그 유교를 통해서 우리 문화의 원형을 살펴보아야 할 것입니다.

IV

인의 경영학이 미래를 지배한다

한국 문화의 원형과 기업 정신(II)

인仁의 의미소

선사시대의 동굴 벽화를 보면 사냥하는 짐승은 커다랗게 그리고 생생하게 그려져 있는데 막상 그 먹이를 쫓고 있는 사람들 자신의 모습은 점처럼 희미하게 찍혀져 있는 경우가 많습니다. 수렵시대와 마찬가지로 농경시대에도 인간은 인간보다도 자연에 대하여 더 많은 관심을 기울였고 산업시대에 이르러서도 역시 그 관심의 대상은 기계와 같은 물질에 더 팔려 있었습니다. 인간보다는 자연이나 기계를 더 잘 알고 더 잘 다루어야만 살아갈 수 있었기 때문입니다.

그러나 앞으로의 인간들은 그렇지가 않습니다. 미래학자들이 탈산업주의니 정보화 시대라고 부르는 새로운 문명시대에는 모든 상품이나 기계들은 기능성보다는 정보성이 더 강해진다는 것입니다. 옛날 전화기는 잘 걸리고 값싸기만 하면 되었습니다. 전화기를 만드는 사람들은 그 생산성과 기능을 알기만 하면 되었습니다. 그러나 요즘에는 전화 하나에도 디자인이나 색채를 다양하게 하지 않으면 안 됩니다. 기계보다는 그것을 사용하는 사람들의 마음을 더 잘 파악하고 연구해야 됩니다. 물건을 만드는 데도 그러니 사람을 상대로 한 서비스 산업이야 말할 것도 없습니다.

이런 관점에서 보면 앞으로 오는 새 문명의 시대에는 알파벳 문화권의 서양보다는 한자 문화권에 속하는 아시아 지역이 더 발전할 가능성이 많다는 것을 점칠 수 있습니다. 로고스 중심주의를 낳은 알파벳 문자와는 달리 한자는 인간관계를 기반으로 해서 이루어진 문자라고 할 수 있습니다. 옥편을 뒤져봐도 알 수 있지만 한자에는 사람을 나타내는 人 변을 쓴 글자가 유난히 많습니다. 犬, 牛, 羊, 馬 등 동물을 뜻하는 변 자에 쓴 글자를 모두 합친 것보다 많습니다. 그것도 모두가 가축에서 따온 짐승들이기 때문에 비록 짐승에서 비롯된 것이라 해도 역驛 자처럼 인간에 더 가까운 글자들이 많습니다.

한자 속에 깊이 각인된 인간 의식은 물건을 셀 때 쓰이는 개個 자에도 사람 인 변이 붙어 있는 것을 분석해보면 알 수 있을 것입니다. 문자대로 읽으면 딱딱하게 굳어버린固 인간人이 바로 물건이 된다는 것입니다. 즉 個 자는 사람이 죽어 몸이 딱딱하게 굳어져 아무것도 느낄 수 없는 상태가 된 것을 나타낸 글자입니다. 근대화되어 서구 문화에 익숙해진 우리는 개인이니 개성이니 개체니 하는 말을 애용하고 있습니다. 그리고 이 개를 추구한다는 것이 근대화의 숙제요 지식인의 사명처럼 되어 있습니다. 그러나 한자로 조명해보면 개라는 문자 뒤에는 이렇듯 살벌하고도 무서운 그림자가 숨겨져 있음을 알 수가 있습니다. 현대의 패스워드나 다름없는 개인이란 생명의 연대감을 잃어버린 이를테면 시체와 다름없는 물체로 바뀌어버린 사람을 일컫는 말이 되어버립니다. 굳이 자원을 따지지 않더라도 그리고 한자가 빛을 잃은 오늘에도 한자 문화권에서는 사람을 헤아릴 때 한 개, 두 개라고 하면 누구나 화를 낼 것입니다. 서양의 개個는 자랑스러운 것이지만 이렇게 아시아의 개는 모욕적인 것입니다.

개個의 문자를 역전시키면 생명이란 부드러운 것이며 인간이란 그야말로 단절된 개체로서는 살아갈 수 없는 존재라는 개념이 생겨납니다. 그것이 바로 개라는 문자의 대극에 있는 인仁이라는 문자입니다. 인은 개와는 정반대로 '인人'과 '이二'의 두 자가 합쳐져서 만들어진 것입니다. 서로 어울리고 감흥하면서 만물의 일체감 속에서 살아가고 있는 인간 존재를 나타낸 문자입니다.

옛날 한의서에서 손발이 마비되어 감각을 잃는 병을 불인不人이라고 했던 것도 그 때문입니다. 중국 고대 사상체의 말을 빌리자면 살아 있는 그것이 인이며, 죽어 있는 그것이 불인입니다. 복숭아나 살구씨를 심어서 그 싹이 트는 것을 도인桃仁, 행인杏仁이라고 합니다. 인은 과일의 씨처럼 겉으로 보기에는 딱딱하게 굳은 한낱 물체처럼 보이지만 생명력을 가지고 있기 때문에 꽃과 잎을 피우는 생명으로 화합니다.

공자의 사상을 하나의 문자 속에 응축시키면 인仁 자가 됩니다. 원래 공자는 인의예지신충서仁義禮智信忠恕로서 일곱 가지 덕목을 내세웠는데 충은 그중에서 여섯 번째에 지나지 않습니다. 그런데 한국과 일본에서는 지배의 논리로서 충을 제일 덕목으로 바꿔버렸던 것입니다. 그러므로 인이 어떻게 왜곡되고 망각되든 유교 문화권에서는 단단한 씨처럼 살아 있어서 부드러운 마음의 흙 속에 심으면 오늘날에도 다시 살아나 생명의 향기로운 꽃을 다시 피울 수 있을 것입니다. 인간을 '개'로 생각하고 있는 서구 문화와 인간을 인으로 파악하여 사람과 사람의 관계를 중시하는 한자 문화권은 같은 산업시대라 할지라도 그 기본적인 차이를 발견할 수 있습니다.

나폴레옹의 현상 모집으로 통조림을 발명하는 데는 3년밖에 걸리지 않았는데 막상 그 통조림을 따는 깡통따개(캔 오프너)를 만들어내는 데는 60년이나 걸린 것이 서구 산업주의의 맹점을 보여주는 예입니다. 통조림의 원리를 만드는 사람은 그 원리 자체만을 중시하고 그것을 사용하는 사람의 불편 같은 것은 느끼지를 않았던 것입니다. 산업시대의 불인不人이란 바로 생산자와 소비자의 단절을 의미하는 것이라고 할 수 있습니다.

헤리스는 어째서 우주에까지 스페이스 셔틀(우주왕복선)을 보내는 고도한 기술을 가진 미국이 토스터, 아침 식탁에서 사용하는 토스터 하나도 제대로 만들지 못하는 나라가 되었는가라고 한탄을 합니다. 그리고 그는 그 이유를, 물건을 만드는 사람이 그것을 누가 쓰는가 하는 것을 생각하는 정신이 결여되어 있기 때문이라고 풀이하고 있습니다.

미국 상품이 일본 상품에 밀려나게 된 가장 큰 원인은 기술도 자본도 아니라 소비자를 생각하는 인간관계의 결여, 즉 개인 중심의 문화적 차이에서 연유되는 것이라 할 수 있습니다. 추잉 껌을 만든 것은 미국입니다. 그런데 의치에 달라붙지 않는 세계 최초의 껌을 만들어낸 것은 한자 문화권에 속하는 일본 사람들이었습니다. 만드는 것보다는 씹는 사람 입장에서 생각할 때만이 의치를 한 사람들도 마음 놓고 씹을 수 있는 신기술, 신제품이 태어나게 됩니다. 서비스 정신은 현대의 인인 것입니다. 사람들은 서비스 산업 시대, 정보화 시대가 온다고 말하고 있지만 서양의 개인주의보다 낡은 듯이 보이는 한자 문화권의 인인주의가 보다 새로운 열쇠라는 것을 아는 사람이 몇이나 될 것인가 걱정입니다.

그렇지요. 사람 인 자 하나를 써놓으면(人－個……西洋) 서양의 개인주의가 되고, 두 개를 써넣으면 인의 한국 문화가 되며(人人－仁……韓國), 세 개를 써넣으면 무리 중 자가 되어(人人人－衆……日本) 집단주의의 일본 문화가 됩니다. 정보화 시대의 인의 문화가 한국 땅에서 새롭게 꽃피게 될 것을 나는 확신하고 있습니다.

한국인에게 가장 많은 영향을 끼친 유교는 최근까지도 아시아적 정체라는 말과 함께 근대화를 저해하는 부정적 가치로 논란이 되어 왔습니다. 그러나 그것 역시 무속의 경우처럼 표층적인 문화현상, 또는 사회현상만을 보았을 때의 일입니다. 그 심층에 자리 잡고 있는 정신을 깊이 분석해보면 그것은 오히려 근대화와 기업의 밑뿌리가 될 수 있다는 것을 알게 됩니다. 이미 앞에서 이야기한 바 있는 단군신화의 세계, 그리고 토착적인 무속 종교 속에 깔려 있었던 조화와 창조의 삼재사상은 유교 사상에서 한층 더 뚜렷하게 체계화되어 있고 실질적인 것을 나타내고 있습니다.

유교의 모든 덕목에는 천지와 인간을 통합적인 존재로 보려는 우주관과 인간의 존귀성을 바탕으로 한 인간관이 그 기초를 이루고 있다는 것을 쉽게 파악할 수가 있습니다. 무엇보다도 공자가 최고 덕목으로 내세운 인을 분석해보면 그것을 입증할 수가 있습니다.

통계적으로 볼 때 '인仁' 자는 고대 갑골문자에서는 한 번밖에 쓰이지 않았고 『주역』 본문에서는 거의 찾아볼 수 없습니다. 『서경』에는 한 번, 『시경』에는 두 편에 세 번 나타납니다. 그 뜻도 외모가 아름다운, 혹은 풍채가 좋은 인물의 외형을 가리키는 말이었습니다. 그러한 말이 유교 정신의 가장 중요한 문자로 등장하게 된 것은 그것이 이미 말한 바대로 왕王, 무巫, 공工처럼 하늘과 땅을 연결하는 뜻을 지니고 있었기 때문입니다. 인仁 자를 보면 두 이二 자가 있고 그 옆에는 사람 인人 자가 있습니다. 하늘과 땅을 매개하고 통합하는 원리가 들어 있는 것입니다.

결국 인은 삼재사상 속의 인간을 나타낸 또 다른 글자의 하나로 볼 수가 있습니다.

『맹자』와 『중용』에는 "인人은 인仁이니라"로 분명히 정의되어 있습니다. 인 자란 곧 사람을 뜻한 것입니다. 즉 '인人=인仁=군자君子'의 등식 관계로 이루어진 것이 유교의 기본 구조라고 해도 과언이 아닙니다. 그러므로 유교가 내세우고 있는 인자仁者나 군자君子는 인간 그 자체의 본질을 가리킨 것이기 때문에 서양의 초인이나 성자, 또는 반신半神과는 성격이 다릅니다. 즉 그것은 인간을 부정하고 세속의 인간적 삶을 벗어난 곳에 이상적 가치를 둔 모럴이 아니라 인간이 인간이 사는 현실 속에서 완성된 상태를 나타낸 말인 것입니다. 그러므로 인자나 군자는 원래 특수한 사람이라기보다 모든 인간의 존재를 규명하고 가치화한 말입니다.

이렇게 인자를 추구하고 있는 유교의 인념은 서양의 중세적 신본위 사상이나 물질적 자연계만을 중심으로 한 근대의 휴머니즘과는 달리 문자 그대로 하늘(신)과 자연(물질)까지를 그 속에 내포하고 있는 순수한 인간주의적 사상이라고 할 수 있습니다.

그렇기 때문에 서양의 성자가 아무리 훌륭해도 세속적 가치를 중심으로 한 기업인의 모델이나 이상이 될 수 없고, 근대의 자연과학이 아무리 완벽하고 전능한 것이라고 해도 기업인의 이상을 그곳에 둘 수는 없습니다.

그러나 인자는 인간을 본위로 한 모델이므로 근대적인 기업인에게도 그대로 적용할 수가 있는 것입니다. 말하자면 크게 말해 인자는 바로 인간들이 살고 있는 이 현세와 그 사회를 바탕으로 해서 이루어진 세속 윤리에 속해 있는 것이기 때문입니다. 기업의 세계는 종교가처럼 신의 세계에 속해 있는 것도 아니며 그렇다고 과학자처럼 생명 없는 물질계를 대상으로 하고 있는 존재도 아닙니다. 바로 인간들이 영위하고 있는 삶의 현장인 인간계에 속해 있는 것입니다. 그렇기 때문에 기업의 현실과 가장 가까운 교敎가 유교라는 것을 알 수가 있습니다. 즉 기업 정신은 인간본위적 정신과 통하는 것이고 그러한 세속적·현실주의적 요소는 인간 본위의 유교 정신과 절대로 배치되는 것이 아니라는 것을 논리적 측면에서도 증명할 수가 있습니다.

이미 이러한 사실은 버트런드 러셀Bertrand Russell이 서양의 기독교적 윤리와 유교적 논리를 비교한 글에서도 명백하게 드러나 있습니다. 유교의 윤리는 아무리 엄격한 것이라 해도 오른뺨을 때리는 자에게 왼뺨을 내밀라고 하거나 원수를 사랑하라고 가르치지는 않습니다.

더구나 불교처럼 무조건 생명을 가진 것을 살생하지 말라고 하지도 않습니다. 오히려 유교는 소인을 가까이 하지 말라고 가르쳤고, 살생을 하지 말라가 아니라 가려서 하라고 권고했습니다.

인이란 여러 해석과 풀이가 있고 매우 복잡한 뜻을 담고 있으나 앞에서도 잠시 언급한 대로 그 근본적인 의미는 '인人'과 같은 뜻이라는 데 있습니다. 인의 글자에 쓰인 두 이二 자는 넓게는 천지와 같은 우주의 두 세계를 뜻한다고 할 수 있으나, 좁은 뜻으로는 두 사람을 가리킨 것으로 풀이됩니다. 즉 혼자 있는 개체로서의 인간이 아니라 타자 속에서 함께 살아가는 인간입니다. 말하자면 인간이 하늘과 땅과의 관계 속에서 존재하고 있듯이 인간계에서는 또 서로 다른 인간들의 관계 속에서 살아가는 존재로서 파악하고 있다는 것입니다.

원래 인간이란 말 자체가 사람人들 사이間를 의미하는 것이지요. 그것은 생물학적인 구체적 인간 개체를 의미하고 있는 것이 아니라 인간 세계를 뜻한 것입니다.

그러므로 유교의 인간관은 절대적 자아에 기초를 둔 서양의 개인주의적 인간관과는 대극적인 자리에 있습니다. 서양의 인간관계가 원자론적이고 단원적인 것이라면 동양의 인간관계는 '인' 자가 뜻하고 있듯이 두 사람 사이에서 벌어지는 구조적 존재입니다.

그러므로 기업인 보고 인자가 되라고 하면 현실성이 없는 시대착오적인 말로 들릴지 모릅니다. 그러나 그 근본의 뜻을 알고 보면 너무나도 당연한 말이라는 것을 깨닫게 됩니다. 외톨이로서가 아니라 사람들 틈에서 어울리며 살아가는 사람, 가족에서부터 시작하여 사회와 국가의 집단으로 확대되어가는 개체, 이런 것을 인자라 한다면 한 기업을 세우고 키워나가는 사람은 이미 일단 인자라고 말할 수가 있습니다. 현대사회에서 기업은 가족과 사회와 국가의 성격을 모두 함유하고 있는 가장 전형적인 인간관계의 집단체이기 때문입니다.

흔히 서양의 부르주아적 기업 정신은 근대 시민의 개인주의에서 생겨난 것으로 보고, 유교적인 가족주의나 왕도王道주의는 전근대적인 집단주의로 해석하고 있습니다. 그러나 유교의 인으로 상징되는 인간관계는 서구의 개인 대 집단의 개념과는 그 층위가 다른 것입니다. 엄격하게 말해서 인은 인간다워지는 것, 타자를 전제로 한 인간이므로 그것은 집단이나 개인이라고도 단정하기 어려운 인간 파악의 정신입니다. 공자는 중中이란 말을 많이 쓰고 있는데 이 경우에도 인자는 집단과 개인 의식의 가운데 서 있는 것이라고 할 수 있습니다. 인에 토대를 둔 기업 정신은 개인주의나 집단주의가 아니라 상호간주체주의intersubjectivity라고 할 수 있을 것입니다.

이러한 인의 사상은 알게 모르게 우리의 기업 의식 속에 있고 또 실천되어지고 있습니다. 가령 미국의 경우 기업과 개인은 법적인 계약관계로 이루어져 있으나 유교권에서는 인간관계를 토대로 이루어집니다. 그러므로 미국의 경우에는 회사나 고용된 개인이나 어느 한쪽이라도 그 이해관계가 없어지면 서로의 관계는 곧 끊어지고 맙니다.

개인주의와 계약을 바탕으로 한 기업 풍토에서는 조금만 임금을 많이 주는 곳이 있으면 고급 간부라 하더라도 서슴지 않고 회사를 떠납니다. 미국의 이직률은 유교권 기업들에 비해 엄청나게 높아서 1년 동안의 전직, 이직률은 40퍼센트 이상입니다. 그러므로 미국의 경우에는 인간에 대한 투자, 즉 사원 교육과 훈련 같은 것을 할 수가 없어 노동의 질이 떨어질 수밖에 없고, 사람이 자주 바뀌면 책임이나 연속성 등이 없어 그만큼 사회 기밀이나 신용을 지키기가 어려워집니다.

그러나 유교 문화권에서는 이윤 추구를 목적으로 하는 기업인이라 하더라도 인간의 인연이나 그 인간관계를 중시하고 있기 때문에 일단 사원을 고용하면 그 관계를 되도록 지속해나가려고 합니다. 기업주는 웬만한 잘못이 없으면 사원을 해직시키지 않습니다. 인간관계에 의한 인의 고용은 결국 종신 고용 체제를 낳은 것입니다. 그리고 고용된 사람들 역시 회사에 대한 의리를 지키기 때문에 웬만한 이해관계가 아니면 회사를 떠나지 않습니다. 유교 문화권에서는 사방으로 전직한 사람을 존경하지 않는 것입니다. 전직을 배신으로 보고 있기 때문입니다. 결국 시민사회라 하더라도 충효와 같은 의리 관계가 기업 문화에 남아 있습니다.

그러나 그것은 어디까지나 법적인 관계가 아니기 때문에 종신 고용으로 알려져 있는 일본의 기업이지만 어떤 회사도 고용 계약서에 그러한 조건을 명시한 예는 없습니다.

미국식 관점에서 보면 그런 점에서 일본은 종신 고용제가 아닙니다. 그렇기 때문에 야마모토 시치헤이[山本七平]가 『일본 자본주의 정신』에서 지적한 대로 만약 신입사원이 계약서에 종신 고용 조항을 넣으라고 요구한다면 그를 채용하는 회사는 없을 것입니다. 법으로 따진다는 것은 벌써 인의 인간관계를 부정하고 훼손하는 것이기 때문입니다.

일본이 미국 기업과의 경쟁에서 유리한 고지를 차지하는 여건 중 하나가 바로 인의 유교적 인간관계를 냉엄한 기업 세계 안으로 끌어들이는 데 성공했기 때문입니다. 그들이 기업 정신으로 내세우고 있는 화和가 바로 그것입니다.

한국의 경우 일본보다 인간관계의 의리나 정을 더 중시했는데도 그 역사가 짧았기 때문에 그것을 기업 정신과 경영의 방법에 적극적으로 살리지 못했을 뿐입니다.

오늘날 세계를 향해 자랑하는 일본의 경영이나 기업 운영은 실상 따지고 보면 유교의 윤리를 기업 정신에 응용한 것에 지나지 않은 것입니다.

군자도 마찬가지입니다. 군자는 인을 잠시도 잊지 않는 사람입니다. 손바닥과 손등의 관계인 것입니다. 한국의 기업에 군자의 정신이 들어 있다면 사람들은 웃을 것이지만 그 기본 정신을 살펴보면 좋은 기업가가 되려는 것은 곧 군자의 길을 걷고 있는 것과 상치되지 않는다는 것을 알 수가 있습니다. 오늘날 우리의 기업가들이 사치스러운 것도 사실이지만 자본주의 사회이면서도 우리 사회에서는 그것을 용납하거나 존경하는 사람은 없습니다.

무엇이 군자인가를 설명한 『논어』의 「옹야雍也」 편을 보면 "질승문즉야, 문승질즉사, 문질빈빈연후군자質勝文則野, 文勝質則史, 文質彬彬然後君子"라고 되어 있습니다. 여기서 문과 질이란 무슨 뜻이겠습니까? 질이 문에 승하면 조야粗野하고 문이 질에 승하면 형식주의에 빠진다는 것입니다. 그래서 군자란 문에 승해도, 질에 승해도 안 됩니다. 문과 질을 잘 융합시켜 조화 있게 하는 것이 군자인 것입니다. 인의 두 이二 자 중 하나는 문이고, 다른 하나는 질로 보면 그것을 결합시킨 것이 곧 군자가 되는 것이지요.

이때 질은 땅, 거친 것, 주어진 것이라고 한다면, 문은 하늘, 다듬어진 것, 만든 것입니다. 질은 물질적 세계, 구체적 자연, 육체이며, 문은 추상적 세계, 정신입니다.

이렇게 두 가지로 대립되는 땅과 하늘, 음과 양으로 대립되는 이항 관계二項關係가 어느 한쪽에 치우치고 지배하는 것이 아니라 상생, 조화됨으로써 비로소 가장 인간다운 인간, 군자가 실현되는 것입니다.

결국 이러한 군자를 무속으로 가져가면 무당이 되고, 먹고 입는 일상생활의 층위로 가져가면 공인工人이 됩니다. 하늘과 땅의 조화로서 아사달의 나라를 일으킨 단군은 지금까지 없었던 것을 창건하는 사람이 있다면 모두 군자의 범주 속에 포함될 수가 있을 것입니다. 군자와 기업가는 대립적으로 보이나 근본은 같다고 할 수 있습니다. 농사짓는 사람이 하늘의 때와 땅의 조건과 사람의 힘을 각기 조화시켜 농사를 짓고 있기 때문에 천하지대본이라고 말했던 이규경李圭景의 글에서처럼 현대의 기업에서 예컨대 노사 간을 잘 조화시켜 생산을 한다면 기업은 같은 대본이라 부를 수가 있고 기업인을 군자라 할 수가 있는 것입니다.

오늘날 근대 산업사회가 벽에 부딪치게 되고 선진국들의 기업이 더 이상 성장하지 못하는 어려움에 처해 있는 원인 중 하나는 물질과 정신, 개인과 집단, 노와 사, 생산자와 소비자 등이 조화를 이루지 못하고 극단적인 대립의 양극으로 치닫고 있기 때문입니다. 즉 문이 질에 승했다든지, 또 어느 경우엔 질이 문에 승했다든지 하여 조화가 깨진 것입니다. 그것은 오늘날 기계와 인간의 관계를 보면 알 수 있을 것입니다. 문과 질, 이 두 세계를 조화시키는 사람이면 모두 현대적인 의미의 군자가 되는 것입니다.

뒤에서 다시 자세히 언급하겠지만 오늘날의 분업화된 대량생산 체계의 컨베이어벨트의 일관작업은 문이며, 옛날의 수공업적인 생산양식은 질입니다. 도요타 자동차가 미국 컨베이어벨트 시스템을 도입하면서도 거기에 전통적인 인간미를 부여하여 공원들의 근로 의욕을 높이고 그 결과로 미국보다 높은 생산성을 올리게 된 것은 군자의 사상을 기업의 정신 속에 살린 예라고 할 것입니다.

아무리 훌륭한 철학이 담겼다 하더라도 도교의 경우는 근대 기업의 정신 모델로 삼기 힘듭니다. 왜냐하면 일체의 문을 배격하고 질만을 강조하고 있기 때문에 기업은 존재할 수가 없습니다. 그것은 맛있는 음식, 요리술, 화장술, 일체의 형식주의를 배제합니다. 오색의 아름다운 색채는 사람의 눈을 멀게 하고, 아름다운 음악은 귀를 멀게 하고, 오미의 복잡한 음식은 사람의 미각을 잘못되게 한다는 것입니다. 이처럼 문화 부정적인 도가의 측면은 기업을 불가능하게 합니다.

그러나 묵가墨家는 인간의 사랑을 주장하여 그 당시의 조세제도, 축성법처럼 실질적인 인간의 기계 문명, 독자적인 인공의 문화를 주창한 것이므로 문에 치우쳤다고 볼 수 있습니다. 이것 역시 극단적인 기술 문명으로 흘러 현대의 산업 문명처럼 되어 결국은 기업도 붕괴하고 맙니다.

그런데 유교의 중용은 크게는 "자연을 떠난 인간 자체의 문화성을 강조하느냐"와 "결국 문화란 궁극적으로 인간에게 파멸을 준다는 자연 사상", 즉 자연 대 문화의 극단론으로 가지 않도록 하는 것입니다. 끝없이 문화를 추구하면서도 그 본래의 바탕엔 질의 세계를 버리지 않는 것입니다. 또 질의 세계를 버리지 않는다고 해서 인간의 형식과 제도 등 여러 가지 기술의 세계를 거부해서는 안 됩니다. 양극화되지 않아야 합니다. 이렇게 해서 문질빈빈文質彬彬하다는 것은 문화주의와 자연성을 잘 조화시키는 것이 됩니다. 이 조화의 사상은 물질 문명에 치우쳐 인공적인 쪽으로만 간다든지, 루소처럼 일체의 문화성을 부정하여 자연 그대로 살아가려고 한다든지 하는 흑백논리를 뛰어넘어 그 둘을 포괄하는 넓고 포용력 있는 정신 공간을 만들어냅니다.

한국 사람의 몸에는 문질빈빈이 배어 있어 예부터 우리를 군자의 나라로 손꼽은 것은 결코 우연한 일이 아닙니다. 관념적인 것은 그만두고라도 조선조 목가구나 건축물, 백자 등은 모두가 질과 문을 잘 조화시킨 정신의 결정이라 할 수가 있습니다. 담백한 맛, 절제 속의 소박한 맛, 우리가 흔히 말하는 순수한 것, 소탈한 것은 외국어로 번역하기 어렵습니다. 그만큼 군자의 정신은 우리 일상생활에 배어 있는 것입니다. 한국의 기업 이미지 역시 수수한 것을 추구해야 한국에서는 믿음과 사랑을 받는다는 것은 통계를 통하지 않고서도 입증될 수 있을 것입니다.

음식까지도 한국인이 좋아하는 것은 자연성과 인위성을 조화시킨 것입니다. 서양 사람들은 야채를 날것 그대로 샐러드로 만들어 먹거나 혹은 완전히 불에 익혀 야채 수프를 만들어 먹거나 두 극단밖에는 모릅니다. 샐러드는 질이요 야채 수프는 문입니다. 그러나 한국인이 즐겨 먹는 김치는 날것도 익힌 것도 아닙니다. 발효한 것이므로 문질을 다 같이 조화한 것이라고 할 수가 있습니다. 날것과 익힌 것의 중간이 삭혀서 먹는 것인데, 이런 방법을 일찍이 기업에 끌어들인 것이 일본의 네마와시(根回し, 이식할 때 또는 과수의 좋은 결실을 위해 나무 둘레를 파고, 잔뿌리를 쳐내는 일. 교섭 따위를 잘 성립시

키기 위해 미리 의논함. 사전 교섭)라는 협상 방법입니다.

만약 우리에게도 일본과 같은 조닌 문화(町人文化, 일본 도쿠가와 시대에 유행한 서민적이고 도시적인 문화. 17세기에 성장한 상인 및 수공업자 계급인 조닌들에 의해 형성되어 점차 다른 계급과 지방으로 퍼져나갔다)가 중세 때부터 있었더라면 오히려 우리가 먼저 그러한 방법을 만들어냈을 것입니다. 메주가 뜨고 김칫독이 익을 때를 기다릴 줄 알았던 그 마음이 기업을 하는 데도 예외일 수가 없을 것입니다. 속된 말로 한국 기업을 한탕주의로 설명하는 사람들이 많지만 그것은 기업이 아니라 기업을 가장한 범죄 행위에 지나지 않는 것으로 식민지 상황이나 전쟁 상황에서 생겨난 일시적인 산물로 보아야 할 것입니다.

너와 나를 바꿔보는 정신

유교가 근대 기업에 긍정적인 역할을 하고 있는 것은 그 교육 사상에 있습니다.

오늘날 동아시아의 경제 성장은 높은 교육열에서 비롯된 양질의 노동 공급에 있다고 말하는 학자들이 많습니다. 그리고 그러한 교육열은 유교의 영향으로 보고 있습니다. 앞에서 말한 대로 유교는 주어진 것(질)을 완전한 것으로 보지 않습니다. 가령 선하고 착한 것이라 하더라도 교육을 받지 않으면 그 착함은 도리어 어리석음이 되고, 용기 있는 것이라 해도 배우지 않으면 한낱 광狂에 지나지 않는 것이 됩니다. 주어진 자연을 하나의 교양, 즉 교육을 통해서 계발하지 않으면 안 됩니다.

"배우고 때로 익히면 또한 즐겁지 아니한가學而時習之 不亦說乎"라는 『논어』의 「학이」 편처럼 유교는 배움을 놀이와 같은 즐거움에 두고 있는 것이 그 특징입니다.

한국의 경우처럼 논밭을 팔아서라도 자녀를 가르치는 그런 나라는 이 지상에 그렇게 많지 않습니다. 가장 선진적이라는 미국에서는 중학교의 중퇴율이 날로 늘어나고 있으며, G7에서 가장 높은 비율을 보이고 있습니다. 『강대국의 흥망The Rise and Fall of the Great Power』에서 폴 케네디Paul Kennedy 교수의 한탄처럼 학력 수준에 있어서도 중학교 졸업생이 자기 졸업장을 읽지 못하는 경우도 있습니다. 미국의 일반적 학력 저하의 예로서 가령 1962년 고교생 1인당 연간 419달러가 세금으로 쓰여진 데 비하여 20년 후에는 그 6배 가까이 지불하고서도 수학의 전국 평균은 502점에서 466점으로 저하된 사실을 들 수가 있습니다. 또 우수한 학생이 모인다는 미국의 경영대학원 학생들의 수학 실력이 일본의 중학교 2학년 수학 실력과 맞먹는다는 발표도 있습니다.

구미 전체를 놓고 보아도 배워야 사람이 된다는 생각이 우리의 경우만큼 강하지는 않습니다. 미국에서 동양계 학생들의 성적이 우수한 것으로 나타나는 것도 교양주의적 성격을 띤 유교적 전통으로 분석되고 있습니다. 미국 전체 인구 중 아시아 출신은 2.1퍼센트에 불과하지만 미국 명문 대학에서 아시아계 학생들이 차지하는 비중은 높은 수준을 나타내고 있습니다. 하버드대학교는 재학생의 8퍼센트(1학년 11퍼센트), MIT는 19퍼센트(1학년 21퍼센트), 버클리대학교 25퍼센트입니다.

한문으로 기업이라고 쓸 때 기企 자는 사람[人]이 까치발을 하고 서[止] 있는 모습을 나타낸 것입니다. 즉 걸음을 멈추고 앞으로 갈

길을 모색하기 위해 먼 곳을 바라다보는 형상입니다. 기업은 장래를 위해 투자하고 계획합니다. 그러나 교육만큼 멀리 내다보는 투자도 없는 것입니다.

그러고 보면 유교의 가치관은 도덕적 덕목으로서가 아니라 오히려 경제 생산과 직결되는 문제로 보아야 할 것입니다.

유교는 교조적이고 지엽적인 그리고 어떤 특정한 시대적 체제의 산물로 이루어진 덕목이기보다는 그 밑바닥의 심층에 숨겨져 있는 근본 원리를 살펴보면 여러 가지 새로운 발상과 근대적 기업 정신의 방향을 내다볼 수가 있습니다. 가령 같은 인仁이라 해도 『논어』의 「안연顔淵」 편에는 "인은 사람을 사랑하는 것"이라고 했습니다. 인애仁愛를 근대 기업에 적용하면 "경제 발전에 있어서 최대의 자원은 인간이다. 경제를 발전시키는 것은 인간이지 자본이나 원료가 아니다"라는 드러커Peter Drucker의 말과 같은 것이 됩니다. 그러므로 「자로子路」 편에서 공恭·경警·충忠이나 「양화陽貨」 편의 공恭·관寬·신信·민敏·혜惠 등의 미덕을 전부 합친 것이 인이 된다는 것은 기업 윤리의 모든 것이 인간을 사랑하는 데 있는 것이란 말로 바꿀 수가 있습니다. 생산도 이익도 기업이 목표로 하는 것을 인애에 두면 드러커의 말대로 경제 발전의 최대 자원을 얻게 되는 것입니다.

만약 그렇지 않을 때 기업은 대결의 장소로 변하고 맙니다. 오직 대결밖에 없는 서양 기업의 노사 관계, 그리고 생산자와 소비자 간의 공방전은 모두가 인애라는 것이 없는 기업 풍토에서 생겨나는 싸움입니다. 그 싸움을 조정해주는 것은 덕이 아니라 법입니다. 따지고 고발하고 서로 규탄하는 투쟁으로써 각자의 개인적 욕망을 조정해갑니다.

인의 반대는 불인不仁입니다. 불인은 인간답지 못하다는 뜻입니다. 근대의 이론으로 보면 그것은 인간의 소외 현상을 가리키는 것이라고도 할 수 있습니다. 미국의 노동쟁의는 임금보다도 인간의 로봇화에 대한 불만에서 비롯되는 일이 많다고 합니다.

유교에서는 반드시 추상적인 덕목을 나열하는 것이 아니라 그것을 실천하는 방법론을 제시합니다. 인간을 사랑하는 것은 어떻게 실천하는가. 오늘날 유교의 덕목으로 거의 잊혀져버린 것이지만 공자는 인을 실천하는 방법으로 서恕를 충忠과 같은 비중으로 중시해왔습니다. 증자는 공자가 "나의 길은 일관되어 있다"라고 말한 그 일관을 설명하여 "선생의 도는 충서忠恕 그 외에 아무것도 없습니다"라고 말했습니다(「이인里人」 편). 그러니까 공자는 종신토록 지킬 만큼 가치가 있는 것을 오직 서라고 본 것입니다.

서恕란 '용서'라고 할 때의 그 서로서 사람에 대해서 마음을 써주는 것을 뜻합니다. 사람에 대한 용서와 관용, 남에게 베푸는 것, 말하자면 자기가 그 사람의 입장이 되어 대신 생각해보는 마음이 서입니다. 그래서 「위령공衛靈公」 편에 보면, "내가 원하지 않는 것을 남에게 하도록 강요하지 마라"라고 되어 있습니다. 매우 간단한 논리입니다. 결국 서를 통해서 인을 실천할 수 있다는 말은 인이 곧 극기克己를 의미하는 것이라고 말할 수가 있습니다. 그것은 내 자신을 이겨내는 것이고, 남을 서하는 것—남의 일을 내 일처럼 생각하고 용서하는 것입니다. 그것이 인간을 사랑하는 덕입니다.

이렇게 볼 때 옛날에 여러 가지 복잡하고 엄격한 유교의 윤리들이 강요된 것처럼 보이지만 본질에 있어서는 그렇지가 않습니다. 즉 사회의 질서, 가족의 질서, 국가의 질서를 존중해온 것은 한마디로 인간관계를 중시하라는 하나의 원칙에서 나온 것이라고 할 수 있습니다. 개체만으로 무의미한 존재이기에 사람들과 관계를 맺고 살아가는 인간 세상, 천지인에서의 인과 같은 유교 공간을 강조한 것입니다. 그것은 사람이 되기 위해 극기를 한 곰의 동굴과 같은 공간이므로 날카로운 발톱을 가진 호랑이의 자기 주장, 그 투쟁력만으로는 살아갈 수 없는 공간인 것입니다.

기업주가 고용인의 입장이 되어 생각하고 고용인은 기업주가 되어 회사를 생각하는 서로의 서를 통해서 덕을 보여줄 때 비로소 생산이라는 원리가 나옵니다. 농업 생산이나 고안품의 생산이든, 그것은 남녀 사이를 통해 자식을 낳는 이치와 조금도 다를 것이 없습니다. 두 개의 다른 개체나 요소가 조화를 이루는 힘이 유교에서 밝히는 덕입니다.

기업이 덕을 갖는다는 것은 인간을 조화시키는 경영술, 덕치의 현대적 응용이라고 할 것입니다.

이러한 유교 사상은 모두 중국에서 온 것이므로 기업 정신의 순수한 기업적 모델이 될 수 없다고 말할 사람도 있을 것입니다. 그러나 유교는 이미 여러 학자들이 언급한 대로 그 기원은 중국에서 온 것이지만 그것을 지배층의 사관士官만이 아니라 일반 민중 전체가 받아들일 수 있도록 수용하고 생활화한 것은 한국뿐이라 해도 과언이 아닙니다. 말하자면 유교보다도 유교의 그러한 요소를 수용하는 체질과 그 의식의 지향성이 이미 한국적 특성을 닮고 있다고 할 것입니다.

일본의 경우 유교에 눈을 뜨게 된 것은 17세기 초의 '후지와라 세이카[藤原惺窩]'를 통해서였습니다. 그는 원래 승려였으나 조선국 사절로 일본에 왔던 서장관書狀官 허구록許丘錄을 만나 심복한 끝에 환속을 하게 되었고, 임란 후 포로로 잡혀왔던 강항姜沆을 만나 유생복으로 갈아입고 입문을 하게 된 것입니다.

유교가 한국보다 1세기 앞서 일본에 들어왔다고 주장하는 일본 학자들도 한국이 주자학을 이해하는 데 있어서는 반세기밖에 걸리지 않았지만 일본은 400년이나 걸렸다고 말하고 있습니다. 뿐만 아니라 일본의 유교는 도쿠가와의 지배 이념으로서 수용되었을 뿐이고 끝내 민중의 생활 깊숙이 파고들지는 못하였습니다.

퇴계, 율곡과 같은 유학자가 나와 본바탕인 중국보다 더 투철하고 보다 엄격한 유교 원리를 정립한 것은 동아시아에서 한국만을 손꼽을 수가 있습니다. 일본의 유교는 사士가 무武로 바뀌고 가족家族이 번藩이라는 정치 집단으로 수용되고, 그것이 오늘날에는 일본 특유의 기업 문화를 창출해낸 것입니다.

우리의 유교는 아직 기업 문화와 연결 적용되거나 학문적인 이론으로 정리가 되지 않았으나 앞으로 개간할 땅으로 우리 앞에 놓여져 있음을 아무도 부정할 수 없을 것입니다.

단지 한국적 유학의 체계를 기업 문화에 응용할 수 있는 체계를 최초로 시도한 사람은 실학파 때의 주역 학자인 이원구李元龜라고 할 수가 있습니다. 그는 민간에 뿌리박고 있는 음양오행설陰陽五行說, 삼재사상의 원형성을 유교와 접목시켜 『심성록心性錄』이라는 저술로 남겼습니다. 그것을 통해서 우리는 한국의 기업이 어떻게 유교를 기업 정신으로 전환하여 현실적인 생산과 결부시킬 수 있는지 가능성을 찾을 수 있습니다.

유교 사상의 근본 역시 천·지·인의 삼재사상, 음양오행설에 바탕을 두고 있습니다. 왕王, 무巫, 공工의 한자를 통해서 이미 삼재사상을 밝힌 바 있으나 유교의 근본 사상을 알기 위해서는 오五자를 알아볼 필요가 있습니다. 오 자는 맨 위에 한 일一 자를 쓰고 그다음 영어의 X자처럼 서로 교차된 두 선을 긋고 그 아래에 다시 한 일 자를 썼습니다. 그것은 위의 천과 아래의 지를 교차시켜 하늘과 땅이 하나로 결합한 세계를 나타낸 것이며, 동시에 거기에서 나타난 다섯 수의 의미를 지시합니다.

그러므로 왕, 무, 공에 오 자를 합쳐놓고 생각해보면 삼재사상은 다름 아닌 음양오행설의 한국 토착사상과 같은 뿌리라는 것을 알게 됩니다. 우리의 옛 선조들은 모든 문화와 사회 활동을 3과 5의 수로 분절했고 그 코드에 의하여 자연과 인간의 일을 해석해왔습니다. 즉 천지인의 삼태극과 목, 화, 금, 수의 삼통설三統說과 오행설五行說이 그것입니다. 그리고 유교의 덕목을 대표하는 삼강오륜을 비롯하여 인仁·의義·예禮·지智·신信 오덕과 같은 것들도 모두 그러한 것입니다.

오행의 1, 2, 3, 4의 기수를 전부 합하면 1+3+5=9이며 우수를 합하면 2+4=6이 됩니다. 그리고 또한 9라는 숫자는 천지인 삼재사상의 3에다 기수, 즉 음수 3을 곱한 것입니다. 9라는 숫자는 하늘을 나타내며 이데올로기를 뜻합니다. 한편 3에다 양의 수, 즉 우수인 2를 곱하면 6이 됩니다. 9와 6을 합한 것이 15로 전체 천지인의 도형을 이루는 문화 체계를 만들어냅니다.

그러므로 인륜을 구도九道에 산업을 육사六事로 나눈 이원구의 체계에서 산업육사는 기업과 직결되고, 문화·철학·윤리·도덕 등은 구도에 해당됩니다. 이 모든 것은 떨어져 있는 것이 아니라 한데 모여서 음은 양에 의해서, 양은 음에 의해서 온전한 하나의 것을 만듭니다. 따라서 기업은 기업 아닌 문화의 윤리성, 또 윤리는 윤리만으로는 살 수 없는 것이므로 기업에 의존해야 합니다. 우리는 정신만 강조하고 물질을 무시한 것이 아닙니다. 정신과 물질(文과 質, 陰과 陽) 두 가지가 한데 잘 조화를 이루어야 비로소 기업은 기업 활동대로 정신문화는 정신문화대로 상호 보완 관계를 이루게 됩니다.

이 둘은 어느 것이 우세하다거나 어느 한쪽이 어느 다른 한쪽을 위해 종속되어 있는 대립 관계가 아닙니다. 옛날의 선비 사상은 지나친 정신주의로 산업을 위축케 하였고, 거꾸로 오늘날과 같은 근대 산업사회에서 기업의 독주로 정신문화를 황폐하게 하는 것은 산업을 조화가 아니라 대립의 원리로 파악했기 때문이라고 할 수 있습니다.

청빈을 강조하던 유교 사회에서도 산업을 소홀히 다룬 것이 아니었습니다. 옛 선비들도 인간이 제대로 항심을 가지고 살려면 우선 물질이 풍부해야 한다고 생각했습니다.

이러한 사상은 인륜구도와 산업육사의 체계 속에 잘 드러나 있습니다. 우선 이원구는 인간의 도를 천지인天地人의 삼원 구조로 나누어 가장 밑바닥에 혈원血元, 가운데에 심원心元, 맨 위에 의원義元으로 분류하였습니다. 말하자면 인간관계를 삼원 구조로 구분하며 그 도를 코드화하여 그 차이를 도식으로 만들어 보여줍니다. 이원구의 인륜구도의 도식을 보면, 우선 피의 근본으로 관계를 맺고 있는 것이 부자 관계로서 부를 일로, 자를 이로 코드화합니다. 유교는 신의 자리에 인간관계를 앉힌 이데올로기입니다. 그 관계가 없어지면 인간은 존재하지 않습니다. 신은 죽었다는 말이 유교에 적용되려면 인간관계는 끊어졌다라고 해야 할 것입니다. 그러한 관계를 가장 잘 나타내주는 것이 부자 관계입니다. 아버지가 있기 위해서는 아들이 있어야 하고, 아들이 존재하려면 아버지가 먼저 있어야 합니다. 아들이 태어나는 순간 함께 아버지도 태어납니다. 그러므로 부자 관계는 형식 논리로 보아도 단일적인 독립된 개념이 아니라는 것을 알 수가 있습니다. 아들 입장에서 아버지의 관계를 나타낸 것이 효이고, 아버지를 중심으로 본 아들의 관계가 자慈입니다.

아들만이 아버지를 위해 효도를 하는 것이 아니라 아버지는 아들에게 자도慈道를 베풀어야 하는 것입니다. 아버지가 아버지다워지고 아들이 아들다워질 때 비로소 부자라는 인간관계가 성립됩니다. 그것은 절대적 윤리가 아니라 상대적인, 오고 가는 교환의 윤리라는 것을 알 수가 있습니다. 그러므로 효행만을 강요했던 것은 유교의 반쪽 윤리만을 본 것이라고 할 수가 있습니다.

수직적 혈연관계가 수평적인 관계로 되면 형제 관계가 됩니다. 이때도 마찬가지로 형의 도는 우友에 있고[兄道友], 아우의 도는 공恭에 있습니다[弟道恭]. 형은 3이고 동생은 4가 됩니다. 형은 동생에게 우애로워야 하며 동생은 형을 공경해야 한다는 주고받는 도리가 생겨납니다.

이러한 피를 통한 가족의 인간관계는 마음을 매개로 이루어지는 심원에서도 서로 같은 성질을 갖고 전개됩니다. 심원心元은 한

가운데이므로 숫자로는 가운데 오[中五]가 됩니다. 심원 구조에서 부자 관계처럼 수직적 인간관계를 나타내고 있는 것이 스승과 제자입니다. 이 사생師生의 관계에서 스승은 엄해야 하며 제자는 몸을 맡겨야 합니다. 즉 사엄생위師嚴生委입니다. 즉 부자는 자효慈孝의 관계가 되고 사생은 엄위의 관계가 됩니다. 심원에서 또 형제에 해당되는 것은 손님과 주인의 관계입니다. 형의 자리가 손님이 되고 동생의 자리가 주인이 됩니다. 손님은 근신, 엄숙해야 되고 주인은 손을 공경해야 됩니다[主敬賓肅]. 이렇게 해서 일방적으로 주인이 손님을 받들어 모시는 것이 아니라 손님은 주인에게 또 공경할 줄 알아야 합니다. 이것은 사생 관계가 수직인 데 대하여 빈주의 관계는 수평이 되는 것으로, 도의 코드는 제각기 다른 층위에서 수직 수평이 또한 대응된다는 것을 알 수가 있습니다. 그러므로 제일 위층에는 의원, 이데올로기 차원으로서의 인간관계와 천도天道, 천리天理의 관계로 맺어진 군신 관계가 있습니다. 군도는 어질어야 하고, 신도는 충성되어야 한다[君道仁, 臣道忠]는 것입니다.

신하가 임금에게 충하는 만큼 임금은 신하에게 인해야 한다는 상호 관계가 있어야 군신 관계는 성립됩니다. 그와 마찬가지로 수평적인 부부 관계에 있어서도 부도는 처에게 화和해야 하고 처도는 부에게 순해야 합니다[夫道和, 妻道順]. 순은 화를 전제로 한 것이기 때문에 단순한 예속 윤리로 떨어지지 않습니다. 부가 처에게 화하지 못할 때 처는 부에게 순할 수가 없습니다. 그것은 마치 군이 신에게 인하지 못할 때 신이 충하지 못하는 것과 마찬가지인 것입니다. 이처럼 혈원·심원·의원 가운데 군이 9, 신이 8, 부가 7, 처가 6으로 총체가 1부터 9까지 아홉 수가 이루어지게 된 것입니다. 이것을 세로로 읽으면 의원·심원·혈원에 있어서, 군·사·부는 일체가 되고 신·생·자가 그와 동일 구조로 놓이게 됩니다.

이상의 삼원적 인간관계를 기업 내의 인간관계로 적용해보면 여러 가지 성격을 유도해낼 수가 있습니다. 혈원 모델을 중심으로 한 기업과, 심원 혹은 의원을 내세우는 기업이 있을 것입니다. 그 성격에 따라 회사의 경영이나 인간관계의 기본 원리가 달라집니다. 기업 집단은 대체로 심원으로서 근대적 도식을 만들자면 이원利元의 새로운 차원을 두어야 할 것입니다. 아마도 그 관계는 주빈 관계에 제일 가깝다고 할 수 있습니다. 그러나 의원 쪽인 이데올로기로 가면 국가 형태, 부부 형태처럼 인간의 힘으로는 쉽게 풀 수 없는 매우 추상적·제도적인 것이 되어 결국 기업이 국가에 소속되고, 국가에서 간섭을 하게 되는 관 주도형 기업이 되고 말 것입니다. 그리고 만약 그것이 혈원을 중심으로 보면 이른바 가족 사회가 되어 혈연 중심이 되고, 가족 의식을 강조하게 되면 사회성과 제도성이 약해지고 정감의 세계, 피의 세계와 같은 비합리성이 강해지게 됩니다.

한국의 기업은 보기에 따라서는 강력한 국가 주도형으로 볼 수도 있고, 때로는 혈원의 가족주의 회사로 보일 때도 있습니다. 따라서 이 한국 기업의 체제, 형태, 기업 정신이 삼원 구조의 어떠한 층위에 있느냐를 관찰해봄으로써 한국 기업이 안고 있는 문제를 쉽게 발견할 수 있을 것입니다. 이런 점에서 이원구의 도식은 매우 유용한 모델이라고 생각됩니다. 뿐만 아니라 이러한 코드를 통해 노사 관계와 같은 기업 내의 인간관계를 어떻게 정립할 것인가의 문화적 대응 치료가 가능해질 것입니다. 특히 한국인의 윤리관은 절대 윤리가 아니라 상대적 상호 교환적인 것으로 특정지을 때 가장 바람직한 기업 윤리의 밑바탕이 생겨나게 됩니다.

圖之道九倫人

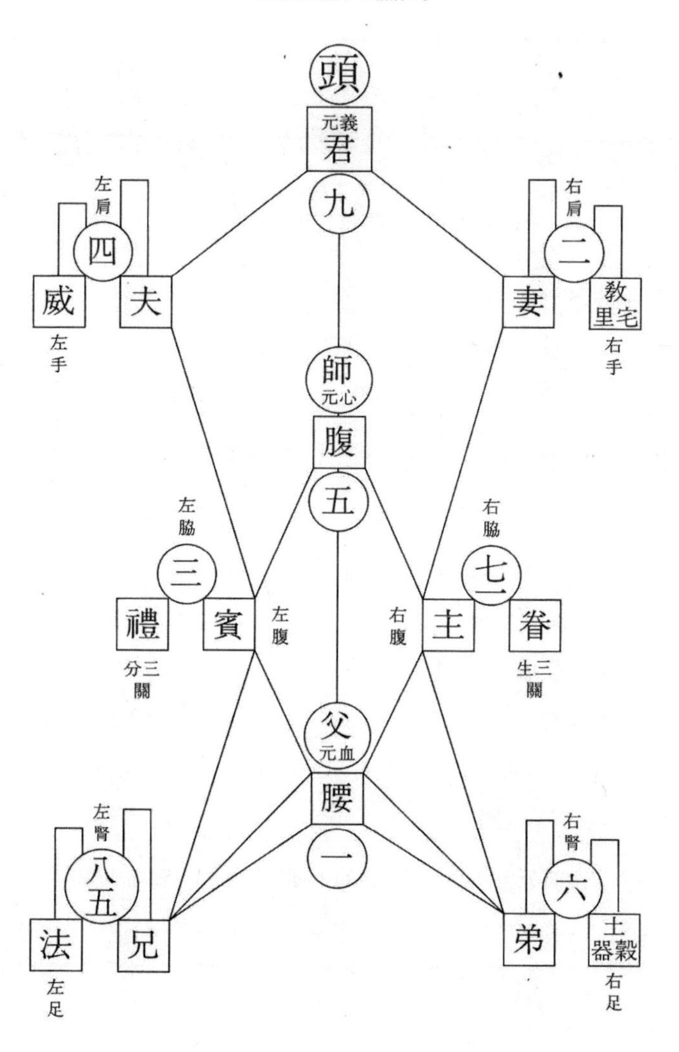

頭
元義
君
九
左
肩
四
威
夫
左
手
右
肩
二
妻
教
里宅
右
手
師
元心
腹
五
左
脇
三
禮
賓
分三
關
左
腹
右
腹
右
脇
七
主
眷
生三
關
父
元血
腰
一
左
臀
八
五
法
兄
左
足
右
臀
六
弟
土
器穀
右
足

圖之事六業産

第四威事 人二十 文而分行 盈顧時中	第五法事 人二十 章而分明 盈顧時中	第六土事 器 穀 人二十 富而生養 盈顧時中
天人相與 天要祭 地定分 人定分 春 業定分 夏 財定分 秋 善惡定分 冬		天人一體 天心性 地率生 身率生 春 家率生 夏 國率生 秋 天下率生 冬
第三禮事 三分關 人二十 儉而分定 盈顧時中	第二教事 里 宅 人二十 庶而生植 盈顧時中	第一眷事 人二十 勤而生率 盈顧時中

산업육사—기업 조직의 원형

이와 같은 이원구의 체계에서 양의 인륜구도와 짝을 이루는 것이 음의 산업육사産業六事입니다. 이것은 한국의 기업 의식에 직접적으로 관련이 있는 것입니다. 양의 수는 이성적·로고스적이고, 음이란 물질적인 것이므로 사회적·현실적입니다. 일상 세계에 맞부딪는 가시적인 것이고, 감성의 세계입니다. 앞의 것이 정신, 추상抽象이라면 뒤의 것은 물질, 구체具體의 세계입니다. 이원구는 이 산업육사를 음의 세계에다 두고 양의 인륜구도와 짝을 이루는 것으로 제시하고 있습니다.

양은 음이 없이는 아무것도 생성 못 하고 음 역시 양이 없이는 의미가 없습니다. 이 둘은 상호 보완적인 연관성을 맺고 있다는 점에서 한국인의 기업 정신이라는 것은 기업 그 자체가 아니라 기업의 윤리와 결합함으로써 비로소 기업 자체 내의 문제로 생성하게 됩니다.

한편 구도九道는 삼원 구조로 갈라놓았지만, 육사의 체계는 양관兩關으로 분절됩니다. 즉 그 양관은 생生과 분分으로 대응되고 그 생과 분은 다시 삼생과 삼분으로 나뉩니다.

이러한 관점에서 산업육사의 도식을 보면, 우선 음의 수는 6인데 그 순서는 1에서부터 6까지 나뉘어 있습니다.

제1은 권眷으로서 이것은 생에 해당합니다. 또 이것은 천이며, 관료 체제에서 보면 이조吏曹에 속합니다. 생이라는 것은 집단을 거느리는 것인데 이를 춘하추동으로 나누었습니다.

신솔생身率生, 이는 개인의 몸을 거느리는 것으로 춘春에 해당합니다. 가솔생家率生은 한 가족을 거느리는 것이며, 국솔생國率生은 나라 전체, 즉 국민을 거느리는 것입니다. 몸과 나라로 분할되지만 여기에서 작용하는 원리는 거느리고, 낳고 하는 생의 원리입니다. 그러므로 기업은 우리 인간 사회를 영위하는 것으로 그 층위는 개인의 몸, 가족의 식구, 나라의 국민입니다. 하나의 똑같은 원리는 낳는 것, 즉 생의 원리입니다. 이것이 더 커지면, 천하솔생天下率生이 됩니다. 인간, 나라만 있는 것이 아니라 절대의 세계, 우주 만물을 전부 통솔하는 생이 있는 것입니다. 몸의 주인은 나고, 집의 주인은 가장이고, 나라의 주인은 임금입니다. 천하를 솔생하는 것은 우주의 섭리입니다. 몸과 집과 나라와 천하를 솔생합니다.

여기에서 기업을 생각해보면 몸身·집家·나라國·천하 중에서 집과 나라 사이에 기업의 솔생이 들어간다고 할 수 있겠습니다. 즉 기업은 사원들을 거느린다고 할 수 있습니다. 나라의 차원에서는 국솔생이라 하여 이조에 속하는 것과 같습니다.

제2는 교教가 됩니다. 여기서 가르치는 것이 지의 기능이며, 관료 체제로는 호조戶曹가 됩니다. 이것은 호구조사나 세금을 걷든가, 나라 살림, 마을, 집을 영위하고 관리합니다.

이것은 거느리는 것이 아니라 생의 토대를 닦는다고 할 수 있습니다.

제3은 예禮가 되고 춘이며, 예조禮曹가 됩니다. 여기서부터 삼분관三分關입니다. 세 가지로 나누는 것입니다. 예는 생하는 것이 아니라 나누는 것으로, 선과 악을 나눈다든가, 여러 가지 사람과 사람 사이를 나누는 것, 예로써 문제가 되는 것, 과거시험으로 사람을 뽑는다든가 예악을 관장하여 관혼상제로 나누는 일 등 예조에서 관할하는 일이 여기에 해당합니다. 따라서 생과는 달리 분에 해당하는 것입니다.

제4는 위사威事인데 하에 해당하며 병조兵曹의 관할이 됩니다. 군사는 국경을 지키고 영토를 분할하는 것으로 행분이며, 군사적 행위로 나타나므로 위인 것입니다. 나라나 실질적인 힘에 의해서 질서를 지키는 그러한 것입니다.

제5는 법사法事로, 추에 해당하며 형조刑曹가 됩니다. 법에 관한 일을 하는 것인데, 이것은 명분을 따지는 것으로 분인 것입니다. 옳고 그른 것을 가리는 일입니다.

제6은 토土인데 동에 해당하며 공조工曹입니다. 우리 기업의 세계와 가장 많은 성격을 공유하고 있는 부분입니다. 토란 곡기로서 공조에서 하듯이 일상생활에 필요한 여러 가지 의식주에 관련된 일을 관장하게 됩니다. 오늘날 상공, 재무 등 기업과 관련된 일을 하는 것입니다. 그리고 그것은 생에 속합니다. 태어난 생명들을 키우는 것이니까 양생인 것입니다. 이것은 오늘날 우리의 먹고 입는 문제를 해결하는 기업의 목적과도 일치합니다.

그런데 앞의 인륜구도는 서로 그 번호가 합쳐서 10이 되는 것으로 관련되었지만 산업육사에서는 각자의 번호와 다른 번호가 합쳐서 7이 되는 수가 완성되는 것입니다. 또 관계가 이루어지는 것입니다. 즉 제1의 권이 7이 되려면 제6과 결합되어야 하므로 공조와 통한다고 볼 수 있습니다. 토와 권은 그 방향이 서로 통하는 것입니다[故土視眷方通].

여기에서는 자기 몸, 집안, 국가 그리고 천하의 먹고사는 문제를 해결하는 것입니다. 공의 세계에 있어서도 신, 가, 국, 천하와 연관이 되어 양생을 위의 네 가지 층위로 연구할 수 있습니다. 그리고 교, 호조는 7이 되려면 형조와 관련됩니다. 즉 법과 교는 같은 것이 됩니다. 그래서 법과 교는 일들을 따짐으로써 호조와 형조의 기능을 넘나드는 관계라 할 수 있습니다.

마지막으로 예禮를 지키는 것은 병사가 나라를 지키는 것과 통합니다. 예는 7이 되려면 위威와 합쳐져야 합니다. 즉 예는 정신적인 것이고 위는 물리적인 힘입니다. 우리는 예와 위로써 분별을 지켜나갑니다. 정분행분定分行分으로 예는 위와 통합니다. 이것을 다시 구조화해보면 생에 해당하는 것은 권, 교, 토이고 분에 해당하는 것이 법, 예, 위입니다.

생이냐 분이냐 할 때는 이렇게 둘로 나뉘고, 또 넘나드는 관계로 볼 때는 권과 토, 교와 법, 예와 위가 서로 같은 요소가 됩니다.

우리는 이원구의 이 모델을 통해서 토착적인 민간신앙에서 유교에 이르는 한국인의 의식구조를 밝힐 수 있고, 또한 그 문화적인 모델을 이용하여 오늘의 기업 의식을 대위시켜볼 수 있습니다.

우리는 이원구의 구도육사의 체계를 통해서 유기적인 세계관, 상대주의적인 호환성으로 이룩된 구조주의적 인식을 엿볼 수가 있으며, 그것은 비단 이원구의 생각이 아니라 한국인의 사유 체계를 극명하게 나타낸 것이라고 할 수가 있습니다. 이러한 체계를 인체와 연관시켜 하나의 유기적인 구조로 나타내고 있습니다.

이원구는 구도육사의 천지인의 우주적인 질서를 인체의 소우주로 반영시켜주고 있습니다. 임금[君]은 머리이고, 스승[師]은 배에, 아버지[父]는 허리에 해당합니다. 부의 허리는 생식, 즉 자손을 잇는 것을 의미합니다. 따라서 머리와 배와 허리가 한 줄로 서고 양쪽 대칭으로 오른쪽 어깨가 아내, 왼쪽 어깨는 남편입니다. 그리고 산업으로는 아내가 교로서 살림살이를 하는 오른쪽 손이 됩니다. 그리고 남편은 위의 군사로서 왼쪽 손입니다. 오른쪽은 모두 호조, 왼쪽은 병조인 것입니다. 또 배는 오른쪽이 주인, 왼쪽이 손님이 됩니다. 그리고 오른쪽이 권의 이조로 삼생관이고 왼쪽이 예, 예조로서 삼분관입니다.

마지막으로 다리는 기업의 부분이 됩니다. 다리는 인간으로 보면 형제이고, 산업으로 보면 법사와 곡기로 나뉩니다. 오른쪽 발은 토·생산성, 즉 공조에 해당되고, 왼쪽 발은 법사·형조에 관계되는 일입니다.

결국 인간의 행동을 맡고 있는 것은 하나는 법이고, 하나는 기업입니다. 인간은 두 발로 이 대지를 딛고 서 있는 것입니다. 그러나 거기에 머리가 없으면 이 두 다리가 어디로 갈지 모릅니다. 또 손들이 없으면 아무리 이 두 다리가 서 있어도 자기 몸을 지킬 수 없습니다.

이렇게 인간의 가치를 인체의 한 부분으로 나타냈다는 것은 모든 인간관계나 제도 그리고 그 도를 계층적인 예속 관계로 본 것이 아니라 역할의 차이로 보고 있다는 것이 됩니다. 이것은 피라미드나 나무 형상으로 인간이나 제도 그리고 가치를 분할하는 서구의 로고스 중심적인 사고와는 아주 대조적입니다. 그러한 도형에서는 모든 것이 계층적으로 되어 있어 상위에 있는 것은 하위에 있는 것을 포섭하게 되지만 인체적인 관계로 파악된 세계관은 모두가 독립적인 고유의 기능을 갖고 있어 어느 것이 어느 것에 예속되어 있다고 할 수가 없습니다. 아무리 머리가 인체에서 중요하다고 하더라도 손가락 하나가 하는 일을 대신할 수는 없습니다.

이상에서 이야기한 유교적인 가치관을 통해서 볼 때 한국인이 어째서 그토록 가족을 존중시했는가 하는 사상적 배경을 알게 됩니다. 이원구의 도식에서 나타난 대로 가족은 모든 인간관계를 만들어내는 가장 기층에 있기 때문입니다. 사제 간도 군신도 그리고 주객이나 부부의 도도 모두 혈원血元의 부자, 형제의 인간관계를 모델로 하고 있기 때문입니다.

그리고 산업에 있어서도 그 제일의 기본은 권으로 가솔(집안 식구를 거느리는 것)에 두고 있습니다. 인간관계나 산업의 질에서도 모두 가정과 동일한 구조물로 이루어지고, 그것을 토대로 움직입니다. 그러므로 가족을 중시한다는 것은 가족에 최종의 가치를 두었다는 말이 아니라 수신제가 치국평천하修身齊家 治國平天下라는 말처럼 그것이 다른 차원으로 확대, 고양될 수가 있기 때문입니다.

이렇게 보면 한국의 기업 의식은 너무도 뻔한 것이라고 할 수가 있습니다. 한국인은 왜 무엇 때문에 기업을 일으키고 또 기업의 목표를 어디에 두고 발전시키려고 하는가라고 물을 때 첫째의 대답은 가족입니다. 옛날 선비들이 입신양명해서 조상의 이름을 빛내고 가족을 지키려 한 것과 조금도 다를 것이 없습니다. 그러나 그 가족 속에 사회와 국가와 그리고 크게는 인류의 천하를 위하는 의義의 차원이 들어 있음을 잊어서는 안 됩니다.

사회와 대립 개념으로 인식되는 이른바 프라이버시의 성城으로 인식되는 그런 집과는 다른 것입니다. 피고의 자택에 숨겨둔 도청 장치로 얻어낸 증거를 끝내 법정에 제출하지 못하도록 한 프랭크 판사의 다음과 같은 말을 들어보면 그 가정이라는 말의 뜻이 얼마나 다른지를 알 수가 있습니다.

"건강하고 완전한 문명사회에서는 어디엔가에 오아시스가 있어야 합니다. 타인의 눈에 띄지 않는 은신처, 외계와 절연된 담장, 자기만의 영토, 타인이 들어올 수 없는 장소, 그것이 인간이 가져야 하는 성입니다."

한국의 가정이나 가족주의는 이러한 프라이버시의 확보를 위해 있는 것과는 달리 바로 사회와 국가의 영역으로 확대되고 연결되는 동심원同心圓 안에 있습니다. 그러므로 기업이 집안을 위해서 가정을 목표로 하고 있다고 해도 유교 윤리에 의하면 사회를 위해서, 국가를 위해서라는 말과 같은 것이 됩니다. 앞에 언급한 삼재사상, 삼태극의 세계에서는 천지인이 융합되어 있는 세계관이므로 인간을 위하는 것이 곧 하늘과 땅을 위하는 것이 되는 것과 같은 이치입니다.

서라벌의 정신문화

한국은 조선조의 척불정책斥佛政策 같은 것이 있긴 했으나 서양의 종교 전쟁처럼 동족끼리 수백 년을 두고 싸우거나 이종교異宗教의 민족과 수천 년을 두고 싸워 피를 흘린 일은 없습니다. 지금도 이스라엘에 가면 길 하나를 두고 이슬람교인 풀 모스크와 유대교의 통곡의 벽 그리고 예수가 돌아가셨다고 하는 성묘교회가 서로 융합되지 않은 상극의 사이로 마주 보고 있습니다.

그러나 한국은 밖으로부터 많은 종교가 들어왔지만 토착 종교인 무속과 조상 숭배의 신앙은 그것들과 잘 조화를 이루면서 공존해왔습니다. 너무나도 당연한 것 같아서 그것을 한국의 장점인지조차 의식 못 하는 일이지만 우리가 외국의 문물이나 근대 기술을 받아들이는 데 있어 큰 마찰이나 장애 요인 없이 기업에 곧 접목시킬 수 있었던 것은 앞에서 여러 차례 지적한 바 있었듯이 조화와 융합을 특징으로 하는 삼재, 삼태극과 같은 사상의 포용력 때문이라고 할 수 있습니다. 중동의 이슬람교 문화나 인도의 힌두교처럼 여러 가지 종교적인 관습이나 교리 때문에 근대화나 기업 발전이 늦어지고 있는 예를 생각해보면 알 수가 있습니다.

뿐만 아니라 한국인의 의식이 옛날부터 인간 중심적이고 현세적 경향이 짙었기 때문이라고 할 수가 있습니다. 그러므로 한국의 기업 정신은 전통적인 문화와 대립 개념으로서가 아니라 오히려 그것을 밑받침으로 하여 근대 산업 문명과 접목될 수 있는 가능성을 열어놓고 있습니다.

한국의 종교적 특성은 유·불·선儒佛禪 삼교를 조화시키고 융합시킨 데 있었고, 겉으로는 척불을 하던 조선조에서도 선유후불先儒後佛처럼 살아 있을 때는 유교를 숭상하고 죽기에 앞서서는 불교에 귀의하여 극락왕생을 기구하는 현상이 있었습니다. 그리고 불교 사원에 북두칠성을 믿는 무속의 칠성각이 함께 있는 경우도 있었으며, 반대로 무속에서는 유교·불교·기독교 할 것 없이 모든 신을 모시는 일이 허다합니다. 물론 조선조에 주자학으로 조금만 이념이 다르면 사문난적斯文亂賊으로 몰아 상대방을 멸족시킨 파쟁이 있었으나 그것은 이념적 싸움이라기보다 정치권력 투쟁으로 해석하는 것이 옳을 것입니다.

세속적인 가치 추구를 부정하는 불교가 들어와도 한국에서는 오히려 현실적인 기복 수단으로 이용되었고, 조상숭배나 호국적 수단으로 정착되었음을 알 수 있습니다. 이번에는 조선시대의 유교에 이어 『삼국유사』에 나타난 신라 불교의 특성을 살펴봄으로써 앞으로 국제화 시대의 한국 기업이 이문화 간異文化間의 비즈니스 모델을 어떻게 세울 수 있을 것인지를 탐색해봅시다.

『유사遺事』에 나타난 사찰 기록들을 분석해보면 오늘날 국가의 행정 관서와 비슷한 기능 조직으로 되어 있습니다. 삼국을 통일하기 위해서 만들어진 황룡사 9층 목탑은 오늘날의 외무부나 국방부와 같은 것으로, 그 창건 목적이 이웃 나라가 항복하고 구한九韓이 와서 조공하여 왕업을 길이 태평케 하려는 데 있었습니다. 불법을 상징하는 탑이라기보다 성이나 요새처럼 왕권의 수호를 위한 망루와 같은 것이라고 볼 수 있습니다. 불탑의 종교적 의미는 부차적인 것이었고 주된 목적은 삼국을 통일하려는 것이었습니다. "황룡사를 세운 후에 천지가 태평하고 삼한을 통일하였으니 탑의 영험이 아니고 무엇이랴"는 승 일연一然의 기록을 보더라도 중생제도의 불교적 이미지가 완전히 정치적 의미로 탈바꿈되어 있는 것을 엿볼 수가 있습니다. 더구나 황룡사 9층 목탑의 1층은 일본을 제압하고 2층은 중화中華, 3층은 오吳와 월越, 4층은 탐라耽羅, 5층은 응유鷹遊, 6층은 말갈靺鞨, 7층은 단국丹國, 거란, 8층은 여적女狄 그리고 9층은 예맥濊貊을 누르는 힘을 지닌 것으로 각기 층에 따라 그 기능이 분화되어 있습니다.

신라의 불교는 호국의 수단이었으므로 불교 이상의 다른 종교라도 그것이 나라를 이롭게 하면 그와 자리를 함께할 수 있었을 것입니다. 가령 중생사衆生寺는 아들 없는 사람이 빌면 아들을 낳게 해주는 역할을 맡고 있었고, 눈먼 아들을 눈뜨게 해주었다는 분황사 천수불千手佛은 안과 병원 같은 기능을 맡고 있었습니다. 분실한 물건을 찾아주는 백률사白律寺는 내무부와 같은 것이고, 풍년이 들게 하여 백성을 편안케 해주는 화엄사華嚴寺는 농림부와 보사부의 기구와 같은 것입니다. 당나라가 쳐들어올 때마다 풍랑을 일게 하여 나라를 방어해준 사천왕사四天王寺는 국방부와 같은 일을 하고 있었습니다.

이렇게 모든 사찰의 존재가 제각기 기능을 분담하여 인간의 세속적 삶을 편케 하고 이롭게 하려고 한 것은 무속 종교의 특성으로서 처음부터 현세를 고해로 보는 불교 정신과는 위배되는 것이었습니다. 어떤 사회이든 순수한 종교란 없습니다. 조금씩 세속화하여 본래의 정신과 괴리된 현상을 보여주고 있는 것은 흔히 있는 일입니다. 그러나 신라를 비롯하여 한국의 종교만큼 철저하게 현세 지향적인 경우도 많지 않습니다.

근대의 기독교를 수용하는 데 있어서도 원죄 의식이나 종교적 동기보다는 샤머니즘화한 현세의 복리 추구로 변질되어버립니다. 겉으로 보면 종교적인 민족이고 또 현재에도 세계에서 그 예를 들기가 어려우리 만큼 종교 신도가 증대되어가고 있으면서도 종교적인 인터레스트interest를 직접적으로 나타내는 신학적 요구는 거의 없다고 해도 과언이 아닙니다.

우선 이차돈의 순교를 로마의 순교자들과 비교해보면 한국적 종교의 모델을 만들 수 있을 것입니다. "나라를 위하여 몸을 없애는 것은 신하의 지절志節이옵고 임금을 위하여 목숨을 바치는 것은 백성된 자의 의리입니다." 이것이 왕 앞에 나서서 자기 목을 베어달라고 한 이차돈의 말입니다. 그는 불교 자체보다 신라에 불교를 들여오는 것이 신라를 번영케 하는 수단이라는 믿음을 중요하게 생각한 사람입니다. 이차돈은 종교를 위해 사자의 발톱에 찢기운 로마의 순교자보다 고결하고 극적인 죽음을 맞이했습니다. 임금이 만류하는데도 스스로 목을 베어달라고 자청한 죽음이기 때문입니다. 끌려와서 죽은 죽음이 아니라 스스로 찾아가서 택한 죽음입니다. 진리를 위해 죽음의 독배를 받은 소크라테스도 자진해서 형벌을 받은 것은 아닙니다.

그러나 자진해서 제물로 자기 몸을 바친 이차돈의 죽음은 불일佛日이 중천에 오르기를 기구한 살신성인의 숭고한 죽음이었습니다. 그러므로 이차돈의 죽음은 불교를 위한 순교였으면서도 성삼문과 같은 유생의 죽음, 충신의 죽음, 국가를 지상으로 하는 정치적 죽음에 가까웠던 것입니다. 그리고 "그가 죽어 거기 사찰이 생기고 그 절에 지성을 하면 반드시 대대로 영화를 얻는다"는 『유사』의 기록을 보면 무속신의 하나로 화한 것이라고도 할 수 있습니다.

설령 이차돈의 죽음이 순수한 불교 정신에서였다 해도 신라인들은 그러한 정신을 끝내 이해할 수 없었을 것입니다.

원광법사는 애초부터 가이사의 것과 하늘의 것을 분리해서 생각하는 승려가 아니었습니다. 그는 왕의 뜻을 받아 고구려를 제압하기 위해서 수나라로 갔습니다. 그때 "자기의 목숨을 생존시키기 위해서 타인을 멸한다는 것이 사문의 도리가 아닙니다. 하지만 나는 지금 신라 왕의 토지에 있으며 신라 왕의 수초를 먹으며 살고 있는 터이므로 왕명을 들을 수밖에 없습니다"라고 말합니다.

뿐만 아니라 원광법사는 화랑의 이념인 세속오계에서 '임전무퇴'라는 놀랄 만한 살생의 용감성을 권장하고 있습니다. 불교의 본지를 묻는 화랑에게 그는 불교라기보다 유교에 가까운 왕도주의 이념을 내세웁니다.

불교가 중국에서 들어올 때 그것이 중국의 토착사상과 타협하여 이른바 세속오계란 것이 생겨났음은 다 아는 일입니다. 그것은 출가를 하지 않고 세속에 살면서도 불도를 닦는 재가자在家者를 위해 불교와 현실을 타협시킨 것입니다. 『제위파리경堤謂波利經』에 나타난 중국의 세속오계를 보면 그들 고유의 사상인 오상五常에다 불교의 본뜻을 부연시킨 것으로 불교의 인을 불살不殺, 지를 불도不盜, 의를 불사不邪, 예를 불음주不飮酒, 신을 불망어不妄語로 대치해놓았습니다.

그런데 여기에서 우리가 주목할 것은 유교적인 바탕에 불교의 본지本旨를 접목시킨 중국의 세속오계보다 원광법사의 것이 훨씬 더 세속적이고 국가적 색채가 농후하다는 점입니다. 원광법사는 '불살이 아니라 살생유택'이라고 했습니다. 무조건 죽여서는 안 되는 것이 불교의 정신인데 살생을 인정하고 가려서 죽이라는 것은 현실주의자인 공자의 사상에 가깝습니다. 더구나 신하가 임금을 떠받드는 '충'이나, 자식이 어버이를 섬기는 '효'를 말한 것은 중국의 세속오계에도 없는 것으로 삼강오륜을 방불케 합니다.

이처럼 중국보다는 한국의 불교가 유교적 색채가 농후한 것은 우리의 종교관이 초월적인 진리보다는 세속적인 생활 지향적 성격 때문이라고 할 수가 있습니다.

이차돈이나 묵호자 이야기가 입증하듯이 신라에 불교가 들어올 때 다른 나라보다 훨씬 강력한 저항을 받았던 이유는 신라가 그만큼 보수적이었고 고구려나 백제보다 토착적인 성격이 강한 문화를 갖고 있었기 때문이라고 할 수가 있습니다. 그리고 불교가 들어온 후에도 불교가 신라화됨으로써 신라적인 문화의 특질은 크게 달라지지 않습니다. 즉 묵호자의 불교는 왕녀의 병을 향으로 고친 후 인정받고, 이차돈의 죽음은 국태민안의 수단이 되므로 굳게 닫힌 사문沙門의 문을 열 수 있었습니다. 불교가 국가에 봉사하고 있었던 것입니다. 사람은 누구나 불佛이 될 수 있다는 인간 평등, 왕도 노비도 다 같이 불쌍한 중생의 하나라는 계급 부정의 사상이 신라의 불교에서는 정반대로 귀족이나 왕권의 권위를 공고히 하는 수단으로 변질되어 호국 이념의 수단이 되었던 것입니다.

불교를 아무리 폭넓게 생각해도 현세주의적인 색채는 발견할 수가 없습니다. 이 세상은 불붙은 집이요 괴로운 바다입니다. 그리고 일체의 세속적 욕망과 집념은 죄인 것입니다. 이른바 세속의 윤회의 사슬을 끊고 '열반의 세계'에 이르는 것이 말하자면 성불하는 것이요 대원인 것입니다.

그런 사상도 일단 신라로 돌아오면 세속화되어 원효와 같은 위대한 대사도 나라를 위해서라면 파계를 합니다. 공주에게 영특한 애를 잉태하게 하여 신라의 큰 기둥이 되게 하려는 목적은 '불음不淫'의 계율도 문제 되지 않습니다. 또 이렇듯 파계를 했으면서도 원효는 오히려 그 때문에 더욱 사랑을 받고 신라 불교의 상징이 됩니다.

이런 사실이야말로 신라 불교와 한국적인 종교관의 비밀을 여는 단서가 되고 동시에 한국의 기업적 바탕을 이루는 사고 양태를 읽을 수 있는 문화적 코드가 되는 것입니다. 그 이면에는 신라의 화랑에서 보는 것 같은 한국의 고유한 선사상과 교묘하게 조화를 이루었기 때문에 가능한 것이었습니다.

신라인들이 마음속에서 섬긴 것은 불佛이 아니라 조상신이요, 호국신이었습니다. 『유사』에는 도처에 이 호국신, 호국룡들이 등장합니다.

바로 그 좋은 예가 미추왕과 김유신의 영혼이 서로 이야기하는 대화에 나오고 있습니다. "신은 평생에 나라를 위해 역사의 한 시대를 도왔고 국토를 통일시킨 공훈을 이루었습니다. 지금 죽어 혼백이 되어 있어도 이 나라를 돌보아 재앙을 물리치고 환난을 구제해가려는 마음은 잠시도 변한 적이 없습니다. 그런데 지난 경술년에 신의 자손이 죄 없이 죽음을 당했습니다. 이것은 지금 군신들이 나의 공훈을 생각하고 있지 않은 것이 아니고 무엇입니까? 이제 신은 차라리 이곳을 떠나 멀리 다른 곳으로 옮겨 가버리고 다시는 나라를 위해 애쓰지 않으려 합니다. 왕께서는 부디 신의 옮겨 감을 허락해주소서."

호국신이 된 김유신은 생존했을 때와 마찬가지로 자기 자손을 염려하고 있습니다.

그리고 또 그는 호국신의 두령격인 미추왕릉을 찾아 호국신으로서의 직능을 그만두겠노라고 사의를 표명하고 있습니다. 미추왕릉 속에서 대화를 나누며 만류하기도 하고 고집을 내세우기도 하는 호국신들의 모습은 현세의 조정에서와 조금도 다를 것이 없습니다.

그러나 무엇보다도 이 이야기에서 주목할 것은 김유신 같은 호국신이 나라보다 자신의 자손을 더 염려하고 옹호한다는 사실입니다.

말하자면 호국신이며 가정을 지키는 조상신의 역할을 동시에 맡고 있는 것이며 그 기초는 나라보다도 가족의 혈맥이라는 점입니다.

신라 문화에 있어서 가족지상주의는 가장 불교적인 설화인 진정眞正의 출가出家에서 그 모형을 보여줍니다. 신라 때의 법사 진정의 가출과 싯다르타의 출가를 비교해보면 그 의미가 좀 더 확실해질 것입니다. 집을 떠난다는 것, 마을과 나라와 인간의 낯익은 모든 생활과 손을 끊고 출가하는 사상은 싯다르타의 행적 가운데 가장 극명하게 부각되어 있는 부분입니다.

"부왕이시여, 이 세상에 만나는 자는 반드시 이별하게 되옵니다. 아무리 은혜와 사랑이 지중한 부모와 자식 사이라 하더라도 이별하고야 마는 것입니다. 소자는 길이 이별을 여의는 법을 배우고자 하오니 부왕은 소자의 뜻을 살피시와 집을 떠나 도 닦는 길을 허락하여주소서." 싯다르타의 출가 동기는 이렇게 시작됩니다. 그러나 속세인인 부왕은 적극 그것을 말립니다.

"태자여, 그것이 웬말인가? 태자가 나를 버리고 집을 떠나겠다는 말이 웬말인가? 태자여, 태자는 이 아비를 위하여 나라를 맡아 다스리고 세상에서 할 일을 다한 뒤에 집을 떠나 수도해도 좋지 않은가? 어찌하여 이 늙은 아비를 버리고 집을 떠나려 하는가?" 왕은 슬퍼하면서 그런 생각을 버리기를 애원합니다.

그러나 싯다르타는 애통해하는 부왕을 보고서도 냉정하게 대답합니다.

"……그 무엇을 더 믿고 기다리오이까? 탄생과 죽음이 없는 도와, 이별이 없는 법을 찾아 닦는 것만이 오직 참의 길입니다. 그 밖에 또 무슨 참됨이 있사오리까."

그리고 싯다르타는 몰래 궁성을 뛰어넘어 후와천 하수 건너의 고요한 수풀로 갑니다.

출가자의 이 눈물겨운 극적 장면은 『삼국유사』에서도 그대로 재현됩니다. 진정이 불쌍한 홀어머니를 버리고 의상법사에게 투신하는 장면입니다. 그러나 자세히 읽어보면 같은 출가인데 주인공의 성격과 대사가 정반대로 뒤바뀌어 있다는 점을 발견하게 됩니다. 진정은 싯다르타가 부왕에게 그렇게 했듯 홀어머니에게 출가의 뜻을 고백합니다.

"효를 다한 뒤에는 의상법사에게 투신하여 머리를 깎고 불도를 배우겠습니다." 그러나 어머니는 "불법은 만나기 어렵고 인생은 너무도 빠른데 효를 다한 뒤라고 하면 또한 늦지 않겠느냐? 너는 주저치 말고 속히 떠나거라." 진정은 그래도 결심하지 못하고, "어머니 만년은 오직 제가 곁에 있을 뿐인데 어찌 차마 어머니를 버리고 출가할 수 있겠습니까?"라고 대답합니다. 어머니는 다시 진정의 출가를 재촉합니다.

"나를 위하여 출가를 못 한다면 나를 곧 지옥에 떨어지게 하는 것이니 그렇대서야 비록 살아서 삼뢰三牢 칠정七鼎으로 공양하더라도 효라고 하랴. 나에게 효를 하고자 하거든 그런 말을 아예 말아라." 이윽고 진정은 홀어머니를 뒤에 두고 울며 집을 떠납니다.

같은 출가 이야기지만 싯다르타와 진정의 이별극은 정반대로 되어 있습니다. 그러면서도 『삼국유사』에 나오는 「진정眞正의 출가出家」 설화가 부정적인 것으로 그려져 있지 않고 오히려 본받을 만한 일로 예찬되어 있다는 데 있습니다. 신라인들은 불교를 믿으면서도 싯다르타의 출가 사상을 그대로 수용하지는 않았습니다. 진정의 출가하는 태도는 실질적인 의미로 볼 때 출가가 아니라 철저한 재가在家의 태도입니다. 즉 그는 속세의 인연인 효를 한층 더 굳건하게 하기 위해 집을 나서는 것입니다.

출가하는 진정이 도리어 싯다르타의 부왕 같은 소리를 하고 집에 있는 진정의 어머니가 거꾸로 출가하는 싯다르타 같은 소리를 합니다. 싯다르타는 부모와 자식의 지중한 사이도 결국 허무한 것임을 깨달았기 때문에 출가를 했습니다. 그러나 진정은 어머니에 대한 효를 위해서, 어머니가 지옥에 떨어질까 봐 울며 출가를 하는 것입니다. 그렇기에 한쪽은 안타까워하는 부왕의 손(부모에 대한 속세적 사랑)을 매정하게 뿌리치고 떠나지만 진정은 어머니의 손도 뿌리치기 어려워 울며 집을 떠납니다.

싯다르타는 몰래 집을 빠져나옵니다. 세속의 인연을 끊는 현세 부정의 고독자孤獨者를 선택합니다. 그렇기에 싯다르타의 출발은 일상적인 현세 안에서 볼 때 어딘지 모르게 쌀쌀하고 냉정해 보입니다. 틀림없이 불효인 것입니다. 그러나 진정이 찾는 성자의 길은 현세와의 단절이 아니라 속세의 정을 그냥 끌고 가는 길입니다. 싯다르타의 출가와는 달리 세정의 따스함이 서려 있습니다. 어머니는 떠나는 자식을 위해 자루를 털어 그에게 밥을 지어 줍니다. 그리고 내 눈앞에서 그 하나를 먹고 나머지 여섯 개는 싸 가지고 가라고 합니다.

진정은 울면서 한사코 거부합니다. "어머니를 버리고 출가하는 것도 인자人子의 차마 하지 못할 짓인데, 더구나 수일간의 미음 거리까지 모두 가지고 떠나겠느냐"는 것입니다.

이러한 아름답고 정겨운 장면은 한국적 삶의 원풍경原風景으로서 불법보다도 소중한 것입니다. 그러므로 진정은 승려가 되고도 어머니의 부음을 듣자, 홀로 가부좌를 하고 7일 만에야 일어났다고 합니다. 우리의 성자는 그게 어떤 진리라 할지라도 예수처럼 어머니를 향해 "저 여인을 나는 알지 못한다"고 말할 수 있는 사람이 아닙니다. 싯다르타처럼 참된 법을 찾기 위해 늙은 아버지의 애통도 아랑곳없이 초연히 떠날 만큼 냉혹하지가 않습니다. 완전히 가족을 저버리고 떠난다는 것은 진리를 위한 것이라 해도 한국인의 마음은 그것을 용서하지 않습니다. 이렇게 한국 불교 문화의 가장 이상적인 꽃이라 할 수 있는 신라에서도 가족은 조선조의 이념 그대로 중추를 이루고 있습니다. 그와 마찬가지로 기독교 문화가 들어오고 근대 산업 문명이 들어와도 가족주의는 여전히 우리의 가치관이나 행동 양식을 지배하고 있는 특성으로 남아 있는 것입니다.

기업인이나 기업에서 종사하는 사람들의 노동관은 거의가 가족을 위한 것, 처자식이나 조상의 대를 잇는 의무감과 직결되어 있습니다. 나라가 아니라 가족 때문에 일을 하고 고난을 겪습니다. 우리가 어떤 이론이나 어떤 해석을 내린다 해도 한국의 기업 발전은 가족 의식에서 나온 것이며, 김유신과 마찬가지로 국가보다도 핏줄에 대한 신앙이 더 짙은 혈연주의에서 그 의미를 얻어온 것이라고 할 수가 있습니다.

결론적으로 말해서 한국인의 기업 의식 속에 있는 원형을 종교와 신화적 차원에서 살펴보면 삼태극의 삼재사상과 가족주의로 집약됩니다. 조화의 우주관과 피의 현세관은 기업을 하는 목적, 왜 일을 하며 기업을 이루려고 하는가라는 동기를 제공하고 그 방법과 목표를 설정해주는 여러 패러다임을 만들어냅니다. 인간적인 정의 문화, 해원 사상에서 볼 수 있는 푸는 문화와 신바람의 문화가 그 하위 개념으로 등장합니다.

V

포스트모던으로 가는 길

한국 문화의 원형과 기업 정신 (Ⅲ)

미국의 기업 정신

기업을 뜻하는 영어의 엔터프라이즈enterprise는 "손안에 잡아 넣다"라는 어원에서 비롯된 말입니다. 그러니까 원래는 무엇인가 자기 것으로 소유하려고 기획을 하거나 모험을 하는 것을 일컫는 말입니다. 지금도 엔터프라이즈의 첫 번째 뜻은 사업이나 기업보다는 모험적인 대기획 같은 것을 가리키는 말로 쓰입니다. 말만 분석해보아도 우리는 미국의 기업 정신이 기획성과 모험성에 직결되어 있음을 알 수가 있습니다. 싸늘한 합리주의 정신과 개인주의의 독립심에서 나온 뜨거운 모험 정신이 합쳐져서 이룩된 것이 미국의 프런티어frontier와 파이오니어입니다. 그리고 그것이 곧 미국을 비롯한 서구적인 기업 정신의 밑뿌리라고 할 수가 있습니다.

잭 스워더는 이러한 미국 기업 정신의 원형을 미국의 마운틴 맨mountain man에서 찾고 있습니다. 마운틴 맨의 역사는 1823년에서 1840년의 중반까지 불과 20년밖에 되지 않지만, 어떤 개척자들이나 카우보이보다도 미국 정신과 역사를 상징합니다. 마운틴 맨이란 비버라는 작은 산짐승을 잡아 그 모피를 팔아 생활하는 사람들입니다. 비버의 모피는 당시의 신사들에게는 없어서는 안 되는 산고모山高帽의 원료가 되었던 것으로 값비싸게 팔렸습니다. 이 모피를 구하려고 많은 사냥꾼들이 로키 산맥 깊숙한 골짜기로 들어갔습니다. 그들은 산속에서 덫을 놓고 모피를 말리고 자신의 식량을 구하기 위해 냇물에서 고기를 낚으면서 생활합니다. 겨울에는 작은 오두막집을 짓고 몇 달씩 봄이 올 때까지 혼자서 지냅니다. 믿을 것은 자기 자신밖에 없으며, 동반자는 말 못하는 나귀 정도입니다.

보통 포획량으로 마운틴 맨은 하루 16달러 정도를 벌 수가 있었습니다. 만약 그들이 타고난 자립심, 집단을 떠나 혼자서 살아가는 개인주의와 능력, 사람이 살아가기 힘든 환경을 이기고 생존하는 개척 정신 그리고 인디언을 격퇴하는 용기와 위험과 맞서는 모험심 등이 없었더라면 동부의 농장에서 하루 50센트밖에 받지 못하는 농부로 살아갈 수밖에 없었을 것입니다. 그러므로 마운틴 맨들은 고향에 살고 있는 졸장부 형제들을 비웃었으며 고향의 형제들은 집을 나가 혼자 산속에서 살아가고 있는 마운틴 맨들의 모험이나 삶의 방식에 대해서 부러움과 칭찬을 아끼지 않았습니다.

이러한 모피가 금으로 바뀌기도 하고 목장의 풀이 되기도 하고 석유의 꿈이 되기도 하면서 마운틴 맨들의 전통은 오늘의 자본주의와 기업의 세계로 이어져온 것이라고 할 수가 있습니다. 이러한 개인주의와 모험주의를 토대로 한 미국의 기업 정신은 이미 살펴본 대로 삼태극과 같이 서로 대립되는 것끼리 화합하여 서로를 보완하는 상생의 원리와는 정면으로 대립되는 것이라고 할 수가 있습니다. 동양의 '인간'은 문자 그대로 사람 사이, 즉 나와 너의 상호 관계를 떠나서는 존재할 수 없는 것이지만 미국의 인간관은 개인의 단독적인 자아와 자유 속에서 나타납니다. 비근한 예로 한국인은 우리 집, 우리 학교, 우리나라라고 하지만 서구의 어법에서는 나의 집, 나의 학교, 나의 나라가 됩니다.

독립과 자유를 토대로 한 개인주의 정신은 인간관계에 있어서도 화합보다는 대결의 논리에 그 가치를 두게 됩니다. 그러므로 인화나 화합을 내세우는 동양의 기업 윤리보다는 개인의 이익과 자유를 지키는 것에 더 많은 비중을 두고 있는 것이 미국 기업의 공통적인 특성입니다. 경영학자 화이트 힐이 실시한 설문조사를 보면 사회와 개인적 생활은 전연 별개의 것이라고 대답한 미국 기업의 사원 수가 전체의 4분의 3을 차지하고 있습니다. 이에 비해서 동양 기업의 사원들은 3분의 2가 회사와 개인의 생활은 동등하거나 그 이상의 관계라고 대답하고 있습니다.

말하자면 미국의 사원들은 회사란 단순히 돈을 벌기 위한 일터 이상으로 생각지 않고 있는데, 동양의 근로자들은 회사를 자기

생활의 보람 그리고 헌신과 충성심을 갖고 기쁜 마음으로 참여하는 곳이라고 생각합니다.

오늘날 미국에서도 인간소외의 문제가 대두하면서 회사와 사원의 유대 관계가 강조되어온 것이 사실이지만 여전히 기업 정신이나 그 경영은 개인주의적 이윤 추구에서 벗어나지 못하고 있습니다. 살신성인식 개인의 희생이나 봉사 그리고 인화단결식 집단주의의 슬로건은 찾아보기 어렵습니다. 참고로 컴퓨터 산업에서 언제나 아이디어로 앞서고 있는 휴렛패커드사가 내건 사시인 'The HP Way'를 보면 다음과 같이 되어 있습니다.

·일하는 사람에 대한 신뢰 : 자유

·존경과 품위 : 개인의 자존심

·공적의 승인 : 달성감, 경영 참가

·직무 보장 : 영구, 일하는 사람들의 발전

·보험 : 개인의 괴로움을 지켜준다

·이익과 책임을 함께한다 : 상부상조

·목표에 의한 관리(지시에 의한 관리보다)

·약식 : 퍼스트 네임, 개방적인 커뮤니케이션

·실패로부터 배우는 기회

·훈련과 교육 : 카운슬링

·업적과 열정

이 사시에 나타난 기업 문화는 상호 협력이나 이해를 내세우고 있으면서도 개인의 존중이나 이익 보장이라는 면을 강조하는 데 중점을 두고 있습니다. 한국의 인화단결과 같은 사시와는 달리 두드러지게 개인의 입장과 합리성이 강조되어 있습니다.

미국의 개인주의는 기업 풍토에 있어서도 동양과는 대조적인 특성을 보여줍니다. 가령 사무실 구조를 보아도 미국에는 작은 방들이 많습니다. 일본이나 한국은 큰 방에 여럿이 일하도록 레이아웃되어 있으나 미국 회사는 개실을 선호하는 방향으로 개개인이 자기 공간 속에서 일하는 것을 이상으로 생각하고 있습니다. 특히 매니저 클래스가 되면 사무실의 크기와 위치가 일종의 지위의 상징status symbol이 됩니다.

무엇보다도 개인주의적이고 합리주의적인 미국의 사회 풍토에서 인간과 인간의 관계는 계약으로 이루어져 있고 그 근본은 법에 의해 조정되어 있어서 변호사의 비중이 높아질 수밖에 없습니다. 변호사 숫자만을 두고 보더라도 현재 미국의 변호사 수는 최근 20년 동안 배로 늘어 50만 명을 넘게 되었고, 1인당 인구 비율로 보더라도 일본 변호사 수의 15배, 연간 배출수도 3배에 달합니다. 미국의 기업 역시 변호사에 의해서 움직인다고 해도 과언이 아닙니다. 거대 기업의 하나인 AT&T사는 900명, 엑슨사는 400명의 전속 변호사를 고용하고 있습니다. 홈닥터와 같이 개인이라 할지라도 개인 변호사를 두고 사는 것이 미국입니다. 결국 미국 기업이 1년 동안에 법률사무소에 지불하는 금액은 무려 180억이 넘습니다.

피터 드러커의 말대로 "변호사는 적대 관계의 가치를 인정하며 적대 관계에서 이익을 얻고 있는 사람"이라고 할 수가 있습니다. 미국의 기업이 변호사를 그만큼 필요로 한다는 것은 곧 기업은 인간의 적대 관계에 토대를 두고 움직이고 있다는 것을 나타내는 것이라고도 할 수 있습니다.

물론 개인의 독립성과 관리적인 추구에서 비롯된 마운틴 맨의 모험 정신이 미국 기업을 세계의 정상에 올려놓게 한 것은 부정할 수 없는 일입니다.

앨빈 토플러Alvin Toffler가 『제3의 물결』에서 해독한 이 시대의 문명적 코드는 규격화standardization, 분업화specialization, 동시화synchronization, 집중화concentration, 극대화maximization, 중앙집권화centralization의 여섯 가지 원칙이었습니다. 미국의 개인주의나 실리 추구의 기업 처신은 이 6개 원칙에서 어느 나라보다도 앞서 있었기 때문에 근대 산업국가의 모델이 될 수가 있었습니다.

가령 전 세계가 아직도 고대 이집트 카이로의 바자와 다름없이 물건을 사고파는 사람들이 그때마다 값을 놓고 흥정하고 있을 때, 미국은 이미 1825년에 상품의 값을 규격화함으로써 대량 유통의 새로운 시장 질서를 개발하였습니다. 그리고 1860년에는 미국 기업의 상징이라고 할 수 있는 AT&T의 거대 기업을 창설해낸 시어도어 N. 베일Theodore N. Vail의 새로운 창안에 의하여 전화기의 부품은 물론 색채까지 검은색으로 규격화함으로써 제품을 대량생산하고 경비를 절감하는 새로운 산업시대의 문을 열었습니다.

"생산력의 가장 큰 진보는 분업이 가져다준다"는 애덤 스미스Adam Smith의 이론을 가장 대규모로 그리고 가장 새로운 방법으로 현실화한 것도 미국이었습니다. 1908년에 미국은 헨리 포드Henry Ford의 혁명적인 방식에 의하여 그때까지 18개의 공정으로 1대의 자동차를 완성해왔던 것을 7,882개의 공정으로 분업화하여 이른바 컨베이어벨트에 의한 일관 작업의 기틀을 마련하였습니다. 이렇게 "고도로 분업화된 노동은 종합적인 한 인간을 필요로 하지 않고 사람의 한 부분만으로도 충분한" 근대적인 생산 체계를 만들어내게 된 것입니다.

그러나 미국은 최근 20년 동안 외국 군대에게 침략당한 것도 아니며, 전제 군주의 통치로 시달려왔거나 천재지변으로 궁핍을 당하게 된 것도 아닌데도 불구하고, 기업을 비롯한 모든 분야에서 여러 가지 붕괴 현상이 일어나고 있다고들 말합니다. 세계 대기업 100개사 가운데 미국이 차지하고 있었던 것은 1967년만 해도 그 절반이 넘는 67개사였으나 1984년에는 46개사로 줄어들었고, 세계 시장 점유율 역시 15.4퍼센트에서 12퍼센트로 하락하고 말았습니다.

이와 같은 미국의 쇠퇴는 바로 앞에서 든 여섯 가지 원칙, 즉 제2의 물결로 특징지어지는 산업사회가 소멸해가고 후기 산업 시대, 즉 토플러가 말하는 제3의 물결 시대가 다가서고 있음을 방증하는 것으로 볼 수 있습니다. 반드시 토플러가 예견하는 제3의 물결 징후가 아니더라도 오늘날 미국이 점차로 일본이나 아시아 지역의 여러 신흥 공업국들에게 국제 경쟁의 고지를 빼앗기고 있음은 서구 문화 자체의 퇴조와 함께 동양 문화가 새로운 평가를 받는 포스트모던의 문명이 열리기 시작했음을 암시하는 것이라고 볼 수도 있습니다.

단도직입적으로 말해서 지금까지 근대 산업화 시대를 선도해온 미국의 기능적 합리주의와 개인주의의 기업 정신 그리고 기업 경영 방식 등이 이제는 거꾸로 미국의 산업을 붕괴시키는 마이너스 요인으로 작용하고 있다는 점입니다. 즉 미국의 쇠퇴는 한 나라의 흥망을 의미하는 것이 아니라 유럽은 물론 모든 인류가 지향해온 근대 산업 문명 그 자체의 붕괴를 의미하는 것이기도 합니다. 앞에서 지적한 규격화, 분업화 등을 상징하는 근대 산업주의의 꽃이었던 포드 공장의 컨베이어벨트의 생산 체제가 오늘날 어떠한 도전을 받고 있는가를 보면 쉽게 이해가 갈 것입니다.

인간은 기계가 아니다

가장 상징적인 예로서 우리는 GM의 로즈타운 조립 공장의 경우를 들 수 있습니다.

세계에서 가장 완벽하게 자동화된 시설을 갖춘 이 공장은 보통 어셈블리assembly 라인의 배가 넘는 100대의 생산력을 갖추고 있었습니다. 그리고 그 생산 라인에서 작업하고 있는 사람들도 평균 연령 25세의 가장 우수한 노동력으로 구성되어 있었습니다. 그러나 오히려 이 공장에서는 날로 생산성이 저하되어 드디어는 생산 목표의 반 이하를 맴도는 기현상을 자아내게 되었습니다. 자동화가 완벽할수록 작업하는 사람은 로봇화되어 근로 의욕을 잃게 되고, 결국은 기계에 종속되는 인간소외에서 오는 분노가 사보타지로 이어진다는 하나의 모델을 보여주게 된 것입니다.

"컨베이어벨트 앞에서 일하기보다는 차라리 시간당 임금이 15센트 싸더라도 청소부가 되는 편이 낫다"고 말하는 사람도 많습니다. 왜냐하면 "적어도 청소할 때는 쓰레기를 방구석에 모아

놓든 기둥 옆에 쓸어놓든 자기 자유이기 때문입니다"라는 자동차 산업부 위원장 캔버넌이 《뉴스위크newsweek》지에서 한 말은 컨베이어벨트가 얼마나 근로자로부터 근로 의욕을 빼앗아가고 있는지를 실감 나게 알려주고 있습니다.

사실상 미국의 노사분규는 임금보다는 대량생산 공장에 있어서의 인간소외 현상에서 비롯된 것이 많다는 것을 《뉴 아메리칸 이데올로기New American Ideology》에서 밝힌 G. C 로지George C. Lodge 교수의 분석에서도 드러나고 있습니다.

"현대 거대 기업의 생산과정을 상징하는 현대적인 특질"이라고 일컬어져온 컨베이어벨트는 인간을 기계에 종속시키는 극히 비인간적인 노동이라는 비판과 함께 그 효율화에 대해서도 회의적인 측면이 나타나기 시작한 것입니다. R. 블루너 교수가 〈노동에 있어서의 소외와 자유〉에서 들고 있는 네 가지 요인을 보면 이렇습니다.

① 조립 라인에서 일하고 있는 노동자의 작업 속도는 컨베이어벨트에 의해 결정되며, 노동자는 생산량의 결정에 대하여 재량을 가질 수 없고,
② 제품의 질에 대하여 영향력을 행사할 수 없으며,
③ 표준화된 작업 내용은 관리 기술 스태프에 의해 모두 규정되어 있고,
④ 라인에서 일하는 일반 노동자의 작업을 위한 동작 이외에는

물리적 이동의 가능성을 거의 가지지 못한다는 것입니다.

둘째로 산업시대의 종교이기도 했던 고속 자동화 기계가 이제는 서서히 그 한계를 드러내기 시작했으며, 오히려 경우에 따라서는 생산 효율을 저하시키는 역기능을 나타내기도 합니다. 말하자면 고성능, 고속화된 자동기계일수록 약간의 이상만 발생해도 파손되기 쉽고 대량의 불량품을 만들어내는 것입니다. 이 말을 거꾸로 하면 역시 기계보다는 인간의 정성스러운 마음과 눈이 생산의 주체가 되어야 한다는 이야기입니다.

셋째로 후기 산업사회에서는 물건의 기능보다도 느낌이나 차이성을 중시하기 때문에, 규격화된 획일적 상품보다는 다품종의 다양한 상품을 요구하게 되어 무턱대고 대량생산 체계만으로 공장을 운영할 수 없게 된 것입니다. 그렇기 때문에 합리성과 기능성만을 가지고 규격화된 제품을 다량으로 찍어내던 종래의 콘셉트로는 생산성을 올릴 수 없게 된 것입니다.

이상의 단편적 사실만 놓고 보더라도 인간을 단순한 생산도구로 생각한 과학적인 합리성에 토대를 둔 미국인의 기업 정신과 경영 방식은 이제 시대에 뒤떨어져 마이너스 요인으로 작용하고 있음을 알 수가 있습니다.

이와는 대조적으로 오늘날 일본 기업은 날로 성장하여 세계의 0.3퍼센트밖에 안 되는 땅과 40분의 1밖에 안 되는 인구로 세계의 10퍼센트에 달하는 부를 쌓아 올린 신화를 이룩하였고, 드디어 1인당 국민소득에서 미국을 앞서는 성과를 가져왔습니다. 그 성장의 비밀은 미국과 일본의 생산 시스템의 차이를 비교해보면 금세 알 수가 있습니다. 그리고 어째서 앞으로 올 포스트모던의 시대를 아시아 태평양 시대라고 부르고 있는지 그 근거도 찾아볼 수 있을 것입니다.

같은 컨베이어벨트의 생산방식이라 해도 그것이 기능이나 물질보다는 인간의 정신주의를 강조하는 동양 철학 그리고 인간 윤리를 더 중시하는 전통적 풍습과 결합되면 미국과 다른 특성을 갖게 됩니다. 말하자면 물질보다는 정신, 기계보다는 인간관계의 화和를 더 중시하는 일본의 생산 라인은 포드 공장의 컨베이어벨트와는 여러 가지 면에서 차이를 나타냅니다.

즉 도요타 생산방식의 경우 그 기본적 특성은 기계가 인간을 부리는 것이 아니라 인간이 기계를 다루도록 되어 있다는 점입니다. 도요타의 생산 라인은 기계의 스피드에 의해 사람이 움직이는 것이 아니라, 일하는 사람이 필요할 때 필요한 부품을 필요한 만큼 손에 들어올 수 있게 하여 생산 현장의 무리와 낭비를 없애고 생산 효율을 향상시키도록 되어 있는 것입니다.

뿐만 아니라 자동 기계의 한계를 인식하여 조금이라도 기계에 이상이 있으면 자동으로 멈출 수 있게 한 장치가 되어 있고, 사람이 손으로 작업을 하는 라인에서는 작업자 자신이 이상을 발견했을 때 라인을 멈출 수 있도록 시스템이 만들어져 있습니다.

이 같은 생산방식의 독창성은 저스트 인 타임just-in-time(적기 공급 생산방식)의 실현을 통해 종래의 포드식 일관 작업에 대한 발상을 뒤바꾼 데 있습니다. 즉 앞 공정이 뒤 공정으로 부품을 공급하는 것이 아니라 거꾸로 후 공정이 전 공정으로 필요한 것을 필요할 때 필요한 만큼 가지러 갑니다. 그렇게 되면 전 공정은 뒤에서 가져간 것만큼만 만들면 됩니다. 다수의 공정을 연결하는 수단으로 무엇이 얼마만큼 필요한가를 표시해놓기만 하면 됩니다.

이른바 간판이라고 불리는 표시판을 공정 사이에 돌림으로써 생산 필요량을 관리할 수가 있습니다. 그렇기 때문에 도요타의 생산 라인에서 일하는 사람들은 자동화된 컨베이어벨트의 움직임에 쫓기면서 기계적으로 작업을 하고 있는 로즈타운 공장에서 일하는 타사의 사람들보다 훨씬 더 높은 생산성을 올릴 수가 있게 된 것입니다.

이렇게 보면 공장의 생산 라인은 그 나라 문화권의 가치관과 정신을 나타내는 문화의 라인이라고 볼 수가 있는 것입니다. 단순한 비유로서가 아니라 미국의 컨베이어벨트는 철저한 개인의 분업 정신에 입각한 것으로 자기가 맡은 일과 책임만 다하면 남이 하는 일에는 신경을 쓸 필요가 없도록 설계되어 있습니다. 그러므로 불량품이 발생해도 전체의 공장은 그냥 돌아갑니다.

그러나 도요타는 한 사람의 실수라도 발견되면 공장 전체의 라인이 섭니다. 그럼으로써 불량품이 생겨난 잘못과 그 원인을 밝혀내 전체가 협심하여 일하도록 되어 있습니다.

노동의 분업도 미국의 개념과는 다릅니다.

플리·플로라인flaw line이라고 불리는 혼다 자동차 공장의 독창적인 엔진 조립 라인 역시 기계가 사람을 부린다는 감각을 제거하기 위해 고안된 시스템으로 널리 알려져 있습니다. 이 새로운 라인은 작업자가 자기의 의지로 그 흐름을 컨트롤할 수 있는 컨베이어 라인이며, 개개의 작업자가 자기가 담당한 공정 작업이 완료되면 발밑의 스위치를 눌러 제품을 다음 작업자에게 보낼 수 있도록 되어 있는 장치입니다. 이른바 머신 시스템의 창조입니다.

생산 라인만이 아니라 관리 시스템에서도 미국의 분업주의와 일본의 그것은 매우 대조적이라는 것을 전문가들은 지적하고 있습니다. 서구의 관리 사상은 생산 공정의 인간 기계화에서 비롯된 것이기 때문에, 작업 현장에서 일하는 사람들을 부품과 같은 하나의 부분으로 생각하고 있습니다. 이를테면 한 가지 일만 하도록 하는 단능화를 지향합니다. 그러나 일본의 관리 체계는 인간을 총체로서 파악하고 있기 때문에 분업주의라 해도 한 사람이 여러 가지 일을 할 수 있도록 합니다. 즉 단능화가 아니라 다능화로서 분업주의가 지니고 있는 관리 체계의 약점을 보완하고 있습니다.

도요타 생산방식에서는 가공 공정 순에 따라 기계를 배열하여 한 개 한 개 가공해가는 흐름을 창출해냅니다. 따라서 생산 현장의 작업자는 단능공이 아니라 다른 종류의 기계의 다공정을 담당하는 다능공들입니다. 간판 방식의 철저한 일관 작업의 혁신으로 기계 가공 공정에서는 거대 지향적인 대형 초양산 고속기보다는 사이클 타임에 맞추어 가동하는 소형기를 선택하게 되고, 제품 시장의 다양화에 효율적으로 대처하기 위해 전용기에 의한 양산보다 범용汎用 설비의 유연한 전용화가 중시됩니다.

그러므로 도요타의 생산방식은 단능공이 아니라 많은 다능공에 의해 생산이 이루어지고 또한 첨단 설비와 함께 헌 설비도 적극적으로 이용되어 현장의 창의성과 제조 경험을 살린 내제 기계 야공구가 폭넓게 활용됩니다. 말하자면 포드 공장에서는 볼 수 없는 이러한 공정과 기계의 배치는 모두가 현장 작업자를 로봇이 아닌 머리와 마음을 가진 한 인간으로서 파악한 관리 사상에서 생겨난 것이라고 할 수 있습니다.

작업자 한 사람 한 사람이 폭넓게 생산기술을 몸에 익히는 것을 통해서 생산 현장의 토털 시스템을 만들어내면 인간은 자기를 한 도구의 부품처럼 생각하지 않게 되며 생산 전체에 전인적으로 참여할 수 있는 기쁨을 맛보게 됩니다. 그래서 각자가 중요한 역할을 연출할 수가 있게 되고 일하는 보람과 높은 생산 의욕을 갖게 됩니다. 그러나 엄격한 분할주의에 의해서 개개 직종이 엄격하게 분리되어 있는 영국식 직능별 노조 밑에서는 이 같은 노동자의 다능화 노력은 불가능해집니다. 공원의 다능화는 언뜻 보기에 분업화의 기능주의에 역행하는 것처럼 보이나 결과적으로 보면 기계론적인 합리주의보다 훨씬 능률적임을 알 수 있습니다.

연산 100만 케이스 규모를 갖고 있는 산토리의 미야지마宮島 플랜트는 기성 공장 같으면 70명이 필요한 것으로 되어 있으나 21명으로 운영되고 있습니다. 그것을 가능케 한 것은 공원들의 철저한 다능화 훈련 때문이었습니다. 공장 운영에 있어서는 규모 때문에 정해진 위생 관리, 공해 방지, 전기, 위험물 취급, 방화 관리와 같은 유자격자가 필요하지만, 이 공장에서는 그 같은 자격을, 한 사람이 여럿을 갖고 있습니다. 블렌드, 분석, 라벨 붙이기, 카트너, 캬퍼, 패키징 등 제조 공정에서의 분업을 각기 익혀서 여러 사람이 할 것을 혼자서도 할 수 있게 함으로써 최소한의 인력으로 최대의 능률을 올릴 수 있게 한 것입니다. 이렇게 하여 심지어 사무직과 기술직 그리고 제조 분야의 섹션이 없어져서 제조, 기술, 사무의 담이 무너짐으로써 전 공장 종업원들 사이에서 커뮤니케이션이 자연스럽게 이루어집니다. 게다가 미팅이나 서류도 줄어들어서 결국 인원이 남아돌게 되어 당초 42명에서 출발한 것이 현재에는 그 수가 반으로 줄어들게 된 것입니다. 뿐만 아니라 공정 간의 트러블이 없어져 인화에도 많은 기여를 하게 됩니다. 관리 체계에서도 재래의 공장처럼 공장장 아래 기사장과 사무장을 둘 필요가 없어집니다. 공장의 일원 조직으로 기사장과 사무장은 서로 겸하게 되고 그 밑에 두었던 반장은 없어지고 맙니다. 작업자의 다능화로 단순 작업의 양산量産 공장에서도 공원들은 하나의 나사가 아니라 전체를 생각하며 일하는 사람으로 바뀌게 됩니다. 그래서 타임 리코더도 출퇴근을 알리는 사이렌도 또는 휴가 잔업 관리도 필요 없게 됩니다. 오직 필요한 일만 남게 되어 그 일만 하면 되는 것입니다. 공장의 스태프들은 단순히 하루 생산 몇 대라는 목표를 현장에 강제로 떠맡기는 것이 아니라 왜 그 목표 달성이 필요한 것인가를 알려주고, 작업자에게 해외 기술 지도원 등 장래의 진로를 명시하여 일에 대한 동기를 부여해줌으로써 자발적인 참여 의식을 높여줍니다.

OJT(On the Job Training) 프로그램과 생산계획, 품질관리 등 회사의 이른바 전문적인 관리 영역까지를 현장의 자주自主 관리에 맡김으로써 컨베이어에서 일하는 사람들도 스스로 작업에 대해 생각하게 하고 그것을 개선하고 창조하는 여유와 의욕을 갖게 합니다. 컨베이어벨트에 의해 지배되는 것이 아니라 작업자가 그것을 다루는 주인이 되게 보장해주는 것이 바로 포드 시스템을 넘어서는 길입니다.

컨베이어벨트라고 하면 반복 작업→권태감→인간소외→근로 의욕 저하라는 구미적 통념을 극복한 데 일본 기업 정신의 구체적 결정 작용을 볼 수가 있습니다. 그리고 그것이 구미와의 경쟁력에서 우위를 차지하게 된 요인의 하나로 지적될 수가 있습니다.

미국의 노동쟁의를 보면 임금 투쟁보다는 작업 환경 개선이나 인권에 관계된 건수가 더 많다고 합니다. 사람 대접을 받는다는 것은 반드시 경제적인 대접만을 의미하는 것은 아닙니다. 육체적으로 힘든 일, 더러운 일 그리고 반복적인 일은 인간이라면 누구나 다 싫어하는 일에 속하는 것입니다. 아무리 애사심이나 근면 철학을 외쳐도 남들이 기피하는 노동을 스스로 원해서 하는 사람은 없습니다.

결국 이러한 인간의 마음을 잘 읽고 그에 대응하는 여러 머리를 짜내는 일이 필요할 것입니다. 인간은 기계와 어떻게 다른가를 우선 똑똑히 이해하고 몸으로 느껴야 합니다. 우리는 같은 인간이면서도 자기가 처하지 않으면 그 고통을 모르고 또한 이해하지도 못하지요.

그래서 어느 일본 학자는 참으로 묘한 제안을 하고 있습니다. 말하자면 컴퓨터 하드웨어와 소프트웨어를 개발하는 데 있어서 가장 중요한 것은 그것을 사용하는 "인간은 기계가 아니다"라는 것을 전제로 해야 한다는 것이지요. 그리고 다음과 같이 인간의 여덟 가지 약점을 들고 있습니다.

첫째, 인간은 기분파다. 둘째, 인간은 몸을 움직이기 싫어한다. 셋째, 인간은 조심성이 부족하다. 넷째, 인간은 끈기가 없다. 다섯째, 인간은 단조로운 것을 싫어한다. 여섯째, 인간은 행동이 둔

하다. 일곱째, 인간은 논리적 사고가 부족하다. 여덟째, 인간은 엉뚱한 짓을 잘한다 등입니다.

즉 이러한 인간의 단점을 생각하지 않고 컴퓨터를 만들고 프로그램들을 만들면 제대로 그 시스템이 돌아가지 않는다는 것입니다. 서양의 휴머니즘은 인간을 우월하고 완벽하다고 믿는 사상에 그 뿌리를 두고 있지만 동양인인 이 일본 학자는 거꾸로 인간의 약점을 인정하고 그것을 받아들이는 것에 휴머니즘의 기반을 두고 있는 것입니다. 그렇기 때문에 기계를 만들어도 인간에 따뜻한, 이른바 하이터치의 기술이 등장하게 되는 것입니다. 요즘 관심을 끌고 있는 퍼지 컴퓨터(불확실한 인간의 마음을 헤아릴 수 있는 애매성을 계측해내는 컴퓨터) 이론을 만들어낸 사람도 일본 구마모토熊本의 수학 교수였습니다. 인간에 대한 현실적 감각이 형식논리에 사로잡혀 있는 서구인들보다 동양인들이 한 발자국 앞서 있는 예라고 할 것입니다.

관리에서 참여의 시대로

기계만이 아니라 우리는 경영에 있어서도 산업화에서 생기는 인간소외 현상을 극복해간 일본 기업인의 정신에 주목하지 않으면 안 될 것입니다. 그들은 구미의 근대적인 과학기술과 그 경영방식을 받아들이면서도 한편으로는 쇼토쿠 다이시[聖德太子]의 '화和의 사상'에까지 거슬러 올라가는 일본인의 전통적인 인간관계를 버리지 않았습니다.

그 대표적인 예가 일본의 QC 서클입니다. 일본의 독자적인 QC 서클의 활동은 1962년에 일본 과학자 기술연맹이 계간지 《현장과 QC》를 발간한 데서 비롯된 것이라고는 하지만, 이것 역시 알고 보면 이미 1954년에 미국의 통계적 품질관리의 수법을 도입한 데서 비롯된 것입니다.

그러나 미국에서는 전문직에서 관리되던 이 수법이 일본에 들어오자 기업의 경영자·관리자의 교육 그리고 현장 작업자 일반의 것으로 옮겨지게 된 것입니다.

그 특성을 원래의 미국 경우와 비교해보면, 첫째로 소집단 활동이라는 점, 둘째로 자주적인 관리 운동이라는 점, 셋째로 금전적인 자극이 극히 적은 무상의 행위에 그 동기성을 부여하고 있다는 점 등을 들 수 있습니다.

첫째, 소집단화에서는 개인 대 개인으로 이루어진 미국의 인간관계와 대조되는 그룹 대 그룹의 일본 전통적 소집단 의식을 반영한 것이라고 할 수가 있습니다. 에도 시대 때부터 구미[組]란 말로 부른 5, 6명의 소집단적 조직을 그대로 살린 것이 QC 서클입니다. 개인보다 그룹 경쟁에 더 강한 일본인의 특성을 살려줌으로써 외톨이의 불안으로부터 벗어나 귀속 의식을 가지게 됩니다. 에리히 프롬Erich Fromm의 지적처럼 근대 산업사회의 가장 큰 사회문제의 하나는 소외 의식이라고 할 수 있습니다. 그러나 일본의 이러한 집단적 귀속 의식은 아이덴티티를 상실한 서구인과는 다른 양상을 나타내게 되어 인간소외의 문제를 해결한 것입니다.

둘째 자주적인 관리의 문제는 미국의 기업 정신과 가장 대립되는 양상을 보여줍니다. 원래 관리의 기술은 성서에도 나타나 있듯이 양 떼를 모는 목자 의식에서 발생한 유목민적 특성입니다. 미국 기업에서는 회사의 간부와 사원의 관계는 목자와 양 떼의 관계와 마찬가지로 인도하는 자와 이끌려가는 자의 관리 관계밖에는 존재하지 않습니다. 도작稻作을 중심으로 하는 농경사회에서는 한국의 품앗이라는 말이 상징하듯이 노동력은 수동적으로 관리되는 것이 아니라 상부상조하는 협화協和의 참여성이 특징입니다.

일본의 QC 서클은 회사가 지원을 해주는 일은 있어도 직접적인 지시나 간섭은 하지 않습니다. 모든 것이 자발적 자주 관리의 형식으로 처리되어 있으며, 개개인은 조직의 일원이라기보다 그 그룹의 한 참여자가 되는 것입니다. 그렇기 때문에 QC 서클은 품질관리만이 아니라 회사를 관리 체제로부터 참가의 기구로 바꾸어나가는 전기를 마련했다는 데 큰 의의가 있는 것입니다.

셋째, 일본 QC 서클의 또 하나의 특징은 물질적 보상을 목적으로 하는 것이 아니라는 데 있습니다. 연구 발표에서 우승한 팀이라고 할지라도 그 상금은 100달러 내외밖에 되지 않기 때문입니다. 서클 멤버는 일을 통해서 스스로의 달성 동기를 충족시키며, 그 일에서 어떤 보람과 긍지를 찾습니다. 휴일을 희생하면서까지 서클 활동을 하고 있는 사람들이 있는데, 그것은 그런 연구 자체가 재미있고 즐겁기 때문이라고 말하고 있습니다. 기업의 체질 개선과 발전에의 기여, 사는 보람을 느끼는 밝은 직장 만들기, 인간의 능력 발휘와 그 무한의 가능성을 여는 것이 QC의 3대 기본 원리입니다.

미국을 비롯한 서구의 경우, QC 서클의 성공이 불가능한 것은 근대 산업사회 정신 자체가 지니고 있는 개인주의, 분업주의, 전문화 경향 등 때문입니다. QC 서클에 관심을 갖고 있는 외국의 일렉트로닉스 전문가는 훌륭한 발표를 한 리더가 "우리들은 이렇게 공정을 개선했습니다"라는 보고를 하자 "관리 부문에서 결정된 작업 표준을 엉망으로 만들어놓은 것은 복무규율 위반이 아닌가"라고 화를 냈다는 이야기가 있습니다.

이상의 미국과 일본 기업 정신의 비교를 통해서 우리는 근대 산업사회를 일으킨 기능적 합리주의와 이른바 로고스 중심주의라는 것이 포스트모던(후기 산업사회)에 이르면 오히려 거대한 장애요인이 될 수 있다는 점을 깨닫게 됩니다. 반대로 일본 공업의 성공은 전근대적인 요소로 알려져 있던 전통적 인간관계나, 물질이나 기능보다 인간의 마음을 중시하는 심정주의를 통해 근대 산업사회의 맹점과 그 한계를 초극하는 데 기인한다고 할 수 있습니다. 이른바 물가에서 인가人價로, 물질적 기능에서 인간적 커뮤니케이션으로 옮겨 가고 있는 포스트모던의 사회에서는 반근대적 요인으로 간주되었던 동아시아적 특성들이 창조의 원동력으로 전환되어가는 징후들이 나타나고 있습니다.

한과 원

앞에서 얘기한 대로 일본의 기업 경영이나 그 정신은 미국과의 비교를 통해서 볼 때 일본 특유의 것이라고 하기보다 오히려 한국이나 중국과 같은 동아시아의 특성이라고 할 수가 있습니다. 일본은 동아시아적 요소만이 아니라 전형적인 봉건 정치제도라든가 중세 오사카의 사카이堺 같은 상업 도시의 출현 등 서구적인 사회 발달사와 유사한 면이 많았습니다.

그러므로 일본이 아시아에서 근대화를 제일 먼저 마치고 탈아입구脫亞入歐의 정책을 쓰게 된 것은 그들의 문화 속에 서구적인 것과 합일될 수 있는 요소를 지니고 있었기 때문입니다. 그러나 후기 산업사회에 들어서면서부터 그들의 기업적 강점은 오히려 그들이 버리려고 했던 전통적인 아시아 문화를 근대 문명에 접목시킴으로써 서구 국가가 가지고 있지 않은 특성을 살린 데 있었습니다. 그러므로 우리에게 있어 일본의 기업 모델은 옛날 우리에게서 배워 간 문화를 그들이 기업에 먼저 적용하고 실천했다는 점에서 일차적인 참고를 할 수가 있습니다. 그러나 우리는 일본과의 동질적인 기업 이념이나 방법만이 아니라 한 걸음 더 나아가 그 차이점을 찾아서 근대화에 뒤진 요인을 분석하고, 한편으로는 앞으로 오게 될 후기 산업사회에서의 전망을 통해서 한국인의 기업 정신이 내포하고 있는 시대적 의미를 추출해내야 할 것입니다.

첫째로 일본과의 비교에서 가장 다른 점은 사무라이와 조닌[町人] 문화라고 할 것입니다. 그러한 것이 직접적인 의식이나 성격으로 재현되면 무사도의 층위에서는 '푸는 문화' 대 '죄는 문화'의 차이성을 드러냅니다.

이미 우리는 앞에서 무속 문화를 통해 그 특성이 한을 푸는 것이고 우리 기업의 정신 밑에는 그러한 한풀이의 마음이 짙게 깔려 있음을 보았습니다. 그런데 같은 한자 문화권에 속해 있으면서도 일본 사람들은 원怨이란 말을 쓰고, 한국 사람들은 한恨이란 말을 즐겨 씁니다. 그리고 일본에서는 원도 한도 다 같이 우라미うらみ(원망)라고 읽고 있지만 한국의 경우에는 각기 다른 뜻으로 사용되고 있습니다. 옥편을 찾아보면 원은 '원망할 원'으로 주로 남에게 대한 것, 또는 자기 밖에 있는 대상물과 그에 대한 감정을 일컫습니다. 그러나 한은 '뉘우칠 한'이라고 되어 있듯이 오히려 자기 자신에게 향한 마음이며, 자기 내부에 쌓여가는 정감을 나타냅니다. 남에게서 피해를 본 것만으로도 원의 감정은 생겨나지

만, 한은 자기 마음속에 무엇인가를 희구하고 성취하려는 욕망 없이는 절대로 이루어지지 않거나 복수심으로 전락하고 맙니다.

원과 한이 어떻게 다른지를 구체적으로 알기 위해서는 일본의 〈주신구라[忠臣藏]〉와 한국의 〈춘향전〉을 모델로 하는 것이 좋을 것입니다. 이 두 이야기는 제각기 그 나라의 민중으로부터 가장 사랑을 받아온 민족적 서사극이라는 점에서 공통점을 지니고 있기 때문에 그러한 비교의 모델로 사용할 수가 있으며, 또한 그 배경에는 유교적인 가치 체계를 공유하고 있기 때문에 분석 모델로 매우 유효합니다.

일본의 전통극 가부키[歌舞伎] 가운데 이 〈주신구라〉가 일본 대중에게 얼마나 깊은 영향력을 주고 있는가는 태평양 전쟁 직후 일본에 진주한 미국의 점령군이 상연을 금지시켰던 예만 보더라도 알 수 있습니다. 그러고도 전후부터 오늘에 이르기까지 〈주신구라〉의 공연 횟수는 1970년을 기준으로 150회로서 랭킹 2위를 기록하고 있습니다.

한국에서 일본의 〈주신구라〉와 버금갈 만한 것이 있다면 그것은 〈춘향전〉입니다. 판소리로, 소설로, 연극, 영화로 한국의 민중에게 가장 깊은 영향을 주고 사랑을 받아왔습니다. 〈춘향전〉은 그 판본의 종류만 해도 수백 종이 넘습니다.

근대화가 되고 난 후에도 〈춘향전〉은 TV극으로서 재현되고 매년 남원에서는 춘향제를 지내기도 합니다. 그러므로 여론조사의 통계적 방법이 아니라도 이 두 작품을 분석해보면 한국인과 일본인의 마음을 읽을 수 있을 것입니다.

〈주신구라〉를 보는 재미는 한마디로 어떻게 원수를 갚는가 하는 데 있습니다. 실화에서 취재한 이 이야기는 심술궂고 부패한 기라[吉良上野介]에게서 온갖 수모를 겪어온 아코[赤穗]의 영주 아사노[淺野]가 칼을 빼어드는 앙갚음에 사건의 발단이 있습니다. 아사노가 기라에게 품고 있던 감정은 원이고, 원을 해결하는 최종 수단은 칼입니다.

아사노가 기라를 죽이는 데 성공했다면 〈주신구라〉의 이야기는 더 이상 진전될 수가 없습니다. 그것이 실패했기 때문에 원은 더 깊어지고 원한을 갚는 정념은 짙어집니다. 이 싸움에 책임을 지고 할복해 죽으라는 바쿠후[幕府]의 명을 받고 아사노는 원한을 품고 죽게 되고 그 때문에 아코 성 전체가 멸망하고 맙니다. 일족 수백 명으로 원은 확대되고 심화됩니다. 기라에 대해서 품고 있던 아사노의 앙심은 그의 가신家臣과 사무라이들의 가슴속으로 확산됩니다. 〈주신구라〉는 이렇게 원이 짙어가고 집단화되어 가는 과정의 이야기입니다. 그것을 보고 듣는 독자들에게 어떻게 그 원수를 갚는가 하는 기대감을 고조시키기 위해서도 원의 감정을 최대한으로 증폭시키지 않으면 안 됩니다.

이 드라마는 47명의 의사義士가 원수를 갚기 위해 한밤중에 기라의 집을 쳐들어가는 것으로 끝납니다. 기라의 목을 잘라 주군主

君의 무덤에 바치는 순간 비로소 그 원심은 갚아집니다.

〈주신구라〉가 이렇게 원수를 갚는 이야기라면 그와는 달리 〈춘향전〉은 한을 푸는 이야기라 할 수 있습니다. 〈춘향전〉은 퇴기의 딸인 춘향과 사또의 아들 이도령과의 사랑 이야기입니다. 그러나 이야기의 전개는 단순한 사랑의 즐거움을 담고 있는 것이 아니라 이별한 이도령을 기다리는 이야기입니다.

만나고 싶어도 만날 수 없는 한 많은 감정이 쌓여갈수록 〈춘향전〉을 읽는 흥미의 밀도는 짙어집니다. 만약 춘향이가 서울로 간 뒤 소식이 두절된 이도령을 미워했다면 그것은 한이 아니라 원이 되었을 것이고 그 이야기의 귀결도 원수를 갚는 것으로 되었을 것입니다. 뿐만 아니라 변사또가 폭력으로 춘향이의 절개를 꺾으려는 이야기가 중심이 되었다면 그 또한 한이 아니라 원의 드라마가 되었을 것입니다.

옥중의 춘향이 형장에서 매를 맞고 피투성이가 된 그 수난만을 본다면 〈춘향전〉은 〈주신구라〉와 다름없이 원수를 갚는 이야기로 끝나야 할 것입니다. 그때 춘향은 아사노가, 그리고 그 가신들이 기라에 대해서 품고 있었던 것처럼 변사또에 대한 증오심과 복수심에 불타고 있었을 것이기 때문입니다.

그러나 〈춘향전〉의 핵심은 어디까지나 이도령과의 재회에 있었던 것이지 변사또의 증오를 향해 있었던 것이 아닙니다. 변사또에 대한 미움보다는 이도령을 만나보고 싶은 감정이 언제나 더 강했기 때문에 변사또의 폭력은 원이 아니라 춘향의 소망을 방해하여 한의 감정을 증대시키는 역할을 하게 됩니다.

그러므로 〈춘향전〉은 변학도에 대한 원갚음으로 끝나는 것이 아니라 춘향이가 이도령을 재회하여 한을 푸는 것으로 끝맺고 있습니다. 〈춘향전〉을 읽는 독자들 역시 이도령이 암행어사가 되어 춘향이를 구출해주는 그 대목에서 변사또의 응징보다는 두 사람의 재회에 대해 눈물을 흘리고 박수를 치게 됩니다. 〈춘향전〉에서 변사또의 응징은 "봉고파직하렷다"라는 이도령의 간단한 말로 처리되어 있습니다.

〈주신구라〉는 기라의 목을 쳐서 그것을 주군에게 바치는 것만으로 끝날 수 있지만, 〈춘향전〉에서는 변사또의 목이 수중에 들어온다 하더라도 이도령과 재회하지 않는 한 그 이야기는 종결될 수 없는 것입니다. 변사또에게서 받은 수모와 핍박을 복수한다면 원은 풀릴지 모르나 이도령을 만나고 싶은 그 한은 여전히 남기 때문입니다.

이런 관점에서 본다면 어째서 일본의 이야기에는 복수담(원수 갚는 이야기)이 그렇게 많은가를 알 수 있고, 어째서 또 한국에는 원수를 갚는 이야기보다는 기다리는 이야기들, 이별의 이야기들이 그렇게 많은가를 이해할 수가 있을 것입니다.

한국 소설의 비조라 할 수 있는 『금오신화』에 등장하는 귀신들은 원수를 갚는 단순한 원귀들로 그려져 있지 않습니다. 호병胡兵

들에게 죽음을 당한 이생의 처는 유령이 되어 돌아온 뒤 멋모르는 남편과 3년 동안 같이 살고 난 뒤 한을 다 풀고 나서야 비로소 저승으로 떠납니다. 이것이 한 문화에서 나온 한국인 특유의 거듭남과 거듭 죽음의 사상이라 할 수 있습니다.

원은 〈주신구라〉처럼 칼로 갚고, 한은 〈춘향전〉처럼 기다림과 참음으로 풉니다. 그래서 같은 금속을 가지고서도 일본인들은 세계에서 가장 강하고 잘 드는 일본도를 만들어냈고, 한국인들은 세계에서 가장 크고 잘 울리는 에밀레종을 만들었습니다. 〈주신구라〉는 칼을 뽑는 데서 시작하여 칼의 피를 씻는 것으로 끝나지만, 〈춘향전〉은 만나는 데서 시작하여 다시 만나는 자리에서 끝납니다.

한일 기업 문화의 뿌리

원수를 갚으려면 보다 날카로운 칼이 있어야 합니다. 그러나 한은 아무리 잘 드는 칼로도 풀 수 있는 것이 아닙니다. 에밀레의 종소리와도 같은 호소의 목소리, 그 흐느낌 소리 같은 시시절절한 소망의 울림에 의해서 그 응어리는 풀어집니다. 그래서 〈주신구라〉의 복수담을 좋아하는 일본인들이 만든 것은 '갚는 문화'요, 〈춘향전〉을 좋아하는 한국인이 만든 것은 '푸는 문화'입니다.

그렇기에 일본인들은 "갚는다"는 말을 잘 씁니다. 그들은 미안하다는 인사말로 "스미마센すみません"이라고 말하는데 직역하면 '덜 끝났다'는 뜻입니다. 당신에게서 받은 그 은혜를 아직 "덜 갚았습니다", "남아 있습니다"라는 것입니다. 은혜도 갚고 원수도 갚습니다. 좋은 일이든 궂은일이든 일본인들의 사고는 언제나 타인에게 향해 있습니다.

그러나 한국인은 "풀다"라는 말을 잘 씁니다. 억울한 것도, 분한 것도 풀고, 막혀 있는 것도 풀어버려야 합니다. 그것이 '화풀이', '분풀이', '원풀이'입니다.

한을 푸는 것—거기에서 모든 한국인의 철학과 생활과 문화의 양식이 생겨납니다. 앞에서 언급한 무속 문화에서 밝힌 대로 민속신앙을 보면 '살풀이'라는 것이 있습니다. 한국 샤머니즘의 특징은 죽은 영혼의 원한을 풀어주는 데 있는데 푸닥거리가 바로 그것입니다. 푸닥거리는 풀어주는 것에서 비롯된 말입니다.

예술 형식도 감정을 풀어주는 데 그 근본을 두었습니다. 신흠申欽이 쓴 시조를 보면,

노래 삼긴 사람 시름도 하도 할사
일러 다 못 일러 불러나 풀었던가
진실로 풀릴 것이면 나도 불러보리라

로 되어 있습니다. 노래를 부르는 것, 시를 짓는 것, 춤을 추는 그 모든 것을 풀기 위한 것으로 봅니다. 시름풀이, 한풀이가 한국인의 예술이었음을 이 시조에서 분명히 밝혀낼 수 있습니다. 심지어 한국인은 이미 풀어진 상태인 심심한 것까지도 다시 풀어 '심심풀이'라고 합니다. 이렇게 한국인의 언어 감각이나 행동 양식에 이르는 일상적 생활문화에서도 풀이의 양상이 드러납니다. 그것이 기업으로 나타나면 어떤 것이 되는가를 원갚는 일본 기업과 견주어보면 그 단서를 얻을 수가 있을 것입니다. 우선 일본의

기업이 원의 감정에서 비롯되어 있다는 것은, 일본 속담의 "억울하면 출세하라くやしかつたら偉くなれ"는 말에 잘 나타나 있습니다. 일본인이 좋아하는 기업의 성공담, 입신출세담을 차지하고 있는 대부분의 모티브는 억울하고 분한 일을 당하고 그 앙갚음으로 절치부심하는 데 있습니다. 개인의 층위에서만이 아니라 집단적인 조직체의 단결력도 아코의 사무라이들처럼 원갚음으로 뭉쳐질 때 가장 강한 힘을 나타냅니다. 전후 일본의 경제적인 부흥의 가장 큰 원동력은 패전의 쓰라린 원을 갚는 감정에서 생겨난 것이라고 해도 과언이 아닙니다.

원을 갚는 기업은 반드시 희생자 없이는 번영할 수가 없습니다. 일본 경제의 번영이 세계에 아무런 도움이 되지 못하고 오히려 다른 나라에 많은 불행을 던진다는 사실은 일본 기업이 안고 있는 한계로서 지적되어 있는 약점입니다. 원갚음의 동기에서는 절대로 공존 공생의 원리는 나오지 않는 법입니다. 칼은 남을 자를 때에 그 힘이 나옵니다. 잘리는 자가 없으면 무공은 세워지지 않습니다. 피를 전제로 한 가치인 기사도의 힘이 기업으로 되었을 때, 그 번영은 많은 희생자를 부르게 마련입니다. 일본 기업으로 인해 세계의 많은 기업들이 쓰러지고 또 일본인의 손에 들어갔습니다. 남의 회사를 먹는 것을 일본인들은 '놋도리乗っとり'라고 부릅니다.

그러나 한을 푸는 것은 원수를 갚는 것과 달리 자기의 노력으로밖에 이룰 수 없는 것입니다. 비근한 예로 집이 가난해서 대학을 가지 못한 사람은 배우지 못한 것이 평생의 한으로 남습니다. 그것을 푸는 길은 오직 자기가 노력함으로써 대학을 다니는 수밖에 없는 것입니다. 그러나 자기가 대학을 가지 못한 것이 가난 때문이고, 그 가난의 원인이 어떤 특정한 사람이었다고 생각한다면 그를 제거하고 앙갚음을 하지 않는 한 원수는 갚아지지 않습니다. 전자는 생산적이고 주위에 아무런 피해를 주지 않으나, 원의 경우에는 사회를 혼란에 빠뜨리고 누군가가 그 감정의 희생물이 되지 않으면 안 되는 것입니다.

수없이 되풀이해온 말이지만 한국 기업이 그동안 한국인이 겪었던 그 많은 핍박과 서러움 그리고 그 빈곤의 역사를 일본과 같은 원이 아니라 한을 푸는 마음으로써 삼재의 조화와 상생의 원리 속에 뿌리박고 성장해간다면 포스트모던의 글로벌 기업에서는 일본을 앞설 수 있을 것입니다.

서양이나 일본의 힘은 대체로 푸는 힘이 아니라 죄는 힘에서 나옵니다. 원을 갚으려면 푸는 것이 아니라 언제나 경계를 하고 틈을 노리는 긴장이 따릅니다. 그러므로 일본 기업을 움직이는 정신은 끝없이 머리띠를 동여매고 긴장을 지속시키는 일입니다. 사원들을 지옥 훈련시키는 것도 모두 그러한 긴장력을 고조시키기 위한 방법인 것입니다. 죄는 데서 힘을 가져오는 긴장 문화를 가장 잘 상징하는 말이 일본인들이 잘 쓰는 한자인 체締 자입니다. 원래 이 한자의 뜻은 중국은 물론 한국에서도 계약을 체결한다는 말처럼 단순히 무엇을 맺는다는 뜻밖에 없습니다. 그러나 일본 사람들은 같은 한자를 가지고도 일본식 뜻을 붙여 죈다로 바꾸어 사용하고 있습니다. 그러므로 우리는 "좌석 벨트를 매십시오"라고 할 때 일본식 표현으로 하면 "좌석 벨트를 조이시오" 라고 표현합니다.

이러한 긴장을 기업 용어로 끌어들인 것이 취체역取締役이라는 직책명입니다. 문자 그대로 읽으면 잡아서 죄는 역이라는 뜻이 됩니다. 일본 사람들이 무엇인가 일을 할 때 잘 쓰는 인사말이 "간바리마쇼"라는 말인데 그 원뜻은 눈을 부릅뜨고 힘을 내자는 것입니다. 영어의 어텐션도 마찬가지입니다. 그 어원은 at+tention으로 긴장하라는 말입니다. 근대 산업사회의 문명 자체가 긴장 문화의 산물이라고 할 수 있습니다. 그러므로 우리보다 풍부한 경제력을 가지고 있는 일본이나 서양 사람들의 얼굴에는 초조와 불안이 감도는 것입니다. 통계상으로도 연간 자살자와 정신병 환자가 그들의 GNP 못지않게 증대되어가고 있습니다.

일본에서는 초등학교 아동들의 자살이 유행하고 있어 사회문제가 되고 있는데, 이들의 사회를 지배하는 것이 긴장이기 때문입니다. 그래서 현대사회의 유행어는 스트레스와 노이로제입니다. 그 긴장을 풀기 위해서 고속으로 차를 몰다가 교통사고로 죽거나 마약을 복용하는 젊은이들이 등장하여 사회문제를 일으킵니다. 여기에 비해 한국인은 푸는 데서 힘을 얻고 있기 때문에 일을 할 때라도 몸을 푼다고 하고, 중대한 일이 있을 때는 '정신 차리고'라는 말보다 '마음 푹 놓고'라고 격려하는 말이 많습니다. 한국인이 일하는 형은 쉬엄쉬엄 일하거나 혹은 뽕도 따고 님도 보고 하는 형으로 집중보다는 풀어진 상태에서 신명을 불러일으키는 형식입니다. 그러므로 그것을 비유적으로 나타내면 일본인들이 일하는 것은 꿀벌형이고 한국인이 일하는 것은 나비형입니다. 일직선으로 날지 않고 흥겹게 날아다니다가 꿀을 따오는 것입니다.

한국 사람들이 공공장소에서 큰 소리로 떠든다거나, 둘만 모여도 남을 헐뜯는다거나, 또 세계에서 가장 푸짐한 욕지거리를 즐겨한다는 것이 피상적으로 보면 한국 국민의 단점이 되겠지만 '풀이의 문화'에서 해석할 때는 오히려 긍정적으로 평가될 수도 있는 일들입니다. 일본에는 기껏해야 '바카야로(ばかやろう, 바보야)' 정도의 욕밖에 없는데 그것은 동시에 '풀 줄 모르는 문화'라는 뜻이 되기도 합니다.

한이란 시름을 풀면 거기에서 신바람이 납니다. 한의 문화는 푸는 문화로, 푸는 문화는 신바람의 문화로 이어집니다. 그래서 일본 사람들은 멍석이라는 틀—일본 사람은 그것을 가다, 시키다리, 기마리 등으로 부릅니다—을 만들어주어야 능률이 오르나 한국인은 하던 것도 멍석을 펴놓으면 하지 않습니다. 신이란 자율성에서 우러나오는 것입니다. 그러나 이 신은 삼재사상에서 보았듯이 조화에서 우러나오는 것이므로 서구의 개인주의와는 다른 성격입니다.

일본의 집단주의와 서양의 개인의 힘이 가지고 있지 않은 것이 바로 그 개인 속에 세계를 끌어들이는 한국의 신바람의 힘이라고 할 수 있습니다. 한국인에게는 누구라 할 것 없이 조금씩 무당 같은 신명이 있어서 행락 시즌만 되면 어디에서나 볼 수 있듯이 흔들리는 관광버스에서도 춤을 추고 노래를 부르고 합니다. 일본이나 다른 외국에서는 구경하기 힘든 광경입니다.

노는 경우만이 아니라 신만 오르면 피로도 어려움도 잊고 열심히 일을 합니다. 그러한 신명이 열사의 사막에서 실현된 것이 이른바 중동 건설 붐이었다고 할 수 있습니다. 다만 신을 돋우어주지 못해서 지금까지 그 엄청난 민족의 활력이나 창조력을 역사상 제대로 발휘하지 못했던 것뿐입니다. 풀어야 힘이 나오는 민족을 일본의 경우처럼 죄었기 때문에 신명이 죽어버렸던 것입니다.

포스트모던의 시대적 특징은 엑스터시를 구하는 문명입니다. 그 초기의 바람으로서 히피의 바람 같은 것이 불었지만 그것이 생산적인 기업의 세계로 번지면 여러 가지로 근대 산업 문명에서는 볼 수 없었던 작업 방식이나 상품 개념이 생겨납니다.

세계사를 놓고 보면 한때 창끝으로 세계를 지배한 영웅들의 시대, 무력 정복의 시대가 있었습니다. 그다음은 군사력보다 경제력을 지배 이념으로 하는 산업사회가 지배했습니다. 그러나 탈후기 산업사회에서는 인간의 마음을 소통하는 것을 주로 하는 문명이 지배합니다. 마음이 상품이 되고, 신나는 것이 그 생산이 되는 새로운 후기 산업사회에서는 긴장이 아니라 기업의 세계에서도 '풀이 문화'의 감각과 그 전통을 갖고 있는 사람들이 살아남게 되고 강한 자가 됩니다.

지금 세계적으로 3차 산업이 각광을 받고 있는 하나의 면만을 보아도 알 수 있습니다. 이익으로 살아가는 시대가 아니라 흥과 신명으로 살아가는 시대에는 기업의 역할이나 상상력과 가치도 달라지게 됩니다. 서구 문화에는 풀이의 전통이 없지만, 우리에겐 1천 년, 2천 년의 뿌리 깊은 문화 전통이 있습니다. 지금까지 우리의 풀이 문화가 욕이나 하고 춤이나 추는 푸닥거리, 감정 해소의 측면에서만, 그리고 원시적인 무당 문화에서만 그 싹을 보이고 있었지만 이제는 모든 문화 분야에서 창조적인 꽃을 피울 때에 이른 것입니다. 〈주신구라〉의 드라마는 47명의 무사들이 원수를 갚고 자신들도 배를 갈라 죽는 유혈로 끝나버렸지만, 이도령과 재회한 춘향이의 치마폭에는 신바람의 춤이 솟아나고 내일의 생명이 잉태되는 풀이의 잔치가 벌어집니다.

신은 황량한 사막에 석유 에너지를 묻어놓았습니다. 이와 같이 한의 역사 속에 미래를 생활하는 에너지가 매몰되어 있음을 우리는 알아야 합니다.

두 번째로 기업 정신의 배경이 되어 있는 한일 문화의 차이는 상업주의에 대한 것입니다.

우리나라에는 사무라이도 없었지만 조가마치城下町를 중심으로 해서 형성된 조닌(상인)들의 문화라는 것도 없었습니다. "중국 사람은 가난하면 장사를 한다. 얼마나 현명한 일인가. 그리고 비록 장사를 할지라도 그들의 풍류는 풍류대로 있다. 그러므로 유생이 서점에 들어가서 책을 사고 재상이 융복사에 가서 골동품을 산다. 그러나 우리나라 풍습은 허문虛文만을 숭상하여 기휘되는 것이 많다……"라고 쓴 실학자 박제가의 글을 보면 알 수가 있습니다. 그의 스승이었던 박연암도 역시 상업을 천시한 조선조의 선비 문화에 대해서 신랄한 비판을 한 소설 『허생전』을 남기고 있습니다.

사농공상의 사민에 대한 신분 관념은 중국에서 비롯된 것이지만 오히려 박제가의 글을 읽다 보면, 조선조 사회가 본고장인 중국보다 더 심했다는 것을 알 수 있습니다. "소인은 이利에 의해서 움직이고, 군자는 의에 의해서 행동한다"는 공자의 논리대로 상인들은 모두가 소인배로 취급되어 있지만, 막상 유교의 종주국인 중국인은 세계에서도 상술이 가장 뛰어난 국민으로 알려져 있습니다.

사적으로 보더라도 중국 상업 문화의 전통은 이미 로마 건국과 맞먹는 시기로 거슬러 올라갈 수 있습니다. 상인의 시초는 중국에서 멸망한 은(=商)나라의 백성들이 집단적으로 행상을 한 데서 부터 비롯된 것이라는 이야기가 있습니다. 그래서 물건을 매매하는 사람들을 상나라 사람, 즉 상인이라고 부르게 되었다는 설도 생겨나게 된 것입니다.

그렇게까지 멀리 거슬러 올라가지 않아도 신안 앞바다에 가라앉은 송나라의 무역선을 보아도 알 수 있듯이 중국은 유교 나라이면서도 통상 국가로 더 세계에 널리 알려져 있습니다. 송나라가 고려와 통상할 때도 명주에서 칠 일이면 예성강에 배를 닿게 했다고 합니다.

청나라 때도 중국은 영국에 차를 수출하여 막대한 이익을 얻고 있었을 뿐만 아니라, 마치 중동이 '오일 파워'를 행사한 것처럼, 이따금 무역을 끊어 영국을 협박하기도 했습니다. 영국인은 차가 없으면 하루도 견딜 수 없기 때문에 그 약점을 이용하며 '티 파워'의 압력을 가한 것입니다. 18세기 말에는 영국과의 무역에서 2천만 파운드의 막대한 흑자를 기록했습니다. 일본도 마찬가지입니다. 주봉周鳳이라는 중이 쓴 『선린국보기』를 보면, 일본이 통상 국가로서의 의식이 중국에 못지않다는 것을 느끼게 됩니다. 이웃 나라에 배를 보내 장사를 하기만 하면 언제나 나라를 부강하게 할 수 있기 때문에 곧 그것이 '선린국보'라고 말했던 것입니다.

그러나 한국만은 국내외로 '상'의 길을 열지 않았습니다. 박제가의 증언에 의하면, 조선조에 들어오면서 100년 동안 외국과의 통상이 한 번도 없었다는 것입니다. 고종 때 신사유람단의 한 사람으로 일본에 파견되었던 이덕영이 귀국 보고를 하던 어전에서 왕과의 문답을 보면 구한말까지 우리에게는 통상이라는 개념이 전혀 부재했었다는 사실을 알게 됩니다.

"일본은 어찌해서 이웃 나라와의 국교에 있어, 경사를 축하하고 흉사를 위문하는 일들을 하지 않고 다만 통상만을 주로 일삼는고"라고 말했고, 또 신하들은 신하들대로 "이웃 나라와의 국교의 도는 마땅히 경조간의 예를 닦음을 중요한 일로 삼아야 할 것이나, 일본은 통상만을 일삼고 있습니다"라고 대답했습니다.

이 말을 분석해보면 한국과 일본의 외교적 콘셉트가 전연 달랐던 것을 알 수가 있습니다. 쇄국을 하면서도 일본은 외교의 목적을 통상의 이해관계에 두었고, 한국은 이利가 아니라 예를 외교의 목표로 삼고 있었던 것입니다. 임란 때 일본에는 중세의 상업 도시가 세계의 어떤 도시보다도 큰 규모를 형성하고 있었는데 한국은 장사하는 사람이 없어 명나라 사람들에게 상업이 번창한다는 것을 위장하기 위해 연극을 했다는 기록이 보입니다. 즉 일반 사람들을 동원하여 제 물건을 가지고 나와 장판에 내놓고 파는 체하다가 저녁이 되면 모두 챙겨 집으로 돌아가게 했다는 것입니다.

이러한 반상업주의 문화는 한자어에는 반영되어 있어서 상점

을 가게라고 부르고 있습니다. 가게는 한자의 '가가假家'에서 비롯된 말로서 일본은 오래 묵은 노렌(のれん, 상점 입구의 처마 끝이나 점두에 치는 상호가 든 막)을 내세우고 있는데, 우리는 언제 없어질지 모르는 가가에서 장사를 했던 것입니다. 유학자들은 이곳의 물건을 저곳에 옮겨놓는 것으로 일하지 않고 이를 남기는 것이 상인이라고 생각했기 때문에, 우리와는 달리 유교의 전통이 약했던 일본에서는 상인들의 문화가 뿌리를 내릴 수가 있었던 것입니다.

일본인이 친절하다고 하는 것은 민족성이라기보다 중세 때부터 물건을 팔아온 상인 문화가 몸에 배어 있기 때문입니다. 서비스라는 것은 상인 문화에서만 생길 수가 있습니다. 농작물을 상대로 하는 농민이나 책을 읽는 선비들은 남에게 비위를 맞출 필요성이 전연 없었기 때문에 무뚝뚝할 수밖에 없습니다.

그러나 무엇보다도 유교 전통의 차이에서 오는 한국과 일본의 문화적 이질성 가운데 가장 현격한 것은 바로 가족의 개념에 대한 것입니다.

이미 16세기 무사 출신의 사상가였던 스즈키 쇼산[鈴本正三]은 자유의 기초는 매매와 유통에 있다고 하면서 하늘이 이 업무를 관리에 맡긴 것이라고 말하고 있습니다. 무사는 아무리 수행을 해도 이윤이 생기지 않지만 상인은 열심히 일을 하면 원치 않아도 이윤이 생긴다는 것입니다. 이것이 사士와 다른 공상인工商人입니다. 일본에서도 한국의 경우처럼 사농공상의 사민四民 정책의 신분제가 있었지만 상인이 열심히 일하여 이윤이 생기는 것은 나쁜 것이 아니라고 생각하였습니다. 뿐만 아니라 스즈키 쇼산은 자기가 불교인이면서도 승려를 사회의 기생자로 보았고 농사짓는 생산자인 농민이 아무것도 하지 않고 먹는 그들보다 훨씬 훌륭하다고도 하였습니다. 이와 같은 사상가들의 예를 들어 평론가들은 에도 시대에 이미 자본주의의 정신이 있었다고 주장하고 있는 것입니다.

21세기를 한국인에게

한국의 가족제도는 혈연을 최우선으로 하고 있습니다. 그러나 일본의 경우에는 비혈연에 의해 가족을 상속하는 인구가 혈연에 의한 동족 성원보다 많은 것이 특징입니다. 부계 혈연이 이념으로 되어 있으나 실은 그것을 무너뜨리는 여러 가지 요인이 작용하고 있어 일본의 가족에서 계승되어 있는 것은 생물학적 피가 아니라 오히려 가업이라는 생산의 수단입니다. 일본의 양자제는 개인의 생물학적인 혈통을 잇기 위해서라기보다 가업을 잇기 위한 수단으로서 이성불양異性不養을 원칙으로 한 중국과 한국의 양자제養子制와는 아주 다른 독특한 데릴사위제가 있었습니다. 우리의 데릴사위는 아들이 없고 딸만 있을 때 혈통을 이어 조상에게 제사를 지낼 목적으로 행해졌으나, 일본의 상인 집에서는 아들이 있어도 가업을 이어갈 만한 능력이 없으면 딸에게 상속을 시키고 유능한 점원을 데릴사위로 삼았습니다. 자식은 선택할 수 없지만 사위는 얼마든지 능력 위주로 고를 수가 있었기 때문에 웬만한 상가에서는 딸에서 딸로 상속되어가는 일이 많았습니다. 상속에 있어서도 한국의 경우는 장자상속을 원칙으로 하여 피를 소중히 여겼지만 일본에서는 겉으로는 장자상속처럼 되어 있으나 사실은 유능한 아들을 골라 가업을 언제라도 물려주었고, 상속 후라도 능력을 믿을 수 없을 때는 언제라도 취소할 수가 있었습니다. 그것도 균등 분배가 아니라 한 아들만을 골라 물려주고 나머지 자식들은 그냥 내보내 가산이 분산되지 않도록 한 것입니다.

이러한 가족제도는 철저히 가계보다 가업을 존중한 결과이고 능력주의에 의해 가업을 유지하고 계승하려는 철저한 상인 정신, 현대적으로 하면 실리적 기업 정신을 지니고 있었기 때문입니다. 일본이 우리와 달리 혈연보다 가업을 더 중시했다는 증거로 일본인들은 성을 바꾸는 것을 마음대로 하고 있으나 기예나 기술의 전통을 나타내는 습명은 절대로 바꿀 수가 없었습니다.

결혼에 있어서도 주자학이 들어오고 난 뒤에도 동성끼리 결혼하지 않는다는 원칙을 지키지 않았습니다. 유명한 예로서 겐상[野中兼山]이라는 사람은 결혼을 하고 난 뒤에 『소학』을 배우고 비로소 자기가 종매와 결혼을 한 것이 잘못되었다는 사실을 깨닫고 이혼을 한 일이 있었습니다.

제사 역시 한국의 경우에는 자기 집 조상에게 드리는 것이지만 일본은 집단적인 마을 단위로 되어 있습니다. 한마디로 일본은 비혈연적 가족 집단으로 되어 있다는 점이고, 그것은 바로 생산

체로서의 기능을 갖고 있는 집단이라는 것입니다. 그러므로 일본 기업에서 말하는 가족적이라는 것은 의사가족擬似家族으로서 사회성이 강한 것입니다.

이러한 차이 때문에 근대 기업의 구조나 개념이 분명히 우리와 다른 점이 있고 보다 기능적이고 능률 위주로 되어 있습니다. 그러나 가족의 해체가 우리보다 빨라서 가정 내 폭력이나 주부의 증발, 노인 문제 등 앞으로의 불안 요소를 많이 가지고 있습니다. 동아시아의 생산성이 높아지고 구미의 경제가 침체된 요인 중 하나는 가정의 해체에 있습니다.

미국의 경우 이혼율은 세 가정에 하나꼴이고 매년 태어나는 사생아는 전체의 16퍼센트를 차지하고 있습니다. 뿐만 아니라 부모의 폭력으로 매년 병원에 입원, 복지원의 보호를 받는 아이는 2만 5천 명꼴입니다. 이것은 일본의 경우에도 증가되고 있는 형편입니다. 심한 경우는 부모에게 살해되는 아이가 하루 평균 두 명꼴입니다.

원래 서양의 가족제도는 한국과 같은 유교 국가의 그것과는 근본적으로 다릅니다. 일례를 들어서 18세기 말까지, 즉 산업혁명이 일어나기 전의 독일에서는 가족을 의미하는 'familia'라는 단어가 없었다고 합니다. 라틴어의 'familia'는 원래 'house'를 의미한 것으로 가옥과 그 안에 사는 사람들의 집단을 다 같이 지칭하는 것이었습니다. 그 집단은 부자, 부부, 형제 등의 혈연집단만이 아니라 비혈연자도 포함한 생존 및 생산 공동체이기도 했습니다. 그리고 장남이 혼자서 계승하고, 자기의 집을 소유하는 자만이 지배자로부터 결혼을 허락받았습니다. 다른 형제자매들은 고용인으로서 평생을 미혼으로 지내거나 다른 집의 머슴살이 아니면 군인이 되었습니다. 20세기 초에 이르러서야 누구나 결혼을 하게 되었으며, 사람들이 먹고살 만하게 되자 비로소 'familia'가 부자父子와 같은 혈연집단을 나타내게 된 것입니다.

뿐만 아니라 결혼 대상을 정하는 데 있어서도 당사자 마음대로 하는 것이 아니라 상인은 상인끼리, 장인은 장인끼리 가세가 비슷한 상대로 양가의 경제적인 이익을 고려하여 선택되었습니다.

일본은 유교적인 이념을 받아들이면서도 가족이라는 면에서는 오히려 서구 봉건주의와 가까운 특성을 지니고 있습니다. 이것 역시 포스트모던 시대에 겪어야 할 큰 과제 중 하나입니다. 가족의 화해라는 거대한 문명사적 도전을 이겨내는 민족만이 기업도 견실해질 수 있다는 것은 의심의 여지가 없습니다. 왜냐하면 포스트모던은 근대적인 합리주의나 기능주의에 대응되는 문명을 가져올 것이므로 새로운 가족주의가 대두될 것이기 때문입니다. 모든 분야가 다 합리적이고 기능적으로 운영되어도 가족집단만은 비합리적인 정과 비기능적인 애정이 허락되는 유일한 인간집단인 것입니다.

이렇게 경쟁이나 합리의 틀에서 벗어나 비합리·비기능이 포용되는 휴식의 공간, 의지하는 공간을 갖느냐 그렇지 못하느냐의 차이는 앞으로의 기업 환경에 큰 영향을 줄 것입니다.

이상의 사실로 우리는 무武와 상商의 조직을 바탕으로 한 일본 기업이 이미 근대화되기 전에 우리와는 다른 준비의 바탕을 마련했다는 사실을 알게 됩니다. 일본은 1682년의 포고령에 의해서 모든 사무라이는 공적인 장소에서는 반드시 대소 두 자루의 칼을 차도록 되어 있었습니다. 이 대도帶刀의 의무가 1871년(메이지 4년)에 폐지되기까지 200년 가까운 동안 칼과 함께 살아온 일본은 근대 기업의 조직력을 몸에 익히고 있었으며, 이 같은 무사 훈련들이 근대화와 함께 기업 조직으로 전환하게 되는 메이지 유신은 한국의 근대화와 근본적으로 다른 특성을 보여줍니다. 조선조의 선비들이 주야로 칼이 아니라 붓을 지니며 살아온 것과는 너무나도 대조적인 일입니다. 같은 유교의 사士문화라 할지라도 일본은 무사요, 한국은 선비의 문사로서 그 개념이 대립됩니다. 근대화의 일본 지도자들은 사무라이들에게 이제부터는 기업(상)만이 새 시대를 살아가는 방법이라는 것을 가르쳤으며, 서구 문화에 반기를 들었던 무사 사무라이의 지도자들은 하루아침에 개국으로 돌아서게 됩니다. 이와 같은 재빠른 변신은 선비 정신에서는 상상할 수 없는 일입니다.

일본이 오늘날 종신 고용제로서 그 경영의 전통을 세계적으로 널리 평가받고 있지만 그것 역시 일조일석에 이루어진 것이 아닙니다. 개화 초기인 1910년대까지만 해도 일본 기업에는 격렬한 노동 이동 현상이 있었지요. 1906년에서 1907년까지 이시카와지마 조선에서는 대스트라이크가 일어나고 아시오 도상[足尾銅山] 광산 등은 노동자들의 폭동이 일어나 산 전체가 불바다로 변할 정도였습니다.

제1차 세계대전 후 간사이[關西] 지방의 파업은 거의 전 대기업에 번져 파업 참가자는 3만 5천 명, 파업 일수는 45일에 이르러 군대가 출동하며 유혈 참사를 불러일으키기도 했습니다. 결국 이러한 진통 끝에 공개 노동시장으로부터의 노동자 고용을 중지하고 학교 졸업자들을 채용하여 회사 내부에 양성공 제도를 설치하여 필요한 기능 훈련을 실시했습니다. 종업원의 교육 훈련에 투자한 회사는 그 투자를 회수할 필요성 때문에 노동 이동을 방지할 필요가 생겨나고, 거기에서 양성공이 본공이 되면 종신 고용의 특권을 부여하게 되었습니다. 이렇게 해서 1925년부터 1926년 사이에 일본의 종신 고용제가 확립되었다는 우라베 구니하루[占部都美] 교수의 말을 들어보더라도 일본 기업이 처음부터 인간을 존중하거나 가족적 복지에 관심을 두었던 것은 아닙니다.

이 말은 한국의 기업 경영이 일본에 비해 낙후된 것처럼 말해지고 있지만 기업 정신의 형성 과정이나 그 방법을 놓고 관찰해 보면 결코 비관할 성질의 것이 아닙니다. 우리는 일본인들이 근대화 과정에서 보여준 전통적 문화 기반에 의하여 여러 가지 도전을 극복, 대응해온 것 이상으로 우리 자신의 확고한 문화 의식만 지니고 있으면 그 이상의 실적을 보일 수 있을 것입니다.

결국 인간관계를 존중한다는 면에서 한국은 일본보다 훨씬 깊은 전통을 가지고 있습니다. J. 아베글렌James. O. Abegglen이 말하고 있는 것처럼 "People are the most important assets(인간은 가장 중요한 자산)"이라는 구호를 내걸면서도 종업원을 거의 2천 명씩 무더기로 해고하는 미국 회사의 기업 풍토와는 비교할 수 없을 정도로, 물론 종업원을 회사의 일부로 생각하는 일본의 경우보다도 한국의 경우가 더욱더 사람을 회사의 자산으로 여기는 경향이 짙습니다. 한국에서는 가족은 식구, 즉 먹는 입으로 생각해왔기 때문에 아무리 악덕 기업이라 할지라도 '종업원=식구=가족'이라는 등식 관계를 갖고 있는 것입니다.

인간관계가 생산성에 영향을 준다는 것을 알기 시작한 것은 극히 최근의 일로 영국 탄광에서 행해진 호돈Hawthorn 실험이나 아이오와주립대학교의 복지 센터에서 발족한 그룹 다이내믹스의 실험 결과로 증명된 것입니다. 포스트모던은 과학적 관리법의 시대에서 인간적 참여의 시대로 생산의 방향이 바뀌고 있다는 데 그 특성을 갖습니다. 그렇기 때문에 앞머리에서 기업 정신의 원형을 살펴본 대로 천지인 삼재의 인간 중심 사상—뒤에는 동학의 인내천人乃天 사상으로 발전됩니다만—과 풀고 신바람을 내는 참여의 엑스터시, 무속적 전통과 그리고 양극적 대립의 이원론을 인의 개념으로 조화롭게 한 유교 정신의 투철한 이념에 입각한 한국의 기업 정신은 포스트모던의 시기에 가장 적합성과 유효성을 보여준다고 말할 수 있습니다. 그 점에 있어서 우리는 일본 기업 정신보다 앞서 있는 것입니다.

VI
문화의 바람개비를 돌리자

대지 위에서 일어나는 한국인의 모습

인류의 역사 가운데 가장 큰 극적인 사건이 있었다면 그것은 아마도 다른 짐승들처럼 네 발로 기어다니던 인간이 어느 날 갑자기 두 발로 일어서게 된 그 놀라움이었을 것입니다. 등뼈를 꼿꼿이 세우고 머리를 치켜들고 일어서던 그날 일찍이 하늘은 그처럼 푸른 적이 없었을 것이고 태양은 그토록 찬란하게 빛난 적이 없었을 것입니다.

자연현상을 보면 네 발로 움직이는 것이 안정성이 높습니다. 두 발 다린 의자를 상상할 수 없듯이 중력 속에서 존재하고 있는 모든 사물들은 한 치라도 더 많이 땅과 접촉하려고 애씁니다. 유독 인간만이 안정된 자세를 버리고 스스로 불안정한 몸짓에 몸을 맡긴 것입니다. 안정보다는 위험을, 평온보다는 모험을 추구하는 삶입니다.

많은 생물학자들도 직립의 자세가 얼마나 불안정한 것인가를 증언하고 있습니다. 아이를 분만할 때 인간만이 그토록 심한 고통을 느끼는 것도 수평적인 자연의 자세를 수직으로 바꾸어 살았기 때문이라고 합니다. 그 불안정한 자세 때문에 춤과 같은 아름다운 동작이나 높이뛰기와 같은 다양한 기예가 생겨날 수 있었고 또한 산고의 그 과정은 태아의 두뇌를 자극하여 지능을 발전시키는 작용을 합니다.

우리의 옛 선조들은 짐승의 삶을 횡생橫生이라고 불렀고 인간의 삶을 종생從生으로 명명하였습니다. 인간이 일어선다는 것은 바로 영원히 평행선을 긋고 떨어져 있는 땅과 하늘의 두 세계를 세로로 이어서 하나가 되게 하는 힘이라고 본 것입니다. 한자의 공工 자가 그것이며 왕王 자의 자의도 또한 거기서 비롯된 것이라고 합니다.

높고 낮은 것, 빈 것과 차 있는 것, 가벼운 것과 무거운 것, 밝은 것과 어두운 것—이 세상에 존재하는 모든 대립적 요소를 조화롭게 매개하는 화합의 힘 그것은 오직 수직으로 일어서는 인간의 자세에서 비롯됩니다.

그래서 하늘, 땅, 인간의 화합에 뿌리를 둔 삼재사상 속에서 한글이 태어났고 해원상생의 사상도 삼태극의 그 세계관에서 비롯됩니다. 발은 땅에 두고 머리는 하늘에 두고 사는 한국인의 마음은 언제나 그 한가운데 있었습니다.

선다는 것, 그것은 나아간다는 뜻입니다. 우리말의 '드러눕다'와 '일어서다'라는 말에서도 잘 알 수가 있습니다. 들어오면 눕고 일어나면 나아간다는 행위를 뜻하듯이 선다는 것은 나아간다는 것, 지평을 향해 앞으로 나아간다는 의미를 내포하는 것입니다. 이렇게 인간이 다른 동물들과는 달리 두 발로 선다는 것은 창조성(모험성), 화합성(매개성), 진보성(행동성)을 추구하며 살아간다는 것을 상징합니다.

인간이 두 발로 대지를 디디고 걸어갈 때 거친 들판은 논밭이 되었으며 땅속의 굴은 높은 지붕이 되었습니다. 단지 울부짖던 포효의 소리는 말과 노래로 바뀌었습니다. 우리를 이렇게 일으켜 세움으로써 짐승과 다른 풍경과 행위를 창조하게끔 하는 힘, 그것을 한마디로 줄여서 우리는 문화라고 불러왔습니다.

우리나라에 문화부가 처음 생기고 문화 가족들이 이 땅에 새로운 시민으로 터전을 마련하게 되었다는 것은 예를 들자면 그 옛날 인간이 네 발로 기어다니다가 문득 머리를 들고 일어났다는 그런 극적인 사건과도 같은 것입니다. 이제 우리는 대지 위에서 일어나는 아름다운 한국인의, 그리고 자랑스러운 인간의 모습을 보게 될 것입니다. 단지 먹고 자고 입는 것만으로는 살아갈 수 없는 삶의 욕망을 위해서 보다 나은 삶의 질을 위하여 우리는 지금 일어나고 있는 것입니다.

같은 고양이과 동물이라 해도 사자와 호랑이는 눈이 서로 다르다고 합니다. 호랑이는 숲에서 살기 때문에 먼 곳을 바라다보지 못합니다. 그러나 초원에서 살아가는 사자는 아주 먼 지평선까지 바라봅니다. 가까운 곳밖에 볼 줄 모르는 호랑이의 눈과 먼 곳을 쳐다보며 자라난 사자의 눈—이 가운데 어느 눈이 인간을 닮았을까요. 두말할 것 없이 그것은 사자의 눈입니다. 사자의 눈만큼 인간을 닮은 눈은 없다고 말합니다.

대지 위에 두 발로 선다는 것은 먼 곳을 바라다보기 위한 것이기도 합니다. 두 발로 일어서면 먼 곳이 보입니다. 땅의 끝이 보입니다. 오늘만이 아니라 내일의 시간이 보이고 나의 발등만 보이는 것이 아니라 남들이 살아가는 모습이 보입니다.

문화란 먼 곳을 내다보기 위해서 존재하는 사자의 눈과도 같은 것입니다. 초원의 끝까지 투시하는 눈은 사자가 갈기를 바람에 휘날리며 질주하는 그 예비 동작이기도 한 것입니다.

문화는 달리는 것이기도 합니다. 목표를 가져야만 달릴 수가 있습니다. 문화는 곧 삶의 목표이기 때문입니다.

두 발로 일어선다는 것은 두 손을 자유롭게 하기 위해서이기도 합니다. 자유로워진 손, 그래서 손은 방향을 가리키고 남과 악수를 하고 쓰고 만들고 아름다운 가야금줄을 뜯습니다. 한자의 손 수手 자가 붙은 것은 인간의 기예와 관련된 것들이 많습니다.

발은 대지를 힘껏 디디고 손은 허공을 잡고 넝쿨처럼 뻗어 하늘을 향해 뻗쳐 있습니다. 땅과 하늘을 동시에 소유할 수 있게 하는 것이 문화입니다. 문화는 허공을 잡는 것입니다. 그리고 그것을 움켜쥐는 것입니다. 눈에 보이지 않는 관념의 세계 그리고 이상의 세계를 힘껏 놓치지 않고 움켜쥐는 주먹—자유로워진 손, 생각하는 손만이 그것을 할 수가 있습니다.

오늘은 '문화의 날'입니다. 인간이 두 발로 일어선 그 최초의 날을 기념하는 날입니다.

문화의 문, 문화의 담

오늘은 10월 20일 '문화의 날'입니다. 오늘만은 문화를 지키는 사람, 문화를 사랑하는 사람 그리고 문화를 창조하는 사람들을 위해서 밝은 태양이 떠오르는 날입니다. 그렇기 때문에 사실상 이 자리에는 축사를 할 사람도 없으며 인사를 받아야 할 사람도 없습니다. 우리는 손님으로서 이 자리에 온 것이 아니라 다 같은 문화의 한식구로서 이렇게 모인 것입니다.

다만 제가 이 자리에 서서 문화의 날의 의미를 다시 한 번 되새기고자 하는 까닭은 올해 들어서 처음으로 우리 문화 가족들에게는 새로운 울타리와 대문 하나가 생겼기 때문입니다. 우리는 지금 4천 년이나 된 문화의 집 속에서 살고 있으면서도 튼튼한 울타리가 없기 때문에 바깥 문화가 우리의 아랫목을 함부로 넘보는 부끄러움을 겪고 있습니다. 우리는 저마다 아름다운 영혼의 골방을 지니고 있으면서도 물질 문명의 혼탁한 그을음이 문지방을 넘어 들어오는 불안 속에서 잠을 설치고 있습니다.

그런가 하면 우리는 또 대문이 없는 분단의 집에서 살고 있기 때문에 21세기의 새로운 시대와 광활한 북방의 대륙, 세계의 서부 지대, 그 많은 모험의 땅을 눈앞에 두고서도 우물 속에 갇혀 지내는 답답함을 겪고 있습니다.

그러므로 문화의 튼튼한 담을 아쉬워하고 문화의 넓은 대문을 요구하는 온 국민들의 소망은 기어코 우리나라에 처음으로 문화부를 태어나게 한 것입니다. 그래서 금년 1월부터 문화 복지 국가에 이르는 대장정이 시작되었고 문화 발전 10개년 계획의 열 고개 가운데 이미 첫 고개를 넘기 시작하였습니다.

"천 리 길도 한 걸음부터"라는 속담대로 우리 문화 가족들은 아주 작은 일에서부터 옷소매를 걷어붙이고 일어서기 시작한 것입니다. 우리 맛 지키기 문화 가족들은 얼음조각과 샌드위치로만 차려지던 각종 행사장의 음식상을 우리의 전통 음식으로 바꾸기 위해서 해와 달의 두 모형을 개발하여 품위 있는 우리 음식상을 여러 곳에서 고여가고 있습니다. 국어 순화 문화 가족은 우리나라 말에 묻어 있는 때를 벗기고 독을 빼내기 위해서 이미 397단어의 일본식 어투를 아름다운 우리말로 바꾸어 보급하고 있으며, 옹기 문화 가족이나 전통 공예 문화 가족들은 일상 생활 용품 속에서 민족의 슬기를 지키고 되살리는 일에 땀을 흘리고 있습니다.

어느 문화 가족은 사라져가는 농요들을 채집하여 도시의 한복판에서 부르게 하는가 하면 또 어느 문화 가족은 농약으로 멸종되어가는 반딧불을 지키고 여름밤의 꿈을 시멘트 속에서 자라나는 도시의 아이들 가슴에 심기 위해서 무주 구천동에 멍석을 펴기도 하였습니다. 이처럼 문화 가족들이 하고 있는 일들은 모두가 다 사라져가는 한 가닥의 노래나 소멸되어가는 작은 불빛을 지키는 일들입니다.

아닙니다. 우리 문화 가족들은 단순히 문화를 지키는 것이 아니라 민들레씨를 불어 허공에 날리는 것처럼 아름답고 진실한 우리의 삶을, 문화를 온 세계에 전파하는 문화 선교사의 역할도 하고 있습니다. 말하자면 〈아리랑〉을 노래로 퍼뜨리기 위해 2천 개의 카세트를 만들어 여행자에게 나누어주고 있는 문화 가족들이 있는가 하면 우리 선조들이 만든 세계 10대 발명품을 골라 그 복원품을 여러 나라의 박물관에 보내는 문화 가족들도 있습니다.

과거의 것에만 시선을 돌리는 것이 아니라 21세기에 대비하기 위해서 30대의 젊은 컴퓨터 프로그래머들로 구성된 한글 기계화 문화 가족에서는 잘못 쓴 한글 맞춤법과 표준말들을 자동적으로 고쳐주는 소프트웨어 스펠러를 개발하여 이번 한글날에 첫선을 보였습니다.

문화부가 생긴 이래 이러한 소집단 운동체인 문화 가족은 현재 300팀을 넘고 있으며 앞으로는 전 국토로 번져가게 될 것입니다. 이 문화 가족들이야말로 문화를 지킬 때는 문화의 담이 되고 문화를 창조할 때는 문화의 문이 되는 것입니다.

문화의 담과 문화의 문은 문화부의 좁은 영역 속에서만 이루어지고 있는 것은 아닙니다. 지금 정부의 27개 부처가 이른바 할거주의의 벽을 넘어서 문화 복지국가를 만들어내는 데 서로 협조하게 될 공동 문화 프로그램을 만들어가고 있습니다.

경제기획원은 경제사회발전 5개년 계획 속에 문화 발전 10개년 계획을 수용키로 하였으며, 외무부는 140여 곳에 있는 재외공관을 통해서 한국 문화 바로 알리기 운동을 전개하는 공동 사업을 펴기로 하였습니다. 한국 문화의 역사에 대해서 잘못 기술된 외국 교과서, 사전 그리고 박물관에 전시된 설명문 등을 고치고 바로잡아 나가는 이 운동은 여기에서 그치지 않고 재외 교민들에게 한국인의 긍지를 심고 한국인답게 살아가는 한국 문화 뿌리 찾기까지 이어지게 될 것입니다.

내무부는 직할시 단위에 '문화 거리'를 만들어 문화 환경을 특성화하는 모형을 개발하고 각 도내의 도시에는 연차적으로 예술 장르와 연계된 '예술의 도시'를 선정하여 지역 문화의 개성을 살려나가는 공동 협력 방안을 세우고 있습니다. 예를 들면 홍난파를 낳은 수원시는 '가곡의 도시'가 되고 이인직을 낳은 원주는 '소설의 도시'가 되는 것입니다. 뿐만 아니라 '노견'과 '길어깨'라 불리던 생소한 도로교통법에 관한 말을 쉬운 우리말로 고치는 데 힘을 보태주었습니다. 그래서 이제부터 우리는 아름다운 우리말로 '갓길'이라고 부르게 되었습니다.

그리고 또한 유서 깊은 역사 문화의 유적지마다 전통 여관의 기능을 지닌 '한국의 집'을 지어 젊은이들이나 외국인에게 한국적 생활을 직접 몸으로 느끼게 하는 생활 학습장을 마련해야 할 것입니다.

재무부에서는 민간 기업의 문화 투자를 돕기 위한 여러 가지 협력을 아끼지 않고 있습니다. 출판문화와 국민 독서 운동의 새로운 세기를 열기 위해서 도서 상품권제를 마련해주었으며 민간이 참여하는 미술관, 박물관 등의 문화시설 건립과 운영 등을 지원하는 조세제도를 보완해주었습니다.

법무부는 재소자 선도 문화 프로그램을 문화부와 공동으로 만들어 범죄를 문화적으로 치유해나가는 사업을 펼치게 될 것입니다. 이미 법무부는 인천 소년교도소에 소년 브라스밴드 등을 만들어 좋은 성과를 거두고 있는 중입니다.

국방부는 현역으로 징집되어 복무하는 예능 특기자들이 개인의 기예를 연마하고 지속해갈 수 있는 진중 문화예술 창작 지원을 협력 사업으로 할 것입니다.

문교부는 문화부와 이미 실무자 협의체를 구성하고 한국인의 정신적 가치를 위협하는 모든 반문화적인 사회병리와 싸워나갈 과제들을 마련 중에 있습니다. 자녀 교육에 활용할 수 있는 문화 교육 비디오 프로그램을 제작하여 안방으로부터 정신의 새 물결이 일게 할 것이며, 입시 위주의 교육이 낳은 문화 불모지대에 생명의 나무를 심기 위해서 교과 과정 등에 우리의 국악이나 한국화 등을 반영하는 일에도 같이 손을 잡았습니다. 교육과 문화는 손등과 손바닥과 같은 것이라는 것을 우리는 피부로 느끼고 있기 때문에 그 협력의 의지는 그만큼 강하고 깊을 것입니다. 반세기 동안 해내지 못한 국립예술종합학교를 설립하는 데 교육부는 많은 협조를 해주었습니다.

체육부와는 전국체육대회와 함께 문화 축전을 병행 개최하기로 합의하였습니다. 건전한 육체에 건전한 정신이라는 고전적 원리대로 문화부와 체육부는 문화 시설과 체육 시설을 하나의 문화 공간으로 활용해나갈 협력 체제를 굳히고 있으며, 해외동포를 포함한 전 국민이 함께 부르는 응원가도 개발하여 보급해나가기로 하였습니다.

농림수산부는 문화부와 공동 사업으로 농촌 문화를 활성화하는 여러 가지 프로그램을 만들어가는 데 서로의 협력을 다짐한 바 있습니다. 지방 특산 농산물의 용기나 포장에 문화적 부가가치를 부여하기 위해서 디자인 분야를 개발해나갈 것이고, 특산 농산물의 수확기에는 그 대표적 산지에서 축제를 열어 지방 문화의 특성을 높여나가는 일을 함께 할 것입니다. 이 과제가 성공되면 우리는 곧 광주 무등산 수박 잔치, 금산 인삼 잔치, 지리산 산나물 잔치와 같은 인상적인 축제 문화를 갖게 될 것입니다. 이렇게 되면 농업이 관광업을 겸하는 3차 산업 시대의 새로운 농촌 문화의 모형이 생겨나게 될 것입니다.

상공부와는 한산모시를 비롯하여 뛰어난 우리의 전통 상품들을 현대화하여 세계의 문화 상품으로 공동 개발하고 한국 전통 문양을 산업 디자인으로 활용하는 협력 사업도 펼쳐나가게 됩니다. 그리고 기업을 문화화하여 생산성을 높이고 시장을 넓히고 소비자와 유대를 갖는 기업 문화의 새바람을 일으키고자 합니다. 뿐만 아니라 세계 72곳에 설치되어 있는 대한무역진흥공사의 전시관을 한국 문화를 해외에 알리는 기지로 활용하는 안을 세워놓았습니다.

아직 결정된 사항은 아닙니다만 동력자원부에는 박물관이나 전시관 같은 문화 시설에서 사용하는 전기료 등급을 인하 조정하는 안을 택하게 될 것입니다.

건설부에서는 할아버지와 손자가 함께 살 수 있는 한국적 아파트의 주거 공간을 개발하여 보급하는 데 협력하기로 하였고, 보사부에서는 병원과 사회복지 시설에 예술품을 설치하는 'art in the hospital' 운동을 전개할 예정입니다. 문자 그대로 문화 복지가 사회에 퍼져가게 되는 것입니다.

교통부도 철도역이나 고속버스 터미널을 문화 공간화하고 기차, 선박, 고속버스, 항공기 등에 문화 서비스를 보강하는 기획을 공동 사업으로 채택하였습니다. 그리고 관광 업무를 담당하고 있는 교통부의 협력으로 모든 관광지는 이제 단순히 놀고 즐기는 곳이 아니라 한국을 배우는 문화 학습장으로 발돋움하게 될 것입니다. 이러한 계획의 하나로 철도청과 협력하여 전국의 역을 돌며 지방과 지방을 잇는 '문화 열차'를 보게 될 것입니다.

체신부는 아름다운 문화 우표를 제작하여 전 세계에 전하는 한국 문화의 전령이 될 것이고, 정보화 시대를 주도하는 통신 기술에 우리 미래의 문화를 담는 새로운 문화 프로그램들을 공동 개발키로 하였습니다. 전화의 대기 음악에서 서양 음악만이 아니라 이제는 한국의 가야금 소리도 울려오는 시대가 올 것입니다.

과학기술처는 이미 장영실의 달을 공동 주최하였을 뿐만 아니라 최근 개관한 중앙과학관에 우리 전통문화의 기술을 전시해놓았으며 그 개관 날짜도 한글날에 맞추었습니다. 과학기술처와 문화부의 굳은 악수는 한국의 21세기를 창조하는 꿈이 같기 때문인 것입니다. 한글 코드와 같은 컴퓨터의 어문 관계 프로그램으로부터 시작하여 어린이를 위한 건전 놀이 프로그램 그리고 전통문화재의 보존 처리 기술과 뉴미디어를 통한 미래의 예술 장르에 이르기까지 그 협력의 발판은 넓기만 합니다. 무엇보다도 과학기술처와 함께 익산의 백제 석탑 등 민족 유산을 컴퓨터 시뮬레이션을 통해서 복원하는 일에 착수하였습니다.

미래의 꿈나무에 물을 주는 것은 과학기술만이 아닙니다. 통일원은 남북 문화 교류 협력에 큰 힘을 주고 있습니다. 이미 이러한 협력은 통일음악제나 미국에서 열린 영화제에서 가시화되어 있고, 문화재 교환 전시회를 비롯 남북 언어 이질성 극복 등 많은 통일 문화에 징검다리가 되어주고 있습니다.

총무처는 국가 행사에 국악으로 애국가를 연주하는 일을 비롯 공직자의 문화 예술 참여 기회를 확대하는 방안 등을 마련하여 새 정신운동의 하나로 실천해가고 있습니다. 총무처가 전 공직자에게 문화의 교양을 주려고 하듯이, 노동부는 근로자에게 문화 서클 활동과 노동예술제 등을 확충하여 기업 환경의 새 지평을 열어주고 있습니다.

환경처는 아름다운 내 강산 가꾸기 운동을 통해서, 정무 제2장관실에서는 혼수 등 여성 문화의 개혁 프로그램을 통해서, 그리고 공보처는 해외 문화원 활동의 제휴를 통해서 어깨동무를 하고 있습니다.

특히 우리는 서울특별시의 감동적인 협력에 감사드리지 않을 수가 없습니다. 인구 과밀 지대, 이른바 달동네에 문화 공간을 마련하기 위해 문화부가 추진해온 쌈지공원을 서울시가 맡아 문화의 달에 그 첫 보습을 대게 되었습니다. 그뿐만 아니라 그동안 막혀 있던 현대미술관에 새 통로를 놓아주었고 화가들을 위한 창작의 거리를 조성하여 문화 명소를 만드는 것에서부터 시작하여 구민회관의 시설을 대폭 개선하여 문화 공간으로 쓸 수 있으며 연극을 할 수도 있게 될 것입니다. 나날이 서울시가 문화의 도시로서 도약하고 있는 모습을 우리는 감동적인 시선으로 바라보고 있습니다.

끝으로 우리가 기억해야 할 것은 기업인들이 문화의 대문과 문화의 울타리가 되기 위해 허리띠를 졸라매기 시작했다는 사실입니다. 대기업으로는 현대그룹이 세계에서 최초로 기업 조직 내에 문화실을 두게 되었고, 이미 문화부와 함께 지난 추석에는 한가위 문화 가족의 소책자를 만들어 고속도로 입구에서 교통체증으로 헛된 시간을 보내고 있는 귀성객들에게 나누어준 바 있습니다. 길이 막혀 있을 때 우리는 반대로 그 마음을 뚫었던 것입니다.

제일 먼저 기업문화부를 차린 상업은행은 그동안 우리 문화부와 공동으로 청소년들에게 문화 그림엽서 보내기 사업에 참여하였고, 대한항공, 벽산그룹, 예음 등 많은 기업체가 문화부의 새 사업에 동참하고 있습니다.

문화 가족 여러분, 저는 결코 미사여구로 문화의 날을 장식하고 싶지가 않습니다. 지루하지만 구체적인 사업으로 한 치씩 쌓여가는 문화의 담과 조금씩 열려가는 대문의 빗장을 여러분들에게, 우리 문화 가족들에게 보여주고 싶었던 것입니다.

지난 1980년대 말까지 보릿고개와 싸우는 것이 우리 민족의 가장 큰 과업이었다면 이제 1990년대부터 정신의 보릿고개와 싸우는 것이 민족의 사활을 결정짓는 과업이라고 생각합니다. 더구나 보릿고개는 봄철에만 있는 것이지만 정신의 보릿고개는 계절도 없습니다. 마음이 가난하여 허기증이 걸려 있는 나의 형, 나의 아우 그리고 나의 자식들이 지금 어느 어두운 골목에선가 서성대고 있습니다. 한국인이 다시 한국인의 정신을 찾고 새로운 아시아의 시대를 여는 문화의 축이 되어 제자리를 찾을 때까지 우리에게는 진정한 문화의 날이란 존재하지 않을 것입니다.

한국인 모두가 문화의 한 가족으로 이 땅을 디디고 일어설 때 통일의 문이 열리고 새로운 시대의 복지의 문이 열리고 인간답게 살아가는 행복의 문이 열릴 것입니다. 미래를 향해 그리고 온 세계를 향해 1천 년의 빗장을 푸는 첫 작업이 오늘 이 문화 장터에서 그리고 여기 이 식장에서 벌어지고 있음을 언젠가 우리의 후손들은 증언하게 될 것입니다.

문화주의의 바람개비

오늘 '문화의 날' 잔치에 문화 가족과 그리고 문화를 사랑하는 모든 국민 앞에서 문화주의를 선언하고자 합니다.

첫째, 문화주의는 인간 지향의 가치에 대한 믿음으로부터 시작됩니다. 농경사회의 사람들은 자연을 믿었고 산업사회의 사람들은 기계를 믿었습니다. 그러나 이제 우리가 맞이하게 될 정보사회 혹은 후기 산업사회의 사람들이 믿고 떠받들게 될 것은 바로 인간의 마음입니다. 기계는 기능을 위해서 있지만 예술은 감동을 위해서 있습니다. 자연은 신비를 낳고, 기계는 기능을 낳고, 인간의 마음은 감동을 낳습니다.

문화주의는 인간의 마음을 추구하는 시입니다. 정치가 음악이 되고 상품이 그림이 되며 노동이 연극이 되는 시대, 그것이 바로 우리가 찾고 있는 문화주의의 시대입니다. 우리는 문화주의의 힘인 감동과 공감을 확산하기 위해서 움직이는 문화 프로그램을 만들었습니다. 이미 움직이는 국립극장은 우리 국토의 최남단에 있는 마라도에서 우리가 갈 수 있는 최북단의 백령도까지 찾아갔습니다. 그리고 오늘 이 자리에서는 다섯 기관이 함께 모여 정식으로 그 출정식을 올리게 될 것입니다.

둘째, 문화주의는 방편이 아니라 목표입니다. 그것은 날개가 아니라 촉각이고 그냥 굴러가는 바퀴가 아니라 방향을 꺾는 핸들입니다. 먹는 것, 입는 것 그리고 잠자는 집은 삶의 목표가 아니라 삶의 수단입니다. 먹고 나서 우리는 무엇을 하는가, 입고 나서 우리는 어디로 가는가, 잠자고 난 다음 우리는 무슨 말을 해야 하는가. 산업주의는 이런 물음에 대해서는 아무 답도 하지 못합니다. 이러한 물음표에 대해서 입을 여는 것, 행동을 결정하는 것이 바로 우리가 따르는 문화주의입니다.

우리는 이러한 문화주의 시대의 응답을 위해서 11군데의 모든 문화 시설을 개방하여 100만 인이 수업을 받을 수 있는 문화 학교를 만들어 운영하게 되었습니다. 이미 그 재정을 뒷받침하는 기업인들의 후원회가 지난 8월 구성되었으며 오늘 여기에서는 그 문을 여는 공식 개교 선언이 있을 것입니다.

셋째, 문화주의는 관리가 아니라 참여입니다. 외투를 벗기는 것은 북풍의 거센 힘이 아니라 태양의 따스한 빛입니다. 산업주의 시대에는 힘으로 관리하는 사람들이 승리자가 됩니다. 양 떼 몰이처럼 명령하고 줄을 세우고 인도해 가는 관리능력이 존경을 받습니다. 모든 힘은 대결과 경쟁의 원리에서 나왔습니다. 그러나 문화주의 시대에는 태양처럼 따스한 빛으로 남의 외투를 스스로 벗게 하는 사람들이 축배의 잔을 들게 됩니다. 달과 별의 운행을 멈추게 한 신라 월명 스님의 피리처럼 우주를 꿰뚫는 융합과 공감의 힘으로 함께 살게 하는 그것이 우리가 배우려는 문화주의입니다.

통일의 꿈도 이 힘으로 이루어질 것입니다.

이 문화주의의 동질성을 위한 기획의 하나로 우리는 한국의 전통적인 오방색의 표준과 국악의 기준음을 정하여 오늘 이 자리에서 선포하게 되었습니다.

기능에서 감동으로, 수단에서 목적으로, 관리에서 참여로 그리고 대결에서 화합으로—이것이 산업주의에서 문화주의로 향하는 새로운 세기의 화살표입니다. 문화가 이제는 역사의 앞바퀴가 됩니다. 문화가 정치, 경제를 위해 봉사하는 것이 아니라 정치와 경제가 문화를 위해 봉사해야 합니다. 문화 없이는 정치도 경제도 발전하기 어려운 시대가 오고 있는 까닭입니다. 1980년대까지 이 민족을 이끌어온 논리가 기능과 물질을 우선으로 삼은 산업주의였다면 1990년대의 그것은 인간의 가치를 회복하고 민족의 새로운 공감대를 발견하는 일이 될 것입니다. 우리 사회는 이익집단에서 공감의 합의집단으로 변하게 될 것입니다.

이 세상에서 누구도 바람을 본 사람은 없습니다. 그러나 바람개비가 돌아갈 때 우리는 바람의 힘과 몸짓과 그 색깔을 볼 수가 있습니다. 바람개비는 지금 여러분들의 옷깃에도 있고 이 식장 주변과 거리에도 있습니다. 시민들은 문화주의를 생활화함으로써, 예술가들은 그것을 표현함으로써, 마음의 바람개비를 돌릴 수가 있습니다. 그리고 바람이 불지 않을 때는 기다리지 말고 스스로 뛰어 그 바람개비를 돌립시다. 바람 부는 날에는 바람을 따라가지 말고 부는 쪽을 향해 거슬러 꼿꼿이 섭시다.

그러면 이제 진정한 우리들의 시대가 옵니다. 인간이 인간답게 살아가는 그런 문화주의 시대가 반드시 올 것입니다. 먼 지평에서 바람개비를 돌리며 달려오는 어린아이처럼 저 미래의 초원에서 달려오는 말처럼, 바람 소리처럼 그렇게 올 것입니다.

문예부흥을 알리는 새벽닭 소리

우리는 4천 년 동안 내려왔던 보릿고개의 굶주림을 단 20년 동안에 깨끗이 없애버린 자랑스러운 역사를 만들어냈습니다. 그러나 동시에 우리는 4천 년 동안 내려온 찬란한 전통문화를 단 20년 동안에 파괴해버린 부끄러운 역사를 기록하기도 했습니다. 이 자랑스러움과 부끄러움의 두 틈바구니에서 지금 우리는 새로운 세계의 지평을 향해 서 있는 것입니다.

미래의 산업 문명과 국제화의 대문을 활짝 열면서도 어떻게 우리의 문화를 지키는 담을 높이고 마음의 안식을 찾는 안방의 구들을 덥혀야 하는가 하는 것이 민족의 새로운 과제로 떠오르고 있습니다.

이러한 양도론의 어려운 질문에 답하기 위해서 우리는 무엇보다 기업과 문화의 고리쇠를 만들어야 한다는 생각이 앞서게 됩니다. 사실 기업은 문화의 대립어가 아니라 같은 뿌리 위에 피어난 빛깔, 다른 또 하나의 꽃이라고 불러야 옳을 것입니다. 현악기의 발상이 화에서 비롯된 것이라는 사실을 따져보아도 알 수 있을 것입니다.

수렵시대의 경제활동은 사냥이었고 그 연장은 활이었습니다. 그러나 사람들은 활로 짐승만을 잡은 것이 아니라 때로는 그 줄을 튕겨 아름다운 소리를 내는 음악을 연주하기도 한 것입니다. 언뜻 보기에 활과 가야금은 그 용도가 정반대인 것 같지만 그 근원을 따져보면 같은 숲에서 태어난 쌍둥이라고 할 수 있습니다.

우리가 바라보는 내일의 한국 그리고 내일의 세계는 우리가 알지 못하는 먼 미래 속에 있는 것이 아니라 바로 활과 가야금이 하나가 되었던 그 근원적인 수풀 속에 있다고 해야 할 것입니다.

서구에서부터 시작된 근대 산업 문명의 가장 큰 병은 원래 하나로 된 것을 둘로 분단시킨 데서 비롯된 것이라고 할 수 있습니다. 육체와 정신을 갈라놓고, 목적과 수단을 갈라놓고, 개체와 전체를 갈라놓았습니다. 그리고 인간과 자연을, 심지어는 우리가 겪게 된 것처럼 한 민족과 나라를 갈라놓는 비극을 낳기도 했습니다.

그 결과로 인간성 붕괴와 자연 파괴의 위기에 직면한 인류는 그동안 쌓아 올린 모든 번영이 밑에서부터 흔들리는 지진地震을 겪게 된 것입니다.

삼재사상에서 보듯 우리의 전통문화는 분리가 아니라 상생相生의 조화 속에서 인간의 행복과 번영을 찾으려 했습니다. 농사를 짓는 것을 단순한 경제활동만으로 생각한 것이 아니라 하늘, 땅, 인간이 하나가 되는 문화 행위의 목표로 삼았던 것입니다. 물질의 번영은 곧 정신의 풍요를 의미하는 것이기도 했습니다. 이 근원의 숲에서는 노동과 휴식이 하나가 되고 물질과 정신이 서로 껴안는 삼태극의 무늬가 그려지게 됩니다. 단절의 모순을 극복하고 융합의 새 가치를 찾고 있는 후기 산업사회 시대에서 이러한 한국의 전통문화는 역사의 앞바퀴가 될 잠재력을 지니고 있습니다.

현대《문화일보》의 창간이 이 땅에 신문 하나가 더 생긴 것이라는 의미 이상의 것을 지니고 있는 것도 이러한 시대적 요청 때문이라고 할 것입니다. 문화 전문지의 창간은 기업과 문화를 연결하는 거대한 고리로서, 넘쳐나는 문화적 욕구를 담고 풀어주는 그릇으로서, 그리고 후기 산업사회에 들어서고 있는 문명의 화살표로서 한 시대에 줄을 긋는 상징적 의미를 갖고 있기 때문입니다.

그동안의 국토 건설은 불도저와 포클레인만으로 해왔지만 이제부터의 건설은 붓과 가야금으로 해야 할 것입니다. 굶주림의 보릿고개가 아니라 이제는 마음의 보릿고개를 넘는 새로운 역사役事를 펼쳐야 할 것입니다.

대륙붕에서 석유를 시추하는 일만이 중요한 것이 아닙니다. 신이 우리 마음속에 묻어둔 문화예술의 부존 자원을 캐내는 시추

작업도 그에 못지않게 소중한 일입니다.

대결의 냉전 시대가 화해의 공존 시대로 옮겨 가는 세계의 그 도도한 물결은 정치가 시가 되고, 상품이 예술 작품이 되고, 노동이 멋진 노래와 연극의 몸짓이 되는 문화주의 시대를 만들어낼 것입니다. 우리는 한국 최초의 아니 어쩌면 세계 최초가 될 문화 전문 일간지의 탄생이 한국의 문예부흥을 알리는 새벽닭 소리가 되기를 바랍니다. 그리고 온 인류에게 활과 가야금을 함께 창조해주는 근원의 숲이 되어줄 것을 기대합니다.

Ⅶ
민족의 가락이 울리는 마당

이 작은 노래의 잔칫상이 통일의 넓은 마당이 되게 하소서

우리는 오늘 우리 민족이 오랫동안 함께 다듬고, 즐겨온 전통음악을 듣기 위해 이 자리에 왔습니다. 이 자리에 모이신 모든 분들은 오직 우리의 전통문화 속에 1천 년을 숨 쉬어온 아름다운 우리의 가락을 들으려는 마음 외에 아무런 타의가 없을 것입니다.

사람들은 여러 가지 형태로 만납니다. 그러나 노래와 흥겨운 춤으로 자리를 함께할 때처럼 순수한 만남은 없을 것입니다. 미워하던 사람도 웃고 헐뜯던 사람도 손을 잡습니다. 하물며 그 노래와 춤이 강물처럼 민족의 핏줄 속에서 흘러 내려온 것이라면 더 말할 나위가 없습니다.

우리는 반세기 동안이나 남과 북으로 헤어져 살아온 사람들이지만 오늘 듣는 이 1천 년의 소리, 1천 년의 가락을 통해서 우리는 분명 하나라는 것을 다시 한 번 확인하게 될 것입니다. 저 신바람과 따사로운 정 그리고 용솟음치는 끈질긴 생명력의 소리들은 바로 우리의 선조가 들었던 그것이고 우리의 후손들이 따라 부르게 될 그것입니다.

남북 고위급 회담을 위해 분단의 벽을 넘어오신 북쪽의 귀한 손님들을 맞기 위해서 지금 북은 민족의 맥박처럼 울리고 가야금은 민족의 혼처럼 떨립니다. 춤사위는 우리가 옛날 광활한 벌판을 함께 달리던 그 추억처럼 너울거립니다.

이 작은 노래의 잔칫상이 통일의 넓은 마당으로 이어지고 그 소리와 그 가락들이 1천 년의 미래를 여는 영원한 울림으로 퍼질 수 있도록 여러분들 앞에 그 막을 엽니다.

1천 년의 소리를 위해 잔을 듭시다.

아무리 잘 만들어진 가야금이 있어도 가야금 줄은 혼자서는 울리지 않습니다.

피리도 마찬가지입니다. 대나무에 구멍을 뚫었다 해서 피리 소리가 울려오는 것은 아닙니다. 사람의 손이 닿을 때 그리고 사람의 입김이 스칠 때 비로소 가야금 소리, 피리 소리를 들을 수가 있습니다. 이 민족의 역사나 영혼도 그럴 것입니다. 혼자서는 제 소리를 내지 않습니다. 정성이 담긴 우리의 손이 그 핏줄을 당기고, 정갈한 우리의 숨결이 그 혼을 흔들 때 처음으로 침묵하던 1천 년의 소리가 울려올 것입니다. 오늘 우리는 참으로 오랜만에 북녘의 식구와 함께 만나 그 소리와 가락을 듣습니다. 그 소리는 흔적도 없이 사라졌던 사막의 강줄기에서 다시 흐르는 물소리와도 같고 그 가락은 고목의 가지를 흔드는 봄철 바람 소리와도 같습니다. 마르지 않고 시들지 않는 그 민족의 소리가 없었던들 결코 우리는 오늘 그 두터운 분단의 벽을 넘어 이렇게 한자리에서 만날 수가 없었을 것입니다. 낯익은 그 소리가 우리를 부릅니다. 이 소리는 천 리나 떨어져 있어도 서로 들을 수가 있고 100년이 지나도 그 여운을 들을 수가 있습니다.

다시 풍악을 울리도록 합시다. 침묵하던 민족의 가야금 줄을 튕깁시다. 내던져진 피리를 들어 입김을 불어넣읍시다. 그래서 엉켰던 것은 풀고, 막혔던 것은 뚫고, 끊겼던 것은 이읍시다. 미워도 하지 말고 헐뜯지도 맙시다. 우리가 하나로 다시 만난 1천 년의 소리, 1만 년의 가락 속에서는 오직 정과 사랑과 그리고 믿음의 신바람만이 있게 합시다. 그리고 먼 훗날에도 우리의 아들딸, 우리의 손자 손녀가 오늘의 이 소리와 가락을 자랑스럽게 따라 부르도록 합시다. 이렇게 해서 몇천 년을 흘러왔던 이 민족의 소리와 가락들은 앞으로 또 울려 몇천 년을 굽이쳐 흐를 것입니다. 너의 소리도 나의 소리도 아닌 서로가 만날 때 비로소 울릴 수 있는 그 소리가 우리의 목숨보다도 더 오래오래 살아남아 이 민족의 혼을 흔들어 눈뜨게 할 것입니다. 북녘에서 오신 우리 오누이들을 진심으로 환영하기 위해서 그리고 오늘 우리가 들었던 그 1천 년의 소리에 다시 한 번 감사를 드리기 위해서 이 빛나는 축배의 잔을 높이 듭시다.

그리고 들읍시다. 우리가 마련한 이 잔칫상에 올려놓은 것은 선조들이 물려주신 그 순수한 악기들입니다. 변질되지 않은 옛날 그대로의 음색을 갖춘 가야금이며 대금이며 아쟁입니다. 비슷하게 생겼으면서도 중국 것과도 일본 것과도 다른 소리를 내는 악기들입니다.

서양의 현악기들은 강철로 만든 것들이 많습니다. 그것은 바로 전쟁 무기로 바뀌는 금속과 같은 것입니다. 그러나 우리의 악기들은 나무와 비단 실과 짐승 가죽으로 된 것들이 많습니다. 금속의 소리가 아닙니다. 한국의 악기를 만드는 솜씨는 기관총이나 대포를 만들어내는 야금술과도 다릅니다. 금속으로 된 악기라 해도 다른 악기들이 그것을 다스리는 부드러운 음이 쇳소리를 억제하고 다듬고 중화합니다.

무엇보다도 사물놀이의 신나는 소리를 들으면 여러분들은 한국인의 마음속에 깃들인 화합이 무엇인가를 깨달을 수 있을 것입니다. 꽹과리 소리와 짝을 이루는 것은 장구이고 징과 맞서는 소리는 북입니다. 2개의 작고 큰 금속 소리를 역시 2개의 작고 큰 가죽 소리로 융합하는 것입니다. 쇳소리나 가죽 소리나 어느 한쪽 소리만 있다면 이렇게 우리 가슴을 치고 울렁이게 하겠습니까. 꽹과리와 징소리는 불꽃처럼 달아올라 하늘로 치솟지만 장구와 북소리는 끝없이 가라앉으면서 부드럽게 감싸줍니다. 음과 양이 펼치는 상생의 원리입니다.

이 소리가 잘못되면 귀를 막고 들어도 시끄러운 상극의 소리가 되지요. 그렇기 때문에 서툰 사람들이 사물놀이를 흉내 내면 잡음도 그렇게 심한 잡음이 없을 것입니다.

남과 북이 어우러진 사물놀이를 한다면 무슨 소리가 날는지를 생각해봅시다. 상극에서 상생의 소리로—이것을 위해서 우리는 지금 한자리에 모인 것입니다.

잔을 들어 이 잔칫상의 모든 악기들을 위해서, 징과 꽹과리와 북과 장구를 위해서 외칩시다. 경사스러운 일이 있을 때마다 술잔을 들며 춤을 추며 지화자라고 외쳤던 우리의 선조들처럼 지화자라고 외칩시다.

모천을 헤엄치는 음악의 선율

연어가 어떻게 바다에서 자기 고향의 냇물을 찾아오는지는 과학이 발달한 오늘날에도 잘 알고 있는 사람이 없다고 합니다. 항해의 기록이 아가미에 기록된다는 말도 있고, 모천母川의 냄새를 따라 찾아오는 것이라는 이야기도 있습니다. 그리고 또 누구는 지구의 자기磁氣를 감지해서 그 방향을 알아낸다고 주장합니다.

우리가 확실하게 말할 수 있는 것은 그 연어가 수만 킬로미터의 망망대해를 항해했음에도 불구하고 그리고 그것도 아득한 옛날 일인데도 불구하고 알에서 깨어난 자기 고향의 냇물을 어김없이 찾아온다는 그 사실뿐입니다.

하지만 오늘 우리는 그 연어의 신비한 힘이 어디에서 온 것인지를 알 것 같은 생각이 듭니다. 지금 천재적인 재능으로 세계를 감동시켰던 우리의 자랑스러운 예술인들이 먼 이국의 바다에서 조국의 모천으로 돌아와 노래를 부르고 있는 까닭입니다.

그것이 이탈리아 말이든 독일 말이든 혹은 러시아 말이든 그들이 부르는 노랫소리에는 우리와 같은 사투리가 숨겨져 있고 우리가 춤추던 그 옛 가락이 배어 있습니다. 은빛 비늘처럼 신선한 그 음악의 선율이 우리의 모천을 헤엄치고 있는 감동을 우리는 귀로 듣고 눈으로 보고 있는 것입니다.

이 귀향 음악제는 단순한 노래잔치가 아닙니다. 외국에서 활약하고 있는 몇몇 음악인들을 환영하고 그들의 재능을 기리는 단순한 모임도 아닙니다. 우리는 이분들의 귀향과 노래를 통해서 우리의 모천을 확인하고 그 생명의 시원을 찾을 수가 있습니다. 음악회라기보다 하나의 탐험인 것입니다.

돌아올 곳이 있다는 이 기쁨 그리고 그 휴식, 이것이야말로 우리 삶에 아름다운 음계音階를 놓아주는 고음부高音符 기호記號가 아니겠습니까. 음악 그 자체가 우리에게 있어서는 이미 시원적인 것이라고 할 것입니다. 모든 것이 시작되는 그 근원에는 음악이 있습니다. 그리고 모든 것이 끝나는 그 자리에도 음악이 있습니다. 영원한 회귀—그렇기에 음악은 인간의 영혼에 가장 가까운 자리에 있다고 할 것입니다.

돌아온 우리의 예술가들을 맞으면서 우리는 우리의 조국을 다시 느끼고, 우리의 영혼과 음악을 다시 생각하고, 우리의 행복을 다시 다짐합시다. 우리의 피 속에 깊이 잠들어 있는 향기로운 예술의 혼, 선조가 우리에게 주신 음악적 재능과 그 신명의 세계를 다시 한 번 경건한 마음으로 감사합시다.

모천의 물살을 헤치고 헤엄치고 올라온 이 선율의 매혹을 향해서 우리 모두 뜨거운 박수를 보냅시다.

달을 멈추게 한 한국의 음악

이 세상 사람들은 여러 가지 방식으로 만납니다. 그러나 음악으로 만나는 것보다 더 행복한 만남은 없을 것입니다. 음악은 나와 너의 단절을 이어주는 빛나는 고리로서 아무리 낯선 것이라 해도 하나로 이어주는 힘을 지니고 있습니다. 특히 한국인들은 하늘과 땅처럼 양극으로 멀리 떨어져 있는 것도 음악의 힘을 빌리면 하나로 통합시킬 수 있다고 믿어왔습니다.

한국의 고유 악기인 가야금은 지금으로부터 1600년 전에 우륵이라는 사람이 만들었다고 전해지고 있는데, 그가 이 악기를 타면 언제나 학이 날아와 그 장단에 맞추어 즐겁게 춤을 추었다고 합니다. 신라의 시인이었던 월명도 밤길을 거닐면서 피리를 불면 하늘을 달리던 달도 멈춰 서서 그 소리를 들었다고 합니다.

지금 우리가 여러분들과 악수를 나누고 있는 이 손들은 모두가 우주적인 손입니다. 인간의 뜰과 자연의 숲을 허물어버렸던 그 우륵의 가야금, 달과 온갖 별들의 시간을 멈추게 했던 월명의 피리, 그 신비한 1천 년의 소리를 담은 한국의 음악은 우리들의 만남을 가장 순수한 친구가 되게 할 것입니다.

그러나 우리가 오늘 이 같은 음악을 통해서 서로 만나기까지에는 참으로 많은 기다림과 시련의 벽이 있었다는 것을 잊어서는 안 될 것입니다. 온 세계가 동과 서로 나뉘어 대립과 갈등으로 지내온 세기의 겨울철에 한국으로부터 들려온 소리는 가야금이나 피리가 아니라 전쟁의 포성 소리였고 굶주림과 고통의 신음 소리였습니다. 거의 1세기 동안 한국민들은 식민지의 폭력, 이데올로기의 투쟁, 전쟁과 빈곤 그리고 온갖 정치적 불안정 속에서 살아오면서도 우주의 모든 생명체가 하나의 울타리와 지붕 밑에서 살아가는 평화와 화합의 꿈을 포기한 적이 없었습니다. 그리고 그것을 가능케 한 힘은 수천 년 동안 한국인의 마음속에 흐르고 있었던 바로 그 음악의 혼이었다고 할 수 있습니다.

여러분들은 유엔군이 참전했던 한국전에서 세계의 모든 젊은이가 피를 흘렸던 것을 기억할 것입니다. 그러나 그 41년 뒤 한국은 서울 올림픽을 통해서 동서의 젊은이들이 냉전의 벽을 넘어서 서로 하나의 친구가 되고 그 묵은 묘지들을 아름다운 화원으로 바꾸어놓았던 것을 보았을 것입니다. 그리고 최근에는 42년 동안 끝없이 좌절되었던 유엔 가입안이 만장일치로 가결된 것을 보았을 것입니다. 그것은 한국이 단순히 161번째의 유엔 가입국이 되었다는 사실을 의미하는 것은 아닐 것입니다. 세계가 이제 갈등과 분열의 냉전으로부터 벗어나 공존의 화합과 새로운 문명의 새벽을 맞이하고 있다는 상징적인 사건이라고 할 것입니다.

이름 그대로 한국은 고요한 아침의 나라가 되었으며, 하늘과 땅이 함께 감동의 춤을 추고 인간과 새가 같은 뜰에서 사랑의 노래를 부르는 1천 년의 소리가 들려오고 있습니다. 아마도 여러분들은 1부의 음악에서는 모든 것이 억제되고 균형을 잘 이룬 조선조 선비들이 즐겨 사용한 백자를 연상하게 될 것이고, 2부에서는 거꾸로 소박하면서도 활력에 넘치는 민중의 검은 질그릇을 보게 될 것입니다. 그러나 그것들은 2개이면서도 동시에 하나인 동양의 신비한 은행잎이라고 할 것입니다.

"음악을 한 번 부르는 것은 기도를 열 번 드리는 것과 맞먹는다"는 격언이 있습니다. 우리의 만남을 위해서, 그리고 세계의 화평한 아침을 위해서 여러분들께 음악으로 기도를 드립니다.

Ⅷ
예술인들에게 고함

시인의 왕국을 찾아온 세계의 시인들에게

한국을 찾아주신 세계의 시인들을 맞기 위하여 이 영광스러운 자리에 섰습니다. 그러나 저는 여러분들에게 환영한다는 말을 하기 전에 먼저 여러분들이 맨 처음 한국 땅을 밟았을 때 무슨 생각을 했는지 묻고 싶습니다.

어느 시인들은 이 지상에 남아 있는 마지막 분단국의 장벽들을 생각했을는지도 모르고 또 어느 시인들은 거꾸로 동서의 벽을 허문 서울 올림픽의 감동적인 광경들을 상상했을는지도 모릅니다.

좀 더 한국의 역사에 대해서 알고 있는 분들은 일본의 통치를 받은 식민지 시대와 한국전쟁의 어두운 기억들을, 그리고 경제에 대해서 관심을 갖고 있는 분들은 수백 달러밖에 되지 않던 국민소득을 불과 20년 만에 5천 달러로 끌어올린 기적의 숫자들을 떠올렸을지도 모릅니다. 그러나 여러분들 가운데 과연 몇 분이 자신이 지금 '시인의 왕국'을 방문하고 있다고 생각했는지 의심하지 않을 수가 없습니다.

조선조 500년 동안 이 나라에서는 누구든 시를 짓는 시험, 이른바 과거를 치르지 않고서는 관료가 되지 못했으며 어떤 통치자도 시를 읽고 쓰는 능력이 없으면 그 자리를 지킬 수가 없었습니다.

여러분들이 칼을 쓸 줄 모르는 기사를 상상할 수 없듯이 한국인들은 시를 모르는 선비들을 생각할 수가 없습니다.

그러므로 한국의 옛날 선비들은 먼 길을 떠날 때 노잣돈 대신 몇 편의 시를 예비해두었던 것입니다. 그가 만약 사람들을 감동시킬 수 있는 시의 재능만 가지고 있다면 어느 마을 어느 집에 가든 환대를 받을 수 있었기 때문입니다. 술과 음식 그리고 편한 잠자리를 대접받았을 때 그는 그 대가로 바람과 달에 대한 몇 개의 아름다운 은유를 지불하기만 하면 됩니다. 김삿갓은 평생을 문전걸식을 한 사람이지만 누구도 그를 거지라고 부르지는 않았습니다. 왜냐하면 그는 밥 한 숟가락을 얻어먹어도 언제나 시의 빛나는 동전을 놓고 올 수 있었기 때문입니다.

단지 이러한 이유만으로 나는 한국을 '시인의 왕국'이라고 부르는 것은 아닙니다. 옛날의 선비들이 아니라도 우리는 평범한 생활인의 심장 속에서도 뛰노는 시의 리듬을 들을 수가 있습니다. 한국전쟁 때 한국인은 포탄의 탄피를 주워 교회당의 종을 만들어 쳤으며 군인들이 버리고 간 헬멧을 주워 두레박을 만들어 우물터에 놓았습니다. 이것이야말로 지옥의 가시로 천국의 꽃을 피우고 얼음 속에서 타오르는 불꽃을 일으키는 상상력이 아니고 무엇이겠습니까.

그렇습니다. 한국의 여인들은 일상생활 속에서 버려진 천 조각들을 모아두었다가 어느 날 제각기 다른 그 색채와 형태를 교묘하게 배합시켜서 몬드리안의 그림처럼 아름다운 하나의 보자기를 만들어냈습니다. 바늘 끝으로 쓴 메토니미(métonymie, 환유)의 축제가 아니겠습니까.

그러나 존경하는 시인 여러분! 1년에 500종의 시집이 발간되고 수십만 권의 베스트셀러들이 등장하는 이 전설적인 왕국에서도 역시 시는 그리고 시인의 운명은 산업주의의 바람 속에서 꺼져가는 작은 불빛들의 하나가 되어가고 있습니다. 저는 여러분들을 맞이하기 바로 일주일 전, 반딧불이가 유일하게 살아남은 무주 구천동의 보호지에서 아이들의 여름학교를 열었습니다. 농약으로 전멸되어가는 그 반딧불이는 이제 우리 문화부의 행정 용어로 천연기념물 제322호라고 불리는 곤충이 되어버린 것입니다.

아이들은 저에게 물었지요. 문화부라고 하는 곳은 무엇을 하는 데냐고 말입니다. 그때 저는 이렇게 말했습니다. "너희들이 지금 보러 가는 그 반딧불이처럼 사라져가는 작은 생명의 불빛들을 지켜주는 곳이란다."

여러분들은 사라져가는 시인들의 마지막 왕국을 지키기 위해서, 반딧불이 같은 그 불빛을 지키기 위해서 이곳에 모였다고 나는 생각합니다. 그리고 마치 옛날 한국인들이 죽은 자를 매장하기 전에 지붕 위에 올라가 그의 이름을 부르는 초혼제를 지냈던 것처럼 우리는 죽은 시인들의 영혼을 불러들이는 마지막 시도를 해보아야 하는 것입니다.

서울에서 열리는 제12차 세계 시인대회로 인해 이 나라가 다시 '시인의 왕국'으로서의 명예를 되찾고 그것이 또한 세계의 모든 사람들에게 이번 대회의 주제와 같이 '시를 통한 세계의 형제애와 평화'로 길이 기억되는 날 나는 비로소 여러분들을 향해 환영한다는 말을 하게 될 것입니다.

서로 이름을 나누기 전부터 오랜 친구인 나의 손님들! 비록 우리의 환대는 가난하지만 여러분들은 옛 우리의 선비들이 그랬던 것처럼 이 땅 어느 곳에서든 편안히 머물 수 있습니다. 왜냐하면 여러분들은 우리에게 보석처럼 진귀한 메타포를 남기고 갈 가장 훌륭한 시인들인 까닭입니다.

예술가의 의상

여러분들은 예술가의 지위 향상을 논하기 위해서 아태 지역의 여러 나라를 대표해서 이곳 서울에 모이셨습니다. 그리고 저는 이 나라를 대표해서 여러분들을 환영하기 위해서 이 자리에 나왔습니다.

이 세상에는 여러 가지 모임이 있습니다만 예술가들이나 예술을 논하기 위해서 모인 사람들은 금세 한 가족이 됩니다. 투표하거나 계산하거나 무슨 약정서에 서명하기 위해서 모인 사람들이 아니라는 단순한 이유에서만이 아닙니다. 동병상련同病相憐이라는 말이 있듯이 예술가들은 이 산업사회에서 근원적으로 같은 병을 앓고 있는 사람들인 까닭입니다.

신라 때의 이야기입니다만 나라의 큰 잔치에 초대를 받은 한 시인이 문전에서 홀대를 받고 쫓겨나게 됩니다. 그의 옷이 너무 남루해서 거지로 오인된 탓이지요. 그 시인은 남의 옷을 빌려 입고 다시 온 다음에야 비로소 그 연회장으로 들어갈 수 있게 됩니다. 연회가 시작되자 그 시인은 술을 마시지 않고 옷에다 부었습니다. 놀란 사람들에게 그 시인은 이렇게 말했지요. "당신네들은 내가 아니라 내가 입은 옷을 초대한 것이지요. 그러니 여기 이 차린 음식들도 당연히 이 옷이 먹어야 하지 않겠습니까."

1천 년이 지난 오늘날에도 이 불행한 시인의 탄식처럼 연회장 입구에서 서성대고 있는 예술가들이 많습니다. 정치가, 기업인, 기술자—모든 사람들은 다 환영하면서도 유독 예술가들을 향해서만 손을 내젓고 있는 문지기들이 우리 주변에는 아직도 많이 있습니다. 사람이 아니라 옷—이를테면 돈이라든가 권력이라든가 직위 같은 것들만을 존중하고 있는 사회에서는 예술가의 고유한 차림은 패배의 기처럼 보이게 마련입니다.

중국의 시인 이태백李太白은 자기를 귀양 온 신선이라고 하였고 보들레르Charles Baudelaire는 뱃사람에게 잡혀 갑판에 묶여 있는 앨버트로스albatross 새라고 생각하였습니다. 이러한 비유가 아니라도 "참된 예술가는 아내를 굶기고, 아이들을 맨발로 다니게 하고, 70세나 되는 어머니에게 살림을 맡기면서도 자기의 예술 이외의 일은 아무것도 하지 못하는 사람"이라는 말을 우리는 기억하고 있습니다. 순수한 예술가일수록 이 사회에서는 혼자서 살아가기 힘든 존재입니다. 하늘을 날던 긴 날개가 땅 위로 걸어다닐 때는 도리어 방해가 되는 것과 마찬가지이지요.

그렇기 때문에 예술가의 지위 향상은 물질적 보상만으로는 이루어질 수가 없다는 것을 우리는 알고 있습니다. 말하자면 그들의 옷을 비단옷으로 갈아입히는 일이라고 생각해서는 안 될 것입니다. 그보다는 그들이 입고 있는 옷이 누더기가 아니라 비단옷보다 더 값지고 아름다운 것이라는 것을 이 사회의 문지기들이 깨달을 수 있도록 하는 것, 그리고 인정하고 받아들일 수 있도록 하는 그것이 더욱 중요한 일이라고 나는 생각하고 있습니다.

한국의 문화부는 작년 초에 처음으로 정부의 전문 부서의 하나로 탄생했습니다만 이 짧은 기간에 우리가 힘들여온 예술 정책의 하나는 예술가들에게 앨버트로스의 넓은 바다와 높은 하늘을 마련해주는 일이었습니다. 대도시에는 문화의 거리를, 빈민가에는 아름다운 조각으로 꾸민 포켓 공원을 만들어 각종 예술 프로그램을 제공하는 기획을 하고 있습니다. 그리고 예술인들이 창작에 전념할 수 있도록 오지에 있는 전통적인 마을들을 창작 마을로 개방하기도 하였습니다. 전 국토를 예술의 공간으로 만드는 것이 문화부의 꿈입니다.

우리는 기업체 내에도 문화를 전담하는 부서를 만들어 기업 내에서 종사하는 모든 사람들이 예술적 삶을 누릴 수 있도록 도와주고 있습니다. 그래서 온 국민들이 예술을 물고기의 아가미처럼 호흡하기 위해 존재하는 것임을 몸으로 느낄 수 있게 하자는 것입니다. 올해를 연극·영화의 해로 선포한 것도 바로 그런 맥락에서입니다. 앞으로 10년 동안 정부는 계속해서 예술의 해를 선정하여 온 국민이 그 예술 분야에 관심을 집중하도록 하고 예술가들을 존경하고 지원할 수 있도록 사회 분위기를 조성해나갈 것입니다.

이렇게 해서 앞으로 예술가들은 남의 옷을 빌려 입지 않고서도 떳떳이 세계의 연회장에 들어오게 될 것입니다. 그것도 가장 높은 자리에 앉아 향기로운 술잔을 들어 모든 손님들에게 축배를 제의할 것입니다.

예술가들의 지위 향상은 앞으로 오는 후기 산업사회의 핵심 문제로 대두할 것입니다. 예술적 상상과 그 기법 없이는 과학기술도 경제력도 발전하기 힘들 것입니다. 기능적인 것이 커뮤니케이션으로 그 가치를 바꾸는 시대, 그것이 바로 유행어처럼 된 정보시대의 특징입니다. 예술가의 지위 향상은 곧 인간 자체의 지위 향상을 의미하는 것입니다. 의식주의 경제적 향상은 아무리 향상된다 하더라도 동물적 상태의 행복을 넘어서지 못할 것입니다.

인간이 인간답게 살아갈 수 있는 사회, 그와 같은 꿈을 현실로 만들기 위해서 여러분들은 이곳 서울에 왔습니다. 우리 정부는 여러분들의 뜨겁고 슬기로운 목소리에 귀를 기울일 것입니다. 그리고 시를 지을 줄 모르면 관리가 되지 못했던 1천 년의 전통을 갖고 있는 이 한국민들은 이곳에 온 여러 대표들을 가장 명예로운 손님으로 맞이할 것입니다.

여러분들의 건강과 행운을 빌면서 이만 인사말을 줄입니다.

문학에서의 가변성과 영원성

우리는 지금 한 공간 속에 이렇게 모여 있습니다. 만약 이런 모임이 없었더라면 지금쯤 우리들은 저마다 자신의 일상적 생활공간 속에 갇혀 지금과 다른 일들을 하고 있을 것입니다. 정치가나 혹은 주주들은 투표하기 위해서 회의를 열지만 문학인들은 단지 만나기 위해 그리고 새로운 공간 그 자체를 만들기 위해서 모이는 일이 많습니다. 누가 펜클럽 회의를 비꼬아 국제 관광단이라고 말한 적이 있었습니다만 제 개인의 생각으로는 그것이 펜 대회를 모욕하는 소리가 아니라 오히려 칭찬하는 소리로 들립니다.

투표로써 역사를 선택할 수는 있어도 그것을 창조해내지는 못합니다. 대부분의 값진 창조는 여행에서 비롯되었다고 하는 편이 옳을 것입니다. 처음으로 도시에 나온 산사람과 섬사람이 해가 어디에서 돋는가로 싸움을 벌였다는 농담 하나가 생각납니다. 산사람은 해가 산에서 돋는다고 하고 섬사람은 그것이 바다에서 솟는다고 주장을 했던 것이지요. 그때 이 싸움을 보던 호텔 주인은 이렇게 말했다는 것입니다. "해는 산에서 뜨는 것도 바다에서 솟아오르는 것도 아니다. 해는 지붕 위에서 떠오는 것이다."

이러한 사람들의 주장은 결코 투표로써 결론을 얻을 수는 없을 것입니다. 유일한 길은 자기가 살던 고정된 자리를 떠나 새로운 공간을 체험하는 것으로만 가능해집니다. 그런 점에서 문학이란 단테가 『신곡』에서 시도했던 것처럼 일종의 우주를 가로지르는 수직의 여행이며 그 공간 만들기라고 할 것입니다.

우리가 지금 펜 대회를 서울에서 열고 있는 것처럼 모든 문학 작품은 도시나 마을의 한 이름이며 그것을 읽는다는 것은 우리가 그 미지의 공간에서 서로 만나 이야기하는 것이라 할 수가 있습니다. 김소월은 한국에서 가장 유명한 서정시인으로 알려져 있습니다만 나는 그의 시 「산유화」를 이러한 공간 만들기의 대표적인 예로 여러분 앞에 소개하고 싶습니다.

그는 「산유화」라는 시에서 우리가 일찍이 체험하지 못했던 새로운 공간을 다음과 같이 노래하고 있습니다.

山에는 꽃피네
꽃치 피네
갈 봄 녀름업시
꽃치 피네

山에

山에

피는 꽃츤

저만치 혼자서 피여잇네

山에서 우는 적은새여

꽃치죠와

山에서

사노라네

山에는 꽃지네

꽃치 지네

갈 봄 녀름업시

꽃치 지네

우리가 이 시를 읽을 때 무엇보다도 충격을 받게 되는 것은 '꽃이 피다'와 '꽃이 지다'라는 두 대립되는 반대어가 동의어처럼 같은 문맥 속에 나타나 있다는 점일 것입니다. 즉 첫 연과 마지막 연은 한 자도 틀리지 않은 반복문으로 되어 있는데도 '피다'라는 말이 '지다'라는 반대 진술로 바뀌어져 있다는 사실입니다.

그런데도 우리는 아무런 모순을 느끼지 않는 것입니다. 만약 그것이 김소월이 창조한 시적 공간이 아니라 우리가 살고 있는 일상적 뜰이나 거리였다면 이러한 모순은 결코 허락될 수가 없을 것입니다.

꽃이 핀다는 것은 열린다는 것이며 꽃이 진다는 것은 닫힌다는 것입니다. 말하자면 꽃이 핀다는 것은 생이라고 한다면 꽃이 진다는 것은 죽음과 같은 것입니다. 피다와 지다는 인간의 영원한 이항 대립적 삶의 의미를 나타내는 것으로 그것은 결코 하나가 될 수 없는 운명을 지니고 있습니다.

그러나 김소월은 피는 것과 지는 것이 등가물이 되는 충격적 공간을 만들어낸 것입니다. 그 비밀은 이 시인이 '갈 봄 여름 없이'라는 말로써 산을 계절로부터 벗어나게 한 까닭입니다. 보통 어법으로 사계절을 이야기할 때 사람들은 봄 여름 가을 겨울이라고 합니다. 원래 계절에는 서열과 등차가 없는 것인데도 우리는 봄을 시작, 겨울을 그 끝으로 순차성을 부여하고 있습니다. 그래서 계절은 선형線形적인 것이 되어버립니다. 그러나 김소월은 봄보다 가을을 앞에 놓음으로써 그 순차성을 바꿔놓았을 뿐만 아니라 자연스럽게 겨울을 슬며시 건너뛰어버렸습니다. 그래서 마치 산에서는 계절과 관계 없이 언제나 꽃이 피는 것처럼 느껴지게 합니다. 그리고 직선적인 계절은 순환하는 동그라미 모양으로 변합니다. 이것이 '갈 봄 여름 없이 꽃이 피네'라는 첫 연의 진술입니다. 나의 마당이라면 꽃은 봄과 여름에 피었다가 가을과 겨울에 지는 것으로 될 것입니다. 이를테면 보통 공간과 그 계절 속에서는 꽃이 피는 것과 지는 것은 정반대되는 흑백의 대립으로 나타납니다. 그러나 사시사철 꽃이 피는 김소월의 산에서는 계절의 분절이 사라지게 되고 동시에 피고 있는 공간에서는 사시사철 꽃이 지고 있는 공간이기도 한 것입니다.

비단 피고 지는 것만이 하나가 되어 있는 것이 아니라 김소월의 산은 혼자 있는 것과 함께 있는 것도 하나로 그려져 있습니다. '산에 산에 피는 꽃은 저만치 혼자서 피어 있네'라는 2연째의 서술은 꽃의 외로움을 나타내주고 있습니다. 깊은 산속이기에 꽃들은 혼자서 피었다가 혼자서 집니다. 그러나 3연째에 오면 산에서 우는 작은 새는 꽃이 좋아 산에서 산다고 되어 있습니다. 혼자 피는 꽃이기 때문에 작은 새는 꽃을 좋아하고 그와 더불어 산에서 사는 것입니다. 꽃은 혼자이기 때문에 혼자가 아닐 것입니다. 피는 것과 지는 것, 혼자 있는 것과 함께 있는 것, 김소월은 시를 통해서 이렇게 흑백의 이항 대립을 넘어선 총체적 공간으로서의 산을 우리에게 보여줍니다.

그동안 많은 시인들이 꽃의 아름다움과 그 영광을 노래했습니다. 그러나 한 장소나 한 계절 속에서 그려진 꽃들은 피는 것이 아니면 지는 것의 어떤 한 면밖에는 그 얼굴을 드러내 보이지 못할 것입니다. 김소월은 꽃을 직접 노래하지 않고 그 꽃이 피고 지는 것을 동시적으로 포용하는 공간을 만들었기 때문에 우리는 꽃의 양면성을 비로소 맛볼 수가 있는 것입니다. 꽃의 영원성은 조화처럼 시들지 않는다는 데 있는 것이 아니라 바로 피다와 지다의 그 변화와 이항 대립적 개념을 포괄하는 데서 얻어지는 것이라고 할 것입니다.

피다와 지다의 이항 대립을 하나의 공간 속에 포섭해버리는 재능은 김소월의 재능이라기보다 한국인들이 갖고 있는 특성이라고 해도 좋을 것입니다. 서랍을 뜻하는 영어의 드로어는 '빼내다'의 뜻입니다. 서랍은 원래 빼내기도 하고 또 밀어서 닫기도 하는 것인데도 서양 사람들은 그 양면성에서 하나만을 선택하여 일방적인 것으로 만들어버립니다. 그러나 한국인은 그것을 빼고 닫는다는 두 동사를 하나로 하여 빼닫이라고 부르고 있는 것입니다. 뿐만 아니라 한국의 고무신은 왼발 오른발 구분이 없이 어느 쪽을 신어도 좋도록 되어 있습니다. 영어에는 한 단어가 정반대의 뜻을 나타내는 것으로는 '템퍼Temper' 정도이지만 한국어에는 부지기수입니다. 뜨거운 차를 마시며 시원하다고 하거나 혹은 과년한 딸이 시집을 가면 시원섭섭하다라는 말을 쓰기도 합니다. 이상과 같은 모더니스트 역시 김소월의 산처럼 이항 대립을 넘어선 공간을 많이 만들어내고 있습니다. 그의 난해성은 대부분이 양의적 공간을 그리고 있기 때문이라고 할 수 있습니다.

정교한 메타포로 되어 있는 그의 시 가운데는 여인들이 빨랫방망이로 두드려 빨래를 빠는 세탁장의 공간에서 전쟁의 폭력과 평화가 하나의 궤도를 돌고 있는 모순을 여실히 보여주고 있습니다. 그는 때 묻은 세탁물을 비둘기로 보고 빨랫방망이질하는 것을 비둘기, 즉 평화를 학살하는 폭력으로 본 것입니다. 그리고 그는 하얗게 빨아진 세탁물을 너는 것을 흰 비둘기 떼가 나는 것으로 보고 평화의 상징으로 보았던 것입니다. 즉 김소월이 산이란 공간을 통해서 피는 것과 지는 것을 하나로 보여주었듯이, 이상은 빨래터를 통해서 폭력과 평화가 동전의 안팎처럼 하나를 이룬 상태를 보여주는 것입니다.

그렇지요. 정치가나 주주총회를 다시 염두에 두십시오. 그들의 회의는 선택하기 위해서 있는 것이고 이 선택은 항상 투표나 폭력에 의해서 한쪽을 배제하는 것으로 실현되는 것입니다. 그러나 문학인들은 김소월의 「산유화」나 이상처럼 혹은 서로 반대 방향에 있는 게르만트 쪽과 메제그리스 쪽을 동시에 갈 수 없는 그 불가능성에 도전한 프로스트Robert Frost처럼, 어느 한쪽을 배제하지 않고 그것들을 동시에 포괄할 수 있는 공간 찾기 또는 공간 만들기를 꿈꿉니다.

김소월의 「산유화」를 이야기하다가 우리들이 토론할 문학 논제를 잊을 뻔했습니다. 사실 이번 문학 논제는 다분히 논쟁적 성격을 감추고 있어서 여기 모인 문인들이 두 패로 갈리어 각각 반대편 골문으로 볼을 몰아가기를 희망하고 있는 눈치가 보입니다. 그러나 이 가변성과 영원성은 이항 대립적 관념이라기보다 손바닥과 손등처럼 둘이면서 하나인 상호 합일적인 관계를 갖고 있다고 하는 편이 옳을 것입니다. 이러한 주장이 결코 토론자들의 목소리를 낮추기 위한 절충론이나 추상적인 이상론이 아니라는 것을 밝히기 위하여 나는 김소월의 시를 그 모델로 제시하려 했던 것입니다. 그리고 김소월의 「산유화」는 우리에게 급변하는 사회에서의 문학의 가변성과 영원성이 과연 무엇인지를 잘 설명해주고 있습니다.

문학에서의 가변성이란, 일정한 시간과 일정한 공간을 선택하는 시점의 단일성에서 비롯되는 것입니다. 제논의 화살처럼 날아가는 화살의 공간과 시간을 따라서 무수히 그 시점을 옮겨 간다면 화살은 움직이지 않을 것입니다. 그렇기 때문에 단일 시점에서 문학을 쓰는 경우에는 문학의 가변성이 강조되고, 복합적 시점에서 사물을 바라볼 때는 문학의 영원성이라는 것이 부각됩니다. 봄의 꽃, 뜰 안의 꽃은 가변적입니다. 그러나 갈 봄 여름 없이 피는 「산유화」의 꽃은 한 계절 속에서만 관찰된 꽃이 아닙니다. 계절의 순환을 알기 위해서는 사계절 속에서 어느 한 계절을 선택하는 것이 아니라 그 전체를 총괄하는 복합적 시선을 가져야 할 것입니다. 동시에 눈앞에 피어 있는 한 장소의 꽃이 아니라 산 전체, 산의 모든 장소를 두루 내다보는 시선이 필요합니다.

근대의 서양 사람들이 발견한 원근법하고는 아주 다른 시점이지요. 원근법은 단일 시점을 선택하는 예술의 기법입니다. 하나의 시간, 하나의 공간을 선택한다는 것은 조르주 풀레Georges Poulet의 말처럼 분열이고 배제이며, 그 선택에 의해 한 장소에 독방처럼 갇히게 된다는 것을 의미하는 것이기도 합니다. 그러지 않고서는 원근법은 나오지 않습니다.

그러나 동양화는 사물을 고정된 한 시점에서가 아니라 마치 화가가 헬리콥터를 타고 그때그때 이동하면서 사물들을 관찰한 것처럼 다시점 속에서 자유롭게 그려냅니다. 단일 시점과 복수적인 시점, 김소월이 보여준 「산유화」의 꽃들이 바로 그러한 가능성을 보여주고 있는 것이지요. 첫 연과 4연의 꽃들은 복합적·전체적 시점인 데 비해서 저만큼 혼자서 피어 있는 꽃과 작은 새를 노래한 2연과 3연은 단일 시점의 원근법으로 이루어져 있는 것이라고 할 수가 있습니다. 문학의 가변성과 영원성이 한데 어우러져 있는 「산유화」의 공간을 만약 여러분들이 직접 보시고 싶으시다면 서울의 공간을 좀 더 탐색해야 할 것입니다. 여러분들은 서울의 한복판을 흐르는 한강에서 '잠수교'라는 매우 특이한 다리 하나를 찾아볼 수가 있을 것입니다. 그 이름부터가 물에 잠기는 다리라는 뜻으로 하나의 충격으로 다가올 것입니다. 홍수가 나도 물에 잠기지 않는 다리를 세우려는 욕망은 근대를 지배하는 많은 꿈 중 하나일 것입니다. 그러한 다리에 익숙해 있는 여러분들에게 이름 그대로 비가 많이 오면 물속으로 그냥 잠겨버리도록 설계되어 있는 다리가 대도시의 서울 한복판에 존재한다는 것은 분명 경이로운 일이라 하지 않을 수 없을 것입니다. 더구나 그것이 바로 30년 전에 놓여진 다리라는 것을 알면 더욱 그럴 것입니다. 콘크리트로 만들어져 있긴 하나 잠수교는 옛날 시골 징검다리와 본질적으로 조금도 다를 게 없지요. 근대화되기 이전의 한국 사람들은 자연과 정면으로 대결하기보다는 적당히 타협하면서 살아왔습니다. 홍수가 날 때마다 불편을 겪는 다리이면서도 서울 사람들이 별로 그 다리를 미워하지 않고 있는 것을 보면 아직도 그러한 전통이 살아 있는 것 같습니다. 〈저기 잠수교가 보이네〉라는 노래가 대히트를 한 것만 보아도 알 수가 있습니다.

그런데 고도 성장기인 1970년대의 산업화 시대에 들어서면 이 잠수교의 구조에도 큰 변화가 일어나게 됩니다. 잠수교 위로 높고 튼튼한 새로운 다리 하나가 증축되어 2층을 이루게 된 것입니다. 물론 그것은 어떤 홍수에도 끄떡하지 않는 어깨가 당당한 다리입니다. 그리고 1980년대에 들어서게 되면 이 잠수교는 다시 한 번 또 그 구조를 바꾸게 됩니다. 오염된 물이 정화되어 한강이 시민들의 놀이공간으로 개발되자 이번에는 유람선이 다닐 수 있도록 교각의 일부를 높이지 않으면 안 되었기 때문입니다. 말하자면 아치형으로 일부 수정된 잠수교는 탈산업시대를 예고하는 다리가 된 것입니다.

결국 잠수교는 프리모던, 모던, 포스트모던의 삼중 구조를 이루고 있는 다리로서 급변하고 있는 한국 사회의 모델을 이루고 있다고 해도 좋을 것입니다. 뿐만 아니라 이 잠수교는 갑작스러운 시대의 변화에서 생겨난 다중적 구조를 보여주고 있는 예로서 정도의 차이는 있지만 어느 나라에서도 발견될 수 있는 오늘날의 문화적 특성을 잘 반영시켜주고 있습니다. 어떠한 시대에도 당대의 문인들이 자기들이 살고 있는 사회야말로 급변하는 사회, 종말의 시대라고 생각해왔습니다만 잠수교의 모양대로 불과 반생애 속에 인류가 살아온 전 문명의 세 단계가 함께 소용돌이치는 그런 시대는 일찍이 그 예가 없었을 것입니다. 그러나 급변하는 시대일수록 그것을 배제하는 것이 아니라 잠수교처럼 흡수해버려야 할 것입니다. 변화 자체를 다의성으로 싸버리는 것이지요. 그래서 복합적인 구조에 의해서 급변하는 사회를 포괄해버리는 더 큰 공간을 만들어내야 합니다.

그래서 나는 이따금 글을 쓰다가 현기증을 느끼면 한강을 찾아가 잠수교를 바라보곤 합니다. 그 다리의 구조에는 어떤 교량 설계자도 또 조각가도 생각해내지 못한 시간의 복수성과 공간의 다중성을 지니고 있는 것입니다. 그것은 온갖 모순, 온갖 변화 그리고 온갖 가치들을 '물을 건너다'라는 영원한 욕망의 동사 속에 집약시키고 있습니다. 화석처럼 응결해 있으나 그 다리는 강물 그것처럼 열려져 있는 것입니다. 잠수교는 가변성 속에 영원성을 담고 있는 구조물이라고 할 것입니다. 다른 말로 하면 잠수교는 복수이면서 동시에 하나입니다. 전근대와 근대 그리고 후기 근대를 동시에 살아가는 우리들은 그 시대를 포괄하는 다의적인 언어를 만들지 않고서는 이 격류를 건너가는 다리를 놓지 못할 것입니다. 「산유화」와 잠수교 그리고 서울의 공간 탐색을 통해서 어쩌면 여러분들은 문학의 오랜 숙제인 가변성과 영원성의 이항 대립을 뛰어넘어 자유롭게, 그리고 조금은 멀미를 느끼며 무중력 상태에서 유영하는 것 같은 우주 여행을 즐길 수도 있을 것입니다.

IX
문화 공간을 위하여

민족의 기억을 저장하는 광

도서관을 위한 이 큰 잔치에 자리를 같이해주신 여러 손님 그리고 전국에서 모이신 오늘의 주인공 도서관 가족 여러분!

저는 오늘 의례적인 인사말을 드리려고 이 자리에 선 것은 아닙니다. 인사가 아니라 무엇인가 눈으로 직접 보고 확인하기 위해서 그리고 육성으로 직접 듣고 다짐하기 위해서 여기에 온 것입니다. 그리고 앞으로 우리가 무엇을 위해서 주먹을 쥐어야 할 것인지를 함께 의논하고 실천하기 위해서 여러분 앞에 선 것입니다.

오늘의 이 큰 모임을 위해서 나는 식장으로 들어오는 국립극장 앞마당에 전국의 도서관 이름을 적은 오방색 기를 달도록 관계자에게 당부를 했었습니다. 그러나 그 깃발들에 쓰여진 우리 국·공립 도서관의 숫자들은 모두가 238개로서 콜롬비아의 975개, 태국의 376개만도 못했습니다. 그나마도 그 도서관들은 거의 모두가 도시에 집중되어 있고 이용자 또한 8할이 입시 수험생들로서 책이 아니라 단지 조용한 공부방을 빌리려고 온 사람들입니다. 우리가 지금 자랑하고 있는 경제 성장의 그 빛나는 숫자와는 달리 도서관과 관계된 숫자들은 모두가 이렇게 우리를 부끄럽게 하는 것들뿐입니다.

우리의 대표 도서관이라고 하는 국립도서관은 불과 100만 권 대의 책을 소장하고 있습니다만 유럽에서 보통 이름 있는 도서관이면 대개가 600만 권 이상 그리고 역사가 짧다고 하는 미국이라 할지라도 400만 권은 넘어야 명문 도서관 소리를 듣습니다. 4천 년의 고유문화를 갖고 있는 나라, 책을 읽는 선비들이 아니면 정사를 맡아 할 수가 없고 시문을 모르면 벼슬길에 오르지도 못했다는 나라, 세계에서 제일 먼저 금속활자를 만들어 책을 찍어낸 나라, 문맹인들이라 할지라도 자기 남편을 책방에 있는 님이라고 하여 서방書房님이라고 불렀던 나라, 그런데도 오늘날 이 나라의 도서관은 어째서 이렇게 되었으며 도서관을 지키는 제사장과 같은 사서직들은 왜 이렇게 바닥에 떨어졌는지 알 수가 없는 일입니다.

도서관이 인류 문화의 가장 빛나는 유산 중 하나라는 것은 4천 년 전까지 거슬러 올라가는 그 역사만 보아도 짐작할 수가 있습니다. 사실 도서관의 역사는 인간이 무엇인가를 기록하고 보존하려는 욕망이 생겼던 그 순간에서부터 태어난 것이라 해도 과언이 아닐 것입니다. 되도록 그 소중한 기억의 흔적들을 오래 간직하기 위해서 사람들은 흙 위에 쓴 글씨를 불로 구워 단단한 점토판을 만들었습니다. 망각은 죽음보다도 더 무서운 것입니다. 한 개인만이 아니라 사람들이 모여 사는 하나의 공동체가 자기네들이 살아온 역사를 망각한다면 그 집단은 곧 무너지고 말 것입니다. 기억을 새겨두고 저장해두지 않으면 그 역사는 죽고 그 사회는 시들고 맙니다.

그러므로 한 민족의 문화는 보석을 쌓아두는 곳간이 아니라 모든 사람들의 기억을 저장해두는 책의 광으로부터 태어났다고 해야 할 것입니다. 이러한 문화의 광을 갖지 못한 사람들은 그들이 겪은 생활이나 이야기들을 몇몇 노인들의 기억력에만 의존할 수밖에 없었기 때문에 원시적인 씨족사회에 머무를 수밖에 없었습니다. 도서관을 세운다는 것은 곧 나라를 세운다는 말과 같습니다.

옛날 알렉산드리아 사람들이 터키 사람들에게 파피루스를 수출하지 않았던 것은 그들이 자기네들보다 더 큰 도서관을 지을까 두려워했기 때문이었습니다. 도서관은 국가의 상징이었으며 도서관의 크기는 나라의 크기와 같은 것이라고 생각했던 것입니다. 미국의 개척민들 그리고 카네기같이 2,500개의 도서관을 지어준 기업인들이 그것을 입증해주고 있습니다. 다민족이 모여 사는 미국이 하나의 국가로서 성립하기 위해서는 미국적 삶의 동질성을 함께 나누고 모이는 공간이 필요했던 것입니다.

도서관은 단순히 책을 열람하는 곳이 아니라 옛날 이집트의 도서관 첫머리에 쓰여져 있었다는 말 그대로 영혼을 치유하는 약이며 서로를 연결하는 고리쇠입니다. 우리가 오늘 이 자리에 모인 뜻도 바로 그 점에 있는 것입니다.

한국인의 동질성은 날로 무너져가고 있고 사회는 핵가족으로 섬처럼 고립화해가는 오늘날 우리는 총체적인 삶을 회복하고 과거와 미래를 이어주는 기억의 다리를 세우기 위해서 도서관인들의 외로움은 종식되어야 한다고 생각합니다. 말하자면 도서관을 위한 대협력시대를 열어야 한다는 뜻입니다. 도서관은 어느 한 개인에 의해서 부흥하거나 발전되지 않습니다. 이제부터 도서관을 키우기 위해서 우리가 무엇을 할 것인가를 묻고 다짐해야 합니다.

우선 이 자리에는 많은 지식인들이 오셨습니다. 대학교수, 문인, 언론인들의 자랑스러운 모습들이 보입니다. 이분들은 모두가 장서가이기도 할 것입니다. 서재에는 평생 동안 탐구해온 지식의 양이 책으로 쌓여 있을 것입니다. 그러나 우리는 개인의 서재와 장서 속에서 지식을 공급받던 시대는 지나야 한다고 생각합니다. 우물터에 하나의 두레박을 놓아두면 누구나 그것으로 물을 퍼서 마실 수가 있을 것입니다. 그러나 우물터에 두레박이 없다면 사람들은 누구나 자기 두레박을 만들어 물을 마실 수밖에 없습니다. 도서관 시설이 좋으면 사람들은 저마다 책을 쌓아둘 필요가 없으며 장서가가 되지 않아도 좋을 것입니다. 하나의 두레박으로 1천 개의 두레박을 대신하려는 것, 이러한 정책은 문화부가 처음 생기던 그날 국민들과 약속한 저의 공약이기도 한 것입니다.

지식인들이 오늘 당장 도서관을 위해 할 수 있는 것은 바로 자신의 서재를 미래의 공공 도서관이라고 생각하는 발상의 전환이라고 생각합니다. 그리고 이미 이러한 협력은 시작되었습니다. 앞으로 국립도서관을 비롯하여 모든 공공 도서관에는 개인의 서재, 개인의 장서를 기증받아 개인 문고를 설치할 수 있도록 제도를 강구하고 있습니다.

지금 우리는 작고하신 학자들의 유족을 찾아서 이 일을 협의하고 있는 중입니다. 장서를 국립중앙도서관의 개인 문고로 꾸며 생존해 계실 때의 서재를 그대로 옮겨와 후학들에게 그 커다란 발자국을 이어가도록 할 것입니다. 유족들의 협력으로 이 일이 성사된다면 앞으로 국립도서관은 이 땅의 석학들이 안식하는 위대한 판테온Pantheon이 될 것이며, 앞으로의 도서관 이용자들은 지식의 참배객으로 이 개인 문고들을 찾아오는 순례자가 될 것입니다.

두 번째로 도서관의 무거운 짐을 함께 질 분들은 출판인들입니다. 이 자리에는 출판협회 이사장을 비롯하여 많은 출판인들이 참석하고 계십니다. 두말할 것 없이 도서관은 벽돌과 대리석과 서가로만 만들어진 것이 아니라 그 속에 담긴 책의 내용으로 구축되는 것입니다. 아무리 큰 시설을 갖추고 아무리 편리한 열람 제도를 만들어도 소장하고 있는 책의 내용들이 빈약하면 그것은 쓰러져가는 초가와 다를 것이 없습니다. 도서관이 거듭 태어나고 새 모습으로 미래의 지평에 우뚝 서려면 출판사가 그 산모의 구실을 해주어야 할 것입니다. 행정적으로도 도서관은 어문과 출판을 맡고 있는 어문출판국에서 관장하고 있습니다. 출판사와 도서관은 손등과 손바닥, 이와 입술과의 관계입니다. 문화부와 출판협회의 협력 사업으로 국민 기본 도서 100권을 출간하려는 계획도 이러한 시각에서 계획된 일이라고 할 것입니다. 앞으로 문화부가 구상하고 있는 대로 각 지역에 공공 도서관이 설치되고 도서 구입비를 늘려 시설을 확충하게 되면 반드시 상업적인 것을 목적으로 하지 않는다 해도 3천 권에서 1만 권 정도가 순전히 도서관 자료로 팔 수 있는 시대가 열리게 될 것입니다.

단순히 양서를 출간한다거나 양질의 책을 팔 수 있다는 경영면만이 아니라 도서관과 출판인의 협력은 책을 읽는 독자들에게 엄청난 봉사를 하게 되는 일이 많습니다. 현재 도서관에서는 도서 목록만 만들어 데이터베이스를 구축하고 있습니다만 앞으로 출판인들이 협력을 하여 책을 만드는 단계에서부터 미리 약속된 프로그램으로 컴퓨터 조판을 하고 내용 검색을 플로피로 만들어 도서관에 납본을 해준다면 도서관의 이용자들은 본문 검색을 자유로 할 수 있어 책의 이용도가 엄청나게 바뀌게 될 것입니다. 만약 거기에 절약되는 시간을 계산한다면 우리 문화의 목표를 수십 년 단축할 수가 있을 것입니다.

도서관에 보관되는 책은 그 종이나 제본 등이 100년 1천 년 갈 수 있도록 배려해주는 일도 동시에 강구되어야 할 것입니다. 책을 만드시는 분들은 항상 그것이 도서관의 서가에 꽂히게 되어 수백 년 뒤 미래의 이용자들이 그리고 수천 수만의 이용자들이 그것을 읽고 있는 뜨거운 시선을 느껴야 할 것입니다.

다음에는 기업인들입니다.

오늘 표창 받으신 분들은 어려운 기업 여건 속에서도 도서관을 지어주신 분들입니다. 저는 아직 이관되기도 전부터 기업인들을 찾아다녔습니다.

문화부를 위해서나 특정한 어떤 사업을 위해서가 아니라 스스로 돕기 위해서 도서관을 만들어주실 것을 간곡하게 요청했습니다. 모든 기업인들은 이 뜻에 동참하였고 여러분들이 들어오시면서 보았던 2대의 자동차는 그 작은 결실의 시작입니다. 현대에서는 길거리에서 책을 열람할 수 있는 움직이는 도서관으로서 버스 1대를 오늘을 위해 기증했습니다. 기아에서는 마이크로 버스를 주어서 움직이는 도서관에 첫발을 들여놓았습니다.

기업인들이 이렇게 돕는 까닭은 이와 같은 출판도서 문화의 뿌리가 바로 이 자리에 있기 때문인 것입니다. 이렇게 해서 기업인들은 각자 특수 도서관과 공공 도서관을 지을 것을 약속했고 함께 다짐했습니다.

그렇게 해서 음향기기를 만들어내는 회사인 인켈에서는 음악 도서관을 만들 것을 합의했습니다. 금년 11월이면 우리나라에 처음으로 음악 전문 도서관이 생깁니다. 앞으로 미술 도서관이 생길 것이고, 각종 전문 도서관들이 기업 내에 태어나게 됩니다.

물론 이러한 기업이 모든 도서관을 지었을 때 여기 모인 학생들을 비롯해서 사서직을 맡은 분들이 도서관법에 의해 책임자로 뽑혀 가게 됩니다.

도서관진흥법의 가장 중요한 골자는 "도서관은 도서관인들의 것이다" 하는 가장 중요한 권리를 새겨놓은 그 조문입니다. 즉 앞으로 도서관 관장은 명예로운 사람 또는 명예직, 이러한 하나의 장식품이 아니라 실제로 사서직으로서, 사서관으로서 평생을 마치려고 하는 전문인들에게 도서관의 운영권을 주도록 되어 있습니다. 앞으로는 사서인들만이 도서관 관장이라는 직책을 맡도록 되어 있습니다. 그렇기 때문에 기업인들이 도서관 하나를 지으면 사서직을 가지신 여러분들은 그만큼 일터의 마당이 넓어지는 것이고 출판인들은 그만큼 많은 책들이 팔려나갈 수 있는 시장을 확보하게 되는 것입니다.

또 협력해주실 분들이 있습니다.

이것은 바로 지역민들인 것입니다. 이제 도서관은 바로 여러분도 잘 아시다시피 내년부터는 입관료를 받지 못하도록 되어 있습니다. 도서관은 모든 국민이 한 푼 내지 않고 국가가 베푸는, 사회가 베푸는 당당한 권리로서 도서관 문을 그냥 들어가게 되는 것입니다.

어떤 사람이 물었습니다. "왜 도서관진흥법에 공공 도서관의 입관료를 받지 못하도록 하였는가. 수익자가 부담하는 것이 모든 경제의 원칙이 아니겠는가? 와서 책을 보는 사람이 입관료를 단 얼마라도 부담하는 것은 경제의 순리가 아니겠는가?"라고 반박을 했을 때 저는 이렇게 대답했습니다. "책을 읽어주는 것이 어째서 수익자인가. 길거리에 보면 길거리를 닦기 위해서 취로 사업 나온 사람들이 있는데 돈 주고 그 사람들에게 일 시키지 않느냐, 적어도 그 사람들이 도서관에 와서 책을 읽는 것은 공공 서비스이고 국가의 지식을 높이는 하나의 정신적인 노동인 것이다. 그들은 와서 국가에 봉사하는 것이다. 사실 문화부 장관이 힘이 없어서 그렇지, 더 힘만 있었더라면 입관료 무료가 아니라 도서관 들어오는 사람들한테 돈 몇천 원씩 보태줄 것을 제의하려고 했던 판이다."

"그들이 누구를 위해서 책을 읽는가, 누구를 위해서 도서관 문을 두드리는가, 그것은 나라와 사회와 온 민족의 질 높은 문화를 위해서 봉사하는 것이다." 저는 적어도 그렇게 생각합니다. "남이 술집에 갔을 때, 도박판을 벌일 때, 싸움판을 벌일 때, 외로운 도서관에서 책을 읽고 있는 사람들은 수익자가 아니라 이 국가에게 봉사하는 자들이다" 하는 것입니다.

그렇기 때문에 이와 같은 협력 관계는 지역사회로부터 이루어져야 됩니다.

왜냐하면 이미 도서관은 책만이 아니라 모든 것, 문화의 핵심적인 뿌리가 되어야 합니다. 책만이 아니라 여기에서 회의를 하고 강연을 하고 여러 지식의 정보를 얻는 곳으로 만들고자 합니다.

이렇게 해서 벌써 문화부에서는 각 공공 도서관에 족보방을 만들어서 그 마을 사람들이, 그 문중에서 만들어낸 족보를 기증해서 우리나라 모든 사람들의 성씨가 그곳에 적혀 있는, 세계에서 하나밖에 없는 족보 문화, 가장 귀중한 족보 문화를 곳곳에 앞으로 설치하고자 하는 것입니다.

끝으로 이렇게 다짐해야 할 가장 중요한 사람들이 있습니다. 정치를 하시는 분들 그리고 사회를 이끌어가는 지도자 되시는 분들, 이런 분들이 도서관에 꼭 오셔서 실제로 어떤 사람들이 책을 읽고, 어떤 책이 꽂혀져 있고, 도서관이 어떻게 운영되고 있는가를 보아야 합니다.

경사스러운 날에 너무 장황한 얘기가 되겠습니다만 도서관에 가면 조용합니다. 아주 조용합니다. 가령 옛날 중세 교회는 전체주의밖에 없었습니다. 모든 사람이 소리를 내서 기도를 하기 때문에, 소리를 내서 성서를 읽고 있기 때문에 내가 나 혼자 생각을 할 수가 없어서 같은 생각을 할 수밖에 없습니다. 이것이 이른바 소리로 전달되는 매체의 시대에는 전체가 전체적 사고를 하게 되는 것입니다.

그러나 책이라고 하는 것은 모든 민족의 기억이면서도 읽는 사람들은 혼자 읽습니다. 도서관에 가보십시오. 한옆에서는 동양의 책을 읽고 있는데 한옆에서는 서양의 어떤 과학 이야기를 읽을 수가 있습니다. 바로 앞에서는 『삼국지』를 읽고 있고, 바로 뒤에서는 『갈리아 전기Commentaries on the Gallic Wars』를 읽습니다. 수천 수만이 같은 방, 같은 시각, 같은 장소에 있는데도 그들은 다 같이 사고하지 않습니다. 각자 개개인의 사고를 합니다.

이 도서관의 조용한 자리에는 전체 민족의 기억이 담겨 있으면서도 한 사람 한 사람이 자기 작업을 하고 있습니다. 개인과 집단이 어울리는 최상의 이상적 장소가 도서관인 것입니다. 사회가 이렇게 되어야 합니다. 한 사람 한 사람이 남의 목소리에 방해되지 아니하고 묵독하면서 사고의 자유를 누리면서 1센티미터 바로 옆에 있는 그 사람과 내가 다른 책을 읽는, 이 권리와 자유가 바로 민족의 전체 기억에 이어지는 동질성을 확보할 때 한 사람 한 사람이 살아 있는 전체 민족의 문화가 생겨나는 까닭입니다.

이것을 정치하시는 분들 또 많은 지도자들이 보아야 합니다. 개인과 전체가 어떻게 조화를 이루며 어떻게 사는가를 도서관에 가서 배워야 할 것입니다.

마지막으로 확인을 하고, 다짐을 하고, 이제는 우리가 분명히 싸워야 할 것들을 우리는 이 자리에서 밝혀야 합니다.

옛날 도서관들은 전부 동쪽을 향해 있었다고 합니다. 그것은 아침 해가 비칠 때 문을 열어놓고 젖은 파피루스나 양피지를 말려야만 이것이 오래갈 수 있었기 때문입니다. 시간과 싸우는 것입니다. 습기와 싸우는 것입니다. 이렇게 1천 년 전의 지식을 1천 년 후에 남겨주는 시간과의 투쟁이 도서관에서는 벌어지고 있는 것입니다.

여기에 모이신 분들은 어떤 승리자보다도 위대한 승리자입니다. 왜냐하면 우리는 시간을 이겼기 때문인 것이고 앞으로 1천 년을 싸워서 이길 수 있는 그 자리를 가지고 있다는 사실 하나만으로도 인정할 수가 있기 때문입니다. 이 시간과의 싸움에서 우리는 모두 승리자가 될 것이고, 도서관은 문화의 뿌리라고 그랬는데 뿌리는 꽃피우는 적도 없고 바람에 흔들리는 적도 없고 어두운 지하 속에서 조용히 자기 뿌리를 이어가는 것입니다.

도서관인들은 떠들지 않습니다. 외치거나 구호를 부르짖지 않습니다. 외로운 사서실 서고 속에서 그리고 조용한 어느 한 모퉁이에서 뿌리처럼 자라날 것입니다. 그렇게 해서 그것이 꽃이 되고 잎이 되고 열매가 되었을 때 사람들은 위대한 뿌리가 저 깊이 대지 속에 뿌리박은 것을 기억해줄 것입니다. 이 시간과의 투쟁이 이 자리에서 태어나는 것이며 도서관 문화의 뿌리가 이 순간에도 끝없이 뻗어가는 것을 우리는 이 자리에서 다시 다짐하고 확인합니다.

280억 개의 유리병과 조각보

미국 사람들은 매년 280억 개의 유리병을 내버립니다. 유리병 하나를 만들려면 100촉짜리 전등을 네 시간 켤 수 있는 에너지가 필요하다고 하니 예사로 들어 넘길 이야기가 아닙니다. 더구나 유리는 녹슬지도 삭지도 않는 물건입니다. 한 번 내던지면 1천 년이 지나도 분해되지 않은 채 영원한 쓰레기로 이 지구 위에 남게 됩니다.

엿장수의 가위 소리가 나면 빈 병을 들고 쫓아 나오던 우리 어린 시절의 그 추억이 더없이 소중하게 느껴집니다. 이제는 엿도 엿장수도 그리고 빈 병을 든 아이들 모습도 찾아볼 수 없게 되었지만 가만히 눈을 감고 귀를 기울이면 마음 한구석에 그런 정경이 떠오를 것입니다. 한국인들은 본능적으로 자원을 재생산하는 슬기와 정신을 몸에 지니고 있는 까닭입니다.

억지소리가 아니라 조각보는 세계 어디에서도 찾아볼 수 없는 한국 고유의 생활용품입니다. 한국의 어머니, 한국의 누이들은 바느질하고 남은 천 쪼가리를 버리지 않았습니다. 아무리 작은 조각이라 해도 소중히 모아두었다가 그 색깔과 모양을 잘 조화시켜 아름다운 보자기를 만들어내었던 것입니다. 가난해서만이 아니었습니다. 만약에 그것이 가난의 산물이었다면 그것은 한낱 누더기와 같은 물건이 되었을 것입니다. 몬드리안의 그림을 무색하게 하는 예술품으로까지 승화된 것은 버려지는 것에 대한, 하찮은 것에 대한 그리고 쓸모없는 것에 대한 애정과 정성이 있었기 때문이었습니다.

리사이클링은 대전 세계박람회의 주제 가운데 하나입니다. 조각보의 정신을 살려서, 엿장수 가위 소리의 그 그리운 소리를 좇아서 우리는 버려진 세계의 빈 병을 한국으로 모아 와야 할 것입니다. 그리고 그 수천 수만의 가지각색의 유리병으로 아름다운 유리 궁전을 지을 것입니다. 남들이 다 버린 것을 가지고, 남들이 피해 가는 쓰레기터를 가지고 우리는 아름다운 창조의 꽃밭을 만듭니다. 거듭나는 토착 신앙과 윤회의 동양 정신의 밑뿌리를 21세기의 문명과 접목시키는 모험이 시작되는 것입니다.

뉴욕의 무역센터 그 쌍둥이 빌딩을 2주일마다 가득 채우고도 남을 만한 280억 개의 쓰레기터의 유리병들, 그것이 대전 땅 세계 박람회장에 오면 무엇이 되겠습니까? 꿈꾸는 집이 됩니다. 조각보처럼 버려진 조각들이 서로 조화를 이루며 눈을 비비며 다시 태어나는 문화의 기적이 됩니다.

책을 위한 세 가지 은유

출판 박물관은 책의 탑입니다. 세계 최고의 인쇄물인 『무구정광대다라니경』을 우리가 오늘 다시 볼 수 있는 것은 불국사의 석가탑이 있었기 때문입니다. 1300여 년 동안 비와 바람 그리고 수많은 역사의 경과를 이겨낸 그 탑신처럼 이 출판 박물관은 성스럽고 튼튼한 돌이 될 것입니다. 그래서 우리의 슬기와 정성을 담은 온갖 진귀한 책들이 이제는 어떤 것도 범접하지 못하는 성역의 금줄을 두르게 될 것입니다. 망각의 시간도, 시샘 많은 폭풍도 이곳에서는 그 움직임을 멈출 것입니다.

탑 속의 다라니경이 단순히 읽혀지기 위해서 있는 경이 아니었던 것처럼 출판 박물관 속에 들어온 이 책들은 서재나 도서관의 책과는 다른 의미를 갖고 있습니다. 여기의 이 책들은 단지 존재한다는 그 자체만으로도 빛을 냅니다. 읽는 책으로부터 존재하는 책으로 바뀌어졌기 때문입니다. 종이는 문화의 화석이 되고 생활은 역사가 됩니다. 이미 이것들은 서점에서 매매되는 출판물이 아닙니다. 1천 년 뒤에 해독될 상형문자의 신비한 몸짓들을 위해서, 그리고 오랜 침묵 뒤에야 비로소 발음되는 표음문자들의 나직한 발성을 위해서 쌓아 올린 화강암인 것입니다.

그래서 모든 박물관이 그랬던 것처럼 우리가 지금 바라보고 있는 이 박물관의 문은 과거가 아니라 오히려 1천 년 뒤의 먼 미래를 향해서 열려 있습니다. 이 박물관이 아니었던들 우리는 어떻게 연약한 종이와 퇴색하기 쉬운 역사의 문자들을 지킬 수 있겠습니까.

출판 박물관은 책의 씨앗입니다. 씨앗은 꽃이 시들어 떨어진 자리, 색채와 성장이 멈춘 그 끝자리에서만 볼 수가 있습니다. 우리가 이미 그 씨앗들에서 볼 수 있는 것은 현란한 색채도 향내도 아니고 모래알처럼 굳어버린 비생명적인 덩어리입니다. 그러나 이 씨앗이 부드러운 흙에 떨어지고 비를 만나면 다시 꽃이 되고 향기를 풍깁니다.

씨앗은 꽃의 죽음이며 동시에 꽃의 출생입니다.

그것처럼 여기의 이 책들은 우리가 책방에서 만날 수 있는 신간도서가 아닙니다. 빳빳한 풀기가 있는 종이의 촉감도, 싱그러운 먹의 향기도 맡을 수가 없습니다. 그러나 곰팡내 나는 박물관의 이 무수한 책들이 있기 때문에, 그 책들의 죽음이 있기 때문에 비로소 우리는 앞으로 태어날 새로운 책들을 예비할 수가 있는 것입니다. 끝과 시작이 하나인 그 씨앗의 신비처럼 출판 박물관은 모든 책의 끝이며 동시에 하나의 시작인 것입니다.

출판 박물관은 우리의 악기입니다. 책은 옥퉁소가 됩니다. 가만히 있으면 아무 소리도 들리지 않지만 가까이 가서 입술을 대고 허파 깊숙이 호흡을 하면 아름다운 음향이 들려옵니다. 잠자는 영혼들을 깨우며 파도처럼 일어서는 만파식적, 그 옛날 기적으로 이 세상을 다스리던 만파식적의 그 피리 소리가 들려옵니다. 박물관의 이 침묵, 1천 년의 침묵 그리고 먼지들은 우리의 뜨거운 입김을 기다립니다. 평범한 글자들을 맑은 피리 소리로 바꾸는 책의 목관악기 이것이 지금 우리가 문을 연 출판 박물관의 의미입니다.

역사의 첫 장이 넘겨집니다. 최초의 이 박물관은 탑처럼, 씨앗처럼 그리고 목관악기처럼 책들에게 새로운 의미를 부여하게 될 것입니다. 그리고 이 출판 박물관의 주춧돌 위에 새겨진 김봉규, 종규 형제분의 이름은 활자의 자모처럼 앞으로 많은 의미들을 남기게 될 것입니다.

X
벽을 넘어서

'벽 넘기'로서의 서울 올림픽

서울 올림픽 개회식 공연의 주제를 '벽을 넘어서'라고 정하고 나는 그 대본 전문을 이렇게 썼습니다.

"인종의 벽, 이념의 벽, 빈부의 벽 너와 나를 가로막는 무수한 경계의 벽을 넘어서 모든 사람이 한곳에 모이니 서울은 세계의 마당이 되고 인류는 다시 하늘, 땅과 더불어 하나가 되었다. 벽이 무너진 자리에는 새싹이 트고 분단의 아픈 상흔마다 새살이 나니 맨 처음 햇빛이 천지를 비추던 그날처럼 신명의 어깨춤이 우주의 내일을 연다."

세계가 올림픽 개최지로 서울을 선택했다는 것은 곧 세계를 가로막고 있는 무수한 벽에 대한 도전을 의미하는 것입니다. 왜냐하면 세계인이 서울로 오기 위해서는 세계의 어떤 도시보다도 높고 두꺼운 벽을 넘어야 하겠기 때문입니다.

무엇보다도 그 메달 없는 올림픽 장외 경기는 '정치적 이념의 벽 넘기'로부터 시작되어야 합니다. 서울 올림픽은 뮌헨에 이어

분단국에서 열리는 두 번째 올림픽입니다. 그러나 서울은 동서 이념의 갈등이 전쟁으로까지 확대되어 세계의 젊은이들이 직접 뼈를 묻은 곳이라는 점에서 뮌헨과는 비교가 되지 않습니다. 변두리에 있는 작은 나라이면서도 50개국 가까운 사람들이 함께 피를 뿌린 전쟁터는 역사상 그 예를 찾아보기 힘들 것입니다. 그러나 바로 그 '전쟁과 젊음의 무덤'이었던 공간이 반세기도 채 안되어 쿠베르탱Pierre Coubertin의 표현대로 '평화와 젊음의 화원'으로 역전된 것은 더욱더 보기 드문 일입니다. 더구나 모스크바와 로스앤젤레스의 두 올림픽에서 갈라섰던 동서가 한때 격전지였던 서울 땅에서 비로소 다시 하나가 되었다는 것은 단순한 역사의 장난이라고 할 수 없을 것입니다.

그것은 스포츠를 비롯해 모든 문화가 정치적 이념으로부터 벗어나 그 순수한 본래의 기능으로 돌아가는 신문화주의新文化主義 시대를 예고하는 것으로 풀이될 수가 있습니다. 경직된 이념이 세계를 지배하던 지난날의 정신적 풍토라면 160개국의 나라가 서울에 모이는 것은 한낱 환상으로밖에 보이지 않을 것이며, 그동안 금기처럼 되어왔던 소련(러시아)의 볼쇼이 공연을 서울에 앉아서 감상하고, 일본 가부키의 공연을 국립극장 무대에서 관람하며 손뼉들 치는 광경은 철없는 공상에 불과했을 것입니다. 그러고 보면 모스크바 올림픽을 정치 올림픽, 로스앤젤레스 올림픽을 상업주의 올림픽이라고 부르는 데 비하여 서울 올림픽을 문화 올림픽이라고 부르는 데는 그럴 만한 충분한 이유가 있는 것입니다.

6·25의 한국전쟁으로 이념의 겨울을 체험했던 세계의 모든 사람들이 바로 이제는 서울 올림픽을 통해 탈이념의 문화적 봄을 맞이하게 된 것입니다. 세계만이 그런 것이 아닙니다. 한국인을 위축시키고 그 문화적 가능성을 스스로 억압한 것은 당쟁 같은 이념적 사고였다고 할 수가 있습니다. 그러나 창조적이며 생명적인 한국 본래의 토착적 문화는 융통성과 포괄성이 풍부한 것으로 탈이념적 특성을 지니고 있습니다. 그래서 한국의 짚신이나 고무신에는 왼쪽 오른쪽 구별이 없는 것입니다. 서울 올림픽을 통해서 '이념의 벽 넘기'를 체험한 한국인들은 경직된 이념 지향의 정신주의 문화를 순수하고 자유로운 문화주의로 창조해가는 신선한 충격을 창조해낼 수 있게 된 것입니다.

두 번째는 서구 문화에서 벗어나는 벽 넘기입니다. "높은 곳이든 낮은 곳이든, 덥든 춥든, 동서남북 어느 곳이든 도시가 있는 곳이면 올림픽은 열릴 수 있습니다"라고 브런디지Avery Brundage는 말한 적이 있습니다. 그러나 현실적으로 지금까지 이 도시에 주어지는 영광을 누려온 것은 서양을 중심으로 한 소수의 강대국들뿐이었습니다. 그러므로 아시아 지역에서는 서울 올림픽이 일본에 뒤이어 두 번째로 열리는 것입니다. 그러나 도쿄 올림픽은 GHQ(연합국 총사령부) 문화의 잔상 속에서 개최된 것으로 아시아 문화의 자각을 느끼지 못한 이른바 명예 백인들의 올림픽이었다고 할 수 있습니다.

그러나 서울 올림픽은 다릅니다. 세계가 주목하기 시작한 NICS(일본을 선두로 한국을 비롯한 신흥 4개국)의 아시아 태평양 시대의 새 물결 속에서 열리게 되는 것으로 그 성공은 신아시아주의 선언으로 해석될 수가 있습니다. 한국이 스스로 그렇게 주장하고 있는 것이 아닙니다. 상대적으로 조락해가는 서구주의의 조락이 그만큼 아시아의 키를 높여주고 있기 때문입니다. 그래서 지금 세계에는 서울 올림픽의 적赤·황黃·청靑의 삼색 파워로 나부끼고 있습니다. 그것은 하늘, 땅, 사람이 하나로 융합된 한국 문화의 원형을 이루고 있는 삼태극의 상징들입니다. 무속 문화 속에서만 겨우 숨 쉬어오던 그 도형이 이제는 당당하게 세계로 걸어나와 화합을 뜻하는 미래 문명의 숨은그림찾기와도 같은 구실을 하고 있습니다.

서구 문화에만 익숙해져 있는 세계인들은 서울 올림픽 개폐회식에서 아마도 고놀이 장면 하나만 보아도 한국의 힘, 아시아의 활력이 어디에서 비롯되는가를 알게 될 것입니다. 고와 고가 부딪치는 엄청난 힘, 스피드와 박력은 도저히 서양의 연회에서는 맛볼 수 없는 드라마를 지니고 있습니다. 왜냐하면 서양의 힘은 강한 강철이나 딱딱한 콘크리트에서 나옵니다. 그러므로 그것들이 부딪치게 되면 어느 하나가 완전히 파괴되고 괴멸되는 것으로 끝납니다. 그러나 고의 힘은 부드러운 짚에서 나옵니다. 그렇기 때문에 아무리 서로 맞부딪치고 충돌을 해도 부서지지 않고 해일처럼 하늘로 솟아 올라갑니다. 그러므로 고놀이의 싸움은 마치 성적인 세계처럼 서로 어르고 다투던 것이 화합과 일체감으로 완성됩니다.

고놀이만이 아닐 것입니다. 소란스럽던 주위가 조용해지면 텅 빈 그라운드에 갑자기 한 아이가 대지의 끝에서 나타난 것처럼 은빛 굴렁쇠를 굴리며 지나갑니다.

경기장의 10만 관중과 텔레비전을 시청하는 수십억의 사람들은 이 여백과 침묵의 세계에서 매화 한 송이를 그린 저 동양의 미학과 염화시중拈華示衆의 동양적 침묵의 미를 읽게 될 것입니다. 그것은 무엇으로든지 화폭을 가득 메우지 않으면 그림이 되지 않는 서구의 물량주의와는 대조를 이루는 신아시아의 감각이며 미학인 것입니다. 서울 올림픽은 이 같은 수많은 탈서구화의 문화를 세계인들이 체험케 함으로써 지금까지 문화의 수신자적 입장에 있던 한국인들이 이제는 문화의 발신자가 되는 것으로 그 역할을 바꾸게 될 것입니다.

물론 그것은 서구의 근대를 부정하고 복고주의적 문화와 배타적인 국수주의의 문화와는 다른 것입니다. 오히려 그것은 개회식의 서막을 장식하게 될 차일춤 장면과도 흡사한 것입니다. 서양 문명의 기술과 미학의 상징이라고도 할 수 있는 스카이다이버들이 펼치는 아름다운 고공 낙하의 쇼는 일단 지상에 떨어지는 순간 끝나고 맙니다. 하늘에서는 그토록 아름답던 패러슈트도 일단 땅에 떨어지면 시든 꽃송이처럼 지저분하고 힘이 없고 초라해 보입니다. 그러나 그것들은 파란 보자기를 들고 춤을 추는 한국 춤에 의해서 순식간에 잔칫날의 펄럭이는 차일 혹은 파도와 같은 이미지로 바뀌어버립니다.

서울 올림픽은 지상에 떨어져 이제는 더 이상 그 활력을 보일 수 없게 된 서구 문화를 몽골의 초원에서 부는 바람과도 같은 신선한 활력으로 재생시키고 변환시키는 아시아주의의 길을 여는 것입니다.

마지막 벽 넘기는 탈중심주의에 의해 이루어질 것입니다. 서울 올림픽은 제2차 세계대전 후 식민지에서 벗어난 나라에서는 최초로 열리는 올림픽입니다.

아직도 세계는 식민주의의 깊은 잠에서 선잠을 깬 상태로 있습니다. 그래서 지구는 둥글지만 강대국 중심으로 모든 정치와 경제가 층계를 이루고 있습니다. 한국은 이러한 강대국 중심주의에서 벗어나 비록 변두리 또는 약한 나라라 할지라도 세계의 큰 마당이 될 수 있음을 증명하는 최초의 증인이며 그 주인공이 된 것입니다. 이러한 탈중심주의는 서울 올림픽 개폐회식을 통해서 전 세계에 선보이게 될 것입니다. 그 개막식 공간부터가 그럴 것입니다. 지금까지 올림픽 개폐회식은 어느 나라에서나 로열박스 같은 한 점을 중심으로 모든 연회가 펼쳐졌습니다. 그러나 서울 올림픽에서는 둥그런 원형으로 구성되어 있어서 어디에서 보아도 똑같이 즐길 수 있도록 되어 있습니다. 성화를 붙이는 장면도, 매스게임도, 심지어는 대회사를 하는 연단도 회전식으로 되어 있어서 모두가 원형으로 돌아가도록 했습니다. 탈중심의 개념을 직접 시각으로 보여주려는 것이지요.

개막식 자체가 세계의 바다와 통해 있는 한강에서부터 시작됩니다. 종래의 모든 개회식이 올림픽 스타디움 안에서 이루어진 데 비해서 서울 올림픽만은 안과 밖에서 동시에 벌어지는 것입니다. 즉 한강 변에는 10만의 관중이 모여 밖에서 개회식을 즐길 수 있도록 했습니다. 패러슈터가 올림픽 마크를 그리며 떨어지는 장면은 오히려 메인 스타디움 안에 있는 사람보다는 바깥 관객들에게 더 장대한 구경거리가 될 것입니다.

밖에서도 안에서도 구석에서도 윗좌석에서도 똑같이 즐길 수 있는 하나의 탈중심적 공간, 이것은 이미 우리의 옛 선조들이 벽이 아니라 둥근 놀이마당을 통해 보여준 공간 철학이요, 그 미학이었습니다. 공간만이 그런 것이 아니라 우리의 굿판에서는 초대받지 않은 잡신까지도 잘 대접하는 습관을 보여주고 있습니다.

그리스의 제신들은 일단 불화로 올림포스 동산을 쫓겨나면 다시는 돌아오지 못하는 것으로 되어 있습니다. 아틀라스나 시시포스처럼 영원히 지구를 떠메고 바위를 굴리는 형벌을 받습니다.

그러나 견우와 직녀는 죄를 지었어도 칠월 칠석에는 하룻밤 서로 만나는 용서를 받습니다. 화해의 서울 올림픽에서는 목마른 그리스 신들까지도 목을 축일 수 있게 될 것입니다.

탈이데올로기, 탈냉전의 신문화주의 선언, 탈서구화의 신아시아주의 선언, 탈중심주의 신지역주의 시대 선언, 이것이 우리가 서울 올림픽에서 체험하게 될 벽 넘기입니다. 그리고 그 세 가지 새로운 요소야말로 21세기의 포스트모던을 이끌어가게 될 서울의 신화가 될 것입니다. 그렇게 해서 근대화의 지각생이었던 우리가 포스트모던의 시대에서는 가장 앞선 선도자가 되는 것입니다.

'문화 텍스트'로서의 서울 올림픽

올림픽의 문화적 의미가 어디에 있는가를 생각해봅시다. 문화를 하나의 텍스트로 볼 때 문학작품과 마찬가지로 거기에는 2개의 유형이 있을 수 있습니다. 즉 텍스트를 만들어내는 '발신자發信者의 문화'와 그것을 받아들이는 '수신자受信者로서의 문화'입니다. 올림픽이 서울에서 열린다는 것은 바로 우리가 세계를 향해 문화 텍스트를 형성하는 발신자가 된다는 뜻이기도 합니다. 이것은 지금까지 몇천 년 동안 대륙의 변두리에서 혹은 대양의 한구석에서 수신자로서의 문화를 누려온 우리가 이제는 세계를 향해 하나의 문화 텍스트의 형성자가 되었다는 것을 나타내주고 있는 것입니다. 읽는 문화에서 쓰는 문화로 대전환을 하게 된 것이지요.

그렇다면 발신자의 문화와 수신자의 문화를 구별하는 근본적인 차이는 어디에 있는가를 생각해보아야 할 것입니다. 발신 수신의 관계로 문화를 관계해보면 그 경로經路라는 것이 매우 중요한 역할을 하고 있다는 사실을 알게 됩니다. 말하자면 연극의 배우와 관객 사이에는 반드시 무대라는 것이 있어야 하는 것처럼 모든 문화에는 그것을 펼치는 '멍석' 또는 '마당'이 있어야 한다는 점입니다. 우리는 훌륭한 문화를 가지고 있는 민족이었지만 그것을 펼쳐 보이는 마당이 없었거나 아주 좁았다는 사실입니다. 왜냐하면 문화의 마당[經路]을 장악하고 있는 것은 언제나 강대국인 발신자에 속해 있었기 때문입니다. 그러므로 우리가 문화 발신자가 된다는 것은 세계로 통하는 문화의 마당을 갖게 되었다는 의미이기도 한 것입니다.

지금 멍석이란 말을 했는데 "하던 짓도 멍석을 펴놓으면 안 한다"는 우리 속담이 있다는 것을 여러분들은 잘 아실 것입니다. 이것은 문화 텍스트와 깊은 관련을 맺고 있는 말이라고 나는 생각하고 있습니다. 우리는 하던 짓도 멍석을 펴놓으면 잘 하지 않는 경향이 있는 게 사실입니다. 말하자면 수신자로서의 문화에는 익숙해 있는 데 비해 멍석을 펴놓고 막상 문화 텍스트를 산출하는 발신자의 기회를 갖게 되면 제대로 자기 실력을 발휘하지 못하는 경우가 많다는 것입니다. 아이들은 TV를 보는 데는 익숙해 있어 흉내도 잘 내고 프로도 잘 이해하지만 막상 TV에 출연시켜보면 아주 어색해집니다. 익숙지 않기 때문입니다. 이와 동일한 경우가 우리 문화의 도처에서 발견됩니다. 세계의 마당에 멍석을 깔아놓으면 우선 어색함을 면치 못합니다. 그래서 평소의 실력을 제대로 발휘하지 못하는 일이 많습니다.

구체적으로 말하자면 서울 올림픽의 개회식이 열리는 잠실 주경기장이 바로 그 멍석이요 마당이 되는 것이지요. 그 경기장은 옛날 한국인들이 빚은 항아리를 닮아 아름답고 부드러운 곡선으로 이루어져 있습니다. 동시에 이 스타디움은 냉전을 넘어선 새로운 인류의 역사, 새로운 화합의 힘을 잉태한 하나의 모태 공간이기도 한 것입니다. 우리는 이 공간을 통해서 온 세계인에게 4천 년의 한국 문화를 알려주고 머리로 생각하고 가슴으로 느끼고 몸으로 뛰는 서울 올림픽의 특성을 보여주게 되는 것입니다.

올림픽 중에서도 이 개폐회식이야말로 가장 중요한 문화 텍스트의 발신 공간이 된다고 하겠는데 그것을 통해 우리는 어떤 메시지를 세계에 보내야 될 것인가가 오늘 이 모임의 핵심이 되는 부분입니다.

이미 세계 사람들이 서울로 모인다는 것 자체가 하나의 메시지라고 할 수가 있습니다. 그것은 야콥슨Roman Jakobson이 말하고 있는 교화적 기능Phatic function에 속하는 것이라고 말할 수 있습니다. 말하자면 한국 문화의 여러 기능 가운데서도 올림픽 개폐회식은 우리 문화의 교화적 기능을 보여주는 것입니다. 교화적 기능을 알기 쉽게 말하자면 여러 사람이 만나는 문화, 사사롭게는 사람들이 만났을 때 인사를 주고받는 것으로부터 시작하여 한 집안의 관혼상제와 같은 잔치 모임 그리고 굿이나 집단적인 사회적 의식이나 축제 문화가 여기에 속한다고 할 것입니다. 말하자면 사람들이 만나는 방식 그리고 함께 어울리는 철학인 셈입니다. 올림픽 제전의 양식이 그리스 사람들의 교화적인 기능을 담은 문화 텍스트라면 서울 올림픽의 개폐회식은 바로 우리의 교화적 기능의 문화 텍스트가 될 것입니다. 막연히 우리 민속을 나열해 보이는 전시가 되어서는 올림픽 개폐회식이 아니라 민속 경연대회가 되고 말 것입니다.

우리 문화 텍스트의 교화적 기능의 특성은 어떤 것이 있는가를 찾아보아야 할 것입니다. 우선 한국인이 모이는 마당에는 인간만이 아니라 반드시 천지의 수직적 공간 관계가 나타나 있다는 것에 주목을 해야 합니다. 즉 천지인 삼재가 교화 기능의 메시지를 이루고 있는 의미론적 핵을 이루고 있다는 겁니다. 이것은 한국만의 전통이라고 하기보다는 모든 문화의 원형적 텍스트에서 발견되는 것으로 춤, 건축, 신화 등을 구성하고 있는 텍스트는 상[天]·중[媒介]·하[地]의 삼원 구조를 갖고 있습니다. 그러므로 올림픽 마당에 신시神市의 원형과 같은 공간을 만들어주면 우리 것이자 동시에 세계에 통할 수 있는 공감의 울타리가 생겨나게 될 것입니다. 더구나 현대인들은 수직 공간을 잃고 세속적인 수평 공간 속에서만 살아가고 있습니다. 장엄이나 초월 같은 우주적인 스케일을 부활시킴으로써 천지가 새롭게 개벽하는 비일상적 신성 공간을 만들어주어야 할 것입니다. 전 인류가 천지인이 어울리는 그 당당하고도 오만할 정도의 위엄을 함께 느끼게 될 때 신시의 그 신선한 아침은 문화의 한 발신 공간으로서 존재하게 될 것입니다.

그렇다고 모든 연출에서 수직성을 강조하라는 이야기가 아닙니다. 수직성은 고딕 건물이나 발레와 같은 서양 문화의 특질을 이루고 있는 것입니다. 여기에서 말하는 천지인의 수직 공간은 지상의 것을 거부하고 천상의 것으로 상승하려는 서구적인 공간과는 다른 것입니다. 삼재사상은 하늘보다도 오히려 지상 공간을 더 중시합니다. 우리나라의 기와집은 깃을 펴고 하늘로 비상하려는 형태를 지니고 있으면서도 그 선이나 중력은 모두 지상으로 향해 하강하는 묵직한 이미지를 지니고 있지 않습니까. 지상으로 내려앉으면서도 동시에 하늘을 향해 상승하려는 반대 운동의 긴장과 화합 속에 진정한 천지인의 수직 구조가 형성됩니다. 발레처럼 발가락 끝으로 서서 하늘로만 올라가려는 수직 운동과는 달리 우리의 춤은 지신밟기처럼 땅을 밟고(하강적), 동시에 무당춤처럼 하늘로 솟구치는 양의성을 가지고 있다는 데 그 특징을 찾을 수 있습니다. 여기에 비해서 일본 춤은 스리아시すりあし라 하여 발뒤꿈치를 땅에 대고 그것을 끌고 다니는 지상적·수평적인 춤입니다. 천상 아니면 지상의 양극적인 수직 공간이 아니라 우리는 그 사람[人]을 향해 하늘이 내려오고 땅이 올라오는 매개 공간을 이상으로 삼고 있습니다.

그렇기 때문에 스카이다이버가 고공 낙하를 하여 잠실 주경기장으로 내려앉는 퍼포먼스를 하게 되면 바로 그 이미지는 수직 공간으로서 하늘에서 땅으로 내려오는 하강적 의미가 강조됩니다. 패러슈트는 하늘과 땅을 이어주는 천도복숭아처럼 강복의 상징으로 변할 수가 있다는 것입니다.

그렇다면 당연히 한국의 수평적인 공간의 특성은 무엇인가라는 궁금증이 생길 것입니다. 실제적으로도 수직 공간만으로는 연출이 불가능하다는 것은 명백한 일입니다. 수평적인 요소가 거기에 가미되어야 한다는 것은 말할 필요도 없을 것입니다. 더욱이 언어적인 메시지를 공간으로 보여주는 것이므로 수평적인 구조는 중대한 기능을 갖게 됩니다.

우선 문화적 텍스트의 수평 구조는 경계라는 것이 가장 중요한 기능을 갖게 됩니다. 우리의 수평적인 세계는 무수한 경계와 장벽으로 만들어져 있습니다. 올림픽은 이 경계를 횡단하고 장벽을 넘어서 하나의 마당으로 모이는 것입니다. 그러므로 나는 개폐회식의 구체적인 메시지는 경계 돌파와 벽을 넘는 의식儀式을 담아야 한다고 믿고 있습니다. 이데올로기의 벽, 동서의 문화적인 벽, 산과 바다의 지리적인 벽, 남녀의 성 차이에서 오는 벽, 빈부의 경제적인 벽 그리고 마지막으로는 경기자와 구경꾼 사이의 벽이 있습니다. 이 벽을 넘어서 이르는 공간 그런 것들이 이번 서울 올림픽의 수평적 공간의 메시지로 생생하게 살아나야 할 것입니다.

우리는 많은 벽의 경계를 넘어서 드디어 오늘 이 서울의 땅을 밟고 있다는 감동을 세계인들과 함께 나누어야 할 것입니다.

그러므로 지금까지 올림픽 개막식은 모두가 스타디움 안에서, 벽 안에서 시작되었지만 우리의 올림픽 개회식은 처음부터 바깥에 있는 한강에서부터 시작되어야 한다고 생각합니다. 도도히 흐르는 푸른 강물을 개회식의 무대로 삼자는 것입니다. '한강의 기적'이라는 말만 들은 세계의 모든 사람들이 그 강을 직접 눈으로 확인하고 몸으로 실감하게 될 것입니다. 땅은 많은 성벽과 산 그리고 여러 장애물들로 분단되어 있습니다. 그러나 강은 그 경계선을 뚫고 세계의 바다로 이어져 있습니다. 강의 연속성, 순환성은 동양인 한국인의 시간 의식을 담고 있습니다.

특히 세계 어디에서나 우주와 생명의 시원은 물로서 상징되어 왔기 때문에 물부터 보여주는 것은 천지창조에서 오늘에 이르는 우주의 대서사시를 엮어갈 개폐회식의 테마와 어울리는 이미지를 갖게 됩니다. 그러므로 이때의 한강은 새 역사와 그 생명을 잉태한 양수와도 같은 상징성으로 해석될 수 있습니다.

강의 수평 구조를 잘 이용하면 공연 외적 효과도 클 것입니다. 전 인류가 시청하게 되는 개회식 중계를 이용하여 서울의 아름다운 경관을 전 세계에 자연스럽게 소개할 수가 있게 됩니다.

사실 저는 지금까지 많은 나라의 도시를 보았지만 서울 한복판을 흐르는 한강처럼 그렇게 아름답고 장대하고 또한 자연스러움을 간직한 강을 본 적이 없습니다. 한강을 비추면 자연히 남산이 보일 것이고—사실 산이 보이는 수도는 흔치 않습니다—한강 정비 사업으로 깨끗해진 강변의 아파트군群이 보이게 될 것입니다.

더구나 한강은 잠실 주경기장 바로 옆을 흐르고 있기 때문에 주경기장의 위치와 주변 경관의 파노라마를 그림엽서처럼 비쳐줄 것입니다. 그동안 서울 올림픽의 상징물로 널리 알려져온 잠실 주경기장의 아름다운 바깥 모습을 강에서 잡을 수 있어 카메라 효과도 훌륭할 것입니다.

한강의 기적이라는 말만 들어온 외국 사람들은 그 상징물을 직접 눈으로 보고 실감하게 될 것이며 우리나라 사람들에게는 한강에 얽힌 수많은 역사를 되살려보는 감동을 안겨줄 것입니다. 특히 6·25 때 다리가 끊겨 수많은 사람이 수장되었으며 또 전쟁 중에는 건너지 못해 강가에서 통곡을 하던 슬픔이 서려 있는 곳입니다. 이제는 그 강이 번영과 평화의 축전으로 역전된 민족의 대서사시를 엮고 있습니다.

한강은 황해로 흘러가고, 그 바닷물은 다섯 바다와 어울려 6개 대륙의 세계 도시들과 연결되어 있습니다. 벽과는 반대 이미지를 주는 세계의 길입니다.

한국의 문화는 벽을 쌓는 문화가 아니라 그것을 허무는 문화라는 것을 그들에게 알려주어야 할 것입니다. 머리로 기왓장 하나를 깨는 태권도의 연기라 할지라도 그것이 파괴적이고 공격적인 것이 아니라 인류를 가로막고 있는 장벽을 무너뜨리는 창조적인 행위로서 이해될 수 있도록 해야 할 것입니다.

개폐회식이 발신자와 문화 텍스트로서 작용할 때 세계인들은 거기에서 구체적으로 무엇을 얻을 수 있게 될 것인가? 그것을 한마디로 답변하자면 신바람입니다. 로저 카유아Roger Caillois가 놀이 문화를 네 가지로 나눈 것은 여러분들도 다 알고 있을 것입니다. 서양(로마)의 놀이를 이루고 있는 기본적 특색은 아곤(agon, 경쟁)으로서 승부를 목적으로 한 것입니다. 중세 기사들의 토너먼트에서처럼 의식적인 것과 규칙적인 것이 무엇보다도 중요한 특색으로 되어 있습니다. 그 놀이의 결과는 개인의 책임과 명예입니다. 서양의 문화 자체가 바로 이러한 놀이의 성격을 닮아서 그 치열한 경쟁 사회와 개인주의를 낳게 됩니다.

그러나 한국의 놀이 형태는 그와는 달리 일링크스(illinx, 현기증)에 속하는 것이 많습니다. 그네를 타는 것처럼 어지러움 속에서 초월적인 느낌을 받는 게 특징입니다. 무당의 신들린 상태와 맞먹는 것이 그 놀이의 궁극적인 목표이지요. 그것을 우리는 신바람이라고 부릅니다. 그 신바람은 경쟁과 달리 탈의지적인 것이고 동시에 규칙에서 벗어나는 자유분방함에서 얻어지는 것입니다. 그러나 알레아(alea, 우연놀이)처럼 우연성에만 내맡긴 무책임한 놀이와는 다릅니다.

신바람은 생명의 근원 감정입니다. 속에 맺혀 있는 것, 응어리져 쌓여 있는 것을 풀어버릴 때 비로소 그 놀이는 가능해집니다. 개폐회식이 한국적인 것이면서도 세계인의 것이 되기 위해서는 우선 신바람이 나야 합니다. 그 황홀한 푸닥거리의 엑스터시 속에 40억 세계인들을 하나로 몰아넣을 때 한국의 '풀이의 문화'는 제 본질을 나타내게 될 것입니다. 그리고 그 신바람을 불러일으키는 신명의 재능에 있어서 아마도 한국을 따라올 나라는 없을 것으로 믿습니다. 관광버스 안에서도 춤을 추는 민족은 한국인밖에 없지요. 이 문화의 특질을 십분 발휘할 때 세계의 누구도 흉내 낼 수 없는 문화 텍스트가 만들어지게 될 것입니다.

우리나라의 잔치나 대중 집회의 한 성격에 푸짐한 것을 좋아하는 경향이 있음을 종종 보게 됩니다. 먹지 않아도 상다리가 휘어져야 대접하는 사람이나 먹는 사람이나 만족해합니다. 그러나 푸짐한 것은 좋으나 그것이 겉보기의 전시에 그쳐서는 안 될 것입니다. 86 아시안 게임의 개폐회식에서 잘못된 점이 있었다면 그것은 짧은 시간에 너무 많은 것을 보여주려고 한 데 있습니다. 무엇을 잔뜩 늘어놓기만 하는 것과 푸짐하다는 것은 다릅니다.

푸짐하다는 것을 조잡하다는 것이나 질보다 양을 취하는 것으로 착각해서는 안 될 것이며 품위를 잃어서는 안 됩니다. 초등학교 운동회 날같이 떠들썩한 것이 풍성한 것이고 화려한 것이라는 착각처럼 무서운 것도 없을 것입니다. 경계할 것이 또 있습니다. 개폐회식에서 한국 것을 보여준다는 것이 잘못하면 살아 있는 오늘의 한국이 아니라 옛날의 문화를 발표하는 것이 된다면 관광적 문화의 차원과 다를 것이 없지 않겠는가 하는 점입니다.

올림픽의 기록이 항상 새로워지고 있듯이 문화라는 것도 제자리에 멈춰 있는 것이 아니라 끝없이 새로운 것에 도전하는 모험에서 창조되는 것이라고 할 수 있습니다. 문화 텍스트는 옷감을 짜는 것처럼 한 올만을 가지고는 만들어지지 않습니다. 씨줄과 날줄의 반대 교합이 있을 때 그 텍스트는 의미 작용을 갖게 됩니다. 한국 것을 너무 보여주려고 애쓰면 오히려 그것은 민속 인형처럼 생명 없는 것이 되고 말 것입니다. 우리가 남과 다르다는 것을 강조하기 전에 우리가 세계인들과 함께 사랑을 느끼며 살아가는 같은 이웃임을 먼저 보여주어야 할 것입니다.

반드시 전통적인 옛 민속이 아니라도 좋습니다. 굴렁쇠처럼 우리가 어렸을 때 가지고 놀던 놀이를 이용해도 우리 것을 표현하면서 동시에 세계성을 보일 수가 있다고 생각합니다. 서양 사람들은 그림을 그려도 여백 없이 페인트로 꽉 채우는 데 비해서 동양 사람들은 일지매처럼 매화 한 송이를 그리고 나머지는 여백으로 남겨둡니다. 운동장을 채울 생각만 하지 말고 대담하게 텅 비워두는 미학의 효과를 준다면 어떻게 되겠습니까.

40억의 세계 모든 사람이 바라다보고 있는 잠실 주경기장, 지금껏 1천여 명의 연회자들이 나와 뛰어놀던 그라운드가 갑자기 텅 빈 공간이 되면서 굴렁쇠를 굴리는 조그만 아이 하나가 나타난다고 합시다. 파란 잔디밭은 세계의 초원이 되고, 굴리는 그 굴렁쇠는 세계의 동그라미, 번쩍이는 작은 지구, 우주의 미래가 굴러가는 순환이 될 것입니다.

사람들은 이 대낮의 침묵 속에서 굴렁쇠를 굴리며 사라져가는 아이의 뒷모습에서 에밀레종 소리의 신묘한 여운 같은 것을 느낄 것입니다. 생명의 근원 같은 것, 그리고 역사의 먼 미래의 환상 같은 것, 더구나 이 소년이 1981년 9월 30일생으로 바로 바덴바덴에서 서울 올림픽 개최가 확정 발표된 날 태어난 어린이라면 우리가 올림픽을 준비하고 있는 동안 새로운 생명이 자라 벌써 굴렁쇠를 굴리며 놀 만큼 성장했다는 그 인간 생명의 신비한 시간들을 생각하게 될 것입니다.

이 보편성 위에서만 한국 문화의 마당은 넓어질 수 있고 수신자로서의 문화는 그 발신자로서의 문화를 가능케 합니다. 레이저 빔과 신소재나 첨단 과학기술을 이용한 현대 문명의 언어도 그 텍스트 속에 내포되어야 할 것입니다.

이렇게 하여 잠실 주경기장은 세계의, 역사의 벽을 넘는 새로운 메시지를 발신하고 냉전시대가 화해의 시대로 옮겨 가는 대전환의 한마당이 되어야 합니다. 식물과 동물 그리고 인간과 기계까지가 하나가 되어 소용돌이치는 세기의 춤을 추어야 할 것입니다.

숨겨둔 장독의 맛

나는 오늘 서울 올림픽의 개폐회식을 어떻게 만들어야 하는가의 원칙에 대해서 말씀드리고자 합니다. 우선 개폐회식이 보고 즐기는 단순한 놀이에서 그치지 않고 40억의 인류가 한국인과 함께 느끼고 생각하는 감동의 장이 되기 위해서는 강렬하고 일관성이 있는 주제가 있어야 합니다. 그러므로 서울 올림픽의 주제인 '화합과 전진'을 좀 더 적극적으로 형상화할 필요성이 생기게 되었고 거기에서 추출해낸 요소가 '벽'이라는 키워드였습니다.

왜냐하면 세계의 모든 사람이 서울로 오자면 역대의 어느 올림픽 때보다도 많은 벽을 넘어야 되기 때문입니다. 서울은 극동에 위치해 있으므로 지금까지 서양 중심으로 열렸던 종래의 올림픽과는 달리 문화적·인종적 벽을 갖고 있으며, 거기에 또 분단국이기 때문에 이념이라는 벽이 가로놓여 있습니다. 그리고 신흥 공업국이라고는 하지만 역시 선진국과의 경제적 격차의 벽이 있습니다. 그러므로 서울 올림픽에 모든 나라 사람들이 참여한다는 것은 곧 세계를 에워싼 두껍고 높은 그 많은 벽을 허무는 의지와 행위가 되는 것입니다.

그동안 두 번씩이나 이념의 장벽에 부딪쳐 한쪽 잔치로만 끝났던 올림픽이 서울에 이르러 비로소 다시 하나가 된다면 분단의 상징이었던 이 땅이 이제 인류 화해의 마당으로 바뀌게 되는 것입니다. 그러므로 개폐회식의 공연은 분단의 그 아픈 상흔으로부터 새살이 나고, 벽이 무너진 자리마다 새싹이 돋는 역전의 감동을 40억의 세계인들이 느낄 수 있도록 해야 합니다.

그리고 그것은 태초로부터 하늘[天], 땅[地], 인간[人]의 융합(삼재사상)을 이상적인 삶으로 삼아왔던 우리 선조들의 슬기가 바로 내일의 인류 전체가 희구하는 메시지임을 깨닫도록 하는 일입니다.

이러한 주제성을 살려 서울 올림픽은 벽 안의 공간인 메인 스타디움으로부터 시작되었던 종래의 개회식과는 달리 시원하게 뚫린 한강에서 펼쳐지는 강변제로부터 이어집니다. 세계의 모든 바다와 통해 있는 강은 벽과 대립적인 이미지를 주고 인간에게 생명과 문화를 불어넣는 땅의 원형입니다. 그 수평적이고 유동적인 움직임은 길놀이로 발전되어 '땅'에서 '인간'으로 향하게 되고 그것이 주경기장에 이르면 성화대를 응용한 '세계수世界樹'의 수직적인 이미지로 바뀜으로써 '하늘'과 이어집니다.

주경기장 전체가 태초의 신성 공간이 되어 세계의 중심이 됩니다. 하늘과 땅을 잇는 해맞이의 수직적 주제는 개회식이 끝나고 열리게 되는 공연 첫머리의 패러슈터의 하강으로 연결됩니다.

그 주제는 일관성 있게 흘러 인류가 탄생되는 시원의 황금시대로부터 갈등과 혼돈의 시련 그리고 그 벽을 넘어서 끝내는 대화합의 내일로 향하게 되는 과거·현재·미래의 세 부분으로 나누어집니다. 이러한 대서사시는 코리아나의 〈손에 손잡고〉의 합창과 출연자 전원이 소용돌이를 이루는 한마당 춤으로 끝맺도록 할 것입니다.

한국의 장독대에는 으레 손님이 오는 날을 위해 소중하게 숨겨둔 장독 하나가 있었습니다. 우리 민족의 그러한 정성과 비장의 장맛을 세계의 손님을 맞는 올림픽 개폐회식을 통해서 보여주지 않으면 안 될 것입니다. 그러므로 같은 전통문화라 할지라도 지금껏 한 번도 헐지 않은 장독을 여는 것같이 그것을 재해석, 재창조하여 새 맛을 내는 데 주안점을 두어야 할 것입니다.

그리고 간접적으로 동양의 여백과 침묵의 미학을 살려 텅 빈 운동장의 정적 속을 아이 하나가 굴렁쇠를 굴리며 달려가는 장면 등을 연출해내기로 했습니다.

행사의 진행 방식 자체도 한국적인 고유한 정신을 살린 것으로 개회식의 해맞이, 폐회식의 달맞이로 양과 음의 그 기조를 잡았고, 식전 행사를 두어 개회식이 언제 시작했는지 모르게 진행시킨 것이나 연기자들의 입퇴장을 맞물려 확실한 경계를 두지 않은 것 등은(패러슈터와 환영객을 가장한 무용수들의 등장 등) 시간을 지속적인 것으로 생각해온 한국의 발상법을 그대로 살린 것입니다.

요컨대 민족 고유의 맛을 좀 더 심층적인 것으로 파악하여 복고적인 것이 아니라 오히려 서양의 로고스 중심주의적인 선조적線條的 양식을 한국(동양)의 다의적인 순환적 구조에 의해 지양시켜 오늘날 세계적인 사조로 등장한 반구축적인deconstruction 전위성을 창조해보려고 하였습니다.

현대는 뉴미디어의 시대입니다. 주경기장의 현장에서 직접 관람하는 관중만이 아니라 올림픽 개폐회식의 장면은 TV를 통해 전 세계 시청자 앞에 펼쳐지는 빅 이벤트입니다. 그러므로 지금껏 인류가 경험해보지 못한 신선한 충격을 주어야 합니다. 올림픽에서는 운동 선수만이 경주를 벌이고 세계 신기록을 만들어내는 것이 아니라 개폐회식 같은 공연을 통해서도 인간의 새로운 상상력과 과학기술의 문화적 신기록을 세워왔던 것입니다. 그러므로 이 지혜의 경주에서 남의 것을 모방하거나 자기 것만을 고집 반복하다가는 금세 낙오자가 될 것입니다.

역대 올림픽 행사에서 한 번도 시도한 적이 없는 아이디어로 시각적·청각적 그리고 문화적인 충격을 줄 수 있어야만 비로소 서울 올림픽은 하나의 영원한 기록을 남길 수 있게 됩니다.

만약 외국 과학의 첨단 기술을 도입한다 해도 그 아이디어는 우리에게서 나온 것이어야 하며, 동시에 그것이 과학 실험 같은 것으로 끝나지 않게 하기 위해서 우리의 연출력을 가미할 수 있도록 노력하였습니다.

이러한 충격은 성화대 자체를 연출 도구로 응용하여 세계수가 되게 한다거나 또한 그것이 성화대의 제막식 같은 역할을 하여 그 거대한 위장물이 걷히면서 개회식 직전에 모습을 드러내도록 한 아이디어에 의해 실천됩니다. 20미터가 넘는 조각 위장물이 삽시간에 사라지고 성화대가 신비하게 드러나기 위해서는 고도의 과학기술을 필요로 합니다. 그것이 드라이아이스처럼 고체에서 기체로 직접 승화되거나 또는 컴퓨터의 컨트롤로 아름답게 벗겨져야 하기 때문입니다. 이러한 과학기술과 관객의 의표를 찌르는 연극성 그리고 조각과 같은 미적인 조형성이 한데 어울려 새로운 충격 인자를 만들어내게 될 것입니다.

공식 행사의 진행이라 해도 가능한 한 종래의 콘셉트를 발전 변형시켜 새로운 방식을 창안해야 할 것입니다. 가령 선조적인 서열로 이루어진 종래의 입장 방식을 양쪽에서 함께 들어와 중앙으로 들어오는 공시적 방법으로 고쳐보는 것도 좋은 것이며, 관객 반응의 유도에도 종래의 카드섹션과는 달리 청각적인 하모니를 자아내는 특수한 관객의 참여 방식을 생각해보아야 할 것입니다. 음계가 각기 다른 버들피리를 관객석에 미리 나누어주었다가 선수들이 입장할 때 일제히 불게 하는 방식 등을 생각할 수가 있습니다. 세계의 대표적인 가면들을 수집하여 그것을 머리에 쓰거나 또는 장대에 들고 가면춤을 추게 하는 발상 역시 세계의 시청자들에게도 충격과 참여도(제 나라 가면을 찾아보려는 호기심)를 안겨줄 수가 있을 것입니다.

전 관객에게 스테레오 헤드폰을 사용할 수 있게 하여 7개 국어의 동시통역과 해설은 물론 섬세한 현장의 음악적 효과를 100퍼센트 감상할 수 있게 하는 방법도 이미 나는 제안해놓고 있습니다. 많은 사람이 돈이 많이 든다고, 그리고 기술적으로 불가능하다고 말하고 있지만 아이디어만 잘 짜면 돈 한 푼 안 들이고 또 첨단 기술을 쓸 것도 없이 7개 국어 동시통역이 가능하게 될 것입니다. 물론 미국에서도 소련(러시아)에서도, 전자 문명의 왕국이라고 자처하는 일본에서도 지금까지 이런 일은 어느 나라에서도 하지 못한 것이지요. 그러니 그 놀라움의 효과도 클 것입니다.

콜럼버스의 달걀처럼 나의 아이디어란 아주 간단한 것입니다. 현재 사용하고 있는 국내 방송의 AM 방송 채널을 개폐회식 할 때만 한두어 시간 빌리자는 것입니다. 7개의 채널이 있으면 각 채널마다 한 나라씩의 말을 맡아서 방송을 하게 하면 됩니다. 이어폰 장치가 된 작은 FM 수신기만 있으면 아무런 시설 없이 전 관객이 제 나라 말로 개폐회식의 해설을 들을 수가 있습니다. 물론 이 수신기에는 광고 스폰서를 붙일 수가 있으므로 입장객들에게는 무료 서비스가 되지요. 세계의 관객들은 이것을 선물, 기념품으로 가지고 돌아갈 것이고 한국의 일렉트로닉스의 기술이 자연히 세계 방방곡곡으로 퍼지게 되는 구실도 할 것입니다.

현재 나는 동시통역 대본을 직접 내 손으로 쓰고 있는 중입니다.

이렇게 프로그램 하나하나에 충격성을 주어 공연 자체가 재미있고 신바람이 나도록 하면서도 이러한 충격의 요소들이 토착성과 중화되어 세계성과 연결되는 효과를 거둘 수 있게 주의를 기울였습니다. 로봇 춤과 역대 올림픽에 등장한 동물 마스코트 춤 그리고 외국 무용수들이 우리와 어울려 춤판을 벌이는 것이 세계는 하나라는 국제성과 미래 지향적인 발상을 뒷받침하고 있는 프로그램들입니다. 동과 서, 전통과 현대, 자연과 문화 등 온갖 이항 대립적인 양상을 하이브리드의 기법으로, 또는 브리콜라주bri-colage로 결합시키는 시도가 이루어집니다.

이상의 특성을 한마디로 정리하면 예술적 주제성Subject과 고유성Specific 그리고 놀라움을 주는 충격성Surprise의 3S가 될 것입니다. 주제성·고유성·충격성의 이 3S의 요소가 유기적으로 잘 연결되어 세계에 전달될 때 서울 올림픽의 개폐회식은 따뜻하고 평화로운 인류의 모태 공간이 될 것이며, 우리는 물론 세계의 모든 사람들은 결코 한국이 남과 담을 쌓고 살아가는 극동의 작은 변두리 나라가 아니라는 것을 몸으로 직접 실감할 수 있게 될 것입니다.

서울과 바르셀로나의 거리

"생각은 지구적地球的으로, 행동은 지역적으로Thinking globally, Acting locally"—역설적인 이러한 새 문명의 조류를 가장 실감 있게 체험할 수 있는 자리가 바로 올림픽 개회식이라고 할 수 있습니다. 우리는 4년 전에 서울에서 그것을 보았고 이제는 바르셀로나에서 그것을 보았습니다. 단순한 구경거리가 아닙니다. 이 두 개회식 광경을 자세히 비교해보면 지구적인 사고와 지역적인 행동이 안고 있는 새로운 문제들을 보다 깊게 그리고 보다 선명하게 깨닫게 될 것입니다.

우연히도 바르셀로나의 올림픽 개회식은 서울에서의 경우처럼 엠블럼 춤으로부터 시작됩니다. 그러나 그것들이 지향하고 있는 방향과 성격은 아주 대조적입니다. 우리의 빨강·노랑·파랑의 삼태극 엠블럼은 하늘·땅·사람의 조화를 뜻하는 것입니다. 그래서 우리는 성화대도 하늘과 땅을 잇는 세계수로 상징하였고 점화하는 방법도 모스크바나 로스앤젤레스 그리고 화살로 쏘아 불을 당긴 바르셀로나의 경우처럼 간접 점화 방식을 택하지 않았던 것입니다. 멀리 아테네의 성전으로부터 전 세계를 누비면서 사람의 손에서 손으로 옮겨져 온 그 불을 직접 사람의 손으로 정성껏 당겨야 한다고 생각했기 때문입니다.

바르셀로나 올림픽의 엠블럼 역시 삼태극과 비슷합니다. 이미 다 알고 있다시피 지중해를 나타내는 파란색과 태양을 뜻하는 노란색 그리고 바르셀로나를 상징하는 붉은빛의 삼색으로 구성되어 있지요. 그러나 삼태극의 천지인은 특정한 하늘, 특정한 땅 그리고 특정한 인간을 가리키는 것이 아니지만 바르셀로나의 삼색은 바다가 그냥 바다가 아니라 지중해이듯이 보다 개별화된 천지인인 것입니다.

그러므로 힘찬 태권도 매스게임은 인종과 빈부와 그리고 이념의 두꺼운 벽을 무너뜨리는 이미지로 그려지고, 동양적인 공백미를 살린 호돌이의 탄생과 굴렁쇠는 세계가 다시 하나로 거듭나는 새로운 질서의 예고였습니다. 단순한 염원이 아니라 서울 올림픽 개회식의 선수 입장식은 그동안 반쪽으로 갈라져 있던 동서가 서로 어깨동무를 하고 나타나는 한마당 광경을 펼쳐 보였습니다. 미국과 소련(러시아)이, 서독과 동독, 중국과 타이완이 참으로 오랜만에 둥근 트랩을 함께 돌았습니다.

그러나 4년 뒤 우리가 본 바르셀로나의 올림픽 개회식의 상징은 벌써 '벽을 넘어서'의 시대가 아니라 '카프 아 인데펜덴시아

(Hacia la independencia, 독립을 향하여)'로 변해 있었던 것입니다. 우주의 한 지붕 밑에서 양극화의 체제를 넘어서려던 그 삼태극의 꿈이 바르셀로나에 오면 카탈루냐 지방의 거듭나기가 됩니다. 그래서 개회식 서막을 장식한 노래는 1934년에 일으키다 실패했던 카탈루냐의 분거독립혁명을 기념하는 행진곡이었습니다.

개회식의 절정을 이룬 화려하고 장대한 지중해의 초대는 그들의 건국신화의 서사극을 재현한 마당놀이였습니다. 헤라클레스가 태양 빛을 뚫고 나와 안타이오스를 물리치고 지브롤터 해협에 2개의 기둥을 세워 대서양과 지중해를 가릅니다. 그때 한가운데 생겨난 것이 지중해이고 거기에 세운 도시가(나라가) 바로 바르셀로나였다는 겁니다.

이러한 신화의 줄거리가 엠블럼의 상징색대로 전개되고 있었습니다. 처음에는 노란 의상을 입은 무용수들이 태양춤을 추고 다음에는 파란 색깔의 바다(지중해)를 상징하는 파도춤이 되고 마지막에는 온갖 괴물과 싸우며 육지에 닿은 '문명의 배'가 붉은 안개 속에 싸이면서 바르셀로나의 도시를 탄생시킵니다.

그들은 이 신화의 재현을 통해서 순수한 카탈루냐의 전통 문화, 그들의 언어, 그들의 핏줄을 다시 한 번 세계에 알리려고 했을 것입니다. 이 올림픽은 스페인 전체의 문화보다는 카탈루냐의 지역 문화를 강조하려는 색채가 '숨은그림찾기' 놀이처럼 구석구석에 깔려 있습니다. 올림픽 찬가도 식전 아나운스도 카탈루냐의 말이 우선합니다. 25개국을 상징한다는 패션쇼에서도 바르셀로나의 공원에 세워진 우산 든 여인상의 그 유명한 조상이 중심을 이루고 있습니다.

주의해서 보면 춤과 노래와 심지어는 모든 디자인에서도 카탈루냐 문화의 독자적인 긍지와 그리고 단결심을 과시하고 있습니다. 아라곤의 민속 북놀이의 행진이 벌어지는 동안 그 배경을 채운 장식물들은 카탈루냐 출신의 세계적인 화가 살바도르 달리, 미로 그리고 피카소의 그림에서 따온 것들이었습니다. 바르셀로나의 삼색 엠블럼 자체가 미로의 그림을 연상시키는 것이고, 바르셀로나 올림픽의 이미지로 못박힌 성가족 교회의 독특한 첨탑은 이 지방의 세계적인 건축가 가우디의 작품입니다.

미술만이 아니라 춤과 음악 역시 카탈루냐 지방의 탯줄로 이어져 있습니다. 우리의 강강술래를 연상케 하는 사르다나sardana 민속춤은 서울 올림픽 개회식인 피날레의 한마당 춤인 〈손에 손잡고〉와는 또 다른 맛을 지니고 있습니다. 전 출연자들이 등장하여 나선형의 소용돌이를 이루며 〈손에 손잡고〉의 춤을 출 때 그 주위에는 세계 각국에서 참가한 민속무용단들이 자기네들의 춤을 보여주고 있었지요. 뿐만 아니라 〈손에 손잡고〉라는 그 노래와 가사는 모두가 한국인이 아닌 외국 사람의 손에 의해 이루어진 것입니다(〈손에 손잡고〉의 한국말 가사는 오리지널이 아니라 그 노래 가사를 번역한 것입니다).

하지만 카탈루냐의 그 민속춤은 개회식 피날레에 인간 탑을 쌓는 민속놀이와 마찬가지로 카탈루냐 사람들의 결속을 다짐하는 것이라고 합니다. 바르셀로나 개회식장의 음악들은 카탈루냐 지방이 배출했거나 연고가 있는 세계적인 현란한 오페라 가수들의 생음들이었습니다.

한마디로 말하자면 서울 올림픽이 냉전 체제의 붕괴를 예고한 개회식이었다면 이번 바르셀로나의 그것은 이념주의의 보편적 역사가 무너지고 난 뒤 갑작스레 짙어진 피(민족)의 색깔 그리고 그동안 숨겨져 있던 소수 종족들의 터져 나오는 새 목소리를 알리는 예고편이었다고 할 것입니다.

옛 소련은 말할 것도 없고 유고에서, 체코에서 그리고 다민족 사회의 미국에서 지금껏 보지 못했던 핏줄의 분규가 역사의 지진계를 흔들고 있습니다. 정말 그렇습니다. 고분 발굴을 통해서 우리는 사라져버린 먼 옛날의 인류 문화를 생생하게 그려볼 수가 있습니다. 그러나 우리는 올림픽 개폐회식을 통해서 인류 미래의 문명과 역사를 실감 있게 투시하게 됩니다. 1930년대 나치의 출현과 제2차 세계대전의 예고편을 사람들은 베를린 올림픽을 통해서 미리 보았던 것입니다. 일사불란의 그 집단 체조는 전체주의의 태풍을 알리는 기상도였고, 육상경기에서 미국 흑인 선수 오언스Jesse Owens에게 무릎을 꿇자 "우리는 인간에게 진 것이 아니라 동물과의 경주에서 진 것뿐이다"라고 공언한 히틀러의 폭

언은 아우슈비츠 가스실에서 솟아오른 검은 연기의 도화선이었던 것입니다.

서울 올림픽이 냉전 시대의 종지부를 찍는 인류 역사의 예고편이었다면 바르셀로나의 개회식은 양극체제가 무너진 뒤에 펼쳐진 다극화 시대와 지역화 시대의 입성을 알리는 팡파르라고 할 것입니다.

시간과 공간이 지구화globalization할수록 문화적 지방성이나 핏줄의 개별성은 더욱 짙어집니다. 문명은 보편성과 하나의 것을 지향하지만 문화는 개별화의 신화를 창조해내려고 하기 때문입니다. 바르셀로나 올림픽은 사상 최다의 참가국이 참여한 지구 잔치였지만 동시에 문자 그대로 국가가 아니라 도시에 그 개최권이 부여되는(옛날 도시국가인 아테네 문화를 연상해주기 바랍니다) 비국가주의적 행사와 교묘하게 맞아떨어진 지방 축제이기도 했습니다.

서울 올림픽이 한국 올림픽이었고 우주의 올림픽이었다면 바르셀로나의 올림픽은 도시 올림픽이었고 지중해 문화의 올림픽이었다고 할 수 있을 것입니다.

바르셀로나의 개회식 장면은 카탈루냐 문화의 독립성만 강조했던 것이 아니라 동시에 EC(유럽 연합) 통합국가라는 새로운 조국에 바쳐진 꽃다발이기도 했다는 점입니다. 바르셀로나 올림픽 개회식의 피날레를 장식한 노래는 14세 소년의 선창으로 시작된 베토벤 곡 〈환희의 합창〉이었습니다. 그 노래는 EC의 행사 때마다 유럽 통합국의 국가國歌처럼 불리고 있는 노래라는 것을 아는 사람은 알고 있었을 것입니다. 더구나 이번 개회식에서는 EC 회원국 수를 나타내는 12라는 숫자가 자주 나타나기도 했습니다. 유럽 공동체의 12개국의 깃발은 물론이고 인간 피라미드로 명명된 끝부분의 놀이 역시도 12개팀이 7단을 쌓아 올라가는 구성으로 되어 있었지요.

개회식의 공간 이용도 이런 지역주의의 흐름과 무관하지 않은 것 같습니다. 서울 올림픽 개회식의 특징은 메인 스타디움만이 아니라 한강과 하늘까지 그 식장의 개념을 넓혀준 데 있었다고 해도 좋을 것입니다. 한강에서부터 용고선이 들어왔고 하늘에서는 강복을 나타내는 패러슈트가 떨어졌습니다. 안과 바깥의 경계를 무너뜨리고 위와 아래의 턱을 없앤 공간 구성이었지요.

연출 방법도 천지인 삼재사상의 조화를 살리기 위해서 탈중심주의로 이루어져 있었습니다. 귀빈석이나 혹은 일정한 중심에 무대를 만들지 않고 스타디움의 마당 전체를, 그리고 심지어는 관객석의 통로와 지붕까지도 연회 무대로 삼았던 것입니다. 사선과 원의 동선으로 구성된 작품이 유난히 많았던 것도 보는 사람의 시점을 한곳에 고정시키지 않고 어디에서나 똑같이 보이도록 하기 위해서였습니다.

웰컴이라는 환영 글씨를 만드는 매스게임에서 글자 방향을 두 번 뒤집은 것도 그 때문이었습니다. 어느 쪽 스탠드에 앉아도 똑같이 읽을 수 있었습니다. 이 말은 어느 관객석의 자리를 중심 개념으로 잡고 연출을 짜지 않았다는 이야기입니다. 10만의 관객이 모였으면 10만의 시선을 모두 염두에 두면서 연출을 했지요. 둥근 원을 그리며 관객들에게 에워싸인 속에서 연희를 벌였던 우리의 전통적인 마당놀이가 그렇게 되어 있지요.

그러다 보니 서울 올림픽 개회식은 쇼와 같은 단순한 놀이마당이라기보다 제전祭典적인 성격을 많이 지니게 된 것도 사실입니다. 사람만이 아니라 지구의 모든 생명체인 동물과 식물 그리고 신들도 자리를 같이하는 신성한 공간을 창조하려 했던 것입니다. 지신밟기를 원용한 앞마당 부분이 특히 그러했습니다.

그래서 아무리 50억 텔레비전 시청자가 중요하다고 하더라도 그것은 어디까지나 식전을 중계하는 것이지 본말이 뒤집혀서는 안 된다고 생각하였습니다. 최대한 현장 중심의 퍼포먼스가 되도록 하면서 카메라의 효과도 배려한다는 전략이었던 것입니다.

그 점에 있어서 바르셀로나의 개회식은 서울의 그것과는 정반대로 구성되어 있었습니다. 하트 문양이라든가 'HOLA'라는 인사말이라든가 매스게임은 일정한 중심점을 향해서 움직이고 있었지요. 그 모양이나 문자나 한 방향에서만 읽히도록 그 시점이 고정되어 있었습니다. 매스게임만이 아니라 모든 연희가 중심에 세운 탑과 가설 무대를 중심으로 전개되어갔습니다. 그래서 텔레비전을 시청하는 사람들과는 달리 아마 그 현장에 있었던 사람들은, 특히 먼 곳이나 본부석 반대편 스탠드에 앉아 있었던 관객들은 어느 구석에서 무엇이 벌어지고 있는지 잘 알지 못했을 것입니다.

프로그램 구성도 매스보다는 개인 중심적입니다. 세르비아풍의 플라멩코 춤에서도 톱스타 크리스티나 호요스Christina Hoyos에게만 스포트라이트가 주어져 있어서 독무 형태로 진행되고 있었습니다. 말을 타고 입퇴장을 하는가 하면 다른 무희들은 그 무대 주변에서 백댄스를 추거나 그냥 정지된 자세로 부채질을 하고 있거나 해서 마당이 비어 있게 된 것들이 그렇습니다.

원래 총연출자 무뉴엘 우엘이 텔레비전과 비디오 프로듀서인 탓도 있었겠지만 바르셀로나의 개회식은 영상 시대 그리고 본격적인 개별화·차이화 시대의 경향을 여실히 보여주는 모형이었다고 할 수 있습니다. 7, 8만 명이 들어오는 광활한 스타디움을 텔레비전 카메라를 위한 스튜디오로 바꿔버린 그 대담한 연출, 말하자면 열린 공간의 마당을 선술집 무대와 같은 닫혀진 실내 무대로 바꾸고 그 효과를 수십 인치의 브라운관에 건 그 연출법은 확실히 서울 올림픽의 현장주의와는 전연 다른 맛을 보여줍니다. 스타와 개인주의 문화를 담는 그릇을 만들기 위해서는 야외의 노천 무대에다가도 커튼을 다는 연출법을 쓸 수밖에 없었을 것입니다.

그래서 서울 올림픽이 모두가 함께 참여하는 마당놀이의 형식이었다면 그리고 어린아이에서 노인에 이르기까지, 학생과 군인에서 인간문화재에 이르기까지 익명의 아마추어와 전문가가 함께 어깨동무를 한 너와 나의 무대였다면 바르셀로나의 그것은 극장 무대 형식에 도밍고Placido Domingo, 카레라스Jose Carreras와 같은 대스타가 등장하는 전문 예술인들의 발표장이었다고 할 것입니다. 세계 정상이 아니면 오르지 못할 높은 무대, 그래서 끝내는 운동장이 샹들리에가 빛나는 오페라의 대전당으로 화해버린 것 같은 황홀한 음악회로 막을 내렸습니다.

어느 것이 더 좋았고 어느 것이 나빴다는 이야기를 하자는 것이 아닙니다. 불과 4년 사이에 세계가 어떻게 변하고 있는지를 이 두 올림픽 개회식만큼 상징적으로 보여주고 있는 드라마도 없었다는 것이 나의 소감이었던 것입니다.

서울의 개회식이 천지인의 조화를 다룬 우주론적인 인류 제전의 성격을 담고 있었다고 한다면, 인류의 냉전 시대에 종말을 고하는 예언의 소리였다고 한다면, 대립에서 공생의 시대로 옮겨가는 거대한 건널목의 표지등이었다면, 그리고 벽을 넘어서 새로운 초원으로 향해 가려는 서약이었다고 한다면, 바르셀로나의 그것은 소련 붕괴 이후의 탈냉전, 탈중앙집권, 탈집단의 새로운 개별화·분산화의 시대를 반영하고 있는 화살표였다고 할 것입니다. 전통적인 국가관의 붕괴, 신인류라고도 불리는 종족적 문화가 시작됩니다. 유고연방의 선수단이 국가의 깃발 밑에서가 아니라 개인 자격으로 출전한 것처럼 말입니다.

서울 올림픽에서 들려오던 "손에 손잡고 벽을 넘어서"의 합창은 베를린 장벽이 허물어지고 동독과 서독이 하나로 합치는 현실로 나타났습니다. 냉전의 벽도 무너져서 우리는 유엔의 회원국으로 지구의 한 의자를 차지하게 된 것입니다. 그리고 우리는 지금 이 지구상의 유일한 분단국의 민족으로서 그 벽 넘기의 최후 주자가 되어 있는 것입니다.

그런데 이제 바르셀로나에서 들려오고 있는 '독립을 향해서'의 목소리는 글로벌리즘 속에 격화되는 로컬리즘의 새로운 과제들을 제시하게 될 것입니다. 통일이 아니라 거꾸로 분리를 꿈꾸는 사람들, 역사의 뒤안길에서 지구의 앞마당으로 걸어 나오려는 사람들—이 지구상에는 3천 가까운 종족들이 200 가까운 나라에서 살고 있다고 합니다. 벽 넘기에서 제집 짓기의 시대로 또 한 번 세계는 기지개를 결 것입니다.

스파게티 나폴리타나는 이탈리아의 대표적인 음식입니다. 이제 세계적인 그 음식의 근원을 캐들어가면 전 지구의 모습이 보인다고 합니다. 스파게티의 그 국수는 마르코폴로가 중국에서 이탈리아로 전한 것이고 그 양념인 토마토는 미국 신대륙의 발견과 함께 서구로 들어가게 된 식물입니다. 중국 대륙과 미국 대륙의 것이 서구에 들어가 이탈리아를 대표하는 고유 음식이 되고 그것이 다시 퍼져나가 전 세계 사람들이 즐기는 음식이 된 것이지요.

문화라는 것은 이렇게 지역적인 것과 세계적인 것이 항상 넘나들면서 새로운 가치와 창조적인 힘을 나타내게 되는 것입니다. 바르셀로나 올림픽과 서울 올림픽에서 세계의 모든 사람들은 문화란 얼마나 다양한 것이며 동시에 소중한가를 깨달을 수 있었을 것입니다. 바르셀로나의 개폐회식에서 그리스를 중심으로 한 지중해 문화의 뿌리를 보았다면 서울의 그 축전에서는 황해 바다의 동양 문화를 보았을 것입니다. 그리고 미국 애틀랜타에서 열리게 될 올림픽에서는 민족의 특수성과 세계의 보편성이라는 것이 어떻게 융합하여 스파게티 나폴리타나와 같은 맛을 내는지를 우리에게 가르쳐줄 것이라고 믿습니다.

한국의 신바람 문화와 낙천적인 지중해의 밝은 열정이 하나의 접합점을 갖고 있으면서도 또한 다른 차이를 갖는 이 차이가, 이 개별성이 앞으로 어떻게 전개될 것인지 우리는 다시 4년 후의 애틀랜타 개회식의 광경을 마음속으로 그려보게 됩니다.

3극 정신의 승리

황영조 선수가 바르셀로나 올림픽 주경기장으로 들어오며 세계의 환호를 향해 두 손을 흔들며 인사할 때 나는 원한국인原韓國人의 모습을 보았습니다. 단군신화의 웅녀의 모습 같은 것 말입니다. 왜냐하면 마라톤은 남과 힘을 겨루는 격투기와는 다른 스포츠입니다. 자기 자신과의 싸움이지요. 단군신화의 호랑이를 격투기 선수에 비한다면 곰은 마라토너라고 할 수 있습니다. 호랑이는 남을 물어뜯는 날카로운 이빨과 발톱 그리고 날랜 몸을 갖고 있지만 참고 견디는 '자신과의 싸움'에서는 무력했습니다.

쓰디쓴 음식을 먹으며 백 일 동안 동굴 속의 어둠을 참고 이겨낸 신화 속의 곰처럼 황영조 선수는 달린 것이지요. 웅녀가 모든 고통을 참고 견딤으로써 동물의 상태에서 인간으로 바뀌게 된 것처럼 자신이 자신의 한계를 이겨낸 숭고한 승리입니다. 한마디로 황선수가 보여준 가장 큰 상징성은 극기克己였습니다. 또한 황선수는 결승 지점을 바로 앞두고 일본 선수와의 마지막 싸움을 벌여 그를 제치고 이겼습니다. 불과 수십 초 동안의 광경이었지만 이 순간 한국인이라면 한일 간 1천 년 역사의 많은 장면들을 떠올렸을 것입니다. 일장기를 가슴에 달고 뛰어야 했던 손기정 선수의 모습은 말할 것도 없고 식민지 당시 한국의 한 많은 얼굴들을 보았을 것입니다. 황선수는 그 한들을 풀어준 것입니다. 과거의 한만이 아니라 지금 일본에 주눅이 들어 있는 한국인들에게 그들을 앞지를 수 있는 미래의 자신감을 불어넣어준 것이지요. 황선수의 승리가 의미하는 또 하나의 상징성은 극일克日입니다.

한편 육상 종목으로는 유일하게 마라톤에서 금메달을 딴 것도 큰 의미를 갖습니다. 본래 서양인들의 축제였던 올림픽에서 동양인들은 불리한 신체 조건 때문에 육상에 관한 한 백전백패였습니다. 황선수가 올림픽의 꽃인 육상에서 우승함으로써 이제 동양인들도 현대사의 주인이 될 수 있음을 몸으로 웅변한 셈입니다. 나는 이 일을 극서克西라고 부르고 싶습니다.

앞서 말한 것처럼 황선수의 승리는 역사적·문화적으로 매우 상징적인 의미를 갖습니다. 역사적 전통이란 사회적인 공동의 기억을 통해 형성되는 것 아닙니까. 인간의 동물적 본능은 항상 눈앞의 것을 좇고 과거를 잊어버리지만 사회적 기억이 쌓여 문화가 형성되고 역사와 전통이 생겨나는 것이지요. 황선수를 기념하는 것은 '황영조 개인'의 업적을 기리자는 것이 아니라 바로 그 문화적·역사적 상징을 우리의 집단적 기억 속에 아로새겨 새로운 민족적 에너지로 승화시키기 위해서입니다.

구체적으로 이 사회의 기억을 쌓아가는 전통 만들기는 망각과 싸우는 방법을 만들어내는 일입니다. 그리스어로는 진실의 반대말은 허위가 아니라 망각이라고 합니다. 진실한 것은 잊을 수가 없는 것이지요. 그래서 사람들은 기념일을 만들어 망각과 싸워왔습니다. 추석이 되면 잊었던 고향을 생각하고 조상이 묻혀 있는 땅을 찾아가지 않습니까.

그것처럼 바르셀로나의 감격인 황선수의 장한 모습도 시간이 지나면 좀을 먹게 됩니다. 우연의 일치인지 모르지만 황선수가 우승한 8월 9일은 바로 1936년 손기정 선수가 베를린 올림픽에서 우승한 날이기도 합니다. 그래서 뜻깊은 이날을 공휴일은 아니더라도 기념일로 정하는 것이 좋을 듯합니다. 또한 이 민족적 환희와 '극기', '극일', '극서'의 교훈을 자라나는 어린 세대들이 함께 체험할 수 있도록 아름다운 글로 표현해 교과서에 싣는 방법이 있습니다. 한국인들은 '영웅 만들기'에 너무 인색한데 이 기회에 '인물 만들기'의 전통을 세우는 것도 생각해볼 수 있을 것입니다. 황선수의 생가를 보존하고 그가 연습하던 길과 다니던 학교에 기념물을 만드는 것도 고려할 수 있겠지요. 특히 다큐멘터리 제작은 좋은 방안이 될 듯싶은데 황선수가 달린 2시간 13분 23초의 실제 시간에 맞춰 그의 달리는 모습 사이사이에 우리의 민족사를 미래까지 포함해 연관시켜 제작한다면 '3극'의 교훈이 될 훌륭한 작품이 될 것으로 확신합니다. 그러나 이 모든 사업은 진실로 하고 싶어 하는 사람들에게 맡겨야 합니다.

정치·경제적 현상을 제외하고는 많은 사람들이 가시적 효과가 있는 체육 분야를 가장 가깝게 느끼는 모양입니다. "건전한 신체에 건전한 정신이 깃든다"는 말도 있지요. 그러나 이 말은 일면적 진실에 불과합니다. 천체 물리학자 스티븐 호킹을 비롯해 역사상의 많은 훌륭한 인물들을 보십시오. 건전한 정신은 건전하지 않은 육체에서도 나올 수 있지만 건전한 육체는 건전한 정신 없이는 무의미합니다. 황선수의 승리가 그 문화적 상징 없이 단지 체육 행사에서의 1등으로 기억된다면 무슨 의미가 있겠습니까. 예술과 학문 등 정신문화에 대한 지원은 소홀히 하고 물질적인 승부에만 집착하는 것은 그야말로 반문화적인 발상입니다.

황선수가 보여준 '극기', '극일', '극서'의 정신은 21세기의 우리 민족 앞에 주어진 과제이기도 합니다. 황선수의 승리는 21세기의 치열한 국제 경쟁 속에서 우리가 어떻게 살아남을 수 있느냐에 대한 단순하고도 명확한 해답을 주었다고 생각합니다. 지금 아이, 어른 할 것 없이 우리에게 가장 부족한 것은 자기를 이겨내는 극기 정신입니다. 참을성이 없지요. 눈앞의 쾌락만을 좇는 풍조는 바로 극기심이 없는 데서 생긴 것입니다. 조금만 고통이 오면 그리고 자기 뜻대로 안 되면 좌절해버리거나 억지와 폭력을 씁니다. 지금 정치·경제·사회·문화 등 모든 분야에서 방임주의와 쾌락주의가 앞날의 역사를 위태롭게 하고 있습니다. 우리는 손기정 선수 이래 오랫동안 우리 선수가 다시금 마라톤에서 세계를 제패할 것을 꿈꿔왔습니다. 그러한 꿈이 없었다면 황선수의 승리가 가능했겠습니까. 민족 전체가 꿈을 꾸는 데서부터 현실적 전망은 열리기 시작합니다. 정치나 경제나 과학도 마라톤이나 마찬가지입니다. 몇백 년 전만 해도 우리의 문화와 과학기술은 세계에서 선진이었습니다. 우리는 세계 최초로 금속활자를 발명했고 거북선이라는 첨단 군선도 만들었습니다. 바로 이러한 전통을 재발견하고 자기 문화에 대한 눈뜸, 자신에 대한 긍지를 회복하는 데서부터 '민족적 꿈꾸기'가 시작됩니다. 그러나 아직도 많은 사람들이 서양 문명에 대해 열등감을 갖고 있고 일본은 정치·경제·문화 모든 분야에서 우리를 압도하고 있습니다. "과거는 신神도 못 고친다"는 말이 있습니다만 황선수의 쾌거는 우리가 예전에 일장기 말소라는 저항으로 보여줬던 민족적 소망을 현실적 힘으로 구현한 것입니다. 이것이야말로 역사를 바로잡고 왜곡된 진실을 밝히는 가장 올바르고 명확한 길입니다. 웅녀에서 손기정 선수로, 다시 황영조 선수로 이어지는 역사적 상징이 말해주듯이 우리는 모든 분야에서 쓰러지기 직전까지 자기를 억제하고 자신을 넘어서는 훈련을 통해 21세기를 이룩해나가야 합니다.

후기

바람개비 원리

운이 없었나 봅니다. 내가 바람개비를 만들거나 혹은 셀룰로이드로 된 예쁜 바람개비를 사면 언제나 불던 바람도 갑자기 멈춰버립니다. 그러면 힘차게 돌아갈 것을 기대했던 어린 마음에 좌절의 금이 생기고 맙니다.

그러나 그때마다 나는 그냥 바람을 기다리고만 있지는 않았습니다. 바람개비를 들고 뛰었지요. 바람이 불지 않아도 앞을 향해 달려가면 바람개비는 돕니다. 맞바람이 불고 살아 있는 것처럼 힘차게 움직입니다.

빨리 뛰면 뛸수록 바람개비는 빨리 돌아갑니다. 그리고 나는 머리카락이 바람에 나부끼는 것을, 얼굴이 달아오르고 가슴이 뛰는 것을 느낍니다. 돌아가는 것은 손에 든 바람개비만이 아니라는 것을 알게 됩니다.

바람개비를 돌리는 것은 밖에서 부는 바람이 아니라 박동하는 나의 심장입니다. 숨찬 나의 입김이었고 뛰는 다리입니다. 다리가 떨리지만 않는다면, 가쁜 숨결이 멈추지만 않는다면, 심장이 터지지만 않는다면 바람이 불지 않아도 나의 바람개비는 영원히 돌아갈 것입니다.

바람개비를 들고 뛰면 언덕 밑으로 보이는 황홀한 풍경이 있습니다. 자잘한 집들과 학교 마당 그리고 파란 들판들이 뒤로뒤로 사라집니다. 그리고 먼 산과 한 번도 가보지 못한 지평선이 나를 향해 그렇게도 빨리 다가옵니다. 하늘과 냇물이 꼿꼿이 수직으로 일어서는 것을 온몸으로 느낍니다.

누구도 보지 못한 그 바람을 본 것입니다. 그리고 살아서 움직이는 대지의 지축을 발뒤꿈치로 밟아볼 수가 있었던 것입니다.

내가 자라서 지금까지 아주 작은 일이라도 해낸 것이 있었다면 이 바람개비 돌리기를 멈추지 않았기 때문이라고 생각합니다. 바람을 기다리지 않고 앞을 향해 뛰었기 때문에 전쟁의 절망과 가난 그리고 그 많은 좌절과 시련의 젊음을 이길 수 있었다고 믿고 있습니다.

바람개비는 바람이 부는 방향을 따라가면 돌지 않고 뒤집힙니다. 언제나 역풍이어야만 잘 돌아갑니다. 바람을 거슬러야 생동하는 것이 바람개비의 숙명입니다. 남들이 다들 한다고 따라가지 마십시오. 천 사람이 앉아 있어도 혼자 일어서야 할 때가 있고, 만 사람이 가도 혼자 앉아 있어야 할 때가 있는 것입니다. 바람개비의 삶은 순풍을 향해 돛을 다는 것이 아니라 역풍을 향해 가슴을 벌릴 때 더욱 잘 돌아갑니다.

돌지 않는 바람개비는 이미 바람개비가 아닙니다. 정지는 바람개비의 죽음입니다. 항상 돌아가고 움직이고 꿈틀대야 합니다. 풍차가 물을 퍼 올리고 방아를 찧는 것은 그것이 돌아가고 있기 때문입니다. 모든 것의 동력은 돌아가는 바퀴에서 생겨납니다.

그리고 이 세상에 바람을 본 사람은 한 사람도 없지만 바람개비가 돌아갈 때 사람들은 비로소 바람의 속도와 방향과 그 색채를 눈으로 볼 수가 있습니다.

바람개비의 이 가역성可逆性과 가동성可動性 그리고 가시성可視性의 세 가지 특성이 바로 창조적인 삶과 문화를 만들어내는 세 가지 상징적 요소라고 할 것입니다.

기회가 오지 않는다고, 환경이 그렇지 않다고, 시운이 없다고 스스로 한탄하고 주저앉아 있는 사람들에게 나는 바람개비 하나를 선물하고 싶습니다. 그리고 끝없는 경쟁의 시련 속에서 살아가는 이 땅의 기업인에게, 가난한 문화인에게, 그리고 방황하는 젊은이들에게 바람이 없어도 돌아가는 바람개비의 원리에 대해서 이야기하고 싶습니다. 이것이 여러 곳에서 강연을 하게 되었던 나의 동기입니다. 지금 그 거친 강연들을 한데 모아 한 권의 책으로 엮으면서도 결코 후회하지 않는 까닭은, 어쩌면 여러분들이 이 책갈피 속에서 바람개비를 들고 언덕길로 뛰던 내 어린 시절의 그 심장박동 소리를 들을 수 있을는지도 모른다는 기대 때문입니다.

작품 해설

언론인이 본 이어령 장관

서병욱 | 언론인

1960년대엔 젊은이들의 우상

1980년대에 문학평론가이자 대학교수인 이어령 씨가 『축소지향의 일본인』이란 책을 냈을 때 일본인들은 경악했다. 뒤통수를 호되게 맞았지만 그들은 이씨의 날카로움에 혀를 내둘렀다. 작은 것을 자랑하는 그들의 속성을 일본인 어느 누구도 그동안 지적하지 못했기 때문이다.

실제 일본은 이 성향 때문에 미국의 자동차 시장을 석권할 수 있었다. 소형 차종에다 미니카세트 등으로 큰 것만 지향하는 미국인들의 허점을 슬슬 찌르면서, 난공불락이라는 미국의 자동차 시장을 유유히 파먹어 들어간 것이다.

물론 이어령 씨의 책 속에 일본인들의 좀스러운 측면을 은근히 비꼬는 측면도 없지 않다. 그런데도 그는 일본인들의 기분을 별로 건드리지 않으면서도 설득력 있게 글을 풀어나가, 따지길 좋아하는 일본인들을 옴짝달싹 못하게 묶어버린 것이다.

1960년대 언저리, 『흙 속에 저 바람 속에』, 『통금시대의 문학』 등으로 이어령 씨는 당시 대학생들의 우상으로 등장했다. 뭔가 현학적인 표현을 할 때면 저서 중 일부를 인용하는 게 상례가 되다시피 했다.

물론 기본적으로 그의 두뇌는 대단히 명석한 걸로 정평이 나 있다. 그러나 좋은 두뇌도 기름을 치지 않으면 녹슬게 마련이다. 그는 수시로 독서로 기름을 친다. 독서량이 엄청나다는 게 그를 아는 사람들의 지적이다.

동과 서를 막론하고 고사성어에서부터 현대 유행어까지 그는 줄줄 꿰고 있다. 여기다 그의 천부적 상상력까지 보태져 얘길 한 번 꺼내면 끝이 없다.

그러나 청중은 조금도 지루한 줄을 모른다. 약장수 뺨치는 얘기꾼 기질이 그에겐 있는 것이다. 거기다 무슨 얘기든 연하게 하는 법이 없다. 철학가나 문인들의 주옥같은 문구를 곁들여 함으로써 품위까지 곁들이고 있다.

그래서 청중은 메모를 해둬야겠다는 생각을 하지 않을 수 없게 된다. 논리도 정연해 그대로 옮겨놓으면 바로 잘 다듬어진 문장이 된다.

명문장가에 청산유수 같은 달변

이어령 씨가 초대 문화부 장관이 된 지도 그럭저럭 8개월을 넘어섰다. 그의 청산유수 같은 달변의 정수는 지난 6월 2일 제주도 서귀포 KAL호텔에서 있었던 전국 출판 경영자 세미나 강연에서 유감없이 발휘됐다.

그는 여느 장관들처럼 보좌팀이 만들어준 원고를 앵무새처럼 읽는 사람이 아니다. 천하의 명문필가인 그의 맘에 쏙 들 원고를 누가 만들어주겠는가. 아예 그는 기대조차 않는 것 같다.

여기다 그는 원고를 준비하지 않는다. 메모 같은 것도 없다. 물론 머릿속에야 메모를 하겠지만. 그런데도 원고를 보고 읽는 사람보다 훨씬 조리 있는 말을 한다. 여기서 청중은 일단 주눅이 들고 만다.

아마도 현직 장관 중에 원고 없이도 하루 종일 떠들 수 있는 이는 이어령 장관 말고는 달리 없을 것이다. 그는 강연을 하기 전 우선 청중의 귀가 번쩍 띌 만한 얘기부터 꺼낸다. 흔히 신문 기사에서 재미있는 것부터 내세워 독자들을 일단 유인하는 것처럼.

이날 그는 대뜸 "요즘 어린이들의 본적은 대부분 제주도"라고 했다. 이때 청중은 무슨 얘긴지 어리둥절해했다. 그러다 다음 얘길 듣고 폭소를 터뜨렸다.

"요즘 신혼부부들치고 제주도 안 다녀오는 사람이 있는가, 막말로 제주도에서 애를 만들어 간다. 그러니……."

그러나 제주도 본적 운운은 그의 본론이 물론 아니다. 이를테면 초를 친 것이다.

“제주도는 신혼부부들을 이혼부부로 만들어버린다. 신부는 친정집에 먼저 전화를 걸자고 하고 신랑은 당연히 본가에 먼저 하는 게 순서라고 아옹다옹하다가, 급기야 성격이 안 맞으니 이혼하자는 얘기까지 오간다.”

이 얘기까지도 본론이 아니다.

“이는 한마디로 제주에 제주다운 제주 문화가 없기 때문이다. 관광 수입에 목을 매달고 있는 제주는 뭔가 신혼부부를 위한 문화를 창출해야 한다. 말하자면 ‘신혼부부의 예절’ 같은 것을 비디오로 만들어 제주 공항에서 신혼부부들에게 보여줘야 한다. 이것은 얼핏 대단히 사소한 문제 같지만 그렇지 않다. 이혼을 막는, 한 인생의 등불 같은 역할을 할 수 있는 것이다.”

‘신혼부부 문화’라는 말에 청중은 잠시 뜨악해하면서도 이내 고개를 끄덕이게 된다.

이쯤 되면 그는 이제 슬슬 신바람이 난다. 그의 컴퓨터 머리에 입력된 온갖 얘기가 거침없이 쏟아져 나온다. 가끔씩 그의 전공이다시피 한 프랑스어와 미학까지 양념으로 곁들이면 청중은 ‘악’ 하는 소리를 내게 된다.

여기저기 얘길 끌어모아 하나의 설득력 있는 얘길 만드는 데는 가히 천재다.

장관 취임 후 '돈 노이로제' 환자론

문학평론가, 대학교수, 문화부 장관. 세 가지 얼굴을 가진 이어령 씨는 과연 누구인가. 그것은 아무도 모른다.

이어령 씨는 냉정하다. 냉철하다. 야멸차다. 이지적이다. 철저한 이기주의자다. 절대 관료가 될 수 없는 사람이다.

이어령 씨는 감상적이다. 눈물이 많다. 몽상적이다. 타고난 얘기꾼이다. 철저한 개인주의자다. 한 번쯤은 관료가 될 수 있는 사람이다.

이어령 문화부 장관은 그래서 실은 그도 그 자신을 모른다. 그는 세 개의 얼굴을 가진 게 아니다. 천千의 얼굴을 가진 지킬 박사다. 그는 문화부 장관이 되기 전에, 정부로부터 어느 장관 자리를 제의받은 바 있지만 단호히 거절했던 전력이 있다.

그는 감투욕이 없다. 그러나 명예욕은 대단하다. 장관 자리에 오른 이후 그는 단 한 시간도 맘놓고 쉬지 못했다고 털어놓은 적이 있다. 이제껏 돈에 궁한 적은, 적어도 사적으론 별로 없었다. 그러나 그는 요즘 궁색하기 짝이 없다. 그것은 공적인 것이다.

현재 정부 예산 중 문화부에 할당된 액수는 0.35퍼센트에 불과하다. 여느 일선 군郡의 예산에도 미치지 못한다. 이런 액수로 무한대의 일을 그는 저지르고 있다. 그는 일 중독자다. 잠시도 가만히 있질 못한다.

그러나 요는 돈이다. 문화부에 대한 정부의 홀대는 노골적인 것 같다. 겉으론 중요성을 인지하는 것처럼 하면서도 속마음은 '들러리 부서'쯤으로 치부하고 있는 것은 아닐까.

전시 행정에 인이 박힌 정부는 어찌 보면 황당무계해 보이는 문화부의 일이 시답지 않을 것이다. 정신적인 것이란 게 하루이틀에 그 성과가 드러나는 것은 아니기 때문이다.

문화부에 대한 정부의 인식 전환이 이뤄지지 않는 한 문화부는 언제나 찬밥 신세일 수밖에 없을 것이다.

이장관은 그래서 취임 이후 이제껏 '돈 노이로제'에 걸려 있다. 그는 이따금씩 "그, 장관 자리가 굉장한 건 줄 알았는데 별 볼 일 없더구먼. 목에 힘깨나 주는 자린 줄 알았는데, 이건 허구한 날 고개만 숙여야 하니 목 디스크에 걸릴 지경이야"라는 푸념을 하곤 한다.

돈 구걸해서 문화 사업 추진하는 열성

이는 없는 예산에 일을 저지르다 보니 여기저기 사업 후원을 요청하는 돈 구걸을 하게 된 자신이 한심스럽다는 것의 완곡한 표현이다. 그러다 보니 그는 절묘한 '남의 불에 콩 구워 먹기 작전'을 구사하게 됐다. 가수 조용필의 지명도를 활용, 〈오빠 생각〉, 〈따오기〉 등 전래 건전 동요를 보급하는 일에 레코드사의 협조를 얻어냈고, 한국의 상징 사전 출간도 슬쩍 동아출판사(현 두산

동아)에 넘겨버렸다.

예를 들면 박쥐는 서양에선 기회주의자나 악마를 상징하지만, 우리나라에선 부부간의 금슬이나 풍요 등을 뜻한다. 상징 사전은 이같이 한국 고유의 상징성을 한데 모은 것이다.

또한 '돈 안 드는 사업' 개발에 주력하고 있다. 이를 위해 그의 컴퓨터 두뇌는 쉼 없이 가동됐다. 그 진수가 '한국형 아파트'를 만들겠다는 것.

이는 할아버지와 아들, 손자가 함께 살게 해 노인들의 소외감을 덜어주는 동시에 손자에겐 할아버지가 가진 한국형 질서를 대물림하게 한다는 게 골격이다. 여기다 간호사를 상주시켜 간단한 병은 아파트 내에서 해결한다는 것도 곁들이고 있다.

이장관은 "요즘 할아버지, 할머니들의 소박한 꿈은 바로 손자의 손을 잡고 운명하는 것이다. 이에 가장 걸맞은 아파트는 바로 전래의 한국 주거 양식을 최대한 살린 한국형 아파트"라고 강조하고 있다.

이 사업도 결국 문화부로선 돈 들 게 없다. 서울시 등과 협의해 한국형 아파트에 대한 아이디어만 제공한다는 것이다.

이것이 현실로 연결만 된다면야 사실 바람직한 것이다. 한국 고유의 주거 문화 및 유교권의 생활 문화를 보전한다는 의미를 담고 있기 때문이다.

또한 실패로 끝나긴 했지만 기존의 문화재 마을에 이불과 책상만 덜렁 제공한 '문인 창작 마을'도 아이디어는 비상한 것이었다.

문화부가 쓴 돈이라야 이불과 책상값뿐이다. 요는 놀고 있는 문화재를 문인들의 창작 공간으로 제공하자는 것이었다. 그러나 이는 현실을 무시한 탁상공론에 불과했다.

우리나라 문인들 중 글만 써서 생활할 수 있는 이들은 손꼽을 정도에 불과하다. 한마디로 가난하다. 이들이 최소한 하루 1만 5천원꼴의 생활비가 들어가는 창작 마을을 이용할 리가 만무한 것이다.

솔직히 말해 숙식을 공짜로 제공한다면 모를까. 여기다 문인들이란 신문사나 잡지사, 출판사와 근거리에 있어야 글줄이라도 쓸 수 있고, 바로 먹고살 수 있다는 기본을 간과한 것이다.

창작 마을에 대해 이장관의 계획은 실패했지만, 문화부 예산을 깎아 먹은 것은 없으니까 최소한 본전치기는 했다는 생각이다. 아니 문인들에 대한 일반인들의 관심도를 일깨워줬다는 점에선 오히려 플러스가 됐다고 자위하고 있다.

'까치 소리', '문화방' 등 아이디어 만발

이장관이 취임하자마자 히트한 것은 그 흔한 민원실을 '까치 소리'라는 이름으로 바꾼 것이다. 까치는 우리나라에서 예로부터 '기쁜 소식'을 전해준다는 길조吉鳥다. 듣고 보면 아무것도 아닌 것 같지만 이 아이디어는 백미다.

까치 소리라는 이름 때문에 민원인들은 우선 종전의 관료적 냄새를 느낄 수가 없게 됐다. 민원인들에게 친근감을 줘 그만큼 문화부의 대민 창구는 넓어진 셈이다.

그리고 문화부 청사 승강기에 유명 문인이나 화가들의 간단한 약력과 작품을 붙여두어 사람들이 오가며 '문화의 향기'를 맡도록 하고 있다.

홍보물도 '문화방'이란 예스러운 이름을 붙였다. 그뿐인가? 구내 식당도 한국식 문틀과 문양을 사용해 문화부가 들어 있는 건물의 하드웨어를 제외한 소프트웨어는 모두 한국적인 것으로 도배를 했다.

그는 한번은 "개똥벌레를 천연기념물로 지정하겠다"는 말을 했지만 매스컴은 대부분 이를 대수롭지 않게 넘기고 말았다. 그러나 이 발상도 기발한 것이다.

또한 세계 무대에 나가 있는 한국 출신 음악인 중 알짜만 모아 세계적 수준의 교향악단을 만들겠다는 생각도 하고 있다.

웅대한 '문화 발전 10개년 계획'에 매스컴 냉담

그는 문화부 출입 기자들에게 약간 서운한 맘을 가지고 있다. 문화란 것이 조그마한 데서 출발하는 것인데도 뭔가 눈에 보이는 것과 큰 것만 기사로 다루려는 기자들의 속성을 안타까워하고 있다.

그가 벼르고 별러 지난 6월 25일 '문화 발전 10개년 계획'을 발표했을 때 대부분 매스컴은 그 예산이 3조 8천억 원이라는 데 놀랐고, 이는 결국 실현성 없는 '거품 정책'이란 비판을 받자 이만저만 서운해한 게 아니다. 문화라는 것의 중차대함을 왜 제대로 이해하지 못하냐는 생각에 한동안 침통해했다.

"어느 부처는 몇조억 원씩 예산 쓰겠다고 해도 당연시하면서, 왜 문화부가 10년의 예산으로 몇조 원을 제시하니까 그렇게 놀라는지 모르겠다. 다들 이 예산 수치를 놓고 낭만적 사고방식이니 꿈 깨라는 식으로 몰아붙이고 있다. 그보다는 10개년 계획의 내용을 놓고 따져야만 했을 것이다. 또한 예산 수치만 해도 상당한 근거를 가지고 있다. 예를 들어 '예술의 전당'만 해도 지금은 막말로 콘크리트 창고에 불과하다. 하드웨어만 있지 소프트웨어가 없다. 문화는 하드웨어보다 소프트웨어가 관건이다. 돈도 더 많이 들어가야 한다. 유명한 카네기홀이 무슨 건물이 크다고 그렇게 된 것은 아니다. 여기저기 소프트웨어에 엄청난 돈을 투자했기 때문이다. 보다 중요한 것은 현재 우리 국민들 중 상당수가 문화 환자인데도 대부분 이를 간과하고 있는 데 있다. 10개년 계획은 말하자면 이 병을 치료하자는 것이다."

그는 일단 문화부 예산도 몇조 원씩이 필요하다는 문화의 중요성에 대한 홍보가 된 것만으로도 수확은 있었다고 믿고 있다. 그가 발표한 10개년 계획은 모두 16개 부문으로 나눠볼 수 있다. 그중 '예술학교 설립·전통 민속공예촌 조성·전자 서점 추진·역사의 집 설립' 등이 주요 부문이다.

문화부 직속이 될 '예술학교'는 미국의 줄리어드 음대나 프랑스의 파리 음악원conservatoire de Paris, 일본의 동경예술대학과 같은 고급 예술인 양성 기관이다. 그동안 한국 출신의 세계적 예술인들이 하나같이 외국 유학파임에 그는 분개(?)한 것이다. 한국 내에서도 이젠 고급 예술인을 만들어보겠다는 것이다.

'전통 민속공예촌'을 만들어, 한국 고유의 공예품을 만들어 외국에 수출하면 외화도 벌어들이고 이에 따라 자연히 민속공예가의 맥이 이어질 수 있다는 논리다. 예를 들어 한산모시 옷에 현대적 패션 개념을 혼합해 세계적 브랜드로 키워 부가가치를 높이자는 것이다.

"입생로랑 등 유명 상표는 한계가 있다. 대량생산하는 데다 어느 나라에서건 비슷한 상품을 개발할 수 있다. 그러나 한산모시를 소재로 한국적인 개념을 도입한 옷을 만들면 어느 나라에서 이를 흉내 내겠는가. 더구나 소량 생산할 수밖에 없기 때문에 비싼 값에 팔 수가 있다. 운동화 몇백 켤레를 파는 것보다 훨씬 실속이 있는 것"이라고 그는 강조하고 있다.

"전화가 귀할 때는 전화 기능만 하는 것이면 수요자들이 허겁

지겁 다투어 샀다. 그러나 전화기가 흔해지면서 색깔도 까만 것이 아니라 분홍색 등 개성 있는 것을 찾고 디자인도 세련된 것만 고른다. 요는 디자인을 개발하지 않으면 수출이고 뭐고 될 턱이 없다. 디자인이 뭔가, 바로 문화다. 이걸 정부가 무시한다면 수출은 그림의 떡이다. 일본은 같은 물건이라도 포장을 잘해 상품의 부가가치를 높여 비싸게 국제시장에 내다 판다. 포장도 따지고 보면 문화다."

초라하게 느껴지는 장관 자리

그는 건물도 지을 때는 건설부 소관이고 전혀 문화와 상관없이 여겨질지 모르지만 100년만 지나도 그건 바로 건축 문화가 되고 만다고 말한다.

"프랑스 노트르담 사원이나 이탈리아의 숱한 건축물이 이젠 세계 유수의 문화재다. 지을 당시야 단순한 건축물에 불과했다. 이걸로 이들 나라는 두고두고 외화벌이를, 그것도 가만히 앉아서 하고 있지 않은가. 관광산업의 관건도 요는 그 나라의 문화다."

그의 문화론은 아마 하루 종일 들어도 다 듣지 못할 것이다. 그런데도 그의 10개년 문화 발전 계획은 한국적 현실에선 '꿈꾸는 자의 타령'쯤으로 치부되고 있다. 그래서 그는 외롭다. 그를 이해해주는 사람이 많지 않기 때문이다.

그는 분명 장관이 될 사람이 아니다. 실상 그도 장관 되길 바랐던 사람이 아니다. 어쩌다 장관이 됐다. 그는 언젠가 기자와의 단독 대담에서 인간적 고뇌를 진솔하게 털어놓은 적이 있다.

"나는 모난 사람이다. 감정을 숨기거나 마음에 없는 말을 도저히 하지 못한다. 심지어 의례적으로 하는 경조사에 따른 인사도 개인적으로 번거롭기 짝이 없다. 물론 개인적으로 잘 안다거나 인연이 있는 사람의 경우 당연히 인사하는 게 사람의 도리다. 그러나 장관 자리에 있다 보니 얼굴도 모르는 사람에게까지, 가슴이 아닌 얼굴로 하는 인사치레는 자신을 기만하는 것 같아 언짢다."

그는 자신에게 보스 기질이 없다는 것도 잘 알고 있다. 대학교수 때도 이른바 "인기 교수는 아니었다"고 말한다. 그는 자신은 덕이 있는 사람이 결코 아니라는 것도 알고 있다.

"난 언제고 내 할 일이 없다고 생각되면 장관 자리를 훌훌 털어버릴 것이다. 평균 수명 6개월도 못 되는 게 한국의 장관 자리인데, 8개월이나 지났으니 이미 평균 수명은 넘긴 것이다. 나의 고향은 교단이고 문학이다. 원고지를 메우고 강의를 하는 게 나의 본업이다."

실제로 그는 장관 자리가 그렇게 초라하게 느껴질 수가 없다고 한다.

평생 고개 숙인 일 없던 그가 거지 노릇도

"장관이 된 후 거지 노릇을 많이 했다. 예산이 없으니 여기저기 기업체를 찾아다니고 내 꿈도 축소하고……. 신발에다 발을 맞춰 왔다. 그러다 보니 마음에도 없는 말도 해야 하고 정말 장관 자리가 피곤하다. 책도 제대로 한 권 읽지 못하니 결국 나는 퇴보하고 있구나 하는 생각마저 든다."

그는 평생에 고개 숙인 일 없이 살아왔다. 명문필가인 그의 집은 늘상 문전성시를 이뤘다. 출판사 사장들이 그의 책을 내기 위해 선금을 싸들고 다투어 찾았기 때문이다. 여기다 대학교수라는 자리는 강의만 열심히 하면 그뿐이었다.

감투에 연연하는 것도 아니고 이해관계에 얽힐 일이 없으니 소신껏 살 수 있었다. 그의 집사람도 대학교수니 말하자면 맞벌이 부부다. 그러니 경제적으로 크게 궁핍을 느끼지 않아도 됐다.

거기다 한때 '문학사상사'란 잡지사도 경영해봤으니 '사장 노릇'도 해본 셈이다. 그런 그가 별 원치도 않았던 장관 자리에 올라 고개를 숙여야 하고 혀 꼬부라진 소리를 해야 하니 자신이 비참하게 여겨지기도 했을 것이다.

그는 분명 성격이 괴팍한 편이다. 언젠가 출판사에서 그의 책을 낼 때 그에게 표지를 만들어 가지고 왔다. 표지를 본 후 마음에 들지 않자 이내 표지를 내동댕이쳤을 만큼…….

그러나 그는 진솔하고 진지한 사람이다. 사술을 모른다. 곧이 곧대로 행동한다. 그리고 그는 더 이상 감투를 원하지 않는다. 그러니 무슨 최고위층에 잘 보이고 뭐고 할 필요가 없다.

그는 관료 체질이 아니다. 앉은 자리만 관료일 뿐이지 관료일 수 없는 사람이다. 개 꼬리 3년을 묻어둔들 여우 꼬리가 되겠는가.

그는 문화부 관료들, 특히 간부들과는 구조적으로 죽이 맞질 않게 돼 있다. 문인 출신 장관과 직업 관료와의 사이는 그들이 각각 살아온 세월만큼이나 간극이 있다.

직업 관료들은 어떤 면에서 '새장 속에서 잘 길들여진 새'와 같다. 그러나 이장관은 창공을 훨훨 날아다니는 새다. 더구나 이장관은 지금 관직보다 높은 관직에는 별 관심이 없다. 세속적 의미의 신분 상승에는 뜻이 없는 것이다.

이를 문화부 관료들의 입장에서 보면 '1회용 반창고'로 비칠 수밖에 없다. 그의 재임 기간만 그럭저럭 넘기면 그와는 별 볼 일 없다는 의식이 깔려 있을 수 있다.

융통성 없는 관료와의 접목에 고심

이장관은 그래서 '파워 있는 장관'이랄 수도 없다. 그러나 '1회용 반창고'라는 바로 이 점이 이장관에겐 큰 무기일 수 있다. 여기저기 눈치 보지 않고 소신껏 일할 수 있기 때문이다.

이장관이 죽어라 뛰는 반면 이들 간부들의 모습은 약간 느슨해 보인다. "장관, 당신이나 신나게 일해라. 우리는 굿이나 보고 떡이나 먹겠다"는 식으로까지. 관료들의 의식에 대해 그는 이런 얘길 했다.

"한漢나라 200년 동안 흉노의 침입이 없었다. 관료들은 당시 나무판에다 일일 정세 보고서를 쓰게 돼 있었는데 200년간 대물림하며 '오늘 이상 없음'이라고만 썼다. 이게 바로 관료주의다. 보고할 게 없으면 안 쓰면 그만인데……. 이 융통성 없는 것이 바로 관료사회에선 필요하기도 하다."

'창공을 나는 새'와 같은 그가 융통성 없는 관료와의 접목에 얼마나 힘이 들었는가를 비유해 말한 것이다.

"이젠 관료가 뭔지 좀 알 것 같다. 처음엔 정말 피곤했다. 나와 문화부 관료들과의 사이가 솔직히 물과 기름이라고 느꼈다. 그러나 이젠 다르다. 서로를 이해하게끔 됐다."

"문화란 원래 비능률적으로 보이는 것이다. 두 발로 걸어야 춤이 생기지 네 발로 걸으면 춤이 생기지 않는다. 마젤란보다 먼저 지구가 둥글다는 것을 말한 이가 그리스에 있었다. 그는 그러나 지구의 반지름을 계산 착오로 축소해버렸다. 바로 이 착오 때문에 항해를 할 엄두를 낼 수 있었던 게 아닌가. 실제의 반지름이 계산됐다면 콜럼버스는 아예 항해를 포기해버렸을 것이다. 나는 문화 정책도 이와 같다고 본다."

문화가 썩으면 국민들의 의식구조가 황폐해진다

이장관은 항간에서 그의 문화 행정에 대해 "뭔가 비능률적이고 현실성이 없다"고 말하고 있는 것을 의식한 듯 "문화는 경제와 달라 자로 잴 수는 없는 것"이라고 말한다.

"문화부엔 사이렌이 없다. 긴급한 사항이 없어 보인다. 당장 눈에 보이지 않으니 오늘 안 되면 내일 해도 되지 않겠느냐고들 외부에선 생각하고 있는 것 같다. 이게 바로 함정이다. 문화는 썩으면서도 썩는 줄을 모른다는 데 심각한 문제가 있는 것이다. 문화가 썩으면 국민들의 의식구조가 황폐해진다. 두말할 것도 없이 사회는 범죄 천국이 된다. 병든 사회의 출현을 막는 데 방파제 역할을 하는 것이 바로 문화다."

그의 문화에 대한 '바람개비론'은 유명하다. 바람개비는 바람을 받아야만 도는데, 바람이 없다고 그대로 서 있다 보면 돌 수가 없다. 이때는 스스로 뛰어야만 바람이 생기고 바람개비도 돌게 된다는 이론이다.

그는 또 "문화 정책은 물고기를 주기보다는 이를 낚는 낚시 도구를 주는 데 중점을 두겠다"는 말도 하고 있다.

"우리 문화는 '얼렁뚱땅 문화'이기도 하다. 서양인들의 조직적인 머리로 보면 비생산적이요 어처구니없이 비칠 것이다. 그러나 문화는 조직적인 것이 아니다. 그래서 한국의 문화 대국으로서의 입지는 희망적이다. 패션이든 미술이든 '얼렁뚱땅'을 활용하다

보면 기상천외의 작품이 나올 수 있는 것이다. 융통성은 그만큼 무한한 가능성을 가지고 있기 때문이다."

남북 교류도 민족 특성 살려 얼렁뚱땅을 활용해야

그는 남북 교류도 우리 민족의 특성인 얼렁뚱땅을 십분 활용해야 한다고 말한다.

"남과 북이 이데올로기가 어떻고, 이러니 안 되고 하는 식으로 따진다면 교류는 부지하세월이다. 우선 따지지 말고 만나야 한다."

그래서 그는 문화부 장관에 취임하자마자 북에 '남과 북의 민속놀이 한마당 잔치'를 제의했다. 비무장 지대든 평양이든 서울이든 남과 북이 만나서 한민족의 원형 놀이인 그네도 타고 씨름도 하다 보면 민족적 동질성을 확인하게 된다는 것이다.

"40년간 남과 북에 흐른 세월은 양쪽 모두에 심한 문화적 차이의 골만 깊게 만들고 말았다. 이것은 땅덩이가 갈라졌다는 물리적 현상보다 훨씬 심각한 것이다. 이걸 우선 민속놀이로 녹여보자는 거다. 정월 대보름이나 추석, 단오절 때만이라도 남과 북이 한 마당에 모여 신명나게 한번 놀아야 한다. 몸과 몸이 부딪치다 보면 40년간 잠자던 한민족의 피가 활화산처럼 훨훨 끓어오를 것이다."

내 나름의 꿈이 있어 장관을 맡았지만……

“내가 초대 문화부 장관을 맡게 된 데는 내 나름의 꿈이 있었기 때문이다. 나보고 ‘꿈꾸는 사람’이라고 비아냥거리는 사람들이 적지 않다는 것도 알고 있다. 그러나 사람이 꿈이 없다면 짐승과 뭐가 다른가. 비록 그것이 현실에 뿌리를 박지 않고 있다 하더라도 꿈은 많이 꿀수록 좋은 것 아닌가. 난 입각하기 전까지는 정부에 대해 대단히 많은 비판을 했던 사람이다.”

그는 장관을 한 지 한참 만에야 ‘일이란 아이디어만으로 되는 것은 아니다’, ‘혼자서 할 수 있는 것도 아니다’라는 평범한 사실을 뒤늦게, 뼈저리게 느꼈다. 부처 간의 협의 사항, 돈 문제 등 선결 과제가 한두 개가 아니었던 것이다.

실제 문화부는 제 몫도 찾아 먹지 못하고 있다. 우선 해외 문화원만 하더라도 그 일의 성격상 100번 고려해도 문화부가 관장해야 할 사항임에도 공보처가 움켜쥐고 내놓지 않고 있다.

도서관 업무도 문교부에서 움켜쥐고 있다. 도서관을 학교 공부의 연장선상에서 생각하고 있는 문교부의 작태는 한심한 구석이 없지 않다. 도서관은 단순한 교육의 보조 수단이 아니다. 도서관은 문화센터인 것이다. 인근 주민들에게 문화 사랑방 역할을 하고 삶의 지혜를 공급해야 할 평생 교육원인 것이다(그 후 도서관은 문화부 소관으로 바뀌었다).

이젠 물질적 보릿고개를 넘듯 정신적 보릿고개 극복 주장

모순이 드러나는데도 제꺽제꺽 시정되지 않는 등, 이런저런 연유로 이장관은 요즘 심기가 매우 불편하다. 막말로 '엿장수 맘대로 안 되는 게 행정'이란 걸 인정할 수밖에 없기 때문이기도 하다.

그러나 그는 문화부 장관 자리에 진한 애정을 가지고 있다. 그것도 '초대'라는 데…….

"바이올린 켜는 것만 문화가 아니다. 문화에 대한 전반적인 인식 전환에는 그만큼 시련이 따를 것이란 것은 이미 각오했던 터다. 이차돈의 목이 베이지 않았다면 이 땅에 불교가 들어왔겠는가. 내 힘으로 거대한 바위를 깰 수는 없다. 그러나 방법은 있다. 바위를 이끼로 뒤덮으면 바위를 깨는 효과가 있을 것이다."

그는 지금 한국은 '정신적 보릿고개'를 넘지 않으면 안 된다고 말한다. 20~30년 전 물질적 보릿고개를 넘었듯 이를 넘어야만 된다고 강조한다.

"우리의 정신적 허기증은 빨리 채워져야 한다. 이게 안 되면 물질적 풍요도 아무 의미가 없다. 이를 위해 부총리급을 수장으로 하는 '문화 기획원'을 만들어야 한다. 남북통일은 우선 단순한 땅덩어리 통일에 앞서 '문화 통일'이 먼저 고려돼야 할 것이다."

서병욱

1946년 경상남도 마산에서 태어나 한국외대 외교학과, 한양대 언론대학원 신문출판학과를 졸업했다. 《조선일보》와 《월간조선》 부차장 대우, 《스포츠조선》 문화부장 및 편집위원을 지냈으며 현재 해외교포문제연구소 편집이사로 재직 중이다. 저서로는 『태평로 0시 59분』이 있다.

이어령 작품 연보

문단 : 등단 이전 활동

「이상론-순수의식의 뇌성(牢城)과 그 파벽(破壁)」	서울대 《문리대 학보》 3권, 2호	1955.9.
「우상의 파괴」	《한국일보》	1956.5.6.

데뷔작

「현대시의 UMGEBUNG(環圍)와 UMWELT(環界)-시비평방법론서설」	《문학예술》 10월호	1956.10.
「비유법논고」	《문학예술》 11,12월호	1956.11.

* 백철 추천을 받아 평론가로 등단

논문

평론·논문

1.	「이상론-순수의식의 뇌성(牢城)과 그 파벽(破壁)」	서울대 《문리대 학보》 3권, 2호	1955.9.
2.	「현대시의 UMGEBUNG와 UMWELT-시비평방법론서설」	《문학예술》 10월호	1956
3.	「비유법논고」	《문학예술》 11,12월호	1956
4.	「카타르시스문학론」	《문학예술》 8~12월호	1957
5.	「소설의 아펠레이션 연구」	《문학예술》 8~12월호	1957

6. 「해학(諧謔)의 미적 범주」	《사상계》 11월호	1958
7. 「작가와 저항–Hop Frog의 암시」	《知性》 3호	1958.12.
8. 「이상의 시의와 기교」	《문예》 10월호	1959
9. 「프랑스의 앙티–로망과 소설양식」	《새벽》 10월호	1960
10. 「원형의 전설과 후송(後送)의 소설방법론」	《사상계》 2월호	1963
11. 「소설론(구조와 분석)–현대소설에 있어서의 이미지의 문제」	《세대》 6~12월호	1963
12. 「20세기 문학에 있어서의 지적 모험」	서울법대 《FIDES》 10권, 2호	1963.8.
13. 「플로베르–걸인(乞人)의 소리」	《문학춘추》 4월호	1964
14. 「한국비평 50년사」	《사상계》 11월호	1965
15. 「Randomness와 문학이론」	《문학》 11월호	1968
16. 「최남선의 「해에게서 소년에게」 분석」	《문학사상》 2월호	1974
17. 「춘원 초기단편소설의 분석」	《문학사상》 3월호	1974
18. 「문학텍스트의 공간 읽기–「早春」을 모델로」	《한국학보》 10월호	1986
19. 「鄭夢周의 '丹心歌'와 李芳遠의 '何如歌'의 비교론」	《문학사상》 6월호	1987
20. 「'處容歌'의 공간분석」	《문학사상》 8월호	1987
21. 「서정주론–피의 의미론적 고찰」	《문학사상》 10월호	1987
22. 「정지용–창(窓)의 공간기호론」	《문학사상》 3~4월호	1988

학위논문

1. 「문학공간의 기호론적 연구–청마의 시를 중심으로」	단국대학교	1986

단평

국내신문

1. 「동양의 하늘–현대문학의 위기와 그 출구」	《한국일보》	1956.1.19.~20.
2. 「아이커러스의 귀화–휴머니즘의 의미」	《서울신문》	1956.11.10.

3. 「화전민지대-신세대의 문학을 위한 각서」	《경향신문》	1957.1.11.~12.
4. 「현실초극점으로만 탄생-시의 '오부제'에 대하여」	《평화신문》	1957.1.18.
5. 「겨울의 축제」	《서울신문》	1957.1.21.
6. 「우리 문화의 반성-신화 없는 민족」	《경향신문》	1957.3.13.~15.
7. 「묘비 없는 무덤 앞에서-추도 이상 20주기」	《경향신문》	1957.4.17.
8. 「이상의 문학-그의 20주기에」	《연합신문》	1957.4.18.~19.
9. 「시인을 위한 아포리즘」	《자유신문》	1957.7.1.
10. 「토인과 생맥주-전통의 터너미놀로지」	《연합신문》	1958.1.10.~12.
11. 「금년문단에 바란다-장미밭의 전쟁을 지양」	《한국일보》	1958.1.21.
12. 「주어 없는 비극-이 시대의 어둠을 향하여」	《조선일보》	1958.2.10.~11.
13. 「모래의 성을 밟지 마십시오-문단후배들에게 말한다」	《서울신문》	1958.3.13.
14. 「현대의 신라인들-외국 문학에 대한 우리 자세」	《경향신문》	1958.4.22.~23.
15. 「새장을 여시오-시인 서정주 선생에게」	《경향신문》	1958.10.15.
16. 「바람과 구름과의 대화-왜 문학논평이 불가능한가」	《문화시보》	1958.10.
17. 「대화정신의 상실-최근의 필전을 보고」	《연합신문》	1958.12.10.
18. 「새 세계와 문학신념-폭발해야 할 우리들의 언어」	《국제신보》	1959.1.
19. *「영원한 모순-김동리 씨에게 묻는다」	《경향신문》	1959.2.9.~10.
20. *「못 박힌 기독은 대답 없다-다시 김동리 씨에게」	《경향신문》	1959.2.20.~21.
21. *「논쟁과 초점-다시 김동리 씨에게」	《경향신문》	1959.2.25.~28.
22. *「희극을 원하는가」	《경향신문》	1959.3.12.~14.
* 김동리와의 논쟁		
23. 「자유문학상을 위하여」	《문학논평》	1959.3.
24. 「상상문학의 진의-펜의 논제를 말한다」	《동아일보》	1959.8.~9.
25. 「프로이트 이후의 문학-그의 20주기에」	《조선일보》	1959.9.24.~25.
26. 「비평활동과 비교문학의 한계」	《국제신보》	1959.11.15.~16.
27. 「20세기의 문학사조-현대사조와 동향」	《세계일보》	1960.3.
28. 「제삼세대(문학)-새 차원의 음악을 듣자」	《중앙일보》	1966.1.5.
29. 「'에비'가 지배하는 문화-한국문화의 반문화성」	《조선일보》	1967.12.28.

30. 「문학은 권력이나 정치이념의 시녀가 아니다-'오늘의 한국문화를 위협하는 것'의 조명」	《조선일보》	1968.3.
31. 「논리의 이론검증 똑똑히 하자-불평성 여부로 문학평가는 부당」	《조선일보》	1968.3.26.
32. 「문화근대화의 성년식-'청춘문화'의 자리를 마련해줄 때도 되었다」	《대한일보》	1968.8.15.
33. 「측면으로 본 신문학 60년-전후문단」	《동아일보》	1968.10.26.,11.2.
34. 「일본을 해부한다」	《동아일보》	1982.8.14.
35. 「푸는 문화 신바람의 문화」	《중앙일보》	1982.9.22.
36. 「떠도는 자의 우편번호」	《중앙일보》 연재	1982.10.12.~1983.3.18.
37. 「희극 '피가로의 결혼'을 보고」	《한국일보》	1983.4.6.
38. 「북풍식과 태양식」	《조선일보》	1983.7.28.
39. 「창조적 사회와 관용」	《조선일보》	1983.8.18.
40. 「폭력에 대응하는 지성」	《조선일보》	1983.10.13.
41. 「레이건 수사학」	《조선일보》	1983.11.17.
42. 「채색문화 전성시대-1983년의 '의미조명'」	《동아일보》	1983.12.28.
43. 「귤이 탱자가 되는 사회」	《조선일보》	1984.1.21.
44. 「한국인과 '마늘문화'」	《조선일보》	1984.2.18.
45. 「저작권과 오린지」	《조선일보》	1984.3.13.
46. 「결정적인 상실」	《조선일보》	1984.5.2.
47. 「두 얼굴의 군중」	《조선일보》	1984.5.12.
48. 「기저귀 문화」	《조선일보》	1984.6.27.
49. 「선밥 먹이기」	《조선일보》	1985.4.9.
50. 「일본은 대국인가」	《조선일보》	1985.5.14.
51. 「신한국인」	《조선일보》 연재	1985.6.18.~8.31.
52. 「21세기의 한국인」	《서울신문》 연재	1993
53. 「한국문화의 뉴패러다임」	《경향신문》 연재	1993
54. 「한국어의 어원과 문화」	《동아일보》 연재	1993.5.~10.
55. 「한국문화 50년」	《조선일보》 신년특집	1995.1.1.

56.「半島性의 상실과 회복의 역사」	《한국일보》 광복50년 신년특집 특별기고	1995.1.4.
57.「한국언론의 새로운 도전」	《조선일보》 75주년 기념특집	1995.3.5.
58.「대고려전시회의 의미」	《중앙일보》	1995.7.
59.「이인화의 역사소설」	《동아일보》	1995.7.
60.「한국문화 50년」	《조선일보》 광복50년 특집	1995.8.1.

외 다수

외국신문

1. 「通商から通信へ」	《朝日新聞》 교토포럼 主題論文抄	1992.9.
2. 「亞細亞の歌をうたう時代」	《朝日新聞》	1994.2.13.

외 다수

국내잡지

1. 「마호가니의 계절」	《예술집단》 2호	1955.2.
2. 「사반나의 풍경」	《문학》 1호	1956.7.
3. 「나르시스의 학살-이상의 시와 그 난해성」	《신세계》	1956.10.
4. 「비평과 푸로파간다」	영남대 《嶺文》 14호	1956.10.
5. 「기초문학함수론-비평문학의 방법과 그 기준」	《사상계》	1957.9.~10.
6. 「무엇에 대하여 저항하는가-오늘의 문학과 그 근거」	《신군상》	1958.1.
7. 「실존주의 문학의 길」	《자유공론》	1958.4.
8. 「현대작가의 책임」	《자유문학》	1958.4.
9. 「한국소설의 헌재의 장래-주로 해방후의 세 작가를 중심으로」	《지성》 1호	1958.6.
10.「시와 속박」	《현대시》 2집	1958.9.
11.「작가의 현실참여」	《문학평론》 1호	1959.1.
12.「방황하는 오늘의 작가들에게-작가적 사명」	《문학논평》 2호	1959.2.
13.「자유문학상을 향하여」	《문학논평》	1959.3.
14.「고독한 오솔길-소월시를 말한다」	《신문예》	1959.8.~9.

15. 「이상의 소설과 기교 – 실화와 날개를 중심으로」	《문예》	1959.10.
16. 「박탈된 인간의 휴일 – 제8요일을 읽고」	《새벽》 35호	1959.11.
17. 「잠자는 거인 – 뉴 제네레이션의 위치」	《새벽》 36호	1959.12.
18. 「20세기의 인간상」	《새벽》	1960.2.
19. 「푸로메떼 사슬을 풀라」	《새벽》	1960.4.
20. 「식물적 인간상 – 『카인의 후예』, 황순원 론」	《사상계》	1960.4.
21. 「사회참가의 문학 – 그 원시적인 문제」	《새벽》	1960.5.
22. 「무엇에 대한 노여움인가?」	《새벽》	1960.6.
23. 「우리 문학의 지점」	《새벽》	1960.9.
24. 「유배지의 시인 – 쌍죵·페르스의 시와 생애」	《자유문학》	1960.12.
25. 「소설산고」	《현대문학》	1961.2.~4.
26. 「현대소설의 반성과 모색 – 60년대를 기점으로」	《사상계》	1961.3.
27. 「소설과 '아펠레이션'의 문제」	《사상계》	1961.11.
28. 「현대한국문학과 인간의 문제」	《시사》	1961.12.
29. 「한국적 휴머니즘의 발굴 – 유교정신에서 추출해본 휴머니즘」	《신사조》	1962.11.
30. 「한국소설의 맹점 – 리얼리티 외, 문제를 중심으로」	《사상계》	1962.12.
31. 「오해와 모순의 여울목 – 그 역사와 특성」	《사상계》	1963.3.
32. 「사시안의 비평 – 어느 독자에게」	《현대문학》	1963.7.
33. 「부메랑의 언어들 – 어느 독자에게 제2신」	《현대문학》	1963.9.
34. 「문학과 역사적 사건 – 4·19를 예로」	《한국문학》 1호	1966.3.
35. 「현대소설의 구조」	《문학》 1,3,4호	1966.7., 9., 11.
36. 「비판적 「삼국유사」」	《월간세대》	1967.3~5.
37. 「현대문학과 인간소외 – 현대부조리와 인간소외」	《사상계》	1968.1.
38. 「서랍 속에 든 '不穩詩'를 분석한다 – '지식인의 사회참여'를 읽고」	《사상계》	1968.3.
39. 「사물을 보는 눈」	《사상계》	1973.4.
40. 「한국문학의 구조분석 – 反이솝주의 선언」	《문학사상》	1974.1.
41. 「한국문학의 구조분석 – '바다'와 '소년'의 의미분석」	《문학사상》	1974.2.
42. 「한국문학의 구조분석 – 춘원 초기단편소설의 분석」	《문학사상》	1974.3.

43.「이상문학의 출발점」	《문학사상》	1975.9.
44.「분단기의 문학」	《정경문화》	1979.6.
45.「미와 자유와 희망의 시인 – 일리리스의 문학세계」	《충청문장》 32호	1979.10.
46.「말 속의 한국문화」	《삶과꿈》 연재	1994.9~1995.6.

외 다수

외국잡지

1.「亞細亞人の共生」	《Forsight》 新潮社	1992.10.

외 다수

대담

1.「일본인론 – 대담:金容雲」	《경향신문》	1982.8.19.~26.
2.「가부도 논쟁도 없는 무관심 속의 '방황' – 대담:金環東」	《조선일보》	1983.10.1.
3.「해방 40년, 한국여성의 삶 – "지금이 한국여성사의 터닝포인트" – 특집대담:정용석」	《여성동아》	1985.8.
4.「21세기 아시아의 문화 – 신년석학대담:梅原猛」	《문학사상》 1월호, MBC TV 1일 방영	1996.1.

외 다수

세미나 주제발표

1.「神奈川 사이언스파크 국제심포지움」	KSP 주최(일본)	1994.2.13.
2.「新瀉 아시아 문화제」	新瀉縣 주최(일본)	1994.7.10.
3.「순수문학과 참여문학」(한국문학인대회)	한국일보사 주최	1994.5.24.
4.「카오스 이론과 한국 정보문화」(한·중·일 아시아 포럼)	한백연구소 주최	1995.1.29.
5.「멀티미디아 시대의 출판」	출판협회	1995.6.28.
6.「21세기의 메디아론」	중앙일보사 주최	1995.7.7.
7.「도자기와 총의 문화」(한일문화공동심포지움)	한국관광공사 주최(후쿠오카)	1995.7.9.

8. 「역사의 대전환」(한일국제심포지움)	중앙일보 역사연구소	1995.8.10.
9. 「한일의 미래」	동아일보, 아사히신문 공동주최	1995.9.10.
10. 「춘향전'과 '忠臣藏'의 비교연구」(한일국제심포지엄)	한림대·일본문화연구소 주최	1995.10.

외 다수

기조강연

1. 「로스엔젤러스 한미박물관 건립」	(L.A.)	1995.1.28.
2. 「하와이 50년 한국문화」	우먼스클럽 주최(하와이)	1995.7.5.

외 다수

저서(단행본)

평론·논문

1. 『저항의 문학』	경지사	1959
2. 『지성의 오솔길』	동양출판사	1960
3. 『전후문학의 새 물결』	신구문화사	1962
4. 『통금시대의 문학』	삼중당	1966
* 『축소지향의 일본인』 * '縮み志向の日本人'의 한국어판	갑인출판사	1982
5. 『縮み志向の日本人』(원문: 일어판)	学生社	1982
6. 『俳句で日本を讀む』(원문: 일어판)	PHP	1983
7. 『고전을 읽는 법』	갑인출판사	1985
8. 『세계문학에의 길』	갑인출판사	1985
9. 『신화속의 한국인』	갑인출판사	1985
10. 『지성채집』	나남	1986
11. 『장미밭의 전쟁』	기린원	1986

12.『신한국인』	문학사상	1986
13.『ふろしき文化のポスト・モダン』(원문: 일어판)	中央公論社	1989
14.『蛙はなぜ古池に飛びこんだのか』(원문: 일어판)	学生社	1993
15.『축소지향의 일본인-그 이후』	기린원	1994
16.『시 다시 읽기』	문학사상사	1995
17.『한국인의 신화』	서문당	1996
18.『공간의 기호학』	민음사(학위논문)	2000
19.『진리는 나그네』	문학사상사	2003
20.『ジャンケン文明論』(원문: 일어판)	新潮社	2005
21.『디지로그』	생각의나무	2006
22.『이어령의 삼국유사 이야기1』	서정시학	2006
*『하이쿠의 시학』	서정시학	2009
*'俳句で日本を讀む'의 한국어판		
*『젊은이여 한국을 이야기하자』	문학사상사	2009
*'신한국인'의 개정판		
23.『어머니를 위한 여섯 가지 은유』	열림원	2010
24.『이어령의 삼국유사 이야기2』	서정시학	2011
25.『생명이 자본이다』	마로니에북스	2013
*『가위바위보 문명론』	마로니에북스	2015
*'ジャンケン文明論'의 한국어판		
26.『보자기 인문학』	마로니에북스	2015
27.『너 어디에서 왔니(한국인 이야기1)』	파람북	2020
28.『너 누구니(한국인 이야기2)』	파람북	2022
29.『너 어떻게 살래(한국인 이야기3)』	파람북	2022
30.『너 어디로 가니(한국인 이야기4)』	파람북	2022

에세이

1.『흙 속에 저 바람 속에』	현암사	1963
2.『오늘을 사는 세대』	신태양사출판국	1963

3. 『바람이 불어오는 곳』	현암사	1965
4. 『하나의 나뭇잎이 흔들릴 때』	현암사	1966
5. 『우수의 사냥꾼』	동화출판공사	1969
6. 『현대인이 잃어버린 것들』	서문당	1971
7. 『저 물레에서 운명의 실이』	범서출판사	1972
8. 『아들이여 이 산하를』	범서출판사	1974
* 『거부하는 몸짓으로 이 젊음을』	삼중당	1975
* '오늘을 사는 세대'의 개정판		
9. 『말』	문학세계사	1982
10. 『떠도는 자의 우편번호』	범서출판사	1983
11. 『지성과 사랑이 만나는 자리』	마당문고사	1983
12. 『푸는 문화 신바람의 문화』	갑인출판사	1984
13. 『사색의 메아리』	갑인출판사	1985
14. 『젊음이여 어디로 가는가』	갑인출판사	1985
15. 『뿌리를 찾는 노래』	기린원	1986
16. 『서양의 유혹』	기린원	1986
17. 『오늘보다 긴 이야기』	기린원	1986
* 『이것이 여성이다』	문학사상사	1986
18. 『한국인이여 고향을 보자』	기린원	1986
19. 『젊은이여 뜨거운 지성을 너의 가슴에』	삼성이데아서적	1990
20. 『정보사회의 기업문화』	한국통신기업문화진흥원	1991
21. 『기업의 성패 그 문화가 좌우한다』	종로서적	1992
22. 『동창이 밝았느냐』	동화출판사	1993
23. 『한,일 문화의 동질성과 이질성』	신구미디어	1993
24. 『나를 찾는 술래잡기』	문학사상사	1994
* 『말 속의 말』	동아출판사	1995
* '말'의 개정판		
25. 『한국인의 손 한국인의 마음』	디자인하우스	1996
26. 『신의 나라는 가라』	한길사	2001
* 『말로 찾는 열두 달』	문학사상사	2002

* '말'의 개정판		
27. 『붉은 악마의 문화 코드로 읽는 21세기』	중앙M&B	2002
* 『뜻으로 읽는 한국어 사전』	문학사상사	2002
* '말 속의 말'의 개정판		
* 『일본문화와 상인정신』	문학사상사	2003
* '축소지향의 일본인 그 이후'의 개정판		
28. 『문화코드』	문학사상사	2006
29. 『우리문화 박물지』	디자인하우스	2007
30. 『젊음의 탄생』	생각의나무	2008
31. 『생각』	생각의나무	2009
32. 『지성에서 영성으로』	열림원	2010
33. 『유쾌한 창조』	알마	2010
34. 『빵만으로는 살 수 없다』	열림원	2012
35. 『우물을 파는 사람』	두란노	2012
36. 『책 한 권에 담긴 뜻』	국학자료원	2022
37. 『먹다 듣다 걷다』	두란노	2022
38. 『작별』	성안당	2022

소설

1. 『이어령 소설집, 장군의 수염/전쟁 데카메론 외』	현암사	1966
2. 『환각의 다리』	서음출판사	1977
3. 『둥지 속의 날개』	홍성사	1984
4. 『무익조』	기린원	1987
5. 『홍동백서』(문고판)	범우사	2004

시

『어느 무신론자의 기도』	문학세계사	2008
『헌팅턴비치에 가면 네가 있을까』	열림원	2022

『다시 한번 날게 하소서』	성안당	2022
『눈물 한 방울』	김영사	2022

칼럼집

1. 『차 한 잔의 사상』	삼중당	1967
2. 『오늘보다 긴 이야기』	기린원	1986

편저

1. 『한국작가전기연구』	동화출판공사	1975
2. 『이상 소설 전작집 1,2』	갑인출판사	1977
3. 『이상 수필 전작집』	갑인출판사	1977
4. 『이상 시 전작집』	갑인출판사	1978
5. 『현대세계수필문학 63선』	문학사상사	1978
6. 『이어령 대표 에세이집 상,하』	고려원	1980
7. 『문장백과대사전』	금성출판사	1988
8. 『뉴에이스 문장사전』	금성출판사	1988
9. 『한국문학연구사전』	우석	1990
10. 『에센스 한국단편문학』	한양출판	1993
11. 『한국 단편 문학 1-9』	모음사	1993
12. 『한국의 명문』	월간조선	2001
13. 『뜻으로 읽는 한국어 사전』	문학사상사	2002
14. 『매화』	생각의나무	2003
15. 『사군자와 세한삼우』	종이나라(전5권)	2006
1. 매화		
2. 난초		
3. 국화		
4. 대나무		
5. 소나무		
16. 『십이지신 호랑이』	생각의나무	2009

17. 『십이지신 용』	생각의나무	2010
18. 『십이지신 토끼』	생각의나무	2010
19. 『문화로 읽는 십이지신 이야기 – 뱀』	열림원	2011
20. 『문화로 읽는 십이지신 이야기 – 말』	열림원	2011
21. 『문화로 읽는 십이지신 이야기 – 양』	열림원	2012

희곡

1. 『기적을 파는 백화점』	갑인출판사	1984
* '기적을 파는 백화점', '사자와의 경주' 등 다섯 편이 수록된 희곡집		
2. 『세 번은 짧게 세 번은 길게』	기린원	1979, 1987

대담집&강연집

1. 『그래도 바람개비는 돈다』	동화서적	1992
* 『기업과 문화의 충격』	문학사상사	2003
* '그래도 바람개비는 돈다'의 개정판		
2. 『세계 지성과의 대화』	문학사상사	1987, 2004
3. 『나, 너 그리고 나눔』	문학사상사	2006
4. 『지성과 영성의 만남』	홍성사	2012
5. 『메멘토 모리』	열림원	2022
6. 『거시기 머시기』(강연집)	김영사	2022

교과서&어린이책

1. 『꿈의 궁전이 된 생쥐 한 마리』	비룡소	1994
2. 『생각에 날개를 달자』	웅진출판사(전12권)	1997
1. 물음표에서 느낌표까지		
2. 누가 맨 먼저 시작했나?		
3. 엄마, 나 한국인 맞아?		

4. 제비가 물어다 준 생각의 박씨

5. 나는 지구의 산소가 될래

6. 생각을 바꾸면 미래가 달라진다

7. 아빠, 정보가 뭐야?

8. 나도 그런 사람이 될 테야

9. 너 정말로 한국말 아니?

10. 한자는 옛 문화의 공룡발자국

11. 내 마음의 열두 친구 1

12. 내 마음의 열두 친구 2

3. 『천년을 만드는 엄마』	삼성출판사	1999
4. 『천년을 달리는 아이』	삼성출판사	1999
* 『어머니와 아이가 만드는 세상』	문학사상사	2003
* '천년을 만드는 엄마', '천년을 달리는 아이'의 개정판		
* 『이어령 선생님이 들려주는 축소지향의 일본인 1, 2』		
* '축소지향의 일본인'의 개정판	생각의나무(전2권)	2007
5. 『이어령의 춤추는 생각학교』	푸른숲주니어(전10권)	2009

1. 생각 깨우기

2. 생각을 달리자

3. 누가 맨 먼저 생각했을까

4. 너 정말 우리말 아니?

5. 뜨자, 날자 한국인

6. 생각이 뛰어노는 한자

7. 나만의 영웅이 필요해

8. 로그인, 정보를 잡아라!

9. 튼튼한 지구에서 살고 싶어

10. 상상놀이터, 자연과 놀자

6. 『불 나라 물 나라』	대교	2009
7. 『이어령의 교과서 넘나들기』	살림출판사(전20권)	2011

1. 디지털편 - 디지털시대와 우리의 미래

2. 경제편 - 경제를 바라보는 10개의 시선

3. 문학편 – 컨버전스 시대의 변화하는 문학

4. 과학편 – 세상을 바꾼 과학의 역사

5. 심리편 – 마음을 유혹하는 심리의 비밀

6. 역사편 – 역사란 무엇인가?

7. 정치편 – 세상을 행복하게 만드는 정치

8. 철학편 – 세상을 이해하는 지혜의 눈

9. 신화편 – 시대를 초월한 상상력의 세계

10. 문명편 – 문명의 역사에 담긴 미래 키워드

11. 춤편 – 한 눈에 보는 춤 이야기

12. 의학편 – 의학 발전을 이끈 위대한 실험과 도전

13. 국제관계편 – 지구촌 시대를 살아가는 지혜

14. 수학편 – 수학적 사고력을 키우는 수학 이야기

15. 환경편 – 지구의 미래를 위한 환경 보고서

16. 지리편 – 지구촌 곳곳의 살아가는 이야기

17. 전쟁편 – 인류 역사를 뒤흔든 전쟁 이야기

18. 언어편 – 언어란 무엇인가?

19. 음악편 – 천년의 감동이 담긴 서양 음악 여행

20. 미래과학편 – 미래를 설계하는 강력한 힘

8. 『느껴야 움직인다』	시공미디어	2013
9. 『지우개 달린 연필』	시공미디어	2013
10. 『길을 묻다』	시공미디어	2013

일본어 저서

* 『縮み志向の日本人』(원문: 일어판)	学生社	1982
* 『俳句で日本を讀む』(원문: 일어판)	PHP	1983
* 『ふろしき文化のポスト・モダン』(원문: 일어판)	中央公論社	1989
* 『蛙はなぜ古池に飛びこんだのか』(원문: 일어판)	学生社	1993
* 『ジャンケン文明論』(원문: 일어판)	新潮社	2005
* 『東と西』(대담집, 공저:司馬遼太郎 編, 원문: 일어판)	朝日新聞社	1994. 9

번역서

『흙 속에 저 바람 속에』의 외국어판

1.	*『In This Earth and In That Wind』(David I. Steinberg 역) 영어판	RAS-KB	1967
2.	*『斯土斯風』(陳寧寧 역) 대만판	源成文化圖書供應社	1976
3.	*『恨の文化論』(裵康煥 역) 일본어판	学生社	1978
4.	*『韓國人的心』 중국어판	山佐人民出版社	2007
5.	*『В ТЕХ КРАЯХ НА ТЕХ ВЕТРАХ』(이리나 카사트키나, 정인순 역) 러시아어판	나탈리스출판사	2011

『縮み志向の日本人』의 외국어판

6.	*『Smaller is Better』(Robert N. Huey 역) 영어판	Kodansha	1984
7.	*『Miniaturisation et Productivité Japonaise』 불어판	Masson	1984
8.	*『日本人的縮小意识』 중국어판	山佐人民出版社	2003
9.	*『환각의 다리』『Blessures D'Avril』 불어판	ACTES SUD	1994
10.	*「장군의 수염」『The General's Beard』(Brother Anthony of Taizé 역) 영어판	Homa & Sekey Books	2002
11.	*『디지로그』『デヅログ』(宮本尙寬 역) 일본어판	サンマーク出版	2007
12.	*『우리문화 박물지』『KOREA STYLE』 영어판	디자인하우스	2009

공저

1.	『종합국문연구』	선진문화사	1955
2.	『고전의 바다』(정병욱과 공저)	현암사	1977
3.	『멋과 미』	삼성출판사	1992
4.	『김치 천년의 맛』	디자인하우스	1996
5.	『나를 매혹시킨 한 편의 시1』	문학사상사	1999
6.	『당신의 아이는 행복한가요』	디자인하우스	2001
7.	『휴일의 에세이』	문학사상사	2003
8.	『논술만점 GUIDE』	월간조선사	2005
9.	『글로벌 시대의 한국과 한국인』	아카넷	2007

10. 『다른 것이 아름답다』	지식산업사	2008
11. 『글로벌 시대의 희망 미래 설계도』	아카넷	2008
12. 『한국의 명강의』	마음의숲	2009
13. 『인문학 콘서트2』	이숲	2010
14. 『대한민국 국격을 생각한다』	올림	2010
15. 『페이퍼로드-지적 상상의 길』	두성북스	2013
16. 『知의 최전선』	아르테	2016
17. 『이어령, 80년 생각』(김민희와 공저)	위즈덤하우스	2021
18. 『마지막 수업』(김지수와 공저)	열림원	2021

전집

1. 『이어령 전작집』	동화출판공사(전12권)	1968

1. 흙 속에 저 바람 속에
2. 바람이 불어오는 곳
3. 거부한는 몸짓으로 이 젊음을
4. 장미 그 순수한 모순
5. 인간이 외출한 도시
6. 차 한잔의 사상
7. 누가 그 조종을 울리는가
8. 하나의 나뭇잎이 흔들릴 때
9. 장군의 수염
10. 저항의 문학
11. 당신은 아는가 나의 기도를
12. 현대의 천일야화

2. 『이어령 신작전집』	갑인출판사(전10권)	1978

1. 현대인이 잃어버린 것들
2. 저 물레에서 운명의 실이
3. 아들이여 이 산하를
4. 서양에서 본 동양의 아침

5. 나그네의 세계문학
6. 신화속의 한국인
7. 고전을 어떻게 읽을 것인가
8. 기적을 파는 백화점
9. 한국인의 생활과 마음
10. 가난한 시인에게 주는 엽서

3. 『이어령 전집』 삼성출판사(전20권) 1986
1. 흙 속에 저 바람 속에
2. 노래여 천년의 노래여
3. 푸는 문화, 신바람의 문화
4. 내 마음의 뿌리
5. 한국과 일본과의 거리
6. 여성이여, 창을 열어라
7. 차 한잔의 사상
8. 거부하는 몸짓으로 이 젊음을
9. 누군가에 이 편지를
10. 하나의 나뭇잎이 흔들릴 때
11. 서양으로 가는 길
12. 축소지향의 일본인
13. 현대인이 잃어버린 것들
14. 문학으로 읽는 세계
15. 벽을 허무는 지성
16. 장군의 수염
17. 둥지 속의 날개(상)
18. 둥지 속의 날개(하)
19. 기적을 파는 백화점
20. 시와 사색이 있는 달력

4. 『이어령 라이브러리』 문학사상사(전30권) 2003
1. 말로 찾는 열두 달

2. 하나의 나뭇잎이 흔들릴 때
3. 흙 속에 저 바람 속에
4. 뜻으로 읽는 한국어 사전
5. 장군의 수염
6. 환각의 다리
7. 젊은이여 한국을 이야기하자
8. 푸는 문화 신바람의 문화
9. 기적을 파는 백화점
10. 축소지향의 일본인
11. 일본문화와 상인정신
12. 현대인이 잃어버린 것들
13. 시와 함께 살다
14. 거부하는 몸짓으로 이 젊음을
15. 지성의 오솔길
16. 둥지 속의 날개(상)
16. 둥지 속의 날개(하)
17. 신화 속의 한국정신
18. 차 한 잔의 사상
19. 진리는 나그네
20. 바람이 불어오는 곳
21. 기업과 문화의 충격
22. 어머니와 아이가 만드는 세상
23. 저 물레에서 운명의 실이
24. 노래여 천년의 노래여
25. 장미밭의 전쟁
26. 저항의 문학
27. 오늘보다 긴 이야기
29. 세계 지성과의 대화
30. 나, 너 그리고 나눔

5. 『한국과 한국인』 삼성출판사(전6권) 1968

1. 한국인의 정신적 고향(상)
2. 한국인의 정신적 고향(하)
3. 노래여 천년의 노래여
4. 생활을 창조하는 지혜
5. 웃음과 눈물의 인간상
6. 사랑과 여인의 풍속도

편집 후기

지성의 숲을 걷기 위한 길 안내

34종 24권 5개 컬렉션으로 분류, 10년 만에 완간

이어령이라는 지성의 숲은 넓고 깊어서 그 시작과 끝을 가늠하기 어렵다. 자칫 길을 잃을 수도 있어서 길 안내가 필요한 이유다. '이어령 전집'의 기획과 구성의 과정, 그리고 작품들의 의미 등을 독자들께 간략하게나마 소개하고자 한다. (편집자 주)

북이십일이 이어령 선생님과 전집을 출간하기로 하고 정식으로 계약을 맺은 것은 2014년 3월 17일이었다. 2023년 2월에 '이어령 전집'이 34종 24권으로 완간된 것은 10년 만의 성과였다. 자료조사를 거쳐 1차로 선정한 작품은 50권이었다. 2000년 이전에 출간한 단행본들을 전집으로 묶으며 가려 뽑은 작품들을 5개의 컬렉션으로 분류했고, 내용의 성격이 비슷한 경우에는 한데 묶어서 합본 호를 만든다는 원칙을 세웠다. 이어령 선생님께서 독자들의 부담을 고려하여 직접 최종적으로 압축한 리스트는 34권이었다.

평론집 『저항의 문학』이 베스트셀러 컬렉션(16종 10권)의 출발이다. 이어령 선생님의 첫 책이자 혁명적 언어 혁신과 문학관을 담은 책으로

1950년대 한국 문단에 일대 파란을 일으킨 명저였다. 두 번째 책은 국내 최초로 한국 문화론의 기치를 들었다고 평가받은 『말로 찾는 열두 달』과 『오늘을 사는 세대』를 뼈대로 편집한 세대론 『거부하는 몸짓으로 이 젊음을』으로, 이 두 권을 합본 호로 묶었다. 베스트셀러 컬렉션의 세 번째 책은 박정희 독재를 비판하는 우화를 담은 액자소설 「장군의 수염」, 보카치오의 『데카메론』 형식을 빌려온 「전쟁 데카메론」, 스탕달의 단편 「바니나 바니니」를 해석하여 다시 쓴 한국 최초의 포스트모던 소설 「환각의 다리」 등 중·단편소설들을 한데 묶었다. 한국 출판 최초의 대형 베스트셀러 에세이 『흙 속에 저 바람 속에』와 긍정과 희망의 한국인상에 대해서 설파한 『오늘보다 긴 이야기』는 합본하여 네 번째로 묶었으며, 일본 문화비평사에 큰 획을 그은 기념비적 작품으로 일본문화론 100년의 10대 고전으로 선정된 『축소지향의 일본인』은 베스트셀러 컬렉션의 다섯 번째 책이다.

여섯 번째는 한국어로 쓰인 가장 아름다운 자전 에세이에 속하는 『하나의 나뭇잎이 흔들릴 때』와 1970년대에 신문 연재 에세이로 쓴 글들을 모아 엮은 문화·문명 비평 에세이 『현대인이 잃어버린 것들』을 함께 묶었다. 일곱 번째는 문학 저널리즘의 월평 및 신문·잡지에 실렸던 평문들로 구성된 『지성의 오솔길』인데 1956년 5월 6일 《한국일보》에 실려 문단에 충격을 준 「우상의 파괴」가 수록되어 있다.

한국어 뜻풀이와 단군신화를 분석한 『뜻으로 읽는 한국어사전』과 『신화 속의 한국정신』은 베스트셀러 컬렉션의 여덟 번째로, 20대의 젊은이에게 들려주고 싶은 말을 엮은 책 『젊은이여 한국을 이야기하자』는 아홉 번째로, 외국 풍물에 대한 비판적 안목이 돋보이는 이어령 선생님의 첫 번째 기행문집 『바람이 불어오는 곳』은 열 번째 베스트셀러 컬렉션으로 묶었다.

이어령 선생님은 뛰어난 비평가이자, 소설가이자, 시인이자, 희곡작가였다. 그는 남들이 가지 않은 길을 가고자 했다. 그 결과물인 크리에이티브 컬렉션(2권)은 이어령 선생님의 장편소설과 희곡집으로 구성되어 있다. 『둥지 속의 날개』는 1983년 《한국경제신문》에 연재했던 문명비평적인 장편소설로 10만 부 이상 팔린 베스트셀러이고, 원래 상하권으로 나뉘어 나왔던 것을 한 권으로 합본했다. 『기적을 파는 백화점』은 한국 현대문학의 고전이 된 희곡들로 채워졌다. 수록작 중 「세 번은 짧게 세 번은 길게」는 1981년에 김호선 감독이 영화로 만들어 제18회 백상예술대상 감독상, 제2회 영화평론가협회 작품상을 수상했고, TV 단막극으로도 만들어졌다.

아카데믹 컬렉션(5종 4권)에는 이어령 선생님의 비평문을 한데 모았다. 1950년대에 데뷔해 1970년대까지 문단의 논객으로 활동한 이어령 선생님이 당대의 문학가들과 벌인 문학 논쟁을 담은 『장미밭의 전쟁』은 지금도 여전히 관심을 끈다. 호메로스에서 헤밍웨이까지 이어령 선생님과 함께 고전 읽기 여행을 떠나는 『진리는 나그네』와 한국의 시가문학을 통해서 본 한국문화론 『노래여 천년의 노래여』는 합본 호로 묶었다. 한국인이 사랑하는 김소월, 윤동주, 한용운, 서정주 등의 시를 기호론적 접근법으로 다시 읽는 『시 다시 읽기』는 이어령 선생님의 학문적 통찰이 빛나는 책이다. 아울러 박사학위 논문이기도 했던 『공간의 기호학』은 한국 문학이론사에서 빼놓을 수 없는 명저다.

사회문화론 컬렉션(5종 4권)은 이어령 선생님의 우리 사회와 문화에 대한 관심을 담았다. 칼럼니스트 이어령 선생님의 진면목이 드러난 책 『차 한 잔의 사상』은 20대에 《서울신문》의 '삼각주'로 출발하여 《경향신문》의 '여적', 《중앙일보》의 '분수대', 《조선일보》의 '만물상' 등을 통해 발표한 명칼럼들이 수록되어 있다. 『어머니와 아이가 만드는 세상』은 「천년을 달리는 아이」, 「천년을 만드는 엄마」를 한데 묶은 책으로, 새천년의 새 시대를 살아갈 아이와 엄마에게 띄우는 지침서다. 아울러 이어령 선생님의 산문시들을 엮어 만든 『시와 함께 살다』를 이와 함께 합본 호로 묶었다. 『저 물레에서 운명의 실이』는 1970년대에 신문에 연재한 여성론을 펴낸 책으로 『사씨남정기』, 『춘향전』, 『이춘풍전』을 통해 전통 사상에 입각한 한국 여인, 한국인 전체에 대한 본성을 분석했다. 『일본문화와 상인정신』은 일본의 상인정신을 통해 본 일본문화 비평론이다.

한국문화론 컬렉션(5종 4권)은 한국문화에 대한 본격 비평을 모았다. 『기업과 문화의 충격』은 기업문화의 혁신을 강조한 기업문화 개론서다. 『푸는 문화 신바람의 문화』는 '신바람', '풀이'라는 키워드를 통해 고금의 예화와 일화, 우리말의 어휘와 생활 문화 등 다양한 범위 속에서 우리 문화를 분석했고, '붉은 악마', '문명전쟁', '정치문화', '한류문화' 등의 4가지 코드로 문화를 진단한 『문화 코드』와 합본 호로 묶었다. 한국과 일본 지식인들의 대담 모음집 『세계 지성과의 대화』와 이화여대 교수직을 내려놓으면서 각계각층 인사들과 나눈 대담집 『나, 너 그리고 나눔』이 이 컬렉션의 대미를 장식한다.

2022년 2월 26일, 편집과 고증의 과정을 거치는 중에 이어령 선생님이 돌아가신 것은 출간 작업의 커다란 난관이었다. 최신판 '저자의 말'을 수록할 수 없게 된 데다가 적잖은 원고 내용의 저자 확인이 필요한 부분이 있었으니 난관이 아닐 수 없었다. 다행히 유족 측에서는 이어령 선생님의 부인이신 영인문학관 강인숙 관장님이 마지막 교정과 확인을 맡아주셨다. 밤샘도 마다하지 않으면서 꼼꼼하게 오류를 점검해주신 강인숙 관장님에게 이 지면을 빌려 감사의 말씀을 드린다.

KI신서 10658
이어령 전집 21
기업과 문화의 충격

1판 1쇄 인쇄 2023년 2월 17일
1판 1쇄 발행 2023년 2월 26일

지은이 이어령
펴낸이 김영곤
펴낸곳 (주)북이십일 21세기북스

TF팀 이사 신승철
TF팀 이종배
출판마케팅영업본부장 민안기
마케팅1팀 배상현 한경화 김신우 강효원
출판영업팀 최명열 김다운
제작팀 이영민 권경민
진행·디자인 다함미디어 | 함성주 유예지 권성희
교정교열 구경미 김도언 김문숙 박은경 송복란 이진규 이충미 임수현 정미용 최아림

출판등록 2000년 5월 6일 제406-2003-061호
주소 (10881) 경기도 파주시 회동길 201(문발동)
대표전화 031-955-2100 **팩스** 031-955-2151 **이메일** book21@book21.co.kr

ISBN 978-89-509-3933-5 04810

(주)북이십일 경계를 허무는 콘텐츠 리더

21세기북스 채널에서 도서 정보와 다양한 영상자료, 이벤트를 만나세요!
페이스북 facebook.com/jiinpill21 포스트 post.naver.com/21c_editors
인스타그램 instagram.com/jiinpill21 홈페이지 www.book21.com
유튜브 youtube.com/book21pub